드르렁이라
드르릉, 이흐흐

엄마의 혼백과
함께 떠난 시간여행

다리맏이와
다리썩, 아들

김한영

좋은땅

목차

잃어버린 시간을 찾아서

한 여인이 떠났다

12월 초, 추위가 칼날처럼 다가든 새벽 유리창 누군가 아름답고 슬픈 하얀 성에꽃을 피워놓은 그 시각, 한 여인이 세상과 작별했다. 가족도 누구도 지켜보는 이 없는 변두리 요양병원 한 귀퉁이에서 홀로 떠났다. 어두운 밤, 손을 흔들며 전송하는 사람도 없는 쓸쓸한 간이역에 잠시 머물다 돌아오지 못할 곳으로 떠나는 마지막 열차처럼 어둠 속으로 사라졌다.

더 이상 꿈도 미련도 남기지 않고 떠났다. 이 풍진 세상에서 소리 없이 피었다 지는 꽃처럼 한세상 이름 없는 여인으로 살다가 갔다. 자신에게 찾아온 운명을 걷어차며 숨 가쁜 삶을 살았지만, 생로병사의 사슬에서는 벗어나지 못했다. 마지막 순간까지 처절하게 버티다 결국은 졌다. 90년 동안 한시도 쉬지 않고 뛰었던 심장은 작동을 멈추었고, 그녀의 일생은 긴 침묵의 세계로 빠져들었다.

강딸막(姜達莫). 어미와 자식으로 손을 맞잡고 먼 길을 함께 걸어온 나의 동반자, 추운 밤 주먹밥을 나눠 먹으며 어둡고 험한 길을 함께 걸었던 나의 길동무. 그러나 이제 그 길동무는 사라지고 난 지금 홀로 서있다. 어디로 가야할 지 길을 잃은 아이처럼 홀로 서

있다.

　향년 90세. 자식 된 입장에선 못내 애석하고 가슴 아픈 일이지만, 인간의 숙명으로 보면 평균 이상의 긴 시간을 살았으니 크게 억울해할 일도 크게 슬퍼할 일도 아니다. 누군가 사라졌다고 해서 세상이 달라질 일도 없다. 세상에 와서 한동안 살다 사라지는 수많은 사람들 중 하나일 뿐. 누군가 새로 태어나고 또 누군가 떠나는 일이기에 대수롭지도 않은 일이다. 마치 수많은 나뭇잎들 중 하나가 땅 위로 떨어져 흩어지는 것과 같다. 여전히 해는 뜨고 지고 거리의 사람들은 발걸음을 멈추지 않는다.

　어두운 역사의 그늘에서 숨죽이고 살아온 한 여인이 흔적도 없이 사라졌다 한들 누가 이 여인의 삶을 기억할 것인가. 시간은 전지전능하다. 시간은 한시도 머무는 법이 없고 누구에게나 공평하다. 죽음 또한 그러하다. 이 세상의 모든 인간들은 시간 앞에서는 그저 덧없이 흘러가는 존재일 뿐이다. 인생은 언제나 그렇게 '잃어버린 시간'일 뿐이다.

어딜 가길래 저리도 차려입었을까.
화려한 수의로 갈아입은 여인이
목관 속에 얌전히 누워 긴 화로 안으로 들어간다.
오색천이 펄럭이고 꽃잎들이 눈처럼 흩날린다.
멀고 먼 길 저쪽에 아지랑이 같은 게 피어오르고 있다.
그 너머에 화려한 불꽃이 환상처럼 타오른다.

시집가던 그날처럼 원삼족두리에 남색치마 나들이옷을 곱게
차려입은 여인이
불꽃 속으로 걸어 들어가고 있다.
먼 길을 떠나듯 걸어가고 있다.
뒤에서 소리쳐 불러도 대답이 없다.
떠나보내는 이들은 부르다 지쳐 입을 닫고 침묵에 빠진다.
불꽃 속에 모든 게 사라지고 있다.
슬픔, 기쁨, 옛적 꿈 한 조각, 지상의 흔적 하나마저
남김없이 사라지고 있다.
한 여인의 생이 사라지고 있다.
소신(燒身)이다. 왔던 곳 백월산 그 아득한 곳으로 돌아가는
소신공양이다.
이윽고 불꽃 너머로 자취를 감추는 뒷모습.
사라진 그 자리에 꽃잎처럼 흩어지는 한 여인의 일생.

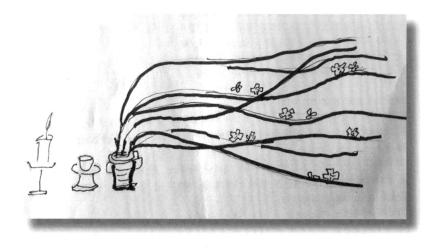

엄마의 집

우리 집 마당가에 엄마의 집을 만들었다. 100년 된 상수리 나무 아래에 놓인 바위 앞에 땅을 파고 작은 엄마의 집을 만들었다. 평소에 엄마가 자주 나와 앉아 풀을 뽑고 꽃을 가꾸던 그 곳이다.

한줌의 재로 돌아온 엄마를 거기다 모셨다. 유골함 안에 엄마가 평소에 쓰던 물건들-염불 책, 염주, 목걸이, 시계도 같이 넣었다. 그 위에 흙을 덮었다. 흙 속에 내 눈물 몇 방울도 섞었다. 가로 세로 50cm, 작지만 아늑한 엄마의 집이 생겼다.

비가 오나 눈이 오나 바람이 부나 엄마의 집은 그녀만의 안온한 잠자리가 될 것이다. 엄만 이 작은 집에서 길고 긴 잠에 빠져들 것이다. 고치 안의 누에처럼 구부리고 누워 그 옛날 못다 꾼 꿈을 꾸며 그리운 사람도 더 이상 그리워하지 않고 평생 생손앓이 하듯 안쓰러웠던 자식도 잊어버리고 영원한 잠에 잠길 것이다.

멀리 떠나보내고 싶지 않았다. 고향에 선산이 있지만 일찍이 떠난 그곳으로 보내기 싫었다. 생명 없는 조화(造花)로 가득 찬 납골당이란 곳도 싫었다. 엄마는 내 옆에 있어야 했다. 가까운 곳에서 언제나처럼 나를 지켜봐야 한다. 엄마도 틀림없이 아들 곁에 있고 싶어 할 것이다.

이제 아침저녁 수시로 나와 앉아 이야기를 나눌 생각이다. 속상한 일이 있으면 하소연도 하고, 혹 마누라가 잘못하는 게 있으면 일러바치기도 하고, 못 견디게 외로울 때엔 찾아와 어리광을 부리기도 하면서.

봄이 되면 엄마의 집에 꽃도 심어야지. 채송화, 봉숭아, 과꽃…. 꽃동네를 만들 생각이다. 감국도 심어 가을엔 향기가 멀리멀리 퍼져 나가게 할 것이다. 엄마가 꽃내음을 맡으며 지낼 수 있도록. 봄이 와서 이 위에 꽃이 피면 그게 엄마의 모습인 듯, 새소리가 들리면 엄마의 음성인 듯, 바람이 불면 나를 쓰다듬는 엄마의 손길인 듯 여기리라.

강딸막, 우리 엄마!

꽃다운 열일곱 살, 꿈에 그리던 남자를 만나 가정을 꾸미고 아들딸 낳아 작은 행복을 꿈꾸었으나 어두운 시대 난데없이 몰아친 광풍으로 인해 꿈도 행복도 사라지고 하루아침에 절망의 수렁으로 빠졌던 여인. 그러나 험한 세상 살아남기 위해 가혹한 운명을 걷어차고 일어나 생존투사가 돼야 했던 사람. 하나뿐인 아들을 위해 새벽열차를 타며 발이 닳도록 뛰었던 여인. 20대 초반에 홀몸이 되어 70년을 청상과부로 외롭게 살아야 했던 여인. 집 나간 남편이 살아 돌아오기를 평생 기다리며 산 사람….

"엄마, 고생 많았소. 고마웠소. 편히 쉬시오."

혼백(魂魄)은 살아있다

엄마를 밖에 홀로 두고 방으로 돌아와 누운 밤, 오랫동안 뒤척이다 잠이 들었고, 꿈을 꿨다.

겨울 들판, 꼬리를 늘어뜨린 가오리연이 대가리를 흔들면서 하늘로 솟아오른다. 높이높이 오른다. 그때 문득 거센 바람이 불어오자 연줄이 끊어지고 가오리연은 하늘가로 팔랑팔랑 날아간다. 끊어진 연을 잡으러 아이가 내달린다. 언덕을 넘어 개울을 지나 숨을 헐떡이며 달려간다. 연은 끝없이 날아가고 아이는 끝없이 달리고…. 언제 저 연을 잡을 수 있을까.

목이 말라 뒤척이는데 누군가 방문을 두드리는 소리가 난다.

똑, 똑, 똑. 이 밤중에 누굴까…? 잠에서 깨어 귀를 기울이는데 밖에서 소리가 들린다.

"나, 나간다. 밥 차려 놨으니 묵어라."

누구길래 나에게 밥을 차려주고 이렇게 일찍 나가는 걸까…? 그러다 벌떡 일어나 앉는다. 그 목소리다. 옛날 새벽에 장사 나가던 그때의 엄마 목소리다! 급하게 일어나 밖으로 나가본다. 아무도 보이질 않는다. 마당가로 나간다. 어느새 내렸는지 사방은 온통 하얀 눈으로 덮여 있다. 그때 또 소리가 들린다.

"와 안 자고 나왔노? 밥은 묵었나?"

소리가 난 쪽으로 달려간다. 안개가 자욱한 새벽길, 머리에 보따리를 인 한 여인이 뒷모습으로 걸어가고 있다. 엄마다! 옛날 새벽 장사를 떠나던 그 모습의 엄마가 틀림없다. 엄마! 하고 불러본다. 그러나 돌아보지 않고 가기만 한다. 점점 멀어지고 있다. 내가 지금 환영을 보고 있는 건가…?

밤마다 꿈을 꾼다. 끝없이 반복될 것 같은 꿈이다. 텅 빈 하늘에 줄 끊어진 가오리연 하나가 팔랑거리며 날아가고, 그걸 잡으려 숨을 헐떡이며 달려가는 아이. 들을 지나 언덕을 넘어 끝없이 날아가는 연. 아이는 마침내 지쳐서 쓰러지고. 새처럼 날아서 강 건너 멀리 사라지는 연. 강가에 주저앉아 섧게 우는 아이.

그때, 누군가의 손길이 다가와 얼굴의 눈물을 닦아준다.

"괜찮다. 아가. 울지 마라."

눈을 뜨고 본다. 머리맡에 누군가가 앉아 있다. 자리에서 벌떡 일어나 앉는다. 바로 눈앞에 엄마가 앉아서 나를 바라보고 있다. 생시보다 얼굴이 하얀 엄마가 슬픈 눈으로 나를 보고 있다. 엄마! 하고 부르며 다가가자 저만큼 물러나 앉는다. 다시 엄마! 하고 붙잡을 듯 다가가자 훌쩍 일어서더니 말없이 사라진다.

장례식장에서도 이런 일이 있었다. 조문객들이 모두 돌아가고 다른 식구들도 잠든 늦은 밤, 빈소에 홀로 앉아 영정 속의 엄마를 올려다봤다. 사진 속 엄마는 지극히 편안한 표정으로 '무슨 일이지?' 하고 묻듯 무심한 얼굴로 내려다보고 있었다. 새삼스럽게 까마득히 멀어진 엄마와의 거리가 가슴속에 찬바람을 일으킨다.

아아, 정말 떠났구나. 다시는 못 보겠구나!

순간, 가슴이 꽉 막히며 이마가 바닥에 닿도록 고개를 떨군다. 가슴속에 큰 이랑이 물결치듯 일렁이다 마침내 봇물이 터지듯 쏟아진다. 내내 참았던 울음이 터져 나온다. 한번 터진 봇물은 멈춰지지 않는다. 꺽꺽 어깨를 들썩이며 내쏟는 숨죽인 울음이 새벽녘 빈소 안에 울려 퍼진다.

그때였다. 누군가 어깨를 쓰다듬는 손이 있었다. 아내인가 싶어 눈물을 급히 훔치며 고개를 든다. 그런데 아내가 아니다. 앞에 희미한 형체의 사람이 앉아 있는 게 보인다. 눈을 크게 뜨고 바라본다. 엄마다. 평상시 모습 그대로 엄마가 마주 앉아 아들의 어깨를 다독이고 있다.

"와 우노? 울지 마라. 아들아. 괜찮다. 괜찮아. 사람이 태어났으면 한 번은 가는 길이다. 내 장례 끝나거든 아는 사람들 다 모아서 잔치나 한번 벌여라. 한세상 잘 살다가 잘 떠났다고, 모두 다 고맙다고 인사해라."

꿈을 꾸는 것일까. "음마…." 엄마의 손을 잡으려 팔을 뻗자 엄마가 한 걸음 물러나 앉는다. "음마…." 다시 손을 뻗치자 또 물러앉는다. "제발 음마…." 나는 울먹이며 자꾸만 다가가고 엄마는 자꾸만 저만치 멀어졌다.

엄마는 수시로 나타났다. 깊은 밤 잠에서 깨어나면 어김없이 머리맡에 앉아있었고, 문을 열고 나서면 저만치 떨어진 곳에서 나를 바라보고 있다. 그러다 내가 "엄마….." 하고 부르며 다가가면 금방 사라진다. 어둠 속에서 엄마는 환영처럼 나타났다가 사라지고 그러다 또 나타난다. 나는 확신했다. 엄마는 내 곁을 떠나지 않았다! 혼백은 살아있다!

길을 잃은 아이

어느 순간부터 엄마의 목소리가 들리지 않는다. 모습도 보이지 않는다. 밤에 잠도 자지 않고 엄마가 오기를 기다렸는데… 이제 엄마는 찾아오지 않는 걸까? 멀리 떠나버린 걸까? 조바심이 난다. 엄마를 찾아 밖으로 나간다. 사방을 돌아다니며 밤새 엄마를 찾아 헤매 다닌다.

아주 오래 전에도 이런 적이 있었다. 엄마와 떨어져 살던 어릴 적, 그때도 자다가 일어난 아이는 무엇에 이끌리듯 밖으로 나갔다. 마당을 가로질러 삽짝 문을 열고 나가 무언가를 찾으러 나온 사람처럼 어두운 골목길을 헤매고 다녔다. 사방은 죽은 듯이 고요하고 하늘엔 초승달만 내려다보고 있었다. 아이는 허둥대는 걸음으로 걸어가며 낮은 소리로 웅얼거린다. 음마아, 음매애…. 그 소리는 마치 새끼 염소가 내는 소리같이 들린다. 새끼가 어미를 찾아다니듯 아이는 온 골목길을 헤매고 다녔다. 그렇게 밤을 새울 것처럼. 그 애는 몽유(夢遊)하는 아이였다.

엄마를 찾으러 다니는 사이 난 점점 작아져 7살의 아이가 되었다. 그런데 난 지금 버려진 아이다. 태어나 처음으로 엄마 없는 하늘 아래에 서서 어디로 갈지 모르는 길 잃은 아이다. 어린 병아리처럼 어미 뒤로만 졸졸 따라왔는데 앞서 가던 어미는 어디론가 사라져 보이질 않고 이젠 홀로 남았다. 세상은 갑자기 텅 비어버렸다. 한 사람이 떠났을 뿐인데 세상은 온통 텅 비고 말았다.

꿈속의 여행을 시작한다. 길 잃은 아이가 숲을 헤매고 있다. 아직 한낮인데도 태양은 사라지고 보이지 않는다. 안개가 피어오르는 숲은 어둡고 음습하다. 새소리도 끊어지고 인적조차 없다. 멀리서 짐승들 울음소리가 들려온다. 꿈인 듯도 싶고 꿈이 아닌 듯도 하다. 아이는 소리쳐 울지도 못하고 겁에 질려서 떨고 있다. 주위는 점점 어두워지고 곧 밤이 올 텐데 아이는 어디로 가야 할지 몰라 이리저리 헤매 다닌다. 넝쿨에 걸려 엎어지기도 하고 팔다리는 가시에 찔려 피가 흐른다. '꿈이야. 이건 분명히 꿈이야.' 소리를 쳐보지만 그 소리는 입 밖으로 나오지 못한다.

겁에 질린 아이는 울먹거리며 떨고 있다. '엄마, 나 어떻게 해? 숲속에서 길을 잃었는데 어떡해? 엄마… 무섭고 추운데 나 어디로 가야 돼?' 그때 어디로부터 소리가 들린다. "겁내지 마라!" 오래 전부터 들어온 말이다. "남자가 돼가지고 와 그리 겁이 많노? 용기를 내라. 용기를!" 그 소리에 아이는 뚝 울음을 그친다.

그제야 아이는 정신을 차리고 둘러본다. 숲 저편 안개 속에 한 여인이 서서 이쪽을 바라보고 있다. 아이가 허겁지겁 달려간다. 여인은 아무 말 없이 슬픈 눈으로 바라보기만 한다. "엄마…." 아이가 다가가 손을 잡으려 하자 여인은 어느새 저만치 멀어진다. 다가가면 또 멀어지고. 안간힘을 다해 다가가는 아이. 그러나 여인은 자꾸 멀어지기만 한다. 그러다 마침내 돌아서서 가는 여인. 엄마아! 목청껏 소리 지르는 아이. 숲속으로 메아리쳐 퍼져나가는 소리. 아무리 불러도 멀어지기만 하는 여인. 마침내 숲 너머로 사라진다. 그쪽을 향하여 마구 달려가는 아이. 그러나 여인은 어디론가 사라지고 보이지 않는다.

어둠이 내리고 밤이 온다. 아이는 숲을 지나 강가에 닿는다. 강가에 털썩 주저앉아 강물을 내려다본다. 어둠 속에 잠긴 채 길게 흘러내리는 강. 그때 어디선가 꾸르륵 꾸르륵… 하는 소리가 들린다. 가만히 귀를 기울인다. 강이 울고 있다. 모두가 잠든 깊은 밤, 소리 죽여 울고 있다. 꾸륵꾸륵 꾸르륵…. 깊은 곳으로부터 울려나오는 소리가 수면 위로 조용히 퍼져나가고 있다.

아이는 강가에 누워 잠이 든다. 꿈을 꾼다.

사라졌던 여인이 다시 나타나 잠든 아이를 가만히 내려다본다. 그리고 묻는다. "니, 누고?" 아이가 눈을 뜨고 올려다본다. 여인이 다시 묻는다. "니, 누고?" 갑작스런 그 물음에 아이는 할 말을 잊고 빤히 쳐다보기만 한다.

내가 누구지? 태어나서 처음으로 받아본 물음이었다. 어떻게든 대답을 하려고 끙끙댔지만 얼른 떠오르지 않는다. 오랫동안 보아온 여인의 얼굴이 자꾸만 낯설게 변해간다. 아이는 안간힘을 다해 겨우 한마디를 내뱉는다. "나 엄마 아들이잖아! 아들…." 그러나 여인은 낯선 사람을 보듯 바라보기만 한다. 그러다 냉정한 얼굴로 돌아서서 가버린다.

아이는 슬펐다. 그렇게 오래 같이 살아온 아들을 몰라보다니! 아이는 너무 서럽고 슬퍼서 엎드려 엉엉 운다. 그 울음소리가 강물을 넘어 멀리 멀리 퍼져 나간다.

눈을 뜨니 아침이 와 있다. 밤새 긴 울음을 토해냈던 강은 말간 얼굴로 물안개를 피워 올리고 있다. 하얀 물안개는 밤새 울음을 토해낸 강의 입김 같다.

꿈에서 "니, 누고?" 하고 묻던 그 소리가 메아리처럼 귓가를 맴돌며 떠나지 않는다. 아이는 묵묵히 강물을 내려다본다. 흐르는 강물처럼 아이의 표정도 평온하다. 아이는 생각한다. 깊은 밤 강이 소리 죽여 운 까닭은 아득한 옛날부터 쌓인 슬픔이 강물 속에서 소용돌이쳤기 때문이라고. 그렇게 흘린 눈물이 이 강물을 이룬 것이라고. 아이는 또 생각한다. 강은 언제부터 흘렀을까. 어디서 흘러와 어디로 가는 것일까. 처음 강이 시작된 곳은 어디쯤일까?

마지막 여행

긴 강가를 따라 걸어가는 아이. 외롭고 지친 모습이다. 목이 마른지 엎드려서 강물을 벌컥벌컥 마시고는 다시 걷기 시작한다. 까마득히 먼 길을 홀로 가는 아이의 모습이 애처롭고 위태로워 보인다.

그때 끼욱끼욱 소리를 내는 물새 한 마리가 포물선을 그리며 내려와 머리를 스치듯 지나간다. 그러자 깜짝 놀란 아이가 발을 헛디디며 강물 속으로 넘어진다. 세찬 강물이 아이를 휩쓸고 간다. 물에 떠내려가는 아이. 위험한 순간이다.

그때 누군가의 손이 다가오더니 아이를 잡아채서 건져낸다. 가까스로 물 밖으로 나와 정신을 차리는 아이. 돌아보니 거기 누군가 내려다보며 서있다. 엄마다. 서른 살도 안 된 젊은 모습의 엄마가 화가 난 표정으로 아이를 바라보고 있다.

"엄마…!"

엄마가 화난 음성으로 말한다.

"내가 세상의 모든 정 다 끊고 떠나려 하다가 너 혼자 가는 모습이 너무 걱정돼서 따라왔더니…. 너 이러다 큰일 나겠다. 얼른 집으로 돌아가거라."

"엄마…."

"그런데 너, 시방 혼자서 어디로 가는 중이더냐?"

아이가 강 위쪽을 손으로 가리킨다.

"거기가 어딘데?"

"옛날 엄마하고 내가 있었던 곳….'

"거긴 왜…?"

"가보고 싶어요."

"거긴 너무 멀어서 너 혼자 갈 수가 없어."

"그럼, 엄마하고 같이 가요."

"시방 무슨 소리냐. 내가 지금 이 세상 사람이 아닌 걸 너도 잘 알잖니?"

"그래도 같이 가고 싶어요. 엄마 혼백이라도 같이 가고 싶어요."

"너도 인제 다 컸는데 어린애처럼 이게 뭐냐? 이렇게 투정 부리고 어리광 부린다고 한번 떠난 내가 다시 돌아올 것 같냐? 어거지 부릴 걸 부려야지. 쓸데없는 고생 말고 어서 집으로 돌아가라니까!"

아이가 울먹이며 말한다.

"엄마, 난 지금 너무 슬퍼요. 엄마 떠나고 나니 세상이 온통 텅 빈 것 같아 견딜 수가 없어요. 잠을 잘래야 잘 수도 없고 아무 것도 먹고 싶지가 않아요."

"니 마음 안다만 그럴수록 힘을 내야지. 용기를 내야지."

"단 며칠만이라도 같이 좀 있어줘요. 단둘이 여행을 떠나요. 엄마와 같이 걷던 그 길을 다시 걸어보고 싶어요."

"딱하기도 하네. 난 이미 죽은 몸이다. 내 육신이 불에 타는 걸 너도 똑똑히 보지 않았느냐? 그리고 내가 시방 한가하게 여행이

나 다닐 처지가 아니다. 곧 염라대왕님을 가서 뵈어야 한다. 만약 날짜에서 늦어지면 저승사자가 득달같이 날 잡으러 올 거다."

"단 얼마만이라도 같이 지내고 싶어요. 그 동안 엄마와 함께 보낸 시간이 너무 짧았어요. 엄마를 너무 몰라요. 엄마를 알고 싶어요. 엄마하고 나하고 같이 살아온 그 시간으로 돌아가고 싶어요."

"너하고 나하고 같이 지낸 그때로…?"

엄마가 생각에 잠긴다. 한참을 난감한 얼굴로 서있더니 마침내 입을 뗀다.

"허, 참 난리 났구나. 갈 길 바쁜 에미를 이렇게 붙잡고 늘어지니…. 넌 옛날부터 참 고집이 센 애였지. 한번 마음먹으면 에미가 꺾을 수가 없었지.

그래, 니 소원이 정 그렇다면 여행인지 뭔지 한번 떠나보자꾸나. 나도 내가 걸어온 길을 되돌아가보고 싶구나. 대신 조건이 있다. 난 이미 죽은 몸으로 육신은 불타 없어지고 혼백만 남아 중음을 떠도는 기간이니 49재 때까지만 시간을 내마. 할 수 없이 염라대왕님한텐 나중에 어거지를 써야지. 염라대왕님이 보기는 그래도 마음이 약하고 정이 많으신 분이니까. 내가 말만 잘하면 이 정도는 양해해주실 법도 한데, 또 모르지 심술이 나서 날 지옥으로 보낼지도….

아이구, 모르겠다. 그때는 그때고 내 아들이 이렇게 간절히 소원하니 어쩔 수가 없구나. 대신 나하고 약속을 하자. 여행이 끝나면 그때는 두 말 없이 나를 보내주기로. 알겠지? 자, 먼저 어디부터 가고 싶은지 말을 해봐라."

아들은 말없이 손가락으로 강의 위쪽을 향해 가리킨다.

"그렇다면, 니가 앞장서라. 내가 뒤따라 갈 테니….."

아들과 엄마는 강물이 흘러온 위쪽을 향하여 천천히 걸음을 옮기기 시작했다. 이미 죽어서 혼백이 된 엄마와 그 아들은 시간을 거슬러 과거로 떠나는 여행을 시작한다. 마지막 여행이다.

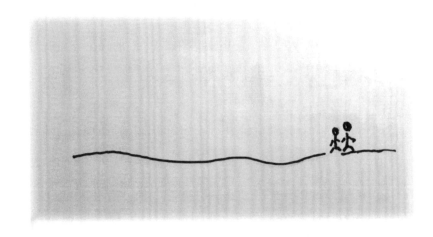

옛날 옛적에

유년의 뒤안길

엄마의 혼백과 함께 먼 길을 걸어서 처음 도착한 곳은 낙동강 변의 어느 마을이다.

아들아,

여기가 니 아부지 고향이고 처음 엄마가 시집온 곳이다. 니는 인제부터 여기 큰댁에서 지내며 학교 다녀야 한다. 엄마는 돈 벌러 장사 나가야 하니 니 혼자 지내야 한다. 난들 니 옆을 떠나고 싶겠냐만, 내가 돈을 벌어야 우리가 먹고 살고 니 학교도 다닐 수 있으니 집에만 앉아 있을 수가 없구나. 엄마가 옆에 없어도 절대 기죽지 말고, 큰 어매 말 잘 듣고, 공부 열심히 해야 한다. 알겠제? 어린 널 홀로 떼놓고 가자니 이 에미 발걸음이 떨어지지 않는구나….

내가 학교에 들어갈 나이가 되자 엄마는 여기에 있는 큰댁에다 나를 맡기고는 장사하러 떠났다. 난 8살이 되기 전까지 떠돌이처럼 여기저기 옮겨 다니며 살았다. 처음엔 태어난 봉곡 외갓집에서 4년, 그러다 5살부터 2년 동안은 가술 할머니 집과 고모 집을 들락거리며 밥을 얻어먹었다. 그러니까 여긴 내가 세 번째로 온 집이다.

머리를 숙여야 드나드는 초가집이었다. 우리 집 식구는 셋이다. 백모님과 사촌형 그리고 나. 나보다 열 살 위인 사촌형님은 제일 큰 백부의 아들로 어릴 적에 부모를 잃고 고아가 되었는데, 슬하에 자식이 없던 숙모가 그 조카를 양자로 들여 아들로 삼은 것이다. 부모 없는 큰 조카와 자식 없는 숙모가 합쳐 한 가정을 이루었고, 거기에 역시 조카인 내가 끼어들어 세 식구가 되었다. 남편과 자식을 다 잃은 백모님-큰 어매가 이젠 큰 조카와 작은 조카를 친자식처럼 양쪽에 끼고 살고 있다.

국민학교에 입학했다. 학교엔 들어갔지만 교실이 없어서 2학년 때까지 땅바닥에 엎드려 공부를 했다. 공책이나 연필도 제대로 없어서 사금파리로 땅을 그어가며 ㄱㄴ을 익혔고 헐어빠진 검정 고무신을 철벅이며 '학교종이 땡땡땡'을 불렀다. 그럼에도 학교는 나에게 새로운 세상이었고 또래의 많은 동무들도 만나서 좋았다. 비록 영양실조로 머리통과 얼굴에 마른버짐이 덕지덕지하고 노상 누런 콧물을 달고 다니는 애들이었지만.

전쟁이 끝난 지 불과 3, 4년밖에 안 되었는데도 마을은 폭풍 후의 정적처럼 이상하리만치 고요하다. 사람들은 지난 일들을 모두 잊고 마치 아무 일도 없었던 것처럼 논밭을 갈며 먹고사는 일에 정신이 빠져 있다.

전쟁이 한참일 땐 모두 피난 보따리를 싸놓고 가슴을 졸였지만, 다행히 전쟁이 여기까진 오지 않았다. 강 건너까지 내려온 인민군을 물리치는 바람에 가까스로 화를 면했다.

그러나 전쟁이 스쳐간 흔적은 곳곳에 남아있다. 폭격으로 중간중간 끊어진 낙동강 다리는 참혹한 전쟁을 증명이라도 하듯 흉측한 모습으로 서있고 마을엔 놋쇠로 된 대포껍질과 탄피들이 굴러다녔다. 마을 앞 둑방길로는 심심찮게 미군 지프차가 오갔는데, 아이들은 먼지를 풀풀 일으키며 달리는 지프차를 따라가며 '할로! 기브 미 껌!'을 외쳤다. 동네엔 허름한 군복을 걸친 상이군인들이 수시로 드나들었고, 그들이 삽짝 앞에 서서 무시무시한 쇠갈고리 손을 슬쩍 내보이면 사람들은 아무 말 없이 보리쌀을 퍼다가 보자기 안에 넣어주곤 했다.

애들은 작대기를 들고 전쟁놀이에 열심이었다. 동요보다는 군가를 더 잘 불렀다. "전우의 시체를 넘고 넘어 앞으로 앞으로. 낙동강아 잘 있거라. 우리는 전진한다~"

그리고 소리 높여 '우리의 맹세'를 외쳤다.

"우리는 대한민국의 아들 딸 죽음으로써 나라를 지키자. 우리는 강철같이 단결하여 공산침략자를 쳐부수자. 우리는 백두산 영봉에 태극기 날리고 남북통일을 완수하자."

아지랑이가 아른아른 피어오르는 봄이 오면 어질어질 현기증을 느꼈다. 다들 속이 비어서였다. 땟자국이 흐르는 윤기 없는 얼굴엔 어김없이 하얀 버짐 꽃이 피어났다.

늘 허기에 시달렸다. 보릿고개가 가장 넘기기 힘들었다. 하루

두 끼가 고작이었는데 그나마 한 끼는 깡 보리밥, 한 끼는 보리개떡이나 고구마로 때웠다. 점심은 건너뛰고 저녁도 대충 때우고는 일찍 엎어져 잤다. 그래야 배고픈 걸 참을 수가 있었으니까.

점심을 굶는 아이들이 하도 많아 학교는 일찍 끝났고 우리는 들로 내로 쏘다녔다. 칡뿌리를 질겅질겅 씹기도 하고 소나무 속껍질을 벗겨서 먹었다. 때론 형들과 함께 언덕 아래에서 개구리나 뱀을 구워 먹기도 했다.

간혹 US라고 쓰인 드럼통이 오면 학교는 온통 잔치 분위기였다. 탈지분유로 미국에서 온 구호물품이었다. 우리가 냄비를 들고 길게 줄을 서면 팔소매를 둥둥 걷은 선생님은 바가지로 그걸 퍼서 나눠준다. 눈사람처럼 허옇게 가루를 뒤집어쓴 선생님 모습이 우스워 아이들은 깔깔대며 웃었다. 우린 그 가루를 집으로 가져가 계란찜처럼 쪄서 먹기도 하고, 아껴 먹기 위해 돌처럼 단단하게 만들어서 호주머니에 넣고 다니며 이빨로 야금야금 갉아먹으며 허기를 메웠다.

제대로 먹지도 못하면서 몸 안에는 수많은 손님들을 키웠다. 머리와 몸에 버글거리는 이, 속에 똬리를 틀고 앉은 기생충들. 그걸 쫓아내려고 수시로 DDT가루를 뒤집어썼고, 횟배를 앓는 애들이 많아 지긋지긋한 회충약도 자주 삼켜야 했다. 그러면서도 아이들은 노랗게 뜬 얼굴로 놀이에 열중했다. 땅따먹기, 순사놀이…. 배고픔을 잊어버리는 것에 놀이보다 더 좋은 건 없었다.

그런 중에도 우리는 봄이 오는 언덕에 앉아 버들피리나 보리피리를 꺾어서 불기도 했다. 보리피리 이야기를 하자니 떠오르는 게 있다. 그때 우리가 제일 무서워했던 건 보리밭이었다. 어린 아이 간을 먹으면 문둥병을 고칠 수 있다는 말이 떠돌고 있었고, 그래서 해가 지고 어스름이 내리면 보리밭에 숨어있던 문둥이가 지나가는 애를 잡아서 간을 빼먹는다고 하는 바람에 어둑해진 뒤에는 무서워서 밖에 나가지를 못했다. 하지만, 우리 동네에서는 아무도 잡혀간 애가 없었다.

지지배배… 지지배배… 지리지리… 지지리…!

봄은 종달새(*노고지리라고도 불렀다.)의 노래로부터 시작된다. 마치 휘파람을 부는 것 같은 종달새 노래는 언제 들어도 듣기 좋다. 종달새는 새들 중에서 제일 노래를 잘하는 가수다. 거기다 재주도 잘 부린다. 공중으로 솟구쳐 올랐다가 아래로 쏜살같이 곤두박질치며 마음껏 휘젓고 다니는 종달새의 재주는 우리를 감탄케 한다.

강변으로 가는 길, 청보리밭 옆을 지나는데 갑자기 종달새가 후루룩 날아오른다. 우린 살금살금 보리밭으로 들어갔다. 그곳엔 반드시 종달새 집이 있기 때문이다. 좀 들어가자 아니나 다를까 보리밭 사이에 지푸라기로 만들어진 둥지가 나오고 그 안에 종달새 알 다섯 개가 소복이 담겨있다.

신기한 눈으로 들여다보던 애들 중 하나가 "이거 가져가서 삶아 먹자." 하며 알을 집으려 한다. 그런데 그때 갑자기 바로 머리 위에서 종달새가 요란하게 지저귄다. 알을 지키려고 날아온 어미의 다급한 소리였다. 애가 얼른 알을 제자리에 놓는다.

우린 알에서 새끼가 나올 때까지 건드리지 않고 지켜보기로 한다. 얼마 지나지 않아 새끼들이 모두 껍질을 깨고 밖으로 나올 것이고 그럼 우리 마을은 온통 종달새 노래로 덮일 것이다.

여름은 제일 즐거운 계절이었다. 개천에 나가 입술이 시퍼렇게 될 때까지 자맥질을 하고, 대나무 소쿠리로 미꾸라지며 물고기도 잡았다. 또 오디를 따먹느라 뽕나무에 붙어서 하루를 보내기도 했다.

하얀 아카시아 꽃은 우리에게 더할 수 없는 유혹이었다. 향긋한 냄새, 혓바닥에 와 닿는 달착지근한 맛은 허기를 달래기엔 더이상 좋을 수가 없었다. 그러다 배가 너무 고팠던 한 애가 아카시아 꽃을 너무 많이 따먹은 나머지 그 독으로 목구멍에서 피를 토한 적도 있었다.

애들이라고 마냥 먹고 놀 수는 없었다. 너나없이 팍팍한 살림살이라 모두들 집안일을 도와야 했다. 소한테 먹일 꼴도 베어야 하고, 소똥 개똥도 주어다 퇴비도 만들어야 하고 삼지창으로 개구리를 잡아 닭 모이로 주어야 했다.

밥을 먹으면 밥값을 해야 한다고 어른들이 말했다. 귀한 밥만 축내고 일을 하지 않으면 '식충(食蟲-밥 먹는 벌레)'이라고 했다. 밥만 먹고 노는 애는 '대한민국 밥통'이라고 놀렸다. 밥 한 끼가 얼마나 귀한 건지를 우리는 그때 이미 깨닫고 있었다.

애들이 말을 안 들을 때 어른들이 하는 말 중에서 제일로 무서운 건 "오늘 밥 안 준다!"였다. 애나 어른이나 목구멍에 들어가는 밥 한 숟가락이 제일로 절실하던 시절이었다.

'순둥이'는 우리 집 소 이름이다. 사촌형님이 처음으로 우시장에서 어린 송아지 한 마리를 사왔을 때, 너무 귀엽고 순하게 생겼다면서 큰 어매가 애기 이름처럼 지어준 이름이다. 그 뒤로 순둥이는 우리 집 막내처럼 귀염을 받으며 자랐다.

난 날마다 마을 앞 둑으로 순둥이를 끌고 나간다. 풀을 먹이기 위해서다. 하루 일과 중 가장 중요한 일이다. 그것으로 내 밥값을 하는 셈이다.

둑으로 나간 순둥이와 난 종일 동무처럼 같이 논다. 순둥이는 한가롭게 풀을 뜯고 난 도랑에서 멱을 감거나 물방개들과 논다. 우린 종일 한마디 말도 하지 않지만, 그래도 심심치 않다. 우린 눈빛만 봐도 서로를 알 수 있다. 순둥이의 큰 눈은 볼수록 착하게 보인다. 순둥이는 참 좋은 친구다. 거짓말도 안 하고 화도 안 내고 변덕도 안 부리고, 갈수록 순둥이가 좋아진다. 순둥이도 날 좋아하는지 혓바닥으로 내 얼굴을 핥으며 더운 콧김을 내뿜는다.

순둥이가 할 수 있는 말은 "음매-" 하는 소리뿐이다. 멀리 하늘을 바라보며 엄마를 부르는 소리다. 아직도 엄마가 보고 싶은 걸까? 갓 태어나 젖을 떼자마자 어미와 헤어져 팔려온 순둥이. 아직도 엄마 품이 그리운 걸까?

'음매'라는 그 소리를 들으며 왜 사람이나 짐승이나 엄마를 부르는 소리는 똑같을까 생각을 하다가 나도 문득 엄마가 떠올랐다. 나를 남겨놓고 장사 떠난 우리 엄마… 엄마와 떨어져 사는 건 순둥이와 내가 똑 같다는 생각을 했다.

난 우리 순둥이를 내다 팔지 않았으면 좋겠다. 오래오래 같이 살았으면 좋겠다. 내 동생 같은 순둥이와 헤어진다고 생각하니 벌써부터 눈물이 나올 것만 같다.

여름밤, 모깃불이 피워진 멍석 위에 드러누워 별이 총총한 하늘을 올려다보며 엄마 생각을 하기도 했다. 엄만 지금 어디서 뭘 하고 있을까? 엄마도 내 생각을 하고 있을까…?

엄마가 처음 장사하러 떠나던 때가 떠오른다. 트럭을 타고 떠나는 엄마를 따라가겠다며 땅바닥에 주저앉아 울던 그 생각을 하니 갑자기 울컥해졌고, 그럼 낮은 소리로 노래를 불렀다. "푸른 하늘 은하수 하얀 쪽배에 계수나무 한 나무…"

그런데 노래 사이사이에 개구리 울음소리가 자꾸 끼어든다. 푸른 하늘… 개골개골… 은하수… 개골개골…

개구리 소리를 자장가처럼 듣다가 나도 모르게 스르르 잠이 들었다. 개구리는 왜 저리도 밤새도록 울까.

가을엔 역시 먹을 게 많아서 좋았다. 뒤뜰에 주렁주렁 달린 감은 언제든지 떨어질 준비가 돼있었고, 논에는 메뚜기 여치가 득실거렸고, 추수가 끝나면 들판에 나가서 이삭줍기, 배추 뿌리 캐기를 했다. 도랑에서 소쿠리로 잡은 붕어, 피라미, 미꾸라지는 우리집 저녁거리 한 끼가 되고도 남았다. 미꾸라지에 호박잎을 넣고 산초 뿌려 땀을 뻘뻘 흘리며 먹던 추어탕, 가마솥에 넣고 볶은 고소한 메뚜기. 그 맛을 잊을 수가 없다.

겨울도 여름 못지않게 즐거웠다. 내복도 안 입은 홑껍데기 차림으로 추위도 잊은 채 하루 종일 밖에서 뛰어 놀았다. 우린 무엇이든 직접 손으로 만들었다. 썰매도 만들고 연도 만들고. 부르튼 손으로 열심히 만드느라 하루가 어떻게 지나가는 줄도 몰랐다. 밀려오는 배고픔을 잊기 위해서라도 더 놀이에 열중했다. 토담에 기대어 말타기, 땅따먹기, 제기차기…. 얼음판 위에서 하는 팽이 돌리기도 빼놓을 수 없게 재미난 놀이였다.

핑 핑 핑 돌아간다. 얼음판 위의 팽이
넘어질 듯 넘어지지 않고 잘도 돌아가네.
채찍으로 때리면 신이 나서 돌아가네.

넘어지면 안 된다. 쓰러지면 안 된다.

겨울철 놀이 중 가장 신나는 일은 연날리기였다. 어른들은 방패연이었지만 아이들은 가오리연이었다. 언덕에 서서 얼레를 돌리면 꼬리를 늘어뜨린 가오리연이 대가리를 흔들며 하늘로 솟구쳐 올라간다. 높이높이 올라갈수록 아이들 마음도 덩달아 올라간다. 멀리 저 멀리 산 너머에는 무엇이 있을까. 뭔지 모를 아련한 그리움이 솟는다.

문득 세찬 바람이 불어오자 연이 춤을 추듯 요동치고 그러다팽팽하게 당겨지던 연줄이 툭 끊어진다. 줄 끊어진 연이 날아간다. 바람을 타고 멀리멀리 날아간다. 아이는 연을 잡으러 달리기 시작한다. 도랑을 지나고 들판을 지나 달린다. 따라오라고 손짓하듯 나풀거리며 날아가는 연. 안간힘을 다해 달려가는 아이. 가다가 넘어지면 다시 일어나 달린다. 언제쯤에나 저 연을 잡을 수 있을까.

우리 집에 전기가 들어온 건 4학년이 되어서였다. 그때까지 호롱불 아래에서 살았는데 그나마 등잔 기름을 아끼느라 저녁 먹을 동안만 잠시 켰다가 끄고는 일찍 잠자리에 들었다.

그러다 어느 날 전기가 들어와 온 세상이 확 밝아지던 그 순간을 잊을 수가 없다. 흡사 딴 세상에 온 것 같았다. 심청이 아버지 심봉사가 처음 눈을 떴을 때의 느낌이 꼭 그랬으리라 싶었다.

난 국민학교를 졸업할 때까지 문명의 혜택을 거의 받지 못했다. 형들한테서 물려받은 헌 교과서 외에는 동화책도 만화책도 본 적이 없다. 부잣집 애들이 가진 《세계 명작동화집》은 꿈도 못 꿨다. TV는 물론 라디오도 신문도 없었다.

나를 둘러싸고 있는 건 하늘과 땅, 강과 내, 풀과 벌레 그리고 강아지와 닭, 소, 돼지. 그게 내 어린 날의 전부였다. 좋게 말해서 때 묻지 않은 순수 자연인이었지만, 실제로는 아프리카 오지의 원시인과 다름없었다. 그래도 별 불만이 없었다. 우물 안의 개구리였으니까. 그게 전부인 줄 알았고, 바깥의 세상이 어떤지도 몰랐으니까.

보리밥일망정 배불리 먹으면 저녁에 애들과 모여 방귀대회를 하기도 했다. 누가 더 많이, 더 크게 뀌느냐를 견주는 시합이었다. 그리곤 소리를 꽥꽥 질러대며 불렀다. '갓데 구루마 동테 누가 돌릿노. 집에 와서 생각하니 내가 돌릿네."

헐벗고 굶주린 시절이었지만 철없는 아이들에겐 하루하루가 즐거운 나날이었다. 비바람이 몰아쳐도 새싹은 아랑곳 않고 솟아나듯 동심은 파릇파릇 피어났다.

누에는 몇 잠을 자나?

철거덕… 철거덕!

큰 어매가 마루방 베틀에 앉아 삼베를 짠다. 벌레소리만 들리
는 조용한 밤, 북이 오가며 바디를 잡아당기는 소리가 사위에 울
려 퍼진다. 베틀 방은 큰 어매의 낮은 숨소리로 가득찬 방이다.

강 건너 삼밭에서 대마(大麻)를 사다가 쪄서 껍질을 벗기고, 그
걸 얇게 쪼개어 한 올 한 올 무르팍에 올려 침으로 이어 붙였다.
하도 문지르는 통에 무르팍엔 굳은살이 앉을 정도였다. 그런 다음
풀을 먹이고 물레질하고. 그렇게 힘들게 만들어진 실꾸리로 베틀
에 앉아 삼베를 짰다. 낮에는 종일 밭을 매고 들어와서 밤에는 삼

베를 짰다. 철거덕, 철거덕! 올 하나하나에 큰 어매의 땀방울이 맺혀 있고 씨줄날줄 한 매듭엔 흘린 눈물이 스며 있다.

하늘의 직녀(織女)는 사랑하는 견우(牽牛)를 위해 열심히 베를 짜지만 큰 어매는 누굴 위해 저 베를 짜나? 난 밤늦게까지 이어지는 베틀소리를 듣다가 잠에 빠져들곤 했는데, 어린 내가 보기에도 큰 어매의 삶은 참으로 고달프게 여겨졌다.

큰 어매는 얼마 안 되는 농사로는 부족해 길쌈을 했고, 또 그거로는 부족해 양잠(養蠶)까지 했다. 누에치기는 삼베 짜기보다 더 힘들고 까다로운 일이었다.

먼저 면사무소에서 받아온 점같이 까맣고 작은 누에알을 부드러운 뽕잎으로 애기 이유식 먹이듯 정성을 다해 깨운다. 그리곤 차츰 커나가는 누에에 맞춰 뽕잎의 크기와 양을 늘려간다. 누에들이 얼마나 거세게 뽕잎을 먹어치우는지 뽕잎 갖다 대기가 바쁘다. 밤중에 뽕잎 먹는 소리를 들으면 쏴아 하며 꼭 소나기가 쏟아지는 것 같다.

누에가 점점 커갈수록 잠실(蠶室)도 커지고 우리는 누에에게 안방을 내주고 마루방으로 밀려난다. 누에가 사람대신 안방차지를 하는 것이다. 그만큼 귀하신 몸이다. 누에방은 함부로 드나들 수 없는 신성한 곳이다. 혹시나 누에한테 병이 들까 애지중지하기 때문이다.

먹고 자고 먹고 자고, 그러다 넉 잠을 자고나면 섶에다 고치를 짓기 시작한다. 입에서 뽑아낸 실로 땅콩을 닮은 8字 모양의 집에 자신의 몸을 감추는 걸 우린 숨죽여 들여다본다. 볼수록 신기하다. 누에는 저 집에 들어앉아 마침내 나방이 되어 날아가는 꿈을 꿀 것이다.

그러나 먹고살기 급한 인간들은 그런 누에의 꿈을 사정없이 짓밟는다. 누에가 애써 만들어 놓은 그 집, 고치를 허물고 거기서 실을 거꾸로 뽑아내는 것이다. 자신의 오랜 꿈인 나방이 되어 날아가지 못하고 집까지 빼앗긴 누에가 불쌍하다. 그렇게 힘들게 집을 지었는데 결국 인간의 비단옷감이 되고 말았으니.

펄펄 끓는 뜨거운 물에 고치를 집어넣고는 물레질을 하면 돌돌돌 구르며 실을 다 풀어낸 누에는 마지막으로 미라가 된 수줍은 알몸을 드러내는데 옆에 쪼그리고 앉았던 내가 젓가락으로 냉큼 집어먹는다. 그렇게 번데기는 나에게 고소하고 영양만점인 먹이가 되어주었고, 또 그렇게 만들어진 명주실 꾸러미는 시장으로 나가 돈으로 바뀌어져 살림에 큰 보탬이 되었다.

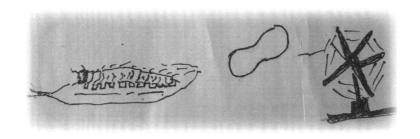

큰 어매는 마치 일을 위해 태어난 사람처럼 한시도 쉴 틈 없이 일을 했다. 자식 없는 허전함을 일로 채우려는 듯 그야말로 뼈가

빠지게 일을 했다. 그렇게 일을 하다 보니 마흔도 채 안된 나이인데도 대꼬챙이같이 말라서 노인이 다된 사람처럼 보였다. 하긴 밥이라도 굶지 않고 살려면 잠시도 쉬어서는 안 될 처지였다.

어찌된 일인지 남자들 씨가 마르다시피한 집안이었다. 가장(家長)노릇을 해야 할 남자는 한 사람도 남아있지 않았다. 원래 4형제였다고 하는데, 맏이 둘째 셋째 모두 내가 태어나기도 전이나 그즈음에 이런 저런 병으로 세상을 떠났고, 그나마 혼자 남은 막내(우리 아버지)가 집안에서 제일로 기대를 많이 걸었다고 하는데, 그도 무슨 일로 집을 나가서는 돌아오지 않는다고 한다. 그렇게 남자들은 모두 사라지고 홀로 된 여자들만 남아 힘든 삶을 살아야 했으니 참으로 고달프면서도 적막하기 그지없는 집안이었다.

큰 어매는 8살부터 13살까지 6년 동안 엄마 대신 나를 키운 사람이다. 먹이고 입히며 친자식처럼 키우며 나에게 온갖 정을 쏟아 부었다. 한창 클 나이에 그 정을 받았으니 난 생모보다 큰 어매에게 더 깊은 정이 들었던 것 같다.

엄밀히 따지면 남의 집에 얹혀 사는 애였다. 그런데도 나는 이야기 속에 흔히 나오는 것처럼 남의 집에서 눈칫밥이나 먹으며 구박받는 그런 천덕꾸러기가 아니었다. 나의 처지와는 상관없이 구김살 없이 자랐다. 아비도 어미도 옆에 없는 서러운 아이라는 사실도 잊은 채 애들과 잘 어울려 놀았고 남 앞에서 곡괭이 짓도 잘 하는 애였다. 내가 그렇게 구김살 없이 자랄 수 있었던 건 나를 친자식처럼 품어준 우리 큰 어매 덕택이었다.

울지 못하는 매미

맴 맴⋯ 매앰매앰⋯.

여름은 사방이 온통 매미소리 뿐이다. 버드나무에 붙어있던 애벌레가 허물을 벗고 나오더니 어느새 어른 매미가 되어 우렁차게 울고 있다. 여기저기 옮겨 다니며 경쟁하듯 울어대는 바람에 낮잠을 좀 자려해도 시끄러워서 못 잘 지경이다.

매미는 왜 저렇게 울어댈까? 왜 저렇게 목이 쉬도록 줄기차게 울어댈까. 얼마 살지 못하는 게 슬퍼 그러는 걸까. 땅속에서 무려 7년이나 애벌레로 지내다 힘들게 태어나서는 겨우 열흘 남짓 살고 죽는다니 그게 슬퍼서 저렇게 울어대는 것일까. 그런데 그중엔 울지 못하는 매미도 있다. 배에 갑옷 같은 주름을 손가락으로 살살 간질이면 소리를 내는데 아무리 간질여도 소리를 내지 않는 벙어리 매미였다. 옆 나무에는 벌써 매미들이 신나게 울어대는데 이 매미는 힘들게 태어나 여름 내내 한 번 울어보지도 못하고 죽는다고 생각하니 너무 불쌍하고 안타깝다.

엄마와 떨어져 지내는 생활도 차츰 몸에 익어갔다. 큰집으로 온 지도 몇 년이 넘어가니 이젠 엄마와 떨어져 사는 게 아무렇지 않게 여겨졌다. 일찌감치 나의 처지를 받아들이는 것에 익숙해져 갔던 것이다.

하지만, 그런 중에도 가슴 한편은 늘 텅 비어있었다. 엄마가 옆에 없으니 나에겐 어리광이나 투정을 부릴 대상이 없었던 데다 어쩌면 엄마가 옆에 없다는 그 사실만으로 자신도 모르게 약간은 기가 억눌린 상태였는지도 모르겠다. 해질 무렵 언덕에 서서 저녁 어스름을 바라보고 있을 때면 문득 까닭 모를 눈물이 차오르고 텅 빈 가슴에 서늘한 바람이 일었다. 그럴 땐 나지막이 노래를 불렀다.

가을 밤 외로운 밤벌레 우는 밤
초가집 뒤 산길 어두워질 때
엄마 품이 그리워 눈물 나오면
마루 끝에 나와 앉아 별만 셉니다.

엄마가 장사를 나가고 내가 혼자 남겨진 건 여섯 살 때였다. 일찍 엄마와 떨어져 있다 보니 난 또래들이 흔히 하는 어리광을 부

릴 틈이 없었고, 엄마 앞에 퍼질러 앉아 떼를 쓰며 큰 소리로 울어 본 적도 없었다. 울지 못하는 매미처럼.

혹 무슨 일로 서러워 눈물이 나도 속으로만 삼켰다. 어린 마음에도 곁에 내 울음을 받아줄 사람이 없다는 걸 알았던 것이다. 정 눈물이 북받쳐 참을 수 없을 땐 집 뒤꼍에 홀로 앉아 소리 없이 울었다. 그때 손등 위로 뚝뚝 떨어지던 닭똥 같은 눈물방울⋯.

"울지 마라. 남자는 함부로 울면 안 된다."

혹 내가 눈물을 흘리며 울 때마다 엄마가 하던 말이었다. 그러면서 손바닥으로 내 눈물을 닦아주곤 했다. 엄마가 오랜만에 집에 들렀다가 떠날 때 내가 눈물을 글썽이고 서있으면 되돌아와 그렇게 눈물을 닦아주고는 갔다.

어느 때부터인가 나한테 이상한 일이 일어났다. 밤중에 자다 일어나 밖으로 나돌아 다니는 버릇이 생긴 것이다. 모두가 잠든 시각, 밖에서 누가 부르기라도 하는 듯 흡사 무엇에 이끌리듯 집 밖으로 나가 킹킹 개 짖는 소리만 들리는 동네를 무서움도 잊은 채 꿈을 꾸듯 돌아다녔다. 무섭기는 커녕 이상하게도 어둠은 차라리 편안했다.

처음엔 마실 나간 큰 어매를 찾으러 나온 것처럼 '큰 어매, 큰 어매⋯.' 부르며 이 집 저 집을 기웃거리고 다니다 나중엔 '엄마, 엄마⋯.' 하는 소리를 내면서 헤매고 다녔다. 밤에 홀로 돌아다니는 밤 고양이처럼.

그러다 간혹 중간에 깜박거리는 불빛처럼 잠에서 깨어나 번뜩 정신이 돌아올 때도 있었다. 그럼 난 낯선 곳에 온 아이가 길을 잃은 것처럼 멍하니 서서 주변을 두리번거리곤 했다. 내가 왜 여기에 있지…? 그러면서 밀려드는 무서움에 몸을 떨곤 했다. 그렇게 돌아다니다 집에 돌아오면 세상모르는 깊은 잠에 빠져들었는데, 아침에 잠이 깨면 간밤의 일을 깡그리 잊어버리고 무슨 일이 있었는지조차 기억하지 못했다.

그런데 지금도 창피스러운 건, 그런 일이 있은 다음 날은 어김없이 이불이 젖어있었다는 것이다. 그럼 난 큰 어매가 시키는 대로 큰 키를 둘러쓰고 옆집에 소금을 얻으러 가야만 했다. 그러나 소금은 얻지 못하고 뺨만 한 대 찰싹 얻어맞고는 돌아왔다. "저 놈 장가가서도 각시 옆에 오줌 쌀 기다!" 깔깔대는 웃음소리에 창피하고 서럽기도 하여 눈물을 글썽였다.

나의 밤 나들이가 잦아지자 큰 어매가 나를 밤에 아예 집밖으로 못나가게 붙잡는 바람에 잠시 멈추는가 했다. 그러나 또 조금 지나자 다시 그 버릇이 되살아나 돌아다녔고 그때마다 뒤쫓아 온 큰 어매가 나를 붙잡아 끌고 집으로 돌아오곤 했다.

한번은 어찌하나 보려고 큰 어매가 가만히 지켜보고 있으려니 밖으로 나간 내가 어디 멀리 떠나는 사람처럼 동구 밖 길로 횡하니 내빼듯 가더란다. 그러자 덜컥 겁이 난 큰 어매가 뛰어와서 붙잡아 온 적도 있었다. 그때 난 어디로 가려 했던 걸까.

나의 그 증상이 계속되자 큰 어매는 내가 밤중에 밖으로 못 나가게 방문을 꼭꼭 걸어 잠갔다. 그러자 난 또 팔을 휘저으며 심하게 잠꼬대를 하기 시작했다. '엄마… 엄마!' 부르면서.

그런 어느 날, 큰 어매가 나한테 물었다. "엄마 보고 싶나?"

내가 대답이 없자 "지금부터 나를 엄마라고 불러라."

그러면서 밤에 잘 때 내 손을 잡아 당신 젖가슴 속에 집어넣어 주었다. 큰 어매의 젖을 만지고 잔 후로 나의 몽유 버릇과 잠꼬대는 많이 없어졌다.

아들아,

니가 밤중에 일어나 에미를 찾으러 돌아다녔다니 내 가심이 미어지는구나. 그런 줄은 내가 진즉에 몰랐다. 아들아, 이 에미도 마찬가지였다. 한시도 널 잊은 적이 없단다. 밤에 잘라고 드러 누우면 니 얼굴이 자꾸 떠올라 잠도 잘 못 잤다.

그렇지만 세상에 둘도 없는 내 아들아, 그럴수록 꾹꾹 참고 견뎌야 한다. 엄마 돈 벌어 와서 우리 모자 같이 살 그날까지 씩씩하게 참고 견뎌야 하느니라. 그리고 정 참기 힘들 땐 엄마가 늘 니 바로 곁에 있다고 생각해라.

엄마를 만나는 날

큰 어매가 쪽진 머리에 동백기름을 바른다. 장에 가는 날이다.
난 기를 쓰고 따라나선다. 10리 떨어진 가술장이나 강 건너 수산
장에 가면 맛있는 것도 먹을 수 있고 또 운 좋으면 엄마를 만날 수
있었기 때문이다.

처음에 채소 장사부터 시작한 엄마는 그 즈음엔 기름 장사를
하고 있었다. 스페어깡에 석유기름, 발동기 기름, 모빌유 등을 가
져와 낙동강을 오가는 배에 팔았다. 누가 그랬다. 너거 엄마가 기
름을 가져오지 않으면 낙동강 나룻배가 뜨지 못한다고.

우리는 만나면 시장바닥에 같이 앉아 국밥이나 국수를 먹었는
데, 엄만 늘 바빠서 오래 같이 있을 수가 없었다. 두세 달에 한 번
쯤 만났다가 한 시간도 채 못돼 헤어지는 게 아쉬워 발걸음을 못
떼는 나에게 엄마는 사탕이나 엿을 사서 주머니에 넣어주었다. 언
제 또 만날 수 있을까. 그때까지 난 엄마가 어디 사는지도 몰랐다.
진해라는 곳에 있다는 말은 들었지만, 그 곳이 어딘지도 몰랐다.
그렇지만 엄마가 돈을 많이 벌면 언젠가 나를 데리고 갈 것이라고
속으로 믿고 있었다.

나는 추석이 제일로 좋았다. 아니 그 전날이 더 좋다. 엄마를 볼 수 있기 때문이었다. 엄마는 일이 바빠 일 년에 두세 번밖에 집에 오질 못했는데, 추석날엔 어김없이 다니러 왔다. 그렇게 온 엄마는 하룻밤만 자고 추석날 오후에 또 떠났다. 하루라도 장사를 못하면 그만큼 손해라며.

석양 무렵, 홀로 5리 길을 걸어서 버스가 서는 고갯마루로 나갔다. 엄마는 늘 그 시간쯤에 버스를 타고 온다는 걸 알고 있었다. 마루턱에 턱을 고이고 앉아 이제나 저제나 올까 하염없이 버스를 기다렸다. 날은 점점 어두워지고 강 건너에서 깜박이는 등불을 바라보며 저 사람은 등불을 켜고 누굴 기다리는 걸까 생각도 하면서 엄마를 기다렸다.

한참이 지나서야 신작로 길로 먼지를 풀풀 날리는 버스가 와서 섰다. 양손에 짐을 잔뜩 든 엄마가 내린다. 벌떡 일어나 그쪽으로 뛰어간다. 나를 발견한 엄마가 환하게 웃는다. 얼른 가서 보따리 하나를 받아든다. "무겁다." 엄마가 주지 않으려 해도 난 억지로 받아든다. 이 보따리 안에는 없는 게 없을 것이다. 양말, 고무신, 내복…. 큰집 식구들한테 나눠 줄 선물, 또 보통날에는 구경도 못하는 쇠고기, 고등어도 있을 것이다. 당연히 내 것도 있다. 이번엔 베신(운동화)도 있으면 좋을 텐데….

"마이 기다릿나?" 나는 고개를 흔든다. "집에 있지 여게까지 머 할라고 나왔노?"

말은 그렇게 하면서도 아들이 마중 나온 게 무척이나 기쁜 표정이다. 추석 전날이라 대낮같이 밝은 달밤이었다. 신작로 길을 타박타박 걷는다. 엄마가 내 손을 잡아준다. 손이 참 따뜻하다. 무슨 이야기를 나누었는지 기억도 희미하다. 아마 엄마는 이런 말을 했을 것이다.

"밥은 묵었나?" "공부는 잘하나?"

"엄마 보고 싶더나?" "큰 어매 말 잘 듣나?"

나는 응, 응, 응, 대답하며 땅만 보고 걸었다. 그 길이 짧았는지 길었는지도 모르겠다. 커다란 달이 훤하게 밝혀주는 신작로길. 언제까지나 걷고 싶었는데…. 젊은 엄마와 어린 아들은 달빛마저 서럽게 아른거리는 그 길을 단둘이서 걸었다.

한가위 날, 곱게 머리빗은 엄마가 집 뒤꼍 장독대에 정안수 한 사발을 떠놓고는 두 손을 모은 채 서있다. 잠시 후 보름달이 둥실 떠오르자 손바닥을 비비며 무언가를 중얼거린다. 달을 올려다보는 그 모습이 너무도 엄숙해서 옆에 다가가기가 어렵다. 엄마는 지금 무얼 비는 걸까. 아버지 어서 돌아오라고…? 아니면, 아들 공부 잘 하라고…? 엄마의 간절한 마음, 저 달은 알아줄까.

아버지란 사람

나에겐 아버지라고 부를 사람이 없다. 내가 태어나자마자 집을 나갔다고 하니 얼굴조차 본 적이 없다. '아버지'란 말은 한 번도 불러본 적이 없는 낯선 말이었다. 10살이 될 때까지도 아버지란 사람이 왜 집에 없는지 어디로 갔는지 알지 못했다. 그러다 조금 철이 들 무렵부터 자꾸 의문이 들곤 했다. 난 왜 아버지가 없을까. 다른 집에는 다 있는데 왜 나만 없을까. 어디로 간 걸까?

그러나 아무도 그 이유를 말해주지 않았다. 내가 주변에 혹 물을라치면, "넌 마산 오동동 다리 밑에서 주워 왔다. 거기서 똥과자 파는 사람이 니 아버지다."라며 농담조로 얼버무렸다. 어처구니 없게도 처음엔 그게 진짜인 줄로 믿을 뻔했다. 아무리 어리기로서니! 그런 농담이 나의 의구심을 더 키웠다.

엄마도 아버지란 사람에 대해서는 아무 말이 없고, 주변 친척들도 말없이 피하기만 한다. 왜 사람들은 아버지 이야기만 나오면 말을 돌리며 얼버무리고 말까? 의구심은 갈수록 더 불어났다. 내가 아직 어려서 말 못할 뭐가 있는 것일까? 왜 아버지 이야기만 나오면 모두 슬슬 피하는 걸까? 혹시 무슨 죄를 짓고 감옥소에 간 걸까? 정말 나에겐 처음부터 아버지란 사람이 없었던 것일까.

또 이상한 건, 집안 어디에도 아버지란 사람의 흔적이 남아있지 않다는 것이었다. 당연히 무슨 작은 흔적이라도 있을 텐데 보이는 게 아무 것도 없다. 사진이나 아니면 무슨 물건이라도 하나 남아 있을 법한데 무엇 하나 남은 게 없다. 엄마하고 올린 결혼식 사진도 없다. 아예 이 세상에 없었던 사람처럼 모든 게 사라지고 없다. 진짜로 없었던 사람인가? 그럼 난 어떻게 태어난 걸까?

게다가 나를 바라보는 마을 사람들의 눈초리도 좀 이상하다. 길에서 나와 마주치면 마치 불쌍한 아이를 보는 듯한 눈으로 바라보기도 하고 어떤 사람은 아무 말 없이 머리를 쓰윽 쓰다듬어주고 가기도 했다.

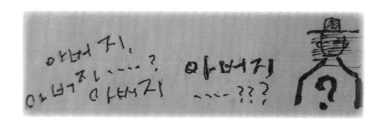

어느 날 밤, 자려고 누워 있다가 호롱불 아래에서 콩을 까던 큰어매가 긴 한숨을 내쉬며 혼잣소리로 중얼거리는 소리를 들었다.

"에휴, 세월이 미쳤지. 무신 바람이 들었던지 멀쩡한 사람이 하루아침에 미쳐가지고… 지 일신 배리고 집안사람들까지 고생시키는 거 생각하믄…."

무슨 이야기를 하는지 모르지만 난 자는 척 다 듣고 있었다. 그러다 내가 부스럭거리자 '니 안즉 안 잤나?' 하더니 이젠 나 들으라는 듯이 대놓고 말한다.

"내가 그때 뒤로는 잠을 제대로 못 잔다. 그때 놀란 가슴이 지금도 무시로 쿵쿵 뛰어서 자다가도 벌떡 깨고…. 밤중에 순사들이 난데없이 들이닥쳐서는 없는 사람 내놓으라고 집안을 뒤지고 모른다고 해도 구둣발로 차고…."

무슨 이야길 하는 걸까. 도무지 무슨 소린지 알 수가 없다. 큰 어매의 말은 이어진다.

"아이구우, 무신 세월이 그랬는지. 니 큰 아부지는, 법 없이도 살 그 천치 같은 양반은 동생 하나 잘못 둔 죄로 사흘들이 지서에 끌려가 매 맞고 오고…. 그러다 병이 들어…." 큰 어매가 울음을 삼키는 것 같다. "니 에미는 어린 니 둘쳐 업고 천지사방으로 숨어 다니고….아이구우, 무신 영화 볼 기라고. 그기 머라고 미쳐가지고… 그리 숨어 댕기다가 결국은 붙잡혀서 까막소 가고…. 세월이 미쳤지, 미쳤제."

밤은 깊은 가고 큰 어매의 푸념은 끝이 없다. 아무래도 우리 아버지란 사람을 두고 하는 말인 것 같다. 옛날에 무슨 일이 있었던 걸까? 그 생각을 하다가 나는 깜박 잠이 들었고, 꿈에 한 남자가 피를 흘리며 강 너머로 걸어가는 걸 보았다. 피가 강물에 흘러서 벌겋게 변하는 무서운 꿈이었다.

내가 아버지에 대해 자꾸 궁금해 하자 어느 날 마침내 큰 어매와 사촌형님이 살며시 일러주었다. 지난 번 전쟁 때 집을 나갔는데 행방불명이 돼서 돌아오지 않는다는 것이었다. 그렇게만 알고 있으라고 한다. 그것도 무슨 비밀을 말하듯 아주 낮은 소리로 일러준다.

아! 아버지는 전쟁터에 나갔구나! 비로소 난 아버지가 없는 이유를 알게 됐다. 그런데 난 그걸 아버지가 전쟁터에 나가서 전사한 걸로 알아들었다. 그래서 참으로 우습고 황당한 일이 있었다. 마을의 내 또래 중에 아버지가 국군으로 전쟁에 나가 전사한 애가 있었는데, 난 걔와 내가 같은 처지인 걸로 생각해서 다른 애들보다 유달리 친하게 지냈다. 국군 전사자와 아버지를 구별하지 못했던 것이다. 그러다 시간이 지나면서 뭔가 이상하다는 걸 느끼기 시작했고, 한참 후에야 그 애의 아버지와 우리 아버지는 달라도 너무 다르다는 걸 눈치 챘다.

그러던 어느 날, 난 처음으로 충격적인 말을 들었다. 평소 입이 재빠르기로 소문난 동네 할매 한 사람이 마을 앞 개울가에서 나를 보자 대뜸 이렇게 말했다.

"으이그, 불쌍한 것. 니는 니 아부지 어데 갔는지 모르제? 산에 갔다, 산에. 빨갱이거든, 빨갱이! 아이고, 이노무 입! 내가 애한테 시방 무신 말을 하고 있노? 아, 아니다. 못들은 걸로 해라."

그렇게 말을 던지고는 간다. 갑작스런 그 말에 난 아무 생각도 못하고 멍하니 서있었다. 그런데 가던 할매가 다시 돌아오더니 내 귀에 대고 낮은 소리로 말한다.

"너거 아부지… 아매도 죽었을 기다. 안 그르믄 이리 오래 안 돌아올 리가 없제. 니는 그리 알고만 있거라. 으이그 불쌍한 것…."

하고는 급히 간다. 난 여전히 그 자리에 꼼짝 않고 서있었다. 빨갱이…? 그 말만 머릿속에서 뱅뱅 돌았다.

머리에 뿔 달린 괴물

그해 추석날, 집에 왔다가 돌아가는 엄마를 따라 동구 밖 버스 정류장까지 나갔다. 그만 들어가라고 해도 그냥 따라갔다. 꼭 물어보고 싶은 말이 있어서였다. 버스가 오기 전 언덕에 앉아 잠시 쉬는 사이, 내가 엄마한테 물었다.

"엄마, 아부지 어데 갔노?"

"그, 그건… 와 묻노?"

난 망설이지 않고 단도직입적으로 물었다.

"아부지… 빨갱이가?"

엄마가 화들짝 놀란다.

"누, 누가 그런 소리 하더노?"

"동네 할매가. 아부지 빨갱이라서 산에 갔다고 하더라."

"누가 그런 씨잘 데 없는 소리를 애 앞에서 씨부리노! 누가!"

엄마가 벌컥 소리를 내지른다. 난 잔뜩 움츠린 채 엄마의 눈치를 살피다가 내친 김에 다 말해버린다.

"아부지… 안 온다 카더라. 아부지… 죽었다 카더라."

"머라꼬? 죽어? 내 이걸 당장…!"

누가 그런 말을 했는지 당장 찾아 나설 기세다. 화를 참지 못해

숨까지 헐떡인다. 그렇게 화난 모습의 엄마는 처음 본다. 한참 동안 눈을 질끈 감고 화를 삭이는 엄마. 잠시 후 내 어깨를 두 손으로 잡더니 나를 똑바로 쳐다본다. 그리곤 떨리는 목소리로 말한다.

"내 말 똑 바로 들어라. 니 아부지는 안 죽었다. 절대로. 언젠가는 돌아온다. 그리고 니 아부지… 나쁜 사람 아니다. 절대 그런 사람 아니다. 앞으로는 어데 가서 다시는 그런 말 듣지도 말고 믿지도 말아라. 알았제? 앞으로는 그런 쓸데없는 일에 신경 쓰지 말고 공부나 열심히 해라."

엄마의 화난 모습에 질려 난 간신히 고개만 끄덕였다. 말을 마친 엄마가 벌떡 일어서더니 버스 정류장을 향해 급히 걸어간다. 엄마의 걸음걸이가 허둥대는 것 같다. 난 멀어지는 버스를 바라보며 오래오래 서있었다.

아들아!

그날 버스타고 가는 동안 내내 울었다. 니 말 듣고 내가 얼매나 놀랬는지 모를 기다. 에미는 그때 일을 두 번 다시 떠올리기 싫어서 입을 닫고 살았다. 니가 아직 어린 나이라 말을 못 했다. 그걸 알아서 뭐하겠나 싶어서…. 그렇지만 숨긴다고 숨겨질 일도 아니고 언젠가는 니도 알아야 할 일이다. 니가 좀 더 크면 다 알게 될 날이 올 거다.

그리고 니 아부지는 절대로 나쁜 사람 아니다. 누구한테도 해를 끼친 적이 없다. 산에 갔다는 말도 거짓말이다. 그러니 아부지 없다고 절대 기죽지 마라. 아부지 돌아올 끼다. 언젠가는 꼭 돌아올 기다. 에미는 그렇게 믿고 산다.

집으로 돌아오는 길, 마을 어귀 언덕에 오랫동안 앉아있었다. 사방이 어두워질 때까지 홀로 앉아있었다.

엄마는 아버지가 빨갱이 아니라는 말은 절대 하지 않았다. 무얼 감추고 있던 걸 들킨 사람처럼 화만 냈다. 언젠가는 돌아올 거라는 말만 했다. 그런 엄마의 모습에서 아버지란 사람의 정체를 짐작할 수 있었다. 밖으로 드러내놓고 함부로 말해서는 안 되는 뭔가가 숨겨져 있는 게 확실했다. 주변 사람들이 한사코 숨기고 피하는 이유를 알 것 같다. 나를 둘러싼 이상한 분위기, 안개 같은 것이 점차 걷히며 감춰져 있던 형체가 점차 드러나는 것 같았다. 순간 어쩐지 몸이 으슬으슬해져 오는 느낌이었다.

아버지란 사람의 흔적이 어디에도 남아있지 않았던 건 모두가 합심한 듯 그 흔적을 깡그리 다 없애고 지워버린 탓이었다. 훗날 낡은 장롱 깊숙이에서 청년시절 축구단 선수들과 어깨를 걸고 찍은 누렇게 변한 사진 한 장을 발견했는데, 그게 그가 남긴 유일한 물건이었다. 왜 사람들은 그 사진조차 장롱 깊은 곳에 숨겼어야 했을까. 아버진 한 때 분명히 존재했으나 이젠 세상에서 사라진, 사람들의 기억 속에 유령처럼 남아있는 사람 이었다.

비로소 아버지란 사람의 정체를 알게 되었다. 사람들이 입에 올리기 싫어하고 피하는 그런 사람이라는 걸. 그들은 낮은 소리로 속삭이듯 말했다. "네 아버지는 빨갱이였다."고.

빨갱이가 뭘까? 교실 뒤쪽 벽에 붙어있는 그림이 떠오른다. 크레파스로 그린 그림엔 온몸이 시뻘겋고 머리에 뿔이 달린 사람 옆에 '처부수자! 공산당!! 때려잡자! 빨갱이!!'란 글이 적혀 있다. 그리고 애들은 아침마다 운동장에서 "공산괴뢰군을 때려 부수고 백두산 영봉에 태극기를 날리자."는 '우리의 맹세'를 목청껏 외쳤고, 6.25가 되면 "아아, 잊으랴! 어찌 우리 이 날을 조국을 원수들이 짓밟아 오던 날을" 하고 소리 높여 합창했다. 그때 나도 주먹을 불끈 쥔 채 북한 괴뢰군을 처부수자고 목청껏 외쳤다.

충격과 혼란이었다. 공산당, 빨갱이…. 그때까지도 그 말의 의미를 명확히 알기에는 난 너무 어렸다. 그러나 사람들의 눈빛이나 쉬쉬하는 분위기에서 아버지가 뭔가 큰 죄를 지은 사람이란 건 눈치로도 짐작할 수가 있었다.

'빨갱이'란 말은 누구든 함부로 입에 올릴 수 없는, 모두가 피하는 어둠 속의 말이었다. 아버지란 사람의 실체를 안 뒤부터 난 스스로 움츠러 들었다. 그리고 아들인 나마저 뭔가 큰 죄를 지은 것처럼 조심스럽게 주위의 눈치를 살피기 시작했고, 한동안 복잡하고 혼란된 생각에 빠져 지냈다. 교실의 그림처럼 진짜 몸에 온통 빨간 칠을 하고 다니는 흉측한 괴물일까? 빨간색만 보아도 가슴이 덜컹했고 밥상에 빨간색 생선이 올라오는 것도 싫었다.

때론 악몽에 시달리기도 했다. 시뻘건 몸에 머리에 뿔이 달린 괴물이 나타나는 바람에 땀을 뻘뻘 흘리며 놀라 깨기도 했다. 그후 아버지 이야기를 절대 입에 꺼내지 않았지만, 주변에서 혹 그런 말이 나오면 가슴이 뛰면서 다른 사람의 눈치를 보곤 했다. 난 큰 그물에 걸린 작은 새 같았다. 빠져나가려 날개를 파닥여 보지만 그럴수록 꼼짝달싹할 수 없게 묶인.

강물은 말이 없다

푸른 속살을 뒤척이며 산허리를 휘감고 들판을 가로질러 몇백 리 먼 길을 쉼 없이 달려온 낙동강은 중류인 우리 마을 어귀에 와서야 한숨을 돌리며 한껏 여유롭게 흘러간다. S자로 구불거리며 내려온 강은 물이 부딪치는 맞은편에는 벼랑, 그 반대편 우리 마을 쪽에는 넓은 모래사장을 만들어 주었다.

강은 겉으로는 평온하게 보이지만 그 속에는 많은 걸 감춘 채 소용돌이치고 있다. 물결 이랑마다 지난날의 온갖 사연들을 숨기고 있다. 전쟁 땐 피로 물든 울음의 강이었고 지금은 애들이 헤엄치고 노는 놀이의 강, 나룻배를 타고 떠난 님에겐 이별의 강이었다. 하얀 모래톱 물새들의 발자국을 따라가는 연인들에겐 사랑의 강이었고, 수박 땅콩 서리하던 꼬마들에겐 엄마 품처럼 따뜻한 추억의 강이었다.

강 건너 떠난 남편을 기다리며 밤새 등불을 들고 선 아낙의 눈물, 시집가는 딸을 보내는 어버이의 눈물도 그 속에 있다. 강은 그 모든 걸 품고 묵묵히 흐를 뿐 어떤 속내도 내보이지 않는다. 슬픔도 기쁨도 모두 숨긴 채 무심히 흘러갈 뿐이다.

그러나 강은 새색시마냥 늘 그렇게 수줍고 얌전하지만은 않았다.

때로는 감췄던 속내를 드러내듯 용트림 같은 몸부림을 치기도 했다. 그 강이 하루아침에 뒤집어지며 무서운 얼굴로 변한 걸 보았다.

5학년 때인가, 추석 전날 엄청나게 센 태풍이 몰려왔다. '사라호'라고 불렀다. 태어나 그렇게 센 태풍은 본 적이 없었다. 나무가 뿌리째 뽑혀 넘어지고 길 가던 사람이 바람에 날려 논바닥으로 처박힐 정도였다.

추석날 아침, 비바람이 몰아치는 그 난리 속에서도 우리는 조상님의 차례를 정성껏 지냈다. 그런데 그날 강물이 넘친다는 소리가 돌았다. 둑이 터질지도 모른다고 했다. 겁에 질려 미리 피난 보따리를 싸놓은 사람도 있었다.

마을사람들이 모두 강가로 몰려갔다. 그렇게 무서운 광경은 난생 처음이었다. 누런 흙탕물이 넓은 강폭을 꽉 채운 채 부글부글 거품을 일으키며 흘러가고 있었다. 흡사 성난 사람들이 한꺼번에 미친 듯이 몰려가고 있는 것 같은 광경이었다. 내려다보고 있노라니 현기증이 날 지경이다. 아직 바다는 못 봤지만 바다처럼 넓은 것 같았다.

강물 위로 수천수만 개가 넘는 능금들이 강 위를 빽빽하게 채우며 떠내려 왔다. 대구 쪽 과수원을 휩쓸었기 때문이란다. 소, 돼지가 허우적거리며 내려오는 게 보이고, 간혹 원두막도 떠내려 왔는데 그 위에는 뱀들이 새까맣게 올라가 있었다.

강물은 일제 때 쌓아올린 높은 강둑을 금방이라도 넘어올 듯 으르렁댔다. 위태위태한 순간이었다. 사람들이 징을 치고 한쪽에선 가마니에 흙을 채워 둑 위에 쌓았다. 그 일은 어두워질 때까지 계속됐다. 사람들은 횃불을 밝힌 채 강가를 떠나지 못했다.

그날 위에서 내려온 시신 한 구를 건져냈고, 우리 마을사람 하나도 떠내려 온 사과를 건지려고 욕심을 내다가 물에 휩쓸려 내려갔다. 나중에 안 일이지만, 사라호라는 이 태풍으로 인해 전국에서 천 명 가까운 사람이 죽었다고 했다.

거센 물결은 강변의 나무와 곡식 등 살아있는 모든 것을 깡그리 흙탕물 속에 휩쓸고 내려갔다. 강물이 휩쓸고 간 자리는 아무것도 남지 않은 황무지로 변했다. 모래성을 쌓으며 놀던 백사장. 바람이 불면 소리를 내던 무성한 포플라 숲, 밭의 원두막들, 노고지리 우짖던 호밀밭도 어디론가 사라지고 없었다. 그렇게 평온하던 강이 이렇게 무섭게 돌변하다니! 노한 하늘이 사람들에게 큰 벌을 내리는 것 같았다.

훗날 강가 마을에서 자란 어느 시인이 시 한 편을 남겼다.

구월 어느 날
낙동강 홍수 끝나고 강변 모래톱에
꽃고무신 한 짝이 물결에 흔들리고 있었네.
아무도 모르리
강 건너 뱃사공 집 어린 소녀가
홍수에 떠밀려 죽어간 줄을.
흰 물새 한 마리
주인 잃은 꽃고무신 곁에 머물고 있었네.

이달희 ― '낙동강'

그러나 그 성난 강물도 강변 모래톱 속에 깊이 새겨진 추억들을 가져가지는 못했다. 황무지 속에서도 새 생명의 싹은 돋아나고 있었다. 얼마 지나지 않아 강은 옛 모습을 되찾아 맑고 푸른빛으로 흐르고, 물가에는 물새들이 거닐고, 건너편에선 어부들의 노랫소리가 들려오고, 반짝이는 모래톱에는 꼬마들이 뛰어 놀았다.

"강물아, 흘러흘러 어디로 가니. 넓은 세상 보고 싶어 바다로 간다~"

말없이 흐르는 강물 속에는 이루지 못한 애잔한 사랑의 눈물도 섞여있었다. 동네에 마산으로 공부하러 나간 형이 있었다. 나보다 대여섯 살 많은 형으로 당시엔 고등학교 가는 것도 대단한데 하물며 외지 유학은 꿈도 못 꾸던 시절이라 어린 우리들에겐 선망의 대상이었다.

얼굴이 하얗고 멋 부리기를 좋아한 그 형은 방학을 맞아 집에 돌아오면 강가 언덕에 서서 트럼펫(우린 '나팔'이라고 불렀다.)을 불었다. 무언지 모를 곡을 저녁나절이 될 때까지 오래도록 서서 빽빽 불어 그 소리가 온 동네로 퍼져 나갔다. 그럼, 동네 어른들이 혀를 끌끌 차며 말했다. "쟈가 객지 나가더니 바람이 단단히 들었네. 하라는 공부는 안 하고."

그러던 어느 가을날. 그 형이 강가 모래밭에 엎드린 모습으로 발견됐다. 술에 농약을 타서 마시고 자살했다는 것이었다. 모래톱 위에 자는 듯이 엎드린 그 옆에는 빈 소주병이 뒹굴고 있었고, 발밑에 밀려와 철썩이는 강물에는 물새 한 마리가 서성이고 있었다. 그리고 그의 길게 뻗은 손가락 끝 모래밭에는 마지막으로 쓴 것 같은 어떤 여자애의 이름이 희미하게 쓰여 있었다. 실연 때문이라고 했다. 마산에서 어떤 여학생을 짝사랑했는데, 그걸 끝내 이루지 못하자 비관하여 목숨을 끊었다는 것이었다. 마을에서는 아까운 아이 하나 잃었다며 탄식을 했다.

"젊은 청춘이 그깟 여자 하나 때문에 목숨까지 끊다니…!"

그 일은 우리들에게 큰 충격을 주었다. 아직 사랑이라는 게 뭔지 모르는 나이였지만, 그것 때문에 사람이 죽을 수도 있구나! 하는 걸 처음 알았다.

그 후로도 빨갛게 노을이 지는 강 언덕에서 어스름이 내릴 때까지 트럼펫을 불고 있던 그의 모습이 떠올라 마음이 아련했다. 사람들은 젊은 시절의 어설프고 눈먼 사랑 때문에 어리석은 짓을 했다고 하지만, 그럴 수밖에 없었던 그 마음을 누가 알 수 있을까 싶었다.

안녕, 나의 친구들

"가련다. 떠나련다. 해공선생 뒤를 이어
장면박사 홀로 두고 유석이는 떠나간다.
가도 가도 끝이 없는 당선 길은 몇 구비냐.
자유당에 꽃이 피네. 민주당에 비가 오네."

애들이 뜻도 잘 모른 채 이런 노래를 부르고 다녔다. 〈유정천리〉란 노래의 가사를 바꾼 것이었다. '해공선생'은 그 전에 이승만 대통령에 대항하여 출마한 후보였지만 유세중 호남선 열차 안에서 갑자기 사망한 海公 申翼熙를, '유석'은 그해 대통령 후보였다가 병으로 세상을 떠난 維石 趙炳玉을 가리키는 말이었다. 그러니까 당시의 상황을 비유한 상당히 정치적인 노래였다. 그래서 이 노래를 부르면 잡아간다는 말이 나돌았다. 최초의 금지곡이었던 것 같다.

다음 해 3월, 대통령 선거가 있었고 대통령 이승만, 부통령 이기붕이 당선되었다. 그런데 그게 부정선거라고 여기저기 학생들 데모가 일어났다. 그런 중에 김주열이란 고등학생이 눈에 최루탄을 맞은 시체로 마산 앞바다에서 발견됐고, 이걸 시발로 데모가 전국으로 번졌다. 온 나라가 시끌벅적한 모양이었다. 신문도 라디오도 없는 시골구석이었지만, 바람결에 들려온 소문들이었다.

그런 어수선한 소문이 들리던 4월 말쯤의 어느 날, 교실에서 공부를 하다 내다보니 손님도 없는 빈 버스 한 대가 학교로 들어오는 게 보였다. 이런 시골에 버스가 오는 건 처음이었다. 그런데 운동장 가운데로 와서 선 버스에서 운전기사가 내리더니 한쪽으로 냅다 도망을 친다. 놀란 우리는 선생님의 인솔에 따라 교실을 나와 언덕 뒤에 숨어 그 광경을 몰래 지켜보았다. 그리고 잠시 후에는 트럭 한 대가 뒤따라 들어왔고 거기서 몽둥이를 든 청년들이 우르르 내리더니 버스로 몰려가서 유리창을 마구 깨기 시작했다. 얼핏 보니 그들 중에는 언젠가 장터에 활동사진을 갖고 온 사람도 있었고, 지난번 선거 때 마이크를 잡고 '친애하는 동민 여러분 어쩌고 저쩌고…' 하던 사람도 보인다. 그게 내가 처음 접한 4.19였다.

6학년, 곧 졸업이다. 그런데 난 그때까지도 중학교에 가야 한다는 생각을 못하고 있었다. 주위에서도 그걸 말해주는 사람이 아무도 없었다. 참으로 무지몽매하기 짝이 없는 상태였던 것이다. 그 땐 국민학교 졸업하고도 중학교에 못(안) 가는 애들이 태반이었던 시절이라 나도 별다른 생각이 없었다. 못 배우고 가난하게 살아온 시골 부모들은 교육이나 학교에 대한 생각이 짧다 못해 무지했다. 제 이름만 쓸 줄 알면 됐지 뭣 하러 비싼 월사금 내며 그런델 가느냐며 일찌감치 일이나 배우라고 했다. 만약 나에게도 그대로 내버려둔 채 누군가가 손을 잡고 끌어주지 않았다면 시골에 그대로 주저앉아 농사나 지으면서 지냈을지도 모른다.

그런데 내 손을 잡고 끌어준 사람이 있었다. 역시 엄마였다. 엄마에겐 진작부터 세워놓은 계획이 있었던 것 같았다. 나를 데려가 중학교에 보내고 지금부터 같이 지낼 생각을 했던 것이다. 큰 어매도 자식이 엄마와 너무 오래 떨어져 있으면 정이 없어진다고 눈물을 글썽이며 나를 보냈다. 그렇게 난 유년의 꿈이 담긴 고향을, 6년간 나를 키워준 큰 어매, 나의 양모(養母) 곁을 떠났다. 큰 어매는 버스 타는 곳까지 따라 나와 말했다. "니는 여게 잊어버리믄 안된다이. 내가 니 키운 에미다."

나의 어린 시절은 벌레 곤충 개미들과 함께 자연 속에서 보낸 순수의 세계였다. 그곳은 그리움과 슬픔, 또 즐거움이 있는, 다시는 오지 않을 우리만의 시간이었다. 마치 꿈속에서 보낸 듯 아련한 그 시절을 난 잊지 못할 것이다.

잘 있거라. 함께 땅따먹기 하고 팽이 돌리고 연 날리던 나의 코흘리개 친구들, 그리고 언제나 다정했던 나의 개미들, 나의 나비들, 나의 매미들, 늘 나와 같이 놀았던 물방개, 소금쟁이, 고추잠자리, 반딧불이, 여치, 메뚜기들아, 이젠 안녕. 난 이제 좀 더 넓은 세상으로 나간단다.

그리고 어떤 일이 있어도 결코 흐름을 멈추지 않던 강아, 너의 그 푸르른 강물도 내 가슴에 듬뿍 담은 채 떠나련다. 어딜 가든 세월이 아무리 흘러도 강물은 내 가슴 속에서 그리움처럼 흐를 것이기에 난 행복하단다.

삶이 그대를 속일지라도

엄마 품속

이듬해, 시골을 떠나 엄마가 있던 진해로 갔다. 13살이 될 때까지 십 리 밖을 나가 보지 못했고 한 번도 차를 타보지 못했던 난 난생 처음으로 석탄으로 달리는 칙칙폭폭 기차를 타봤다. 그런데 처음 탄 그 기차가 엄마가 살아가는 모습을 그대로 보여주는 것 같았다.

엄마는 돈을 아끼느라 표를 사지 않고 기차 불통 바로 뒤의 화물칸에 몰래 나를 태웠는데, 문제는 기차가 터널 안을 지날 때 일어났다. 전등이 없어 깜깜한 건 그렇다 치더라도 문짝도 없는 화물칸으로 매운 석탄 연기가 그대로 흘러 들어와 숨도 못 쉴 지경이었다. 내가 목을 잡고 캑캑거리자 엄마가 미안한 듯이 말했다. "금방이다. 조금만 참아라." 엄마의 말대로 터널은 그리 길지 않았다. 그런데 터널을 빠져나와서 보니 얼굴이고 옷이고 온통 시커먼 그을음으로 뒤덮여 있었다. 매캐한 연기와 그을음으로 가득 찬 어두운 터널을 벗어나 그렇게 난 처음으로 바깥세상 구경을 했다. 눈물 콧물을 흘리며 시커먼 까마귀 꼴이 되어서 새 세상으로 나온 것이다.

우물 안 개구리가 밖으로 나와서 처음으로 본 세상은 모든 게 신기하고 놀라웠다. 처음으로 바다를 보았고, 그렇게 많은 차들을 본 것도 처음이었다. 그러나 바로 눈앞에 펼쳐진 우리의 삶은 화려하거나 풍족하기는커녕 초라하기만 했다.

도회지라고 하지만 우리가 사는 변두리의 셋집은 시골집보다도 더 좁고 초라했다. 장사를 시작한 지 8년이 됐지만 엄만 아직도 남의 집 문간방 처지를 벗어나지 못하고 있었다. 살림살이도 별로 갖추지 못한 그 초라한 모습을 보는 순간, 어린 마음에도 가슴이 후두둑 내려앉았다. 아, 이렇게 살았구나! 이런 곳에서 엄마는 홀로 살아왔구나! 그동안 엄마가 혼자 잘 먹고 잘 살았을 거라는 생각은 안 했지만, 사는 모습을 보니 그동안 엄마가 얼마나 힘들게 살아왔는지를 짐작할 수가 있었다.

하지만, 엄마와 같이 있는 곳이면 어디든 상관없었다. 엄마와 함께 지내는 게 꿈만 같았다. 이렇게 한 집에서 같이 살게 된 게 얼마만인가. 엄마가 장사를 떠난 후 8년 만에 엄마 품속으로 다시 돌아온 것이었다.

비록 좁은 단칸방이었지만, 엄마와 난 이제 막 신접살림을 차린 신혼부부처럼 설렌다. 혼자이던 엄마도 아들과 함께 지내는 게 좋은지 얼굴에 웃음이 떠나지 않았다. 매일 얼굴을 맞대고 같이 밥먹고 같이 잠자고. 무엇보다도 엄마 냄새를 맡으며 그 품에 안겨서 자는 게 제일로 좋았다. 너무 포근하고 따뜻해서 좋았다. 그 때난 13살이었고, 엄만 34살이었다.

　아들아,
　나도 니 옆에서 자니 꿈만 같았다. 니가 내 곁으로 와서 이 어미가 얼마나 좋았는지 모른다. 시상에 둘도 없는 내 새끼가 내 옆에서 새근새근 잠들어있다니! 이게 얼마 만이냐. 니를 떼놓고 장삿길로 나선 후부터 언제 우리 아들하고 같이 살까…. 늘 기다려왔는데 인제 소원을 풀었으니 이보다 더 좋을 수가 없었다. 비록 단칸 셋방에 살아도 니만 옆에 있으면 사람 사는 거 같았단다.

엄마는 밖에 나갈 때 걸핏하면 나를 데리고 나갔다. 혼자가 아니라 아들도 있다는 걸 자랑하고 싶었던 것이다. 사람들을 만나면 "우리 아들!" 하며 인사를 시켰다. 그럼 사람들은 "아이구, 야가 봉곡댁(*엄마의 택호)이 아들이구나!" 하며 머리를 쓰다듬어준다. 그때 환하게 웃던 엄마의 얼굴은 더없이 행복하게 보였다. 엄마는 아마 속으로 이렇게 외쳤을 것이다. "그래, 난 아들도 있다! 이 세상에 나 혼자가 아니야."

엄마의 그런 모습을 보며 그동안 홀로 지내기가 얼마나 외로웠을까 하는 생각이 들어 가슴 한쪽이 찡했다. 그러면서 속으로 다짐했다. 이제 갓 코찔찔이를 벗어난 꼬맹이지만 지금부터라도 엄마의 든든한 기둥이 되기로.

중학교에 입학했다. 개구리나 잡으러 다니던 촌놈이 어엿한 중학생이 된 것이다. 교복을 입은 내 모습을 보며 가장 뿌듯해한 사람은 당연히 엄마였다. 엄마는 中이 라고 쓰인 모자를 씌워주며 눈물까지 글썽였다. 엄마는 나를 앞에 앉혀놓고 말했다.

"엄마 하는 일에 신경 쓰지 말고 인자부터 니는 공부만 열심히 해라."

아들 하나만 잘 되면 어떤 고생을 해도 괜찮다고 했다. 엄마는 이제부터 아들과 함께 더욱 더 열심히 살아가기로 결심을 한 것 같았다. 나도 얼마 전까진 중학교란 델 가리라곤 생각도 못 했는데, 교복을 입고 보니 뭔가 으쓱한 기분이 들었다. 그 날 엄마와 난 사진관으로 가서 입학 기념사진을 찍었다. 내가 태어나 처음으로 찍은 사진이었다.

학교에 다닌 지 얼마 지나지 않아 나라에 무슨 큰일이 일어난 것 같았다. 뉴스에 검은 안경을 낀 군인 아저씨가 자주 나왔고, 우리는 "반공을 국시의 제1의(義)로 삼고… 기아선상에 허덕이는 민생고를 시급히 해결하고"로 시작되는 〈혁명공약〉을 열심히 외웠다. 국민학교 땐 이승만 박사가 대통령이었는데, 인제 새 대통령이 나올 모양이었다. '잘 살아보세, 잘 살아보세~' '새벽종이 울리네. 새 아침이 밝았네.' 등의 노래가 연일 울려 퍼졌다. 중학교에 들어간 내 앞에도 새 세상이 열린 것처럼 나라에도 바야흐로 새 시대가 열린 듯 보였다.

엄마는 첫차로 떠난다

채소 장사로 시작된 엄마의 사업(?)은 이제 유류를 취급하는 것으로 발전해있었다. 군항도시 진해에는 엄청나게 큰 해군보급창 창고가 여러 개 있었는데, 거기엔 해군, 해병대 전체가 쓸 군수품이 쌓여있었다. 기름은 거기서 나왔다. 부대 안의 군인들이 빼돌린 물건을 밖에서 철조망 사이로 몰래 빼내는 것이었다. 물론 경계를 서는 위병들과 다 짜고 하는 짓이었다. 그들이 묵인방조 해주는 대신 엄마는 그들에게 얼마씩 떼어주는 식이었다. 안과 밖의 합작으로 공생하는 것이었다.

나도 간혹 엄마의 일을 도왔다. 군부대 철조망가에 가서 스페어깡 기름통을 운반하기도 하고, 집으로 가져온 그걸 비닐 자루에 옮겨 담는 걸 옆에서 도왔다. 국가재산을 도둑질하듯 빼내서 팔아먹는 짓은 말할 것도 없이 큰 범죄였는데, 난 거기에 가담한 공범이었던 것이다.

빼낸 휘발유, 모빌유는 기차나 버스를 통해 빠져나가 마산, 부산, 진영 등지로 운반돼 비밀리에 거래가 됐다. 군항도시 진해를 빠져나가는 길목마다 군경 합동검문소가 버티고 앉아 밀반출을 단속하고 있었지만, 그것도 별 문제없이 통과했다. 엄마는 아예 그들에게도 월 얼마씩 월급 주듯 일정하게 쥐어주고 있었던 것이다.

그러나 아무리 짜고 하는 거라고 해도 군수품을 빼내서 파는 일은 위험하기 짝이 없는 짓이었다. 걸리면 바로 영창행이라 늘 조마조마 가슴을 졸여야 했고, 휘발유 같은 기름은 자칫하면 화재 사고가 날 수 있는 위험물질이어서 늘 위태위태했다. 엄마와 같은 장사를 하던 아주머니 중에는 실제로 휘발유에 불이 붙는 바람에 타 죽는 사고가 일어난 적도 있었다.

사람들은 엄마더러 운이 좋은 사람이라고 했다. 여태껏 큰 사고 한 번 없었던 데다 그런 장사를 하는 사람들 중에서도 봉곡댁이 제일로 성공했다고 한다. 그럼 엄마는 조상님이 도운 덕택이라고 대답했다. 집안에서 땡전 한 푼 유산으로 받은 게 없는데도 늘 조상님 음덕을 앞세웠다.

엄마는 그렇게 번 돈을 한 푼도 쓰지 않고 모아서 시골 큰집으로 보냈다. 그럼 사촌 형님이 그 돈으로 논을 한 마지기 두 마지기 사들이기 시작했다. 그 덕에 큰집도 점차 살림이 폈다. 마을에서는 숙모 덕에 조카가 부자가 되었다고 소문이 났다.

그 즈음 주변에선 전설 아닌 전설이 나돌았다. '봉곡댁 호주머니에 한 번 들어가면 끝이다.'였다. 한 번 들어간 돈은 다시는 밖으로 나오지 않을 만큼 안 쓰고 안 먹고 지독하게 돈을 모은다는 이야기였다.

엄마는 새벽에 일어나 집을 나간다. 4시에 떠나는 첫차를 타기 위해서다. 아직도 밖은 깜깜한데 내가 먹을 아침과 도시락까지 싸놓고는 역으로 나갔다. 나는 엄마가 나가는 소리를 잠결에 듣고 잠시 깨었다가 다시 잠에 빠져들곤 했다.

엄마는 기차시간에 늦지 않기 위해 짐을 머리에 인 채 기찻길을 건너뛰며 달렸다. 엄마는 원래 키가 작은 편이었는데, 노상 무거운 걸 이고 다니다보니 무게에 눌려서 더 작아졌고, 가뜩이나 작은 발은 비뚤어지고 굳은살이 박혔다.

굳이 힘들게 새벽열차를 타는 이유는, 새벽엔 승객이 거의 없어 기름같이 위험한 물건을 마음 놓고 옮길 수 있었고, 또 일찍 출발해야 구매처에 빨리 갖다줄 수 있어서였다. 집에서 서너 시간밖에 자지 못해 부족한 잠도 차 안에서 보충했다. 엄마는 한 번도 정식으로 기차표를 산 적이 없다. 항상 옆길로 탔고 사잇길로 내렸다. 차비도 그렇게 아꼈으니 어디 가서 밥인들 제대로 사먹었을까.

그러면서도 엄만 절대 힘들다는 말을 하지 않았다. 종일 장사일 나갔다가 저녁 때 지친 모습으로 들어오지만, 지나가는 말로도 다리가 아프다거나 피곤하다는 말을 한 적이 없었다. 늘 잠이 모자라 앉기만 하면 꾸벅꾸벅 졸기가 일쑤였는데, 내가 걱정하는 눈치를 보이면 오히려 엄마는 "나는 피곤하다가도 이상하게 잠만 한숨 자고 나면 새록새록 새 기운이 난다."는 말로 나를 안심시킨다.

엄마가 장삿길로 나선지도 벌써 10년이 가까웠다. 이제 엄마는 옛날의 그 어리숙한 여자가 아니었다. 시누이들한테 구박 받으며 울고 앉았던 그 촌 여자는 간 곳이 없고 세상 무서울 게 없는 투사로 변해 있었다. 그동안 겪은 풍파가 그렇게 만든 것 같다. 웬만한 일에는 겁을 내거나 기죽지 않는 건 물론이고, 앞에 총을 들이대도 눈 하나 깜짝하지 않을 정도로 대담해져 있었다.

26살 새파랗게 젊은 여자가 또 하나의 전쟁터였던 장사바닥에 나온 그 순간부터 온갖 편견, 험악한 일들과 싸워야 했을 것이다. 그러면서 거친 현실에서 살아남는 법을 하나하나 터득해나가며 배짱과 투지를 키워 나갔을 것이다. 힘든 일이 닥치면, "겁내지 마라. 세상에 무서운 기 어데 있노?"라며 자신을 채찍질했다.

엄마가 세상에 내세우는 무기는 딱 하나였다. '도둑질한 것도 아니고 사기를 친 것도 아니고, 애 하나 데리고 먹고 살려고 하는 짓인데 뭐가 잘못이냐.'며 오히려 당당하게 치고 나가는 것이었다. 그러면 그게 어느 정도는 통하기도 했는데, 그래도 일이 잘 풀리지 않을 땐 막무가내로 고함을 지르고 어거지를 부려서 사람들을 질리게 만들었다. 다행히도 아직은 인심이 그리 야박하지 않은 세상인데다 젊은 여자가 혼자 애 하나 데리고 사는 게 딱해 보였던지 여러 곳에서 많은 사람들이 도움을 주었다.

하지만, 장사일이 마냥 순풍에 돛단배는 아니었다. 규모가 점차 커지고 수법도 대담해지다보니 자주 사고가 터졌다. 검문소에서 물건을 압수당하기도 하고 어떨 땐 헌병대에 끌려가 곤욕을 치르기도 했다.

삶이 그대를 속일지라도

슬퍼하거나 노여워하지 말라.

현재는 슬픈 것, 슬픈 날은 참고 견디라.

기쁜 날이 오고야 말리니.

마음은 미래에 사는 것,

우울한 현재는 순식간에 사라지려니.

지나가는 것은 훗날 소중한 그리움이 되리니.

— 푸쉬킨

이발소에 가면 의례히 붙어있는 글이었다. 난 푸쉬킨이라는 사람이 누군지도 몰랐지만 어쩐지 그 글이 마음에 들었다. 꼭 우리를 보고 하는 말 같아서 갈 때마다 속으로 읽어보다가 나중엔 외우게 되었다. 슬픈 날은 참고 견디라. 기쁜 날이 오고야 말리니….

우리가 사는 단칸 셋방은 책상 하나 놓을 자리도 없이 너무 작아서 나무 판대기를 걸쳐놓고 공부를 했다. 벽에는 학교에서 배운「苦盡甘來」'인내는 쓰다. 그러나 그 열매는 달다.' 같은 글들을 붙여놓았다. 난 그 달콤한 열매가 뭔진 몰랐지만 그 말을 볼 때마다 이상하게도 입에 침이 고이는 느낌이었다. 또「精神一到 何事不成」이니 '보이즈 비 앰비셔스!' 이런 글자도 앞에 붙여놓고 공부를 했다.

환상의 세계에 빠지다

"나는 욕을 듣고 다녀도 니는 절대로 애비 없는 자식이란 말 들으면 안 된다."

엄마가 입버릇처럼 하던 말이었다. 그 말은 나를 움츠러들게 만들었고, 자연스럽게 언행을 조심하는 버릇이 생겼다. 나도 알고 있었다. '애비 없는 호로자식'이란 욕이 얼마나 큰 욕인 줄을. 집안에 아버지란 사람이 있어야 자식을 제대로 가르칠 텐데 그런 어른이 없으니 버릇없고 행실이 막돼먹은 놈이라는 치욕적인 욕이었다.

학교 생활기록부에 적힌 편모슬하(偏母膝下) 결손가정(缺損家庭)이라는 글자도 그땐 그게 무슨 뜻인지 몰랐다. 그러다 나중에 그게 아버지 없는 '비정상적 가정'의 학생이니 특별히 신경 써서 교육시키라는 말인 걸 알고는 가슴이 저려오는 아픔을 느꼈다.

아버지 없이 자라는 아들이 못내 안쓰러웠던 엄마. 어디서 그런 욕 듣지 않게 행실을 바로 하라고 당부하던 그 말은 바로 엄마 자신의 아픔이기도 했다. 자신도 남편 없이 혼자 사는 여자였기에 편견의 눈으로 바라보는 남들의 시선을 뼈저리게 느끼며 살았기 때문이었다.

아버지의 부재, 엄마의 힘든 삶. 내 눈앞의 현실은 나를 위축시키고 옥죄어 왔다. 그때 나에게 다가온 것이 영화였다. 도시로 나왔지만 여전히 시골티를 벗어나지 못한 촌닭에게 영화라는 새로운 세계는 단번에 나를 사로잡았다. 뭔가 탈출구가 절실했던 나에게 영화는 천지가 개벽할 새로운 세상이었다.

옛날 시골의 공회당 마당에서 딱 한 번 변사가 나오는 무성영화를 본 적이 있었지만 화면에는 줄곧 비가 내렸고 그땐 그게 뭔지도 잘 몰랐다. 그런데 이제 다시 영화는 새로운 세상으로 나에게 다가왔다. Amazing World!! 난 망설이지 않고 그 속으로 풍덩 뛰어들었다.

진해엔 3개의 극장이 있었는데, 극장 앞을 지날 때면 앞에 걸린 멋진 간판이 늘 나를 가슴 설레게 만들었다. 학교에서 가는 단체관람 말고도 혼자 몰래 살금살금 극장을 드나들었다. 학생입장 불가라 해도 도둑고양이처럼 기어 들어가 어떻게든 꼭 보고야 말았다.

다행히(?) 장사 나간 엄마는 늦게 들어오고 학교에서 돌아온 나는 시간이 많았다. 늦게 배운 도둑질 날 새는 줄 모른다고 그렇게 시작된 나의 영화탐험은 점점 나의 일상에서 빼놓을 수 없는 부분으로 변해갔다. 극장비는 엄마를 속여서 받아냈다. 책 두 권을 산다고 돈을 받아서는 한 권만 사고 나머지는 극장비로 빼돌렸다.

한국영화 외국영화 가리지 않고 닥치는 대로 봤다. 〈춘향전〉 〈현해탄은 말이 없다〉 〈5인의 해병〉 〈에밀레종〉 〈사랑손님과 어머니〉 등 한국 영화를 비롯하여 외국영화도 종류를 가리지 않고 싹쓸이하듯 봤다.

〈하이 눈〉 〈세인〉 〈리오 브라보〉 〈황야의 7인〉 〈OK목장의 결투〉 등 서부극은 그 중에서도 제일로 재미있었다. 존 웨인, 케리 쿠퍼, 버트랑 카스터, 커크 더글라스…. 그들은 모두 나의 영웅들이었다. 케리 쿠퍼의 원 펀치, 아란 낫트의 쌍권총은 늘 정의의 편이었다. 주인공은 언제나 고난을 겪고 위기에 처하지만, 결국에는 악당을 물리치고 정의는 늘 이겼다. 악당은 지옥으로! 속이 뻥 뚫리게 후련했다.

그때 처음 나온 시네마스코프 총천연색 영화-〈십계〉 〈왕중왕〉 〈스파르타쿠스〉 〈벤허〉 〈쿼바디스〉 〈엘시드〉…. 엄청나게 큰 화면에 펼쳐지는 스펙터클한 장면은 나를 압도하며 가슴이 터질 것 같은 감동에 젖게 했다. 말론 브란도, 안소니 퀸, 그리고리 펙, 크라크 케블이 나오는 영화는 늘 감동적이었고, 대머리 율 부린녀의 〈대장 부리바〉 아랑 드롱, 쟝 가방이 나오는 불란서 갱영화도 눈을 뗄 수 없을 정도로 짜릿하고 재미있었다. 〈마음의 행로〉 〈젊은이의 양지〉 제임스 딘의 〈이유 없는 반항〉 〈자이언트〉, 나타리 우드의 〈초원의 빛〉은 집에 와서도 잠을 못 이룰 만큼 오랫동안 진한 여운을 안겨주었다.

영화를 보면서 나에게도 애인이 생겼다. 엘리자베스 테일러는 나의 첫 번째 애인이었고, 나타리 우드는 두 번째 애인이었다. 그 뒤로도 걸핏하면 바람둥이처럼 애인을 바꾸었다. 〈바람과 사라지다〉의 비비안 리, 〈로마의 휴일〉의 오드리 헵번, 〈누구를 위하여 좋은 울리나〉의 잉그리드 버그만까지.

세상에 영화보다 더 재미있는 건 없었다. 언제나 나를 흥분시키고 잠에서 깨어나게 만들었다. 시골 촌구석에서 보낸 내내 문명의 혜택을 전혀 받아보지 못한 허기, 현실에 대한 공허감이 나를 그곳에 빠져들게 한 것 같다.

시간이 나면 무엇에 이끌리듯 영화관으로 달려갔다. 그곳은 깊은 늪처럼 아늑하고 편안했다. 바깥세상은 모두 잊어버리고 환상의 세계에 젖어있는 그 시간이 행복했다. 컴컴한 극장에 앉아서 또 다른 세상 속으로 빨려 들어가는 그 짜릿한 맛은 무엇과도 비교할 수 없었다. 영화는 시공간을 넘어 무한의 세계로 떠나는 여행이었다. 나의 정신적 영양분을 공급해주는 젖줄이었고 세상을 바라보는 창이었다. 거기서 사나이들의 의리와 우정을 알았고, 사랑의 기쁨, 슬픔도 맛보았다. 또 난생 처음으로 본 키스씬의 그 짜릿함은 나를 흥분시키고도 남았다.

난 영화에 중독된 사람 같았다. 좀 과장하면 공부한 시간보다 영화관에 앉아 있었던 시간이 더 많았던 것 같다. 심지어 시험기간 중에도 영화를 봤고 어떨 땐 싼값으로 두 편을 볼 수 있는 '2본 동시상영관'에 들어가 머리가 지끈거릴 때까지 서너 시간을 죽치고 앉아있기도 했다.

눈앞의 현실은 초라하고 답답하지만 영화 속 세계는 멋지다. 현실도 영화처럼 멋지면 얼마나 좋을까. 얼마나 신날까. 현실을 벗어난 환상의 세계는 나의 유일한 도피처이고 탈출구였던 셈이다.

슬픈 인연

시주를 받으러 온 남자 스님 한 분이 우리 집에 잠시 쉬었다 간 적이 있었다. 그런데 그 스님이 내 얼굴을 찬찬히 살펴보더니 하는 말이 '중상'이라고 했다. '중이 될 관상'이라는 말이었다. 그러자 그 말을 들은 엄마의 표정이 순간 확 달라졌다.

"머라고요? 우리 아아가 중상이라고요?"

"그렇소이다. 내가 보아하니 부처님께 귀의해야 일신이 편하고 수명도 길어지고…."

"시님이 시방 무신 소리를 하는교? 아직 앞날이 창창한 어린애한테…."

"그러니까 사주에 화개가 공망이면 출가할 팔자이고…."

"됐소. 마. 참 듣다보니 별 소리를 다 듣네. 그만 가소."

결국 스님은 엄마한테 쫓겨났다. 그러고도 엄마는 분이 풀리지 않는지 그쪽을 향해 소금까지 뿌렸다. "어디 땡중이 와서 남의 자식을 보고 함부로 입을 놀리노. 퉤!"

그땐 탁발을 다니는 스님이 간혹 시주의 갚음이라는 하듯 그런 예언 같은 말을 던져주고 가곤 했는데, 엄마는 왜 그렇게 유달리 펄쩍 뛰며 화를 냈을까. 하기야 어떤 부모가 자식더러 중이 될 팔자라고 하면 좋아하겠는가. 큰 인물이나 부자가 될 상이라면 몰라도. 아마 엄마는 본인의 팔자도 기구한데 혹시나 자식에게까지 나쁜 살(煞)이 미칠까 질겁을 했던 게 아닐까.

그런데 남의 귀한 자식한테 함부로 씨부린 그 땡중이 괘씸하다며 두고두고 화를 삭이지 못한 엄마와는 달리 난 스님의 그 말이 머리를 떠나지 않아 간혹 거울 속 얼굴을 들여다보기도 했다. 무엇 때문에 나를 '중상'이라고 했을까. 혹시 내 얼굴에 속세에선 풀 수 없는 어떤 슬픔이나 외로움이 서려 있어서 그렇게 보인 것일까…?

창원 상남에 용지사(龍池寺)라는 작은 절이 있다. 집안의 당숙모님이 세운 절인데 엄마와 내가 시간 날 때마다 자주 가는 곳이었다. 절에 가면 어쩐지 마음이 편안하고 정신이 맑아지는 것 같아 두세 달에 한 번은 절을 찾아가 며칠씩 지내다 오기도 했다.

당숙모는 우리 엄마보다 더 혹독한 팔자를 지닌 사람이었다. 시골에서 큰 부자는 아니지만 남부럽잖게 살았는데 그러다 남편이 젊은 나이에 갑자기 병으로 떠나자 어린 아들 하나를 데리고 힘들게 살았다. 그런데 불행은 그게 끝이 아니었다. 애지중지 키운 그 외아들마저 마산의 중학교에 다니다 통학열차에 사고로 그만 죽고 말았던 것이다. 하루아침에 하늘이 무너지는 변을 당한 당숙모는 모든 삶의 의욕을 잃어버렸고, 그 후 재산을 정리하여 산으로 들어와 절을 세우고는 세상과 연을 끊고 살았다.

용지사에는 당숙모 말고 식구가 둘 더 있었다. 한 사람은 스님이었는데 태어날 때부터 체구가 보통 사람의 반 남짓밖에 되지 않는 사람이었다. 키도 그렇고 손발도 아주 작아 이미 마흔이 다 된 나이인데도 열두세 살의 아이로 보일 정도였다. 그러니 어디서 일을 할 수도 없고 살아갈 길도 막막한 사람이었다. 그런 그를 당숙모가 절로 불러들여 스님으로 만든 것이었다.

또 하나는 열 살의 계집아이로 부모를 잃고 갈 곳이 없던 애를 당숙모가 절로 데려왔다고 한다. 부엌일과 절 일을 도우면서 십리 길을 걸어서 학교에 다니고 있었는데, 아이가 똑똑하여 공부도 곧잘 한다고 했다.

외로웠던 당숙모가 자신만큼이나 불행하고 외로운 처지의 사람을 하나 둘 불러들여 한 가족으로 서로 기대며 살아가는 것이었다. 용지사의 세 사람은 슬픈 인연으로 만난 슬픈 가족이었다. 난 그들을 볼 때마다 '패자부활전'이라는 말이 자꾸 떠올라 늘 마음이 애잔했다.

그러나 나의 선입관과는 달리 그 곳의 분위기는 늘 밝았다. 스님은 자신보다 열 살 위밖에 되지 않는 당숙모에게 엄마라고 부르며 재롱까지 부렸고, 그럼 당숙모는 '저놈 봐라, 저놈!' 하며 친자식 대하듯 한다. 여자애도 엄마! 오빠! 하고 부르며 친딸처럼 살갑게 행동했다. 하지만, 웃음 뒤편에 얼핏얼핏 느껴지는 그 쓸쓸함은 보는 이로 하여금 어쩔 수 없는 아픔에 젖게 했다.

스님은 체구에 비해 목소리가 낭랑하여 염불을 잘했다. 그가 새벽공양을 올릴 때 그 염불소리를 듣고 잠에서 깨곤 했는데, 새벽공기를 뚫고 퍼져나가는 그 맑은 소리엔 뭔가 슬픔이 담겨있는 것 같아 마음이 착 가라앉았다.

그런 어느 날, 스님의 방 벽장을 열어보다가 충격을 받은 일이 있었다. 거기엔 앙증맞게 작은 파란색 양복 한 벌이 옷걸이에 단정히 걸려있었는데, 한 번도 입지 않은 새 양복 같았다. 스님은 이걸 입고 어딜 가려는 것일까. 아직도 바깥세상을 그리워하는 걸까. 언젠가 스님은 법당에 앉은 관세음보살상을 올려다보며 말했다.

"이봐라. 얼마나 곱게 생기셨노? 세상에 이보다 더 이쁜 사람은 없을 기다." 그러면서 흡사 사랑하는 여인의 몸을 어루만지듯 부처님의 어깨와 팔을 몇 번이고 쓰다듬었다.

누구에겐가 들었던 이야기가 생각난다.

출가를 해 수행을 시작한 젊은 스님이 세속의 다른 건 다 참을 수 있어도 젊은 남자의 본능적인 욕망만은 견디지를 못해 밤마다 잠을 못 이루고 괴로워했다. 그러다 자신도 모르게 몽정(夢精)을 한 다음날은 부처님 앞에 엎드려 죄스런 마음으로 용서를 빌곤 했다. 그러나 아무리 자신을 채찍질하고 고행을 해도 그 욕망은 쉬 가라앉지 않아 내내 번뇌에 시달렸다.

그러던 어느 날 밤, 그 날도 스님은 욕정의 불길로 괴로워하다 냇가로 나가 찬물에 몸을 식힌 다음에야 겨우 잠에 들었는데, 자는 중에 어떤 선녀같이 아리따운 여인이 느닷없이 나타나 그 옆에 누웠다. 마침내 두 사람은 동침하며 운우(雲雨)의 정을 나누었다. 마치 생시에 일어난 일 같았다.

다음 날 잠에서 깨어나 꿈이었다는 걸 알게 된 스님은 부처님 앞에 엎드려 눈물로 속죄했다. 꿈에서나마 부정(不淨)한 짓을 저지른 자신의 죄를 용서해달라고 빌었다. 그런데 그 모습을 지긋이 내려다보고 있던 관세음보살의 얼굴에 살포시 미소가 스쳐 지나간다. 부처님을 우러러보던 스님은 그 순간 깜짝 놀라 주저앉고 만다. 부처님의 모습이 바로 어젯밤 찾아온 그 여인과 똑같지 않은가! 더구나 부처님의 허벅지엔 정액(精液) 자국이 길게 묻어 있었으니!

용지사의 세 사람을 보면서 나와 엄마의 삶을 돌아보았다. 세상엔 우리보다도 더 혹독한 불행 속에 사는 사람도 많다는 사실을 새삼 느끼며 운명이란 것에 대해 생각했다. 사주팔자라고 불리며 인간의 힘으로는 어쩔 수 없다는 운명. 그게 대체 뭐길래 사람의 행불행을 쥐고 흔들며 인간은 왜 그 앞에서 한없이 약한 존재가 되고 마는 것일까.

세상사에 달관한 듯 살아가는 당숙모가 어느 날 나를 앞에 앉혀놓고 이런 이야기를 했다.

"너희 엄마나 나나 팔자가 센 사람이다. 타고난 팔자는 피해갈 수가 없다. 그렇지만 그 매듭을 풀어줄 사람이 있다. 바로 아들이다. 세상천지에 너 말고 누가 있느냐. 네가 할 나름으로 엄마의 팔자도 풀린다. 그러니 엄마를 늘 하늘처럼 위하고 살아라. 너희 엄마는 타고나기를 속에 불이 많은 사람이라 그런 사람은 그 불을 밖으로 내보내야 살지. 그러려면 많이 움직이고 말도 많이 해야 하는 기라. 그러니 엄마가 무슨 일을 하던 막지도 말고 또 무슨 말을 하던 입을 막지도 말고 하자는 대로 내버려두고 넌 네 일이나 열심히 하거라."

운명의 갈림길

전쟁이 끝나고 아버지가 사라진 지도 10년 남짓밖에 되지 않았는데도 아득한 옛일처럼 여겨진다. 엄마는 아버지 이야기를 일절 입 밖에 꺼내는 일이 없었고, 나도 그때 일이 궁금하긴 했지만 엄마 눈치가 보여 더 이상 물어보지도 않고 입을 다물고 지냈다.

엄마와 나 사이엔 묵계(默契)와 같은 무언의 약속이 있었다. 절대 지난 일을 꺼내지 않는다는 것이었다. 엄마는 아들인 나한테조차 아버지 이야기를 쉽게 꺼내지 않았을 뿐 아니라 주변 누구한테도 털어놓고 이야기를 한 적이 없었다. 자신에겐 한시도 잊을 수 없는 아픈 과거였는데도 가슴 속에 철저하리만치 꼭꼭 숨겨놓고 지냈다. 어떨 땐 엄마가 남편이란 사람을 아예 잊어버린 건 아닐까 의심이 들 정도였다. 그렇지 않으면 어쩌면 저렇게 무덤덤하게 아무 일도 없었던 사람처럼 지낼 수 있을까 하는 생각이 들었다.

전에 엄마의 말을 잠깐 들으니, 전쟁이 나기 직전인 1949년 부산형무소에 수감돼 있을 때 면회를 가서 만난 게 마지막으로 본 남편의 모습이었다고 한다. 이듬해 전쟁이 터졌고, 그 후 소식이 끊어졌다. 죽었는지 살았는지 아무도 몰랐다. 알아볼 길도 없고,

알려준 사람도 없었다.

그렇게 10여 년이 훌쩍 흘렀다. 드러내놓고 말은 하진 않지만, 모두들 난리통에 죽었을 거라고 여겼다. 그러나 엄마는 시간이 흘러도 남편이 죽었다고 생각하지 않았다. 보통 전쟁 때 행방불명된 사람이 오랫동안 소식이 없으면 어디서 죽었거니 짐작하고 마음을 접고 마는데, 엄마는 그가 살아있다는 믿음을 끝까지 버리지 않았다. 그건 엄마를 지탱해주는 희망이었다. 그런 희망이나마 가슴에 품고 살고 싶었던 것이다.

나도 엄마처럼 아버지가 언젠가는 꼭 돌아올 거라고 믿기로 했다. 아니, 꼭 돌아왔으면 좋겠다고 생각했다. 머리에 뿔 달린 괴물이 아닌 존 웨인처럼 멋진 사나이가 되어서 돌아왔으면 좋겠다는 생각을 했다.

그런 어느 날, 꿈에도 생각지 않던 일이 일어났다. 뜻밖에도 아버지의 소식을 듣게 된 것이었다.

마산에 산다는 어떤 아저씨가 느닷없이 진해의 우리 집을 찾아왔다. 조한출이란 분인데, 옛날 아버지와 같이 활동을 하던 친구라고 했다. 우리 사는 곳을 물어 물어서 왔다고 하면서 진즉에 찾아왔어야 했는데 자신도 사는 게 곡절이 많아 (자수하여 전향을 한 후에도 여러 고초를 겪었다고 했다.) 이렇게 늦었다며 사죄를 하고는 내 머리를 쓰다듬으며 눈물을 글썽였다. 그리곤 그동안 아무도 몰랐던 지난 이야기, 13년 전 마포형무소에 수감돼 있던 그 때의 소식을 전해준다.

전쟁이 터진 지 사흘 후인 1950년 6월 28일, 서울을 함락한 '인민해방군'은 맨 먼저 서대문형무소와 마포형무소의 문을 열어젖혔고, 수감돼 있던 수천 명의 좌익인사, 사상범들이 밖으로 쏟아져 나왔다. 그들은 형무소 앞에서 만세를 불렀다고 한다.

　그 속에 아버지와 친구도 있었다. 두 사람은 부산형무소에 수감되어 있다가 불과 얼마 전 서울의 마포형무소로 이감되어 와있었던 것이다. 만약 부산에 그대로 있었더라면 무슨 일을 당했을지 모를 일이었는데 운이 좋았다고 했다.

　(*전쟁이 터지자 정부는 전국의 형무소에 수감돼있던 좌익사범들을 처리(처형)하라는 명령을 내렸는데, 이는 적군에 동조하는 걸 미리 차단하려는 조치였다. 이때 총살이나 생매장을 당한 사람들이 수천 명에 이르렀다고 한다. 그런데 아버지와 친구는 전쟁 직전 부산에서 서울의 마포형무소로 이감되었고, 곧 내려온 인민군에 의해 '해방'되는 바람에 간발의 차이로 목숨을 건지게 됐으니 천운이었다.)

　28살의 아버지-김종수와 고향 친구. 두 사람은 잠시 형무소 앞에 서있었다고 한다. 한참 만에 친구가 먼저 입을 뗐다.

　"우짤래?" 지금부터 어떡하겠냐는 물음이었다.

　"자네는?" 아버지가 되물었다.

　"나는 내려 갈란다. 집으로. 자네는?"

　그러자 잠시 망설이던 아버지가 말했다.

　"나는 올라 갈란다."

　그렇게 두 사람은 헤어졌다. 한 사람은 아래로 한 사람은 위로. 헤어지면서 아버진 친구에게 한 가지 부탁을 했다고 한다. 고향의 식구들한테 가서 전해달라고. "곧 갈 테니 너무 걱정 말고 기다리라."고.

형무소 앞에 서있었던 그 순간에 선택한 그 발걸음 하나로 두 사람의 운명은 갈라졌다. 집으로 돌아온 후 잘 살고 있는 사람. 그리고 북쪽으로 발걸음을 옮긴 또 한 사람. 아버지의 그 뒤 행적은 알 수가 없다고 한다. 전쟁 중이었으니 아마도 인민군에 합류했을지도 모른다고 했다.

이야기를 들은 엄마가 펑펑 눈물을 쏟아냈다. 엎드려서 한참을 흐느꼈다. 그렇게 섧게 우는 건 처음 봤다. 울음의 이유는 두 가지였다. 하나는 남편이 살아 있었다는 안도감이었고, 또 하나는 집으로 돌아오지 않은 것에 대한 원망이었다.

"문디 그냥 같이 내려오지. 머 할라꼬…!!" 탄식을 내뱉었다. 그때 발걸음을 아래로 옮겼더라면 얼마나 좋았을까. 왜 친구와 같이 오지 않고 혼자 그리로 갔는지, 남편이 야속하기만 했다. 한참 후에야 울음을 멈춘 엄마는 눈물을 닦아내며 말했다.

"어디서든지 살아만 있으면 됐다. 온다 캤으니 언젠가는 오겠제."

기대인지 체념인지, 엄마는 빨리 심정을 정리했다. 형무소 앞에서 헤어질 때까지만 해도 남편이 살아 있었다는 사실이 그나마 위안이 되었다. 그동안 절대로 죽지 않았다고 믿었던 자신의 생각이 옳았다고 했다. 그리고 곧 집으로 갈 거라는 남편의 마지막 그 말은 실낱같은 희망으로 남았다.

형무소 앞에 서있었던 짧은 시간, 아버지는 분명 망설였던 것 같다. 어쩌면 잠시나마 고향의 가족들 생각에 갈등을 느꼈을지도 모른다. 그러다 끝내 북쪽을 향해 돌아섰다. 인민군이 밀고 내려왔으니 곧 '조국해방전쟁'이 끝날 거라고 믿었던 것일까. '곧 집에 간다.'던 그 말은 그냥 한 소리가 아닌 속마음을 담은 말이었던 것 같다. 훗날의 일을 모른 채 진정으로 그렇게 믿었을 것이다.

아버지의 친구가 다녀간 뒤로 엄마의 믿음은 더 확고해졌다. 남편이 그렇게 북으로 올라간 건 확실한 것 같고, 전쟁 중에 무슨 사고를 당하지 않았다면 지금 북쪽에 살아있는 게 분명하다고 믿었다. 죽었는지 살았는지 소식을 몰라 오래 가슴을 태워 왔는데 죽지 않고 살아있다니 그 사실만으로도 엄마에겐 축복이었다. 비록 당장 만날 수는 없지만 살아있다는 것만으로도 그동안 참고 기다려온 보람이 있다고 여겼고, 또 그동안의 고생을 보상하고도 남았다.

아버지를 죽였다

뜻밖에 알게 된 아버지의 소식은 우리에게 한 가닥 희망을 주었지만, 시간이 지나자 그건 거꾸로 점점 복잡한 생각을 안겨 주었다. 차라리 그런 소식을 듣지 말았으면 좋았겠다 싶었다. 어차피 돌아오지 못할 사람이라면, '행불자'로 남아있는 게 마음이 편할 거라는 생각이 들었다. 여태까진 '전쟁 중 행방불명'이란 애매한 말로 과거행적을 얼버무리고 덮어버릴 수가 있었지만, 이제 그는 명백한 '자진월북자'가 되었다.

그가 살아있었다는 기쁨도 잠시, 거의 틀림없이 인민군에 지원하여 남쪽에 총부리를 겨눴을 거라는 사실은 우리에게 다시 복잡한 생각에 빠져들게 만들었다. 만약 이 사실이 알려진다면…? 막연한 두려움이 밀려들었다. 1950년대는 물론이고 60년대까지도 반공을 앞세운 사회 분위기 때문에 월북자 가족들에 대한 감시가 극심하던 시기였다.

물론 우린 그 사실을 어느 누구한테도 입 밖에 내지 않았고 우리만의 은밀한 비밀로 가슴에 묻고는 애써 잊어버리려 했다. 설령 지금 어디에 살아있다 해도 어차피 돌아오지 못할 사람이고, 우리가 살아가는 것에는 아무런 변동도 없을 것이기에.

그러나 아무리 지우려 해도 아버지라는 검은 그림자는 사라지는 게 아니었다. 그의 행적을 알게 된 뒤부터 가슴 깊이 자리 잡기 시작한 불안감은 시간이 지나면서 서서히 우리를 옥죄어오기 시작했다. 앞날에 대한 불길한 예감 때문이었다.

난 아직 어린 탓에 그 불안감을 구체적으로 실감하지 못했지만, 엄마는 막연하게나마 그걸 느끼고 있었던 것 같다. 혹시 아버지란 사람이 아들의 앞날을 가로막지는 않을까 하는 걱정이었다. 나중에 학교를 졸업하면 사회에 나가 취직도 해야 할 텐데, 그때 만약 신원조회로 월북자의 자식이란 게 드러나면 어쩌나 하는 현실적인 불안감이었다.

그런데 그런 불안감에서 벗어날 수 있는 일이 일어났다. 그 이듬해, 시골의 사촌 형님이 느닷없이 아버지의 사망신고를 해버린 것이다. 우리와는 한마디 상의도 없이 면사무소에 가서 신고를 마쳤다고 일방적인 연락이 왔다.

사망확인도 되지 않은 상황에서 그게 어떻게 가능했는지 모르지만, 아무튼 그렇게 끝을 냈단다. 아마도 행방불명 상태가 10년이 넘으면 사망신고를 받아주는 법이 있었던 것 같다.

사촌형님은 나의 앞날을 위해서 깨끗이 정리했다고 말했다. 나중에 내 앞길에 자칫 장애가 될 수 있는 싹을 아예 잘라 버렸다는 것이다. 법적으로 사망이 됐으니 이제 이 세상에 없는 존재가 되었고, 따라서 신원조회를 해도 걸릴 게 없으니 불안해할 필요도 없어졌다는 것이었다.

그런데 이 사실이 엄마에겐 큰 충격을 준 것 같았다. 만약 살아있다면 언젠가 만날 수 있으리라는 희망이 있었는데, 그런 기대에 찬물을 끼얹은 짓이었다. 비록 서류상이라지만 번연히 살아있는 사람을 억지로 죽이다니!

엄마는 오랫동안 눈을 감고 말을 하지 않았다. 가슴이 무너지는 얼굴이었다. 아들의 앞날을 위해서는 그렇게 해두는 게 좋다는 사촌형님의 간곡한 설득을 듣고서도 서운한 마음은 가시지 않는 모양이었다. 그런 심정은 나도 엄마와 비슷했다. 착잡하고 허전했다. 이제 아버지가 돌아오기를 영영 포기한다는 건가, 아버지란 사람을 세상에서 영원히 지워버리는 건가?

현실적으로 사촌형님의 판단이 옳았는지 모른다. 좌익활동을 하다 월북한 사람의 과거행적을 그대로 둬서 득 될 일이 없었다. 나뿐 아니라 집안을 위해서도 언젠가 불똥이 되어 돌아올지도 모르는 우환덩어리를 없애버려야 했다. 더구나 이제 살만해져서 바깥출입을 시작한 사촌형님 입장에선 삼촌의 과거 전력이 얼마나 신경 쓰였겠는가. 자신의 사회 활동에 치명적일 수도 있는 장애를 사전에 차단하기 위한 조치였던 것이다.

어쨌든 아버진 이제 공식적으로 사망한 사람이 됐다. 이 세상에 없는 사람이었다. 그러나 엄마의 마음속에서는 늘 살아있는 사람이었다. 눈에만 보이지 않을 뿐, 호적에 사망신고가 돼 있든 말든 상관이 없었다. 아버지를 죽여 가슴속에 무덤을 만들었지만, 그러나 그건 가묘(假墓)였다.

엄마는 늦은 밤까지 잠을 못 이뤘다. 밤중에 깨어보니 숨죽인 엄마의 울음소리가 들린다. 그 소리는 오랫동안 이어졌다. 난 자는 척 눈을 감고 있었는데 잠시 후 엄마가 나를 두 팔로 꽉 껴안았다. 그리곤 눈물 젖은 얼굴로 내 얼굴을 부볐다. 나도 갑자기 울컥한 마음이 되어 엄마를 마주 안았다. 엄마의 몸은 울음으로 떨고 있었다. 엄만 지금 여태까지 가슴속에 붙들고 있던 사람을 세상에 없는 사람으로 만들어 영원히 떠나보낸 슬픔에 몸을 떨고 있다. 여태껏 씩씩했던 엄마가 이렇게 깊은 슬픔에 잠겨 우는 걸 처음 본다.

문득 궁금해졌다. 엄마가 지금까지 살아온 날들이. 태어나 봉곡에서 보냈던 처녀시절, 시집와서 살았던 날들, 그리고 아버지가 집을 나갔을 때의 일들. 대충 짐작만 할 뿐 그때까지 난 엄마가 살아온 삶을 잘 몰랐다. 우리 집안에 대체 무슨 일이 있었는지 누구한테서도 상세히 들은 적이 없었다.

아들아,

이젠 너도 다 컸으니 알아야 한다. 지난 일을 알아야 할 때가 됐다. 에미가 어떻게 살아왔는지, 니 아부지가 무슨 일로 집을 나갔는지, 그 뒤에 내가 어떻게 장삿길로 나섰는지, 다 알아야 한다. 그래야 세상에 둘밖에 없는 우리 모자가 지금 왜 이렇게 살게 됐는지 알게 된다. 그렇잖아도 너한테 다 말해줄라고 마음먹고 있던 참이었다. 생각하면, 참 피눈물 나게 기막힌 세월이었다.

짧은 행복 긴 이별

봉곡으로 가는 길

엄마의 혼백과 함께 봉곡으로 간다. 엄마가 태어나 시집가기 전까지 살았고, 내가 태어나 4살까지 살았던 곳. 벌써 가슴 한편이 젖어온다.

지난날이 떠오르는지 엄마가 나지막이 노래를 흥얼거린다.

옛날에 이 길은 꽃가마 타고
말탄 님 따라서 시집가던 길
여기든가 저기던가
복사꽃 곱게 피어있던 길
한세상 다하여 돌아가는 길

저무는 하늘가에 노을이 섧구나…

마을이 가까워지자 엄마는 발걸음이 허둥거리고 온갖 감회가 차오르는 듯 상기된 얼굴이다. 지금은 옛날 모습이 거의 없어진 마을에 들어선다.

그 순간, 단발머리에 몽당치마를 입은 어린 계집아이가 나비를 잡으려는 듯 돌담 고샅길로 달려가는 모습이 얼핏 환영처럼 스쳐 간다. 그때 어디선가 딸막아! 하고 부르는 소리가 들리자 돌아보며 생긋 웃는다. 그 모습을 유심히 보던 엄마가 말한다.

"아들아, 저 애가 바로 나다. 니 에미다."

마을 뒤 백월산 자락을 이리저리 헤집고 다니던 엄마가 어느 잡초 우거진 묘소 앞에 털썩 주저앉아 울음을 터뜨린다.

"아이고, 엄니 아부지 딸막이가 왔소. 못난 딸 딸막이가 왔소. 오랫동안 찾아뵙지도 못하고 이제야 왔소. 곱게 키워 시집보낸 딸 탈 없이 잘 살기를 바랐건만 이 박복한 딸자식이 엄니 아부지 속만 태웠소. 우리 엄마 아부지 딸자식 낳을 적에 딸 팔자가 그리 될 줄 그 누가 알았겠소. 기박한 팔자로 사느라 바빠 살아생전 효도 한 번 못하고 내가 지은 죄 언제나 갚으리오.

엄니 아부지, 나도 이젠 이 세상 사람이 아니구만요. 곧 엄마 아버지 가신 곳으로 떠나야 할 몸이 되었소, 저승에 가서 무신 낯으로 엄마 아부질 뵈올지 벌써부터 눈물이 앞을 가리는구만요. 아이고, 엄니 아부지…."

백월산 처녀 딸막이

경남 창원 동면의 白月山. 옛날 통일신라 때 마을의 두 청년 努肹夫得(노힐부득) 怛怛朴朴(달달박박)이 입산수도하여 성불했다고 전해지는, 불심(佛心)이 서린 산이다. (*삼국유사)

그리 높지는 않지만 뻗어나간 산세가 기운차고 뭔가 영험스런 느낌이 드는 산이다. 밝은 낮에는 새끼들을 품에 안은 어미처럼 사방을 포근히 감싼 모습이지만, 해가 지고 그 위로 달이 떠오르면 그 모습이 달라져 당장이라도 날개를 펼치고 일어날 듯 웅크린 독수리 형상이 된다. 봉우리의 큰 바위는 사자가 달을 향하여 포효하는 형상이라고 사자암(獅子巖)이라 불렀다. 그 범상치 않은 산의 기운 때문에 그 아래에 사는 사람들은 모두들 경외심을 갖고 산을 바라보았다.

딸막은 백월산 아래 작은 산골마을 봉곡(鳳谷)에서 태어났다. 진주 강(姜)씨인 부친과 내동 감(甘)씨인 모친의 1남 2녀 중의 막내딸로.

그런데 '딸막'이란 이름을 가지게 된 연유가 좀 우습다. 큰 아들 아래로 겨우 딸 둘뿐인데도 더는 딸이 생기지 말고 딸 마지막이라고 '딸막이 딸막이' 하고 부르다 보니 어느새 이름으로 굳어져버렸던 것이다. 봄에 태어났으니 춘자 춘심 춘옥… 좋은 이름 다 놔두고 하필이면 '딸막'이가 되다보니 이름 때문에 두고두고 놀림을 받았다. 애어른 할 것 없이 보기만 하면 딸막아! 딸막아! 부르며 깔깔대고 놀렸다. 하지만 정작 딸막은 그 이름이 그리 싫지 않았다. 아무렴 어때? 얼마나 귀엽고 사랑스러워?

아버지인 강바우(姜岩伊)는 그 이름처럼 기골이 장대하고 성격도 호쾌했다. 돈 벌러 일본에 들어가서는 부두 노동판에서 힘깨나 쓰는 완력꾼으로 이름을 날리다 해방 전에 귀국했다. 씨름으로는 인근에 당할 사람이 없었고 막걸리를 한꺼번에 네 말이나 마신다 하여 '너말통'이란 별명을 가지고 있었고, 인심도 넉넉하여 어려운 사람들을 두고 보지 못해 퍼주기를 좋아했다. 그렇게 손이 크고 인심이 좋다보니 살림은 그리 넉넉한 편이 아니었다.

딸막이는 아버지를 닮아 힘이 세고 성격이 활달했다. 산골 처녀답지 않게 똘똘하고 당돌한 면도 있었다. 생김새로 보면, 여자로서 썩 예쁘게 생겼다고 할 순 없었지만 순박하고 귀여운 생김새였다. 키는 작은 편이고 얼굴은 동글 넙적했다. 한마디로 순박하게 생긴 산골 처녀였다.

엄마를 닮아서 얌전한 언니와는 다르게 욕심이 많았던 딸막이는, 마을 훈장이신 오세 어른의 서당에 나가 공부도 열심히 했다. 거기서 한글도 깨치고, '이찌 니 산시 니로꾸 주' 하며 일본말로 구구셈도 배웠다. 딸막이는 인근에서 모인 20여 명의 학생들 중에서 제일로 공부를 잘했다고 한다. 그땐 성적을 갑을병(甲乙丙)으로 매겼는데 甲 중에서도 늘 上을 받았다고 한다. 그 덕에 딸막이는 평생 까막눈을 벗어났고, 산수도 곧잘 하게 되었다.

　이런 똘똘한 딸막이를 가장 귀여워 해주신 건 할머니였다. 할머니는 시골에서는 보기 드물게 유식하시고 또 깐깐한 분이셨는데, 늘 "우리 딸막이, 우리 딸막이." 하며 귀여워해주시고 이것저것 가르침과 정도 유독 많이 주셨다. 할머닌 또, '우리 딸막이가 백월산의 정기(精氣)를 타고나 치마만 둘렀다 뿐이지 당차기가 웬만한 남자 뺨친다.'는 말씀도 하셨다.

　　　산골을 놀이터로 커난 시악시

　　　가슴속은 구슬같이 맑으련마는

　　　바다 뵈는 먼 곳이 그리움인지

　　　동이 인 채 산길에 섰기도 하네.

　　　　　　　　　　　　　김영랑 - '산골 시악시'

　시집을 갈 때까지 딸막이는 십 리 밖을 못 나가본 채 봉곡 골짜기에서만 지냈다. 공부도 하고 밭농사도 도우며 티 없이 자랐다. 백월산 자락을 쏘다니며 머루다래도 따먹고 사슴을 따라 달리기도 하고, 밤에는 부엉이 소리를 들으며 할머니가 내준 홍시를 먹었다.

딸막이 시집을 간다네

　　17살. 시집갈 나이가 되었다 그러자 인근에 사시는 고모부님이 중매로 나섰다. 金鍾壽 24살. 연안 김씨 집안의 4형제 중 막내. 보통학교를 졸업하고는 면사무소에서 서기 노릇을 하는 총각인데, 인물 좋고 똑똑하다고 인근에 소문이 난 사람이라고 했다. 인품과 학식이 높은 고모부께서 권하는 자리니 더 따지고 할 게 없었다. 그러자 딸막이 시집 잘 간다고 온 마을이 떠들썩했다. 사실 십리 밖도 못 나가본 숙맥 같은 산골짜기 처녀에겐 분에 넘치는 신랑감이었다.

　아들아!

　생각하면 참 꿈같은 옛날 얘기다. 그때는 연애니 뭐니 그런 건 없던 시절이고 집안 어른들끼리 혼담이 오가다가 결정이 나면 그걸로 끝이고 얼굴도 한 번 못 본 채 시집을 가곤 했었지. 그런데 어느 날 김종수라는 그 총각이 기별도 없이 우리 마을에 떠억 나타난 기라. 각시 될 처자 얼굴도 보고 장인 장모님께 인사도 드릴 겸 왔다는 거여.

　그때 나는 마침 마을 앞 개울가에서 빨래를 하던 참인데 고개를 들어보니 어떤 총각이 저어 쪽에 서서 내려다보고 있는 기라. 어찌나 놀랐던지 나는 고개도 못 들고 애꿎은 빨래만 북북 문질러 댔지. 정신이 하도 없어서 내가 지금 무신 짓을 하는지도 몰랐다. 그런데 내 옆으로 슬슬 다가온 총각이 밑도 끝도 없이 "거 물이 맑아서 빨래하기 좋겠네." 하며 싱거운 말을 툭 던지는 거라. 난 그만 얼굴이 빨개져서 빨래통도 팽개친 채 종종걸음으로 도망을 쳐버렸제. 얼굴은 제대로 못 보았고 키는 큰 편이라는 것만 어림짐작했지.

그만하면 드문 자리라는 부모님 말씀에 따라 혼사는 일사천리로 진행되었다. 혼수래야 신랑의 한복 한 벌과 두루마기, 어머니가 손수 짠 삼베 두 필이었다. 세 살 위인 언니는 이태 전에 시집을 가서 십 리 밖의 재동이라는 곳에 살고 있었고, 딸막이가 마지막이었다. 막내딸을 보내는 어머닌 서운한 마음에 눈물 마를 날이 없었지만, 아버지는 듬직한 신랑이 마음에 들어 내내 화색이 돌았다. 딸막이는 뭐가 뭔지 몰라 가슴만 콩콩 뛰었는데 다행히 친정집에서 멀지않은 곳으로 가게 되어 안심이 되었다.

청사초롱 불 밝혀라 불을 밝혀라
두메산골 촌색시가 연지 찍고 곤지 찍고
당기 당기 가마 타고 시집을 가네
어찌나 좋았던지 살짝궁 웃으면서
청사초롱 불 밝혀라 불을 밝혀라

해방 바로 전 해인 1944년이었다. 봉곡에서 시오리 떨어진 대산면 갈전(大山面 葛田)이라는 곳으로 시집을 갔다. 大山이라는 이름과는 반대로 산은 하나도 없고 넓은 들판만 있는 낙동강가의 동네였다.

신접살림이 시작되었다. 그런데 시집을 와서 보니 시가집 살림살이가 영 궁색하다. 논 한 자락 없이 남의 땅 빌려서 농사를 짓는 소작농인데다 남편이 면사무소에서 받아오는 적은 월급으로 온 집안 식구들이 겨우 먹고사는 형편이었다. 한 집에 윗동서와 조카들이 함께 지내는 팍팍한 시집살이였다.

시집간 딸이 어렵게 사는 게 보기에 안쓰러웠던지 친정엄마가 장에 다녀오는 길에 돼지새끼 한 마리를 넣어주고 간 일이 있었다. 이것에라도 정 붙이고 살라는 마음 씀이었다.

딸막은 그 돼지새끼를 밤낮으로 들여다보며 이것저것 구해다 먹였다. 빨리 커서 살림 밑천이 되라고 마구마구 먹였다. 그런데 너무 많이 먹인 탓에 돼지가 그만 짜부(*너무 많이 먹어 오히려 크지 않고 난장이가 된다는 말)가 나고 말았다. 그리고 얼마 못 가서 죽어버린다. 딸막이 그 돼지를 앞에 놓고 서럽게 서럽게 울었음은 물론이다.

신혼은 그런대로 꿈같이 보냈다. 부부라곤 하지만 신랑 얼굴도 똑바로 쳐다보지도 못하는 얼뜨기 새댁이었다. 내놓고 애정표현도 못하던 시절이라 속으로만 마음을 주고받았다. 평소 말이 적고 과묵한 신랑은 겉으로 드러내진 않지만 어린 신부에게 알게 모르게 마음을 써준다.

한 번은 윗동서와 부엌에서 바가지에 멀건 죽을 놓고 끼니를 때우고 있는데, 신랑이 들어오다 이걸 보고는 버럭 화를 내며 "궁상 떨지 말라!"고 바가지를 깨버린다. 그런 사람이었다. 속 깊은 신랑과 숙맥 같은 신부의 신혼시절이 어떠했으리라 짐작이 간다. 그런 중에도 애가 들어섰고, 결혼 다음 해에 첫 딸을 낳았다.

아들아!

니 아부지는 참말로 잘 생긴 사람이었제. 훤칠한 키에 얼굴도 쭉 빠진 게 거짓말 안 보태고 꼭 학 같았제. 학… 둘러봐도 그런 인물 드물었다. 성격이 약간 고지식해서 그렇지 매사에 올곧고 활달한 남자였제. 평소에도 말이 적고 남자다운 데다 눈매가 선해서 누구한테도 호감을 주는 인상이었제. 축구는 또 얼매나 잘했던지 경남축구단에 뽑혀서 저 멀리 남방까지 시합하러 갔다가 온 적도 있었제.

생각하문, 그때는 참 좋았제. 넉넉치는 못해도 꿈같은 날들이었제. 니 아부지 겉으로는 무뚝뚝해도 속으로는 얼매나 알뜰히 잘 챙겨주고 그랬는지 모린다. 우리 딸 순남이를 안고 어르던 모습이 눈에 선하다. 그 웃는 얼굴이 참 보기 좋았다.

광풍(狂風)

1945년, 해방이 되었다. 일본이 물러가고 새 세상이 왔다고 온 나라가 들썩였다. 그러나 갑자기 찾아온 해방으로 나라는 극심한 혼란에 휩싸였다. 흥분과 기대가 뒤섞인 소용돌이 속에서 온갖 주장과 구호들이 난무했다. 자유민주주의, 민족주의, 공산주의 등등 여러 세력들이 뒤엉켜 서로 싸우며 시끄러웠다. 그러는 중에 미국과 소련 양 대국이 남과 북에 들어와 차지하고 앉아서는 신탁통치를 하니 마니 하루도 조용할 날이 없다. 해방이 왔으나 또 다시 혼돈 속으로 빠져든 나라. 바야흐로 격변의 물결이 일 조짐을 보인다.

남편에게도 전과는 다른 움직임이 느껴졌다. 주로 바깥으로 돌았고 뭔가 긴급한 일이 있는지 집을 자주 비웠다. 어떨 땐 사나흘씩 나가서 들어오지 않는다. 간혹 들어와도 심각한 얼굴로 생각에 잠겨있다. 무슨 일인지 물어도 알 거 없다고 한다.

낌새가 이상했다. 남편에게 무언가 큰 변동이 생긴 게 분명했다. 그럴 즈음, 동네에 이상한 소문이 돌았다. 김종수가 그쪽 사람들하고 어울리더니 기어코 빨간 물이 들었다고 수군거린다. 빨간 물? 딸막은 그게 무슨 뜻인지 몰랐다. 깡산골 출신 아낙이 사상이니 뭐니 그런 걸 알 턱이 없었다.

남편의 형님인 아주버니께서도 "하필 그런 물이 들었으니 인제 큰일 났다."며 연일 한숨을 쏟아낸다. 그제야 딸막은 어렴풋이 짐작을 했다. 남편이 좌익인가 뭔가 거기에 빠졌다는 것을. 그리고 그게 얼마나 무서운 짓인지는 들어서 알았다.

주변에서 뭐라고 하든 자기 생각에 빠져서 쫓아다니던 남편은 몇 달이 지난 후부터는 아예 집에 들어오지 않는다. 한 달에 두세 번, 남의 눈을 피해 한밤중에 갑자기 들어와서 잠깐 눈을 붙이고는 새벽에 사라져버린다. 형님과 형수가 붙잡고 야단도 치고 설득을 해도 소용이 없다. 어느 날, 남편은 아내의 귀에 낮은 소리로 "세상이 바뀐다."는 말을 했는데, 딸막은 그 말이 어떤 뜻인지 도통 알 수가 없었다.

눈치를 보니 남편은 수시로 멀리 부산 마산을 다녀오기도 하는 모양이다. 누구누구와 어울려 어떤 모임에 가담했느니 남로당이란 데에 가입을 했다느니 하는 말도 들렸다. 이 동네에서는 유일했고 면내에서도 서너 명에 불과한데 하필이면 거기에 남편이 끼어 든 것이었다.

딸막은 가슴이 떨려 잠도 오지 않았지만 남편이 하는 일을 적극적으로 나서서 막진 못했다. 남편이 집을 나가 숨어 다니며 그런 위험한 일을 할 땐 불안에 떨며 남편을 원망하기도 했지만 남편에 대한 믿음만은 변함이 없었다. 뭔지는 잘 모르지만 하늘같은 남편이 하는 일이라 옳은 일이라고 믿었다. 평소 절대 허튼 짓을 하지 않는 남편이 '세상이 변해 지금보다 더 잘 사는 세상이 온다.' 고 하니 그렇게 믿으며 참고 견뎠다.

남편은 어느 새 쫓겨 다니는 몸이 되어있었다. 경찰이 밤낮 없이 집으로 들이닥쳐 행방을 캐묻고 식구들을 잡아 족친다. 붙잡히는 날엔 무슨 일을 당할지 생사도 장담 못 한다고 한다. 먹구름이 온 집안을 뒤덮고 식구들은 두려움에 떨었다.

어디서 먹고 자는지도 모르는 남편은 주변 눈을 피해 띄엄띄엄 집을 드나들었다. 밤중에 몰래 와서는 새벽에 떠났다. 아장아장 걷기 시작한 딸 순남이를 한 번 안아주고는 횡하니 떠나버린다.

마음이 급해진 딸막이 한번은 남편을 붙잡고 지금 하는 일 그만두면 안 되느냐고 말을 꺼냈다가 "모르면 가만히 있으라!"며 버럭 화를 내는 바람에 그 뒤로는 입을 닫았다. 말해봐야 알아듣지 못할 테니 아예 입 다물고 있으라는 투였다. 그때라도 나가는 남편의 옷자락을 붙잡고 늘어져야 했었는데, 그러지 못한 게 훗날 두고두고 후회로 남았다.

하루는 밤늦게 들어온 남편이 막 밥숟가락을 뜨는데 경찰들이 들이닥쳤다. 갑자기 밖에서 요란하게 개 짖는 소리가 들렸고, 그 순간 숟가락을 집어던진 남편이 후다닥 일어나 뒷문을 박차고 튀어나가 뒷담을 뛰어넘어 도망을 친다. 신발도 신지 못한 채로. 곧이어 집안으로 들이닥친 경찰들이 우르르 마루로 올라서 구둣발로 방문을 걷어차고 들어와 여기저기 온 집안을 들쑤셔 놓고는 밖으로 튀어나간다.

방구석에 엎드려 숨도 쉬지 못하는 딸막은 도망친 남편이 어떻게 되었는지 오로지 그것만이 걱정인데, 잠시 후 멀리서 들리는 몇 방의 총소리에 가슴이 그만 쿵 하고 내려앉았다. 놀라 넋이 나간 딸막은 한참 뒤 간신히 정신을 수습하고는 식구들과 함께 밖으로 나가 어두운 밤길을 더듬으며 총소리가 난 동네어귀까지 살피며 돌아다녔다. 다행히 아무 일없이 피신을 한 것 같았다. 그렇게 밤을 꼬박 새우고는 파김치가 된 몸으로 들어와 쓰러지듯 드러누웠다.

딸막은 밤마다 거의 뜬눈으로 지새웠고, 그러다 깜박 잠이 들면 악몽에 시달렸다. 경찰에 붙잡혀 끌려간 남편이 총을 맞고 피를 흘리는 모습이 어지럽게 나타나 그때마다 비명소리를 내지르며 깨어나기도 했다.

집안은 사상에 미친 사람 하나 때문에 풍비박산이 났다. 형님인 백부는 잘난 동생 탓에 지서에 끌려가 동생이 어디 있는지 대라며 추궁을 당했고 거기서 얻어맞은 상처로 인해 집에 드러누웠다. 딸막도 수시로 지서에 불려가 남편 있는 데를 대라며 닦달을 당했다. 그러는 중에 머리채를 잡히고 뺨을 맞는 등 온갖 고초를 겪었다.

집안이 온통 뒤숭숭하여 모두 뜬눈으로 밤을 지새우기가 일쑤였다. 남의 눈이 무서워 동네사람들하고도 내왕을 끊고 쉬쉬하며 지냈다. 바야흐로 온 나라에 휘몰아치기 시작한 이데올로기의 광풍이 여기까지 밀려들어와 집안을 송두리째 집어삼켰다. 결혼한 지 만 4년이 채 안 된 때였다.

그런 소용돌이 가운데서도 또 하나의 생명이 탄생했다. 번득이는 감시의 눈을 피해 다니며 천신만고 끝에 태어난 아들이었다. '붉은 씨앗'이라는 멍에를 진 축복받지 못한 생명이었다.

그러나 아들이 태어난 기쁨도 잠시 그 이듬해 남편은 마침내 사상범으로 경찰에 체포되어 부산형무소에 수감되고 말았다.

1948. 8. 15. 대한민국 정부가 수립되자 북의 조종을 받는 남로당 세력이 건국을 방해하는 극렬한 활동을 펼쳤고, 그러자 정부에서 대대적인 좌익사범 척결에 나서서 전국적으로 검거열풍이 불었는데, 그 때 남편도 체포된 것이었다.

딸막은 동서와 함께 두세 번 부산형무소로 면회를 다녀왔다. 거기서도 남편은 무슨 배짱인지 곧 나가게 될 거니까 걱정 말라고 했다. 하지만, 남편이 언제 풀려날지 기약이 없는 상태여서 딸막은 돌아오는 길가에 주저앉아 눈물을 쏟아냈다.

그런데 불행은 겹쳐서 온다고 했던가. 엎친 데 덮친 격으로 또 다시 하늘이 무너지는 일이 일어났다. 딸막이 남편 면회를 위해 부산에 가 있는 사이 집에 남겨놨던 딸 순남이 무슨 병에 걸려 갑자기 죽어버린 것이었다. 겨우 4살밖에 안 된 딸이 돌림병인가 뭔가에 걸려 며칠 사이에 숨을 거두어버렸고, 딸막이 그 소식을 듣고 부랴부랴 쫓아와보니 이미 장례까지 치른 뒤였다.

아들아!

우째 말로 다 하겠노. 그 일을 생각하면 숨이 막혀 말이 안 나온다. 울음도 나오지 않았다. 우째 이런 일이 나한테 일어나는지 꼭 악몽을 꾸는 거 같았다. 자고 깨도 자고 깨도 도무지 끝이 없는 흉측한 꿈 말이다.

이 모두가 니 아부지 때문에 생긴 일이라 생각하믄 너무 원망스러웠다. 내가 지금도 한 가지 마음에 맺히는 건, 니 아부지 미쳐서 나다닐 때 그때 왜 죽자 사자 붙잡고 늘어져 말리지 못했는지. 차라리 나를 죽이고 나가라고 붙잡지 못했는지… 그게 한스럽다. 시상에 시상에 무신 세월이 그런 세월이 있었는지… 그래도 그 험한 세월에도 우리 아들 니가 태어나 에미는 그나마 그게 작은 위안이었단다.

남편은 돌아오지 않았다

마침내 터질 게 터졌다. 전쟁이었다. 38선을 뚫고 북에서 내려온 인민군이 순식간에 서울을 함락했다고 한다.

전쟁이 났다는 말에 딸막은 가슴이 쿵 내려앉았다. 얼마 전 남편이 부산에서 서울의 마포형무소로 옮겨졌다는 소식을 듣긴 했지만, 집안이 온통 정신이 나갔던 때라 한 번 만나러 갈 엄두도 못 내던 사이에 전쟁이 터진 것이다.

그렇지만, 한편으론 한 가닥 기대감이 솟아올랐다. 전쟁이 났으니 남편이 이제 집으로 돌아올 거라는 생각에서였다. 더구나 남편도 '곧 집에 돌아갈 테니 걱정 말고 가 있으라.'고 하지 않았던가. 언제 집으로 올지 모른다는 생각에 어딜 가지도 않고 집을 비우지도 않고 밤낮으로 기다렸다.

그런데 그때 흉흉한 소문이 돌았다. 전쟁이 터지고 인민군이 내려오자 전국 형무소에 수감돼 있던 좌익사범들을 모두 처형했다는 것이었다. 그들이 인민군과 합류하는 걸 막기 위해서라고 했다. 놀란 딸막은 털썩 주저앉아 절망감에 몸서리쳤다. 모든 게 끝났다는 생각에 숨도 제대로 쉴 수가 없었다. 그러다 시간이 지나면서 조금씩 정신을 차렸다. 절망 속에서도 희망을 버리지 않았다. 그 사람은 절대 쉽게 죽을 사람이 아니라고 생각했다. 어떻게든 살아있을 거라고 믿었다.

인민군은 파죽지세의 기세로 남으로, 남으로 밀고 내려왔다. 낙동강 아래만 남았다. 부산까지 밀고 내려가면 대한민국은 끝장이다. 태어난 지 두 돌 만에 목숨이 끊어질 순간이었다.

그러나 다행히도 인민군들은 낙동강을 넘지 못했고, 우리 동네는 낙동강 바로 아래쪽이라 전쟁이 거기까지 오진 않았다. 그런데도 사람들은 언제 여기까지 밀려올지 모른다며 피난 보따리를 싸놓고는 밤잠도 못 자며 마음을 졸였다.

그때 난 서너 살밖에 안 된 나이라 기억이 잘 나진 않지만, 하늘에는 B29 비행기가 수시로 질러가고 강 건너에서는 대포소리가 밤낮없이 쿵쿵 들려왔다고 한다. 또 마을 뒤편의 낙동강에는 위로부터 시체들이 둥둥 떠내려 왔다고 했다.

전쟁이 끝나고 휴전이 되어도 남편은 깜깜무소식이다. 어디로 찾아 나설 수도 없고 어디 알아볼 길도 없었다. 가슴을 졸이는 침묵의 시간이 흘렀다. 내놓고 말은 않지만, 이렇게 소식이 없고 행방을 알 수 없는 걸 보면 전쟁 통에 어디서 변을 당했을지도 모른다는 말들이 주위에서 조심스럽게 흘러나왔다.

그러나 딸막은 고개를 세차게 흔들었다. 아니다. 살아있다! 그렇게 쉽게 죽을 사람이 아니다! 굳게 믿었다. 그렇게 믿고 싶었다. 절망에서 희망으로, 다시 체념으로 그러다 다시 희망으로. 오만가지 생각으로 잠을 못 이루었다. 그러면서 마음을 고쳐먹었다. 집에 돌아오지 않아도 좋으니 어디든 제발 살아만 있어달라고 빌고 빌었다.

아들아,

그때 일을 말하자니 또 가슴이 벌렁거리고 숨이 막힌다. 아직도 꿈인지 생시인지 모르겠다. 니 아부지는 난리 통에 살았는지 죽었는지 깜깜무소식이고, 답답한 마음에 어디쯤에 있다는 소문이라도 들었으면 널 둘쳐 업고 아무리 멀어도 찾아가려고 했는데… 그래도 기다렸다. 죽었을지도 모른다는 남의 말은 귓등으로도 안 담았다. 살아서 꼭 돌아올 거라고 믿고 기다렸다. 하마 올까, 하마 올까… 밤에 밖에서 부시럭 소리가 나면 자다가도 뛰어나가고 한밤중 문을 열고 뚜벅뚜벅 들어올 것 같아서 잠을 설치고…. 강가에 나가 기다리다 주저앉아서 목 놓아 통곡한 게 몇 번인지 모른다. 저 강물에 흘린 내 눈물이 얼마인지 아무도 모를 기다.

또 다른 전쟁의 시작

삽시간에 불어 닥친 폭풍우는 한 젊은 여자의 인생을 한 순간에 깊은 구렁텅이로 몰아넣었다. 미친 듯 몰아친 광풍, 남편의 가출, 집안의 풍비박산, 딸의 죽음, 전쟁, 남편의 행방불명. 이 모든 게 불과 3, 4년 사이에 정신 차릴 새도 없이 벼락처럼 떨어진 일들이었다. 남은 건 절망뿐이었다. 악몽. 그 말밖에 달리 표현할 길이 없었다. 모든 게 꿈만 같아 도무지 생시 같지가 않았다. 왜 이런 일들이 나한테 닥쳤는지 아무리 생각해도 납득이 가지 않았다.

한동안은 아무 생각도 못하고 멍하니 지냈다. 넋이 나가 밤인지 낮인지도 구별 못하는 날들을 보냈다. 차라리 꿈이었으면 했다. 하지만, 아무리 도리질을 쳐도 눈앞에 닥친 현실이었다. 집안의 가장인 남편은 어디론가 사라지고, 하루아침에 생과부가 돼버린 23살의 젊은 여자. 그리고 어린 자식. 허허벌판에 선 이 둘의 앞날이 어떻게 될 것인지 누구도 알 수가 없었다.

잔인한 세월에도 아랑곳없이 계절은 바뀌고 삶은 계속되었다. 봄이면 산에 들에 꽃이 피고, 살아남은 사람들은 입에 풀칠을 위해 들에 나가 일을 했다. 딸막도 친정과 시가를 오가며 염소를 키우고 밭농사를 지었다. 삶은 주저앉아 울고 있을 틈을 주지 않았다.

그런 중에도 남편에 대한 희망은 잃지 않았다. 불쑥 집으로 들어올 것 같아서 잠을 설쳤다. 그 실낱같은 희망이 그녀를 지탱하는 힘이었다. 밥을 먹어도 잠을 자도 일을 해도 오로지 그 생각뿐이었다. 숨죽이고 남편을 기다리는 고통스러운 나날이었다. 목줄기까지 차오른 울음은 무심히 울어대는 뻐꾸기 소리에도 금방 터져 나올 것만 같았지만, 애써 속으로만 삼켜야 했다.

난 네 살이 될 때까지 태어난 봉곡의 외갓집에서 자랐다. 눈물 마를 날이 없어 눈이 늘 짓물러있던 우리 외할머니! 먼 산을 바라보며 한숨만 푹푹 내쉬시던 우리 외할아버지.

그러나 어린 난 세상이 어떻게 돌아가든 상관이 없었다. 새까맣게 타버린 엄마의 속은 아랑곳없이 아버지란 사람은 어디로 갔는지도 모른 채 외갓집에서 귀염을 독차지하며 자랐다.

올라가 놀던 뒷마당의 감나무, 장독대 옆의 앵두나무는 내 어린 날 추억의 한 장면으로 남아있다. 외할머니가 광에서 내주시던 홍시, 머리를 쓰다듬어주시던 그 따스한 손길은 지금도 잊을 수가 없다.

출가외인인 여자가 마냥 친정집에 눌러 지낼 수만은 없는 노릇이었다. 엄마는 나를 데리고 시댁인 가술의 할머니 집으로 들어갔다. 원래는 종조모였는데 아들이 없었던 탓에 아버지가 양자로 들어간 것이었다.

해소천식이 심했던 할머니와 작은 초가집에서 같이 지냈다. 거기서 엄마의 잊을 수 없는 시집살이가 시작된다. 손아래 시누이가 둘 있었는데, 한동네에 사는 이 고모들이 정말 못 말리는 인물들이었다. 일본에 살다 나와서 그런지 철이 없는 데다 변덕에 시기 질투에 하여간 못된 시누이의 표본이었다.

둘은 눈만 뜨면 생과부가 된 지도 얼마 안 되는 올케를 못 잡아먹어 안달이었다. 걸핏하면 이년 저년하며 머리채를 휘어잡았고, 온갖 트집을 잡아 괴롭혔다. 한 번은 지들이 할머니의 돈을 몰래 빼돌려 써놓고는 그걸 엄마가 훔쳐 갔다며 뒤집어씌웠다. 펑펑 울며 억울하다고 해도 소용이 없다. 남편이 옆에 없으니 누구 하나 편 들어주는 사람도 없고, 아직 세상을 잘 모르는 순박데기 촌 여자가 그 구박, 설움을 참고 견디기엔 힘든 일이었다.

견딜 수 없게 외롭고 서러운 나날이었다. 거기다가 앞으로 살아갈 일도 막막했다. 아무리 둘러봐도 암담한 현실에 실낱같은 희망도 보이지 않았다. 서발막대 휘둘러도 걸리는 것 하나 없는 살림살이에 물려받은 유산이라곤 땡전 하나 없고 누구 하나 손 벌려 도움을 청할 곳도 없었다. 그야말로 적막강산이란 말이 딱 들어맞는 처지였다.

그렇다고 소식 없는 남편을 마냥 기다리며 손 놓고 앉았을 수도 없고, 자신의 처지를 한탄하며 울고 싶어도 이젠 눈물마저 말라 더 흘릴 눈물도 없었다. 스물다섯의 젊은 아낙 딸막은 정신을 차리자고 머리를 흔들며 '하늘이 무너져도 솟아날 구멍은 있다.'는 말만 수없이 되뇌었다.

그러면서 앞으로 살아갈 일을 곰곰이 생각하고 또 생각했다. 모진 시집살이에 입 귀 다 막고 숨죽여 지내면서도 앞으로 살아갈 궁리를 하고 있었던 것이다. 먹고사는 것도 걱정이지만, 그보다 더 큰 걱정은 어린 자식의 앞날이었다. 하나뿐인 아들을 남편 대신 남부럽잖게 키워야 하는데 이러다간 학교도 못 보내고 무지렁이로 만드는 게 아닌가 싶어 잠을 못 이뤘다.

그러다 마침내 결심을 했다. 집안에만 그냥 주저앉아 죽을 수는 없다. 살 길을 찾아야 한다! 어떻게든 살아남아야 한다! 그렇게 꿈틀거리기 시작한 생존욕구는 마침내 길을 찾았다.

우선 이 집에서 벗어나 탈출하는 게 급선무였다. 그 다음으로 먹고 살기 위해서는 장사든 뭐든 손에 잡히는 일을 하는 수밖에 없었다. 농사를 짓고 싶어도 땅 한 뙈기도 없으니 사대육신 움직여 할 수 있는 일은 장사뿐이었다.

장사라곤 해본 적이 없는 데다 한 번도 시골구석을 벗어나보지 못한 촌 여자가 왜 험한 바닥으로 걸어 나갈 생각을 했을까. 단지 시누이들의 구박 때문만은 아니었다. 이대로 주저앉았다간 자신은 물론이고 자식의 앞날마저 망치고 만다는 절박한 심정에 내몰린 끝에 내린 선택이었다.

막상 그런 결심을 하고도 여러 날을 뜬 눈으로 보냈다. 바람막이 하나 없는 벌판으로 나서는 두려움도 그렇지만, 그보다 홀로 남겨두고 가는 어린 자식 때문에 눈물도 많이 흘렸다.

마침 친정아버지가 돌아가셨다. 그러자 그때까지 머리에 꽂고 있던 비녀를 빼버리고는 신식으로 머리를 볶았다. 그리고는 어느 날 채소장사를 다니는 트럭에 올라탔다. 먼지 풀풀 날리며 떠나는 트럭을 따라가겠다며 어린 아들은 땅바닥에 주저앉아 울며 몸부림치고, 시누이들은 저 년이 바람나서 나간다고 악담을 퍼부었다. 그렇게 26살 젊은 여자는 처음으로 장삿길에 발을 내딛었다. 남편이 사라진 지 5년이 지난 때였다.

맨 먼저 시작한 건 채소장사였다. 여기저기 돌아다니며 채소를 사서는 시장바닥의 소매상에게 넘기는 일이었다. 몇 푼 안 되는 밑천으로 할 수 있는 일은 그런 것뿐이었다. 그렇게 딸막의 장삿길 인생은 시작되었다. 남자들의 전쟁은 이미 끝이 났지만, 강딸막의 전쟁은 이제 시작이었다.

아들아!

내가 집 떠날 때 주변에서 저 년 저거 바람나서 나가니 어쩌니 악담을 퍼부어도 에미는 다 참을 수 있었다. 그런 소리는 귀에 들어오지도 않았다. 이 에미는 그렇게 독하게 마음을 먹고 떠났다. 우리 모자 앉아서 죽을 순 없지 않느냐. 그러고 있다가는 니는 학교도 못가고 나중에는 거지 신세가 돼 평생 천덕꾸러기로 살아가겠구나 싶어서 밤에 잠도 못 잤다. 살아갈 길이 막막하여 나오느니 한숨뿐인데 눈물로 한탄하며 세월 보내고 앉았으면 밥이 생기나 돈이 생기나. 누가 있어 우릴 돌봐주기나 하겠냐. 홀로 남은 니도 어린 마음에 얼마나 서러웠겠냐만, 어린 널 남겨놓고 나가는 에미 마음은 오죽했겠냐.

그렇지만 아들아, 추우나 더우나 비가 오나 눈이 오나 장돌뱅이로 돌아다니면서도 한시도 니 생각을 안 한 적이 없었다. 힘들고 아플 때도 널 생각하면 저절로 힘이 나더라. 널 떠올리면 외롭지도 않고 힘든 줄도 몰랐다.

아들아, 살아보니 사람이 갈 데까지 가면 못할 짓이 없더라. 세상에 무서운 것도 없어지고 가진 게 없으니 잃을 것도 없었다. 하다하다 안 되면 까짓거 죽기 밖에 더하겠냐는 심정으로 살아왔다.

- 엄마의 지난 이야기는 여기서 끝났다. 거의 모두 처음으로 알게 된 사실이다. 이제야 비로소 아버지의 정체도 더 확실히 알게 되었고, 그동안 엄마가 겪은 일들도 알게 되었다.

내 청춘의 초상

또 다시 이별

엄마와 같이 지내는 시간도 끝났다. 중학교를 마치자 그 곁을 떠나야 했던 것이다. 부산의 고등학교로 진학하게 되었기 때문이다. 오래 떨어져 살다 이제 겨우 3년을 같이 지냈는데, 세상천지 둘밖에 없는 식구가 또 떨어져 살아야 하다니!

진해에서 엄마와 함께 보낸 3년은 나에겐 참으로 따스한 시간이었다. 태어나 처음으로 엄마의 따뜻한 품속을 느꼈고, 엄마의 삶을 알게 된 시기였다. 찬바람을 맞으며 새벽열차를 타던 엄마의 모습은 내 가슴에 지울 수 없는 기억으로 남았다.

돌아보면 엄마와 같이 지낸 그 3년이 일생 중 가장 행복한 시간이었던 것 같다. 엄마도 그랬을 것이다. 아들과 단둘이 지낸 그때가 훗날까지도 잊을 수 없었을 것이다. 하루가 다르게 커가는 아들을 보며 살아야 할 이유를 되새겼을 것이고, 아들이 학교에서 받아온 상장을 벽에 쭉 붙여놓고 들여다보는 재미로 고생도 잊고 사는 보람도 느꼈을 게다. 그리고 마주 앉은 아들 모습에서 돌아오지 않는 남편도 떠올렸을 것이다.

떨어져 살기 싫은 심정은 엄마도 마찬가지였겠지만, 겉으로는 대수롭지 않은 듯 태연하게 말했다. "좀 떨어져서 지내면 어떻노? 가서 공부나 열심히 해라. 내 속곳을 팔더라도 니 하나 공부 못 시키겠나."

아들의 공부를 위해서라면 무엇이든 할 각오가 돼있다는 말이었다. 아들이 열심히 공부해서 훌륭한 사람이 되는 게 엄마의 가장 큰 소원이라고 했다. 자식 교육에 대한 엄마의 욕심은 유난히 강했는데, 그건 남편 대신 자식 하나만은 번듯하게 키우고 싶다는 욕심이기도 했고, 또 무엇보다 우리에게 남은 유일한 희망은 공부밖에는 다른 길이 없다는 걸 알기 때문이었다.

그러나 난 솔직히 엄마와 떨어지는 게 싫었다. 엄마를 홀로 두고 떠나는 것도, 혼자 남은 엄마가 외롭게 지내는 것도 오래 떨어져 살았는데 또 다시 떨어져 지내는 것도 싫었다. 아무 데서나 공부만 하면 되지 뭘, 하는 심정이었다. 그러자 엄마가 머뭇거리는 내 등을 떠밀며 말했다.

"사람은 어쨌거나 넓은 곳으로 나가야 된다. 맨날 좁은 집구석에만 있으면 나중에 뭐가 되겠나? 내가 뭣 때문에 이 고생을 하는 줄 아나? 다 니 공부를 위해서다. 나는 아무래도 괜찮다. 혼자서도 살 수 있으니 엄마 걱정은 하지 마라."

나도 알고 있었다. 엄마에겐 내가 세상의 전부라는 걸. 유일한 희망이고 사는 보람이라는 걸. 그리고 나도 엄마의 그런 기대에 보답해야 된다는 것도. 그런 엄마의 간절한 마음을 알고 나서야 난 마음을 새롭게 다져 먹고 용기를 내기로 했다. 엄마는 떨어져 있어도 늘 내 곁에 있을 것이다. 언제나 자식을 지켜줄 것이다. 객지에 홀로 나간 아들이 잘되기를 늘 간절한 눈으로 지켜보고 있을 것이다. 그게 엄마의 마음이라고 믿었다.

엄마는 평소 하나뿐인 자식이라고 애지중지하거나 과보호로 나를 키우지 않았다. 속으로야 절대로 그렇지 않겠지만, 겉으로는 대범하게 때론 무심한 듯 대하며 자식을 울타리 안에 가두지 않았다. 지나치게 간섭하거나 참견하지도 않았다. 품 안에 안고 있기보다는 벌판으로 나가 스스로 헤쳐 나가기를 바랐다. 엄마가 자식을 기른 방법은 한마디로 방목(放牧)이었다. 코뚜레 없이 넓은 초지에 풀어놓은 소처럼 방목시켰다. 엄마가 나를 그렇게 풀어놓고도 큰 걱정을 하지 않았던 건 아마도 자식에 대한 믿음이 있었기에 가능했을 것이다.

그렇게 엄마와 난 다시 헤어졌다. 아주 어렸을 적 헤어진 뒤 8년 만에 만나 같이 지냈고, 만난 지 3년 만에 다시 이별했다. 그리고 이 이별은 이후 15년간이나 지속되었다. 훗날 서울에서 다시 합칠 때까지 우린 여름 겨울방학 때 잠시 잠깐 얼굴을 맞대었을 뿐 한 집에 산 적이 없었고, 일 년에 한 번 만나는 견우직녀처럼 서로 떨어져 바라보는 두 개의 별처럼 살았다.

애벌레의 꿈

엄마의 기대와 다짐을 안고 더 넓은 세상인 부산으로 왔다. 내가 간 고등학교는 부산 경남의 공부깨나 한다는 친구들이 모여든 소위 명문고였다. 그래서인지 학년이 시작되자마자 벌써부터 대입 준비를 위한 입시전쟁이 시작되었다. 모두들 좋은 대학에 가려고 머리를 싸매고 죽기 살기로 공부를 했다.

그러나 난 그 대열에 끼어들지 못하고 이탈해 있었다. 숨 막히는 경쟁에 익숙하지 못한, 말하자면 아직도 낙동강에서 헤엄치고 놀던 촌아이였고, 껍질 밖으로 나오지 못한 애벌레였다.

일제 때 지은 산중턱 목조건물 교실에서 공부를 했는데, 머리를 들면 창 너머로 멀리 오륙도가 보였고, 그 너머 바다를 바라보며 엉뚱한 상상에 젖어들곤 했다. 저 바다 너머엔 무엇이 있을까. 일본? 미국? 저 배를 타면 갈 수 있을까? 상상에 빠지는 사이, 어느새 난 항구를 떠나가는 무역선 뒤의 갈매기가 되어 푸른 바다 위를 훨훨 날아가곤 했다.

공부에는 관심이 없고 딴 짓에 정신이 팔려 있었다. 나쁜 친구들 꾐에 빠진 것도 아닌데 일찌감치 술을 마시기 시작했고 당구

바둑 등 잡기에도 손을 댔다. 거기다 담배까지 몰래 피우기 시작했으니 엉덩이에 뿔난 송아지처럼 못된 짓만 골라 한 셈이다. 또 중학생 때부터 탐닉했던 영화에도 여전히 빠져 있었다. 사흘이 멀다 하고 영화관을 들락거리며 어두운 구석에 홀로 앉아 환상의 세계에 빠져 드는 그 은밀한 즐거움을 여전히 떨치지 못했다.

거기다 또 하나의 기이한 습성에 젖어들었다. 초저녁엔 발정난 수캐처럼 여기저기 쏘다니다 밤 10시쯤에야 하숙방으로 돌아와 그때부터 공부를 시작한 것이다. 나만의 공부 방식이었던 셈이다. 밤늦은 시각의 고적함, 혼자 깨어있는 느낌에 맛을 들였다. 트랜지스터 음악을 틀어놓고 뒤늦은 공부 삼매경에 빠져있다 보면, 어느새 새벽이 와서 밖에서 딸랑딸랑 전차 지나가는 소리가 들렸고 그제야 잠자리에 들었다. 그러니 학교에는 노다지 지각이어서 교무실에 여러 번 호출을 당하기도 했다. 새벽이 될 때까지 밤을 꼬박 새우는 그 버릇은 그 후로도 계속되어 훗날 '야행성 인간'으로 체질이 굳어져버렸다.

내가 그런 방만한 생활에 젖어있었다고 해서 절대 불량학생은 아니었다. 더할 수 없이 얌전하고 착한 애였다. 엄마도 "우리 애는 너무 순하고 착해서 탈"이라고 했을 정도니 분명 비뚤어지고 엇나간 애는 아니었다. 만약 내가 정말 불량한 짓을 하고 다녔다면, 그건 엄마에 대한 용서받지 못할 배신이었다.

다만, 집을 떠나 혼자 지내니 누구 하나 간섭할 사람도 없는 자유로운 환경이 나를 고삐 풀린 망아지로 만든 것 같다. 그리고 핑

게 같지만 주변에 나를 이끌어 줄 사람이 없었던 탓도 있었다. 어렸을 적부터 그랬다. 엄마는 장사 다니느라 늘 바쁘고 지금까지 그 누구도 곁에서 나를 따끔하게 일깨워 주고 길을 인도해줄 그런 어른, 소위 멘토라는 사람이 주위에 한 명도 없었다는 게 탈이라면 탈이었다.

하나에서 열까지 오로지 나 혼자만의 판단으로 결정하고 행동해야만 했다. 당연히 세상을 보는 눈이 미개했으니 모든 게 미숙하기만 했다. 그때까지도 나한텐 나중에 뭐가 되고 싶다거나 그런 꿈이 없었다. 스스로 길을 찾아서 갈 의지나 명민함도 부족하고 아직 세상이 어떤 건지도 모르는 얼뜨기였으니 미래에 대한 야무진 꿈이나 무슨 야망 같은 게 있을 리 없었고, 청운(靑雲)의 꿈이니 그런 것도 없었다. 난 아직도 시골 도랑에서 물방개, 소금쟁이, 가재랑 어울려 노는 미몽(迷夢)에서 깨어나지 못한 애벌레였던 것이다.

생물학자에 의하면, 거의 모든 동물들은 탈피(脫皮)를 한다고 한다. 껍질-허물을 벗는 행위이다. 가재 같은 갑각류와 곤충류, 거미류 같은 절지동물뿐 아니라 뱀, 이구아나 같은 파충류와 개구리, 도롱뇽 같은 양서류도 껍질을 벗은 후 새롭게 태어난다. 환골탈태(換骨奪胎)를 하는 것이다. 일생에 한 번이 아니라 여러 번 하는 것들도 있다. 탈피를 하며 성장을 한다. 성장에는 반드시 고통이 따른다. 심한 경우는 숨을 쉬지 않거나 먹지도 않으면서 탈피가 진행된다. 이 과정에서 가재는 집게발 두 개를 잃기도 하고 어떤 건 몸의 색깔이 달라지기도 한다.

왜 그토록 고통과 인고의 시간을 견디며 힘든 탈피를 하는 걸까? 성장을 위해서다. 묵은 표피층을 벗어버려야만 성장이 가능하다. 탈피가 끝나면 주름 잡힌 새 표피층이 펼쳐지면서 몸의 표면적이 넓어지고 골격이 단단해지면서 한층 성장한다. 탈바꿈을 하는 것이다.

태어나 시골구석에서만 보낸 10여 년, 난 눈도 뜨지 못한 한 마리의 애벌레에 지나지 않았다. 십 리 밖을 나가보지도 못했고 밖에 어떤 세상이 있는지도 몰랐다. 그쪽으로 나가보려는 꿈도 꾸지 않았고 오로지 눈앞에 보이는 게 전부인 줄로만 알았다. 나를 둘러싸고 있는 건 강과 들판, 풀과 벌레들이 전부였다. 그 속에서 난 최소한의 자양분만으로 목숨을 이어가는 애벌레였다.

그러다 시간이 흐르고 누에가 그러하듯 몸집을 불린 애벌레는 조금씩 넓은 세상으로 나오면서 비로소 한 꺼풀씩 허물을 벗었다. 애벌레로 산 기간이 길어 허물을 벗는데도 시간이 걸렸다. 의식하지 못하는 사이에 아주 느리게 조금씩 탈피를 해왔다. 그때마다 세상은 여러 형태의 모습과 색깔로 다가왔다.

그러나 아직 몸의 일부분을 베어내는 그런 고통은 오지 않았다. 묵은 표피를 벗겨내고 새로운 색깔로 다시 태어나는 그런 인고의 시간은 오지 않았다. 지금도 외형적인 체구만 커졌을 뿐 내면은 여전히 잠에서 덜 깬 애벌레이다. 자신만의 몸짓과 색깔로 날 수 있는 나비에 이르기엔 아직도 갈 길이 멀다.

비로소 나의 존재에 대해 생각하기 시작했다. 나는 누구인가?

나는 무엇인가? 내면의 소리에 귀를 기울이는 시간이 필요했다. 내 안에 웅크린 또 다른 나를 찾아야 했다.

세상 밖으로 나올 땐 늘 악몽에 시달렸다. 끝도 모를 낭떠러지 아래로 떨어지는 악몽. 가위에 눌려 진땀을 흘리는 그 악몽은 오랫동안 나를 떠나지 않았다. 그건 세상에 대한 두려움이고 낯설음이었다.

깜깜한 어둠 속에서 촉각으로만 움직이는 벌레처럼 스스로 빛을 찾아서 나와야만 했다. 힘들게 길을 찾으며 홀로 부딪치고 홀로 절망했다. 이제 난 세상 속으로 들어왔지만, 아직도 세상 한가운데로 들어서지 못 한 채 울타리 밖 변경(邊境)을 배회하는 이방인일 뿐이다.

해답은 없었다. 조금씩 조금씩 껍질을 벗어가는 길밖에. 나를 둘러싼 과거와 현재를 마주해야 한다. 벗어날 수 없는 고통은 고통 그대로 받아들여야 한다. 그런 아픔만이 나를 애벌레로부터 벗어나게 할 것이다. 그리하여 긴 고통의 시간을 지난 후에야 또 하나의 탈피를 하고, 그런 후에야 한 마리 나비처럼 자유로워질 것이다. 그러려면 앞으로 얼마나 많은 탈피를 더 해야 할까. 언제쯤에나 난 애벌레에서 벗어나 한여름의 그 매미처럼 짱짱한 소리로 울 수 있을 것인가.

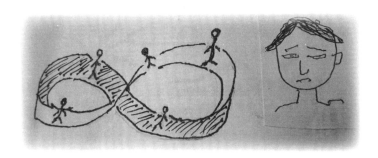

기쁜 우리 젊은 날?

고등학교 시절은 또 하나의 탈피를 위한 열병과 방황으로 보낸 시간이었다. 그렇게 시간을 보내던 난 고3이 되어서야 겨우 정신을 좀 차렸고, 대학에 꼭 가야한다는 생각에 마음이 조급해져서 비로소 책상 앞에 앉아 지내는 시간이 많아졌다. 그리고 운 좋게 대학에 합격했다.

부산에서 14시간 걸리는 완행열차로 한강철교를 건너는 그 순간, 난 드디어 서울 사람이 되었다. 십 리 밖을 모르던 우물 안 개구리가 마침내 한강을 건너 서울입성에 성공했으니 나에겐 이보다 더 큰 사건은 없었다.

"우리 아들이 대학생이 되었다!" 가장 좋아한 사람은 당연히 우리 엄마였다. 소원 풀었다고 했다. 주변에서 축하가 쏟아졌다. 여자 혼자 어렵게 장사해서 자식을 그만큼 키운 것도 장한데 아들을 서울에 있는 대학까지 보냈으니 남들의 부러움을 사고도 남았다. 그런데 엄마는 뜻밖의 말을 했다.

"인제 너거 아부지 돌아와도 내가 할 말 있다!"

엄마는 빠지지 않고 매달 3만 원의 돈을 보내왔다. 당시 한 달

하숙비가 6,500원, 한 학기 등록금이 8,000원(*사범대학은 일종의 국비 장학생이었다.)이었으니 3만 원이란 돈은 웬만한 공무원의 한 달 월급보다 많은 액수였다.

각지에서 모여든 학생들은 거의 대부분이 가난하여 가정교사 아르바이트를 하지 않으면 안 될 형편이었는데, 난 엄마가 꼬박꼬박 부쳐준 '향토장학금' 덕에 아르바이트 한번 안하고 대학생활을 보냈으니 그야말로 호강을 누린 셈이다. 주머니 사정이 좀 여유가 있다 보니 가끔 술값도 앞서 내고 한 탓에 친구들로부터 생전 처음 '부르조아'란 말까지 듣기도 했으니 그 모두가 엄마가 뼈 빠지게 번 기름때 묻은 돈 덕분이었음은 말할 것도 없다.

나의 대학 진로결정은 자의 반 타의 반이었다. 난 처음에 문학 쪽에 은근히 마음이 끌리면서도 한편으론 사회학에 대한 공부가 더 재미있을 것 같아서 그 쪽으로 가리라 마음먹고 그걸 학교에 말했다. 그런데 서울로 입시원서를 사러갔던 담임선생님(살매 김태홍)께서 이도 저도 아닌 사범대학 국어교육과 원서를 덜렁 사가지고 오셨다. 그리곤 하시는 말씀이 "니는 집이 가난하니까 빨리 졸업하고 나와서 학교선생이나 해라!"

일방적인 그 말 한마디에 나의 길은 결정되고 말았다. 학교 선생! 생각지도 못한 일이었지만, 어찌 보면 참으로 현실적인 대안을 제시한 것이었다. 처음엔 독단적인 그 결정에 약간의 불만도 있었으나 평소 내가 좋아한 선생님이고 해서 한마디의 불평도 못하고 그대로 따랐다.

지나놓고 보니, 그 분의 선택이 옳았다는 생각이 든다. 국어교육과를 가면 문학공부도 할 수 있고 졸업하면 바로 교사로 발령받을 수 있으니 그야말로 일거양득, 꿩 먹고 알 먹기 아닌가. 시인이셨던 담임선생님의 참으로 현명한 혜안이었다.

나의 대학생활은 한마디로 '문학'에 대해 눈을 뜬 시기였다. 입학하자마자 '사대문학회'란 곳에 들어갔다. 고등학교 때 문예반을 했다거나 글을 써서 상을 받아본 일도 없었는데 어쩌다 보니 나도 모르게 발걸음이 그쪽으로 향했고, 자연스럽게 그 행렬에 동참했다.

문학은 나에게 새로운 세상에 대한 문을 열어주었다. 이미 고교 때부터 각종 백일장에서 문명(文名)을 떨쳐왔던 선배들의 어깨너머를 기웃거리며 나름대로 느끼고 배웠다. 리얼리즘, 모더니즘, 실존주의, 다다이즘, 메타포, 이미지, 운율 등의 문학용어들이 난무하는 뜨거운 열기 속에서 문학의 깊은 늪으로 빠져들어 갔다.

강의실보다는 학교 앞 목로집에서 보낸 시간이 더 많았다. 싸구려 막걸리로 허기를 채웠던 청량리 용두동 일대의 선술집. 시화전을 열기도 하고 언덕에 모여앉아 열띤 토론을 펼치던 청량대(清涼臺)는 우리 젊은 열정의 용광로였다.

모두들 문학에 대한 열정은 불꽃처럼 치열해서 대학의 문학회 중에서는 유일하게 《創作時代》란 동인지도 발간했는데, 훗날 이들 중에서 시인 소설가 평론가로 이름을 떨치는 문인들이 쏟아져 나왔다. 김재홍, 유자효, 윤상운, 신상철, 이문열, 우한용, 이재국, 정명수, 전영태, 박호영, 이창득, 김진경, 윤재철, 이숭원 등이 그들이다.

내가 시보다는 소설 쪽으로 방향을 잡은 건 막연하게 아버지에 대한 이야기를 쓰고 싶다는 생각에서였다. 그래서 혼자 뭔가를 끄적거리기도 했는데, 솔직히 남한테 보여주기 부끄러운 수준이었다. 문학이란 쉽게 오를 수 있는 산이 아니었다. 먼 길을 걸어 힘들게 올라야 할 큰 산이었다.

이때부터 내 삶의 목표는 오로지 문학이 되고 말았고, 그 후로 청춘의 열병에 문학의 열병이 겹쳐 숨 가쁘게 보낸 날들이었다.

'박제가 된 천재를 아시오? 우린 끝 모를 골목길을 질주하는 13명의 아해들이오.' 李箱의 〈烏瞰圖〉를 읊으며 밤낮으로 술에 절어 "이 풍진 세상을 만났으니 너의 희망이 무엇이냐." 〈희망가〉를 불러 젖혔다. 또 퇴폐적 허무주의에 젖어 "광막한 광야를 달리는 인생아, 너는 무엇을 찾으러 왔느냐." 〈사의 찬미〉를 읊었다. 구정물이 흐르는 성동천변에서 카바이트 막걸리를 마시고 다리 위에서 오줌을 갈기며 기욤 아포리네르의 싯귀를 읊기도 했다.

미라보 다리 아래 세에느 강이 흐르고
우리들의 사랑도 흘러버린다.
괴로움에 이어서 맞을 보람을
나는 또 꿈꾸며 기다리고 있다.
해도 저무렴, 종도 울리렴.
세월은 흐르고 나는 취한다.

돌아보면, 딱히 뭐라고 정리할 수 없는 청춘의 고뇌와 치기, 허무가 뒤범벅된 그야말로 질풍노도(疾風怒濤)의 시기였다. 어떻게 보냈는지도 모르게 지나간 대학시절이었다. 낭만을 구가하였으나 정작 낭만은 없었고, 일그러지고 후줄근한 청춘의 자화상만이 남았다. 근사한 연애도 한번 못해보고 인생도 문학도 그 깊이를 제대로 파보지 못한 채 그저 주체할 수 없는 열병에 휩싸여 허둥댄 나날이었다.

지금은 벌써 전설이 된 먼 과거로부터
내 청춘의 초상이 나를 바라보며 묻는다.
지난 날 태양의 밝음으로부터
무엇이 반짝이고 무엇이 타고 있는가를!

그때 내 앞에 비추어진 길은
나에게 많은 번민의 밤과
커다란 변화를 가져왔다.
그 길을 나는 이제 다시는 걷고 싶지 않다.

그러나 나는 나의 길을 성실하게 걸었고
추억은 보배로운 것이었다.
잘못도 실패도 많았다.
하지만, 나는 그것을 후회하지 않는다.

헤르만 헤세 – '내 젊음의 초상'

섬마을 선생

대학을 졸업하자마자 곧 바로 교사발령을 받았다. 아직 한 인간으로서의 형태를 제대로 갖추지도 못한 미완성 젊은이가 남을 가르치는 교사가 됐으니 행인지 불행인지 모를 일이었다. 그렇게 사회 첫 걸음을 내디딘 곳이 난생 처음 가보는 거제도였다. 졸업 성적이 나빠 서울에 남지 못하고 멀리 섬으로 내려갔으니 공부에 게으름을 피운 죄로 유배를 당한 꼴이었다.

거제도는 유배지로 유명하여 고려 무신정변 때 의종이 유배되어 왔었고, 그 후 尤庵(우암) 宋時烈이 유배되어 盤谷書院을 세웠다. 靑馬 柳致環선생이 나신 둔덕이 바로 이웃이고 옥포해전을 앞두고 이순신 장군이 '깊은 시름'에 잠겼던 한산섬이 가까이에 있다.

바로 앞에 푸른 바다가 펼쳐져 있고 교정 둘레로 붉은 동백꽃이 흐드러지게 핀 학교에서 선생 노릇을 시작했다. 언덕에 서면 포구를 떠나 멀리 남쪽바다로 출항하는 어선이 보이고, 깃대 위에 펄럭이는 깃발을 바라보면 靑馬의 시가 떠올랐다.

이것은 소리 없는 아우성

저 푸른 해원을 향해 흔드는
영원한 노스탤지어의 손수건
순정은 물결같이 바람에 나부끼고
오로지 맑고 곧은 이념의 푯대 끝에
애수는 백로처럼 날개를 펴다
아! 누구인가?
이렇게 슬프고도 애달픈 마음을
맨 처음 공중에 달 줄을 안 그는

처음 겪는 섬 생활은 새롭고 여유로웠다. 숨 막히는 서울을 벗어나 한적한 어촌마을에 온 것은 나에게 뜻밖의 해방감을 안겨줬다. 무엇보다 아름다운 바다가 바로 눈앞에 펼쳐져 있으니 더 이상 좋을 수가 없었다. 남쪽바다의 맑고 푸른 물결은 답답한 가슴을 확 트이게 하고 찌든 머릿속을 말끔히 씻어 내리는 것 같았다.

선생을 했다기보다 순박한 섬마을 애들과 친구처럼 어울려서 놀았다고 하는 편이 옳았다. 어로, 항해, 증식을 전문으로 가르치는 수산전문학교여서 대학진학보다는 졸업 후 원양어선 같은 곳에 취업을 하는 게 대부분이라 공부는 뒷전이고 운동장에 나가 애들과 함께 뛰어 놀며 시간을 보냈다.

다른 곳에선 경험할 수 없는 섬 생활의 묘미는 여러 가지가 있지만 그 중에서도 가장 황홀한 건 살아 숨 쉬는 것 같은 환상적인 밤바다였다.

밤에 하숙방에 누우면 창 밖에 다가온 파도소리가 내 감성을 쉼 없이 흔들어 깨웠다. 철썩! 처얼썩…! 파도가 창을 넘어 안으로 쏟아져 들어올 것만 같았다. 끝내 잠을 못 이루고 밖으로 나가 방파제 끝에 서면, 끝없이 펼쳐진 밤바다에 달빛을 받아 반짝이는 은빛 물결이 한껏 감상에 젖은 젊은이를 저 멀리 바다 너머로 이끌었다.

방파제에 앉아 푸른 비늘이 일어나듯 꿈틀대는 밤바다를 오래토록 바라보다 늦게 돌아와 자리에 누운 후에도 따라 들어온 파도소리에 오랫동안 잠들지 못했고, 내 몸은 어느새 저 먼 바다 너머로 꿈결인 양 흘러가고 있었다.

> 바다 저쪽 아득한 나라로
> 언제나 물결치는 꿈길 더듬어
> 베갯잇 적시며 울면서 간다
> 그리움에 타는 가슴 부둥켜안고
> 바다 저쪽 아득한 나라로
>
> 데오돌 어바넬 – '바다 저쪽'

내가 거제로 발령 받아서 제일 좋았던 건 엄마가 있는 진해와 가까워서 자주 갈 수가 있다는 것이었다. 날씨가 좋은 날이면 어김없이 토요일 오후에 정기 연락선을 타고 뭍으로 나와 진해 집으로 갔고, 거기서 이틀 밤을 지낸 후에 월요일 새벽 마산 항에서 배를 타고 다시 거제도로 출근했다.

엄마는 아들이 대학을 나와 선생님이 된 게 더할 수 없이 뿌듯한지 여기저기 자랑질로 바쁘다. 고생해서 대학까지 보낸 아들이 23살 나이에 고등학교 선생님이 됐으니 엄마로선 어깨를 쪽 펴고 다닐 만했다. 주위에서도 봉곡댁이 고생한 보람이 있다고 온통 축하 투성이다.

내 힘으로 번 돈을 집에 갖다 준 건 이때가 처음이었다. 그때 월급이 3만 5천 원이었는데 거기서 하숙비 만 원, 술값과 용돈 만 오천 원을 뺀 나머지 1만 원을 엄마한테 건네주었다. 그동안 피땀 어린 엄마 돈을 받아 쓴 게 얼마인데 술 마시고 놀다 남은 돈 겨우 만 원? 벼룩도 낯짝이 있다는데 이제 와 생각해도 낯 간지럽다.

아들아!

니가 그때 가져다준 그 돈은 세상 무엇보다도 소중하고 생광스러웠다. 그 돈을 받아 들고는 눈물이 나서 한참을 앉아있었다. 우리 아들이 인제 다 컸구나! 내가 아들을 키운 보람이 있구나! 목이 메였다. 액수가 얼마가 됐든지 상관없었다. 나는 그 돈을 장롱 속에 잘 보관해 두었다. 한 푼도 쓸 수가 없었다. 그걸 모아서 훗날 니가 장가갈 때 보태려고 마음먹었단다.

지심도(只心島)의 연정(戀情)

해당화 피고 지는 섬마을에
철새 따라 찾아온 총각 선생님
열아홉 살 섬 색시가 순정을 바쳐
사랑한 그 이름은 총각 선생님
서울엘랑 가지를 마오. 가지를 마오.

　내가 거제도로 건너간 해는 마침 이미자의 〈섬마을 선생님〉이 한창 유행하고 있을 때였는데, 바로 그때에 때마침 서울에서 내려온 총각이 섬마을 선생으로 갔으니 노래 속의 그 총각 선생님이 바로 내가 되고 말았다.

　그런데 이 노래를 들으면 생각나는 옛 추억이 하나 있다. 여기서 난 여태껏 누구한테도(아내에게도) 말하지 않은 비밀 하나를 털어놓고 싶다. 노래가사와 똑같은 일이 있었음을 고백하고 싶은 것이다. 이제는 흘러간 먼 옛일이지만, 나에겐 잊지 못할 아릿한 추억이다.

　고등학교를 갓 졸업한 19살 처녀였다. 까무잡잡하고 동글동글

한 얼굴에 사슴같이 맑은 눈이었다. 남쪽 바다의 햇살, 바람, 갯내음이 몸에 배인 그녀는 그야말로 때 묻지 않은 순박한 섬마을 처녀였다.

그녀와 나의 관계가 딱히 어떻게 시작됐는지 기억도 아슴하다. 언제부터인가 우린 사람들 눈을 피해 몰래 만나는 사이가 됐다. 마을에 대(臺)가 하나뿐인 작은 탁구장이 있었는데, 우리는 저녁마다 거기서 만나 탁구를 쳤고, 톡 톡톡 탁구공이 오고가는 사이에 우리의 감정도 조금씩 쌓여갔던 것 같다. 바야흐로 서울서 온 총각선생과 섬마을 아가씨의 달콤 쌉쌀한 순정이 싹트는 순간이었다.

하지만 우리는 극도로 조심을 해야 했다. 좁은 어촌마을에서 학교선생과 마을 아가씨가 그렇고 그런 사이라는 소문이라도 나게 되면 낭패였다. 처녀총각이 연애하는 거야 크게 죄 될 건 아니지만, 아무래도 신분이 신분인지라 신경을 쓰지 않을 수가 없었다.

우린 마을 사람들의 눈을 피해 주로 밤 시간에 몰래 만났는데 무슨 카페라든지 그런 게 없으니 바닷가 방파제 같은 외진 곳에서 만났다. 거기서 바다에 관한 시나 소설, 또는 나의 서울생활에 대한 것들을 이야기하며 시간을 보냈다.

우리의 데이트는 그 옛날 순정시대의 첫사랑처럼 매우 순결했다. 물론 한창 때의 청춘이니 때론 순간순간 숨결이 뜨거워지고 어떤 주체할 수 없는 본능이 불쑥 튀어나올 것 같은 때도 있었지만 애써 자제하며 그 이상의 선을 넘지는 않았다. 흔히 상상되는 무슨 신체 접촉 같은 그런 건 기필코 없는 순수함 그 자체였다.

그러던 어느 날, 우리는 처음으로 마을 바깥으로의 탈출을 감행했다. 남의 눈치를 보며 도둑고양이들처럼 비밀스럽게 만나는 게 답답해졌을 때였다.

누가 알아볼까봐 각각 따로 버스를 타고 멀리 장승포로 가서 몰래 다시 만났고, 거기서 다시 20분쯤 걸리는 지심도로 배를 타고 건너갔다. 온통 동백나무로 뒤덮여 있는 지심도는 하늘에서 보면 흡사 마음 心자 모양을 한 섬이었는데, 이름 그대로 서로의 마음과 마음이 만나기에는 그보다 더 호젓한 곳은 없었다. 무슨 특별한 계획이나 흑심이 있었던 건 결단코 아니었다. 그저 단둘만의 비밀스런 만남에 가슴이 벅차 있었을 뿐이다.

섬으로 건너갔지만, 정작 거기서 우리가 할 별다른 일은 없었다. 꽃은 이미 떨어지고 없는 동백나무 사이를 걷다가 섬의 끝 작은 해금강이라 불리는 곳에 이르러 절벽 위에 나란히 앉았다. 그리곤 아래에서 부서지는 파도를 말없이 바라보았다.

하루 종일 그렇게 앉아있었던 것 같다. 무슨 말을 주고받았는지도 기억이 나지 않는다. 맹세코 말하지만, 그 날 우리는 아무 일도 없었다. 손은 한 번쯤 잡았는지 모르지만, 그 이상의 어떤 일도 없었다. 그때만 해도 난 어리숙하기 짝이 없는 숙맥이어서 어떻게 해야 여자를 끌어들이고 마음을 사로잡는지조차도 몰랐다.

발아래 파도는 쉴 새 없이 부서지는데, 난 이 기막힌 찬스를 살릴 어떤 극적상황이나 반전도 일으키지도 못한 채 시간을 흘려보냈다. 지금 생각해보니 그녀도 꽤나 따분했을 것 같다.

하지만 비록 어떤 짜릿함도 감정의 부딪침도 없는 맹물 같은 데이트였지만, 그 시간 둘의 가슴 속에서는 바위에 부딪치는 파도처럼 포말이 일고 뚝뚝 떨어지는 동백꽃처럼 진홍의 파문이 번져가고 있었다.

> 파도야 어쩌란 말이냐
> 파도야 어쩌란 말이냐
> 임은 뭍같이 까딱 않는데
> 파도야 어쩌란 말이냐
> 날 어쩌란 말이냐
>
> 유치환 - '그리움'

깎아지른 절벽 끝에 앉아 아득한 바다 아래 쉼 없이 철썩이는 파도를 바라보고 있자니 정신이 몽롱해지는 어지럼증이 밀려왔고, 그 순간 난 엉뚱한 생각에 빠져들었다. 〈사(死)의 찬미(讚美)〉란 염세적 노래를 부르며 연인 김우진과 함께 현해탄에 몸을 던진 윤심덕과도 같은 니힐리스트적 감상(感傷)이었다.

이 순박하고 아름다운 아가씨와 내가 여기서 저 아래 파도 속으로 같이 몸을 던진다면? 그런 비극적 상황이 벌어진다면? 신문 한 면의 구석에 작은 활자로 이런 기사가 나갈 것이다. '젊은 섬마을선생, 섬 아가씨와 지심도에서 비련의 情死!'

참으로 느닷없고 치기 어린 상상이었지만, 그런 생각을 하다보니 점점 몸에 스멀스멀 일어나는 야릇한 흥분을 느끼며 뭔가 짜릿하면서도 견딜 수 없는 감정에 사로잡혔다. 한번 빠져든 그 생각은 점점 도를 더해가며 나를 한없이 깊은 곳으로 끌고 들어갔다. 아득한 절벽 아래의 파도는 우리를 집어삼킬 듯이 넘실대며 눈앞을 어지럽히는데, 난 환상과 현실 사이를 넘나들며 정신이 혼미해져 가는 것 같았다.

견딜 수 없는 조바심이 솟아올라 정점에 닿을 즈음, 난 몸을 부르르 떨며 자리에서 벌떡 일어섰다. 그리곤 숨을 헐떡이며 그녀에게 말했다. 돌아가자고. 이제 그만 돌아가자고. 그러자 조금 전 그 환상도 잠시 밀려왔다 흩어지는 물거품처럼 사라졌고, 우린 쫓기듯 서둘러서 그 섬을 빠져 나왔다.

그게 마지막이었다. 지심도의 일 이후로 우리 사이엔 뭔가 어색하고 서먹서먹한 분위기가 감돌았다. 그녀도 느꼈던 것일까? 어차피 우리 사이는 더 이상 지속될 수 없다는 걸. 서울에서 온 선생은 결국은 서울로 다시 돌아가고 말 것이라는 걸 느꼈던 것일까. 아니면 한 때의 애틋한 추억으로만 간직하고 싶었을까.

얼마 지나지 않아 그녀는 취직자리를 구해 부산으로 떠났고, 또 얼마가 지난 후 나도 서울로 올라왔다. 미련이 없었던 건 아니지만, 그렇게 우린 정말 싱겁게 작별했다. 작별의 그 순간은 구태여 말하고 싶지 않다. 세상에 아프지 않는 이별이 어디 있으랴.

돌아보면, 그때 난 한 여자를 받아들이고 책임질 만큼 성숙되지 않았던 것 같다. 만약 그때 내가 적극적으로 그녀를 붙잡았더라면, 그녀와 나의 인연은 그렇게 쉽게 끝나지 않았을 것이다. 그리고 또 그 지심도에서 내가 만약 무슨 '결정적 사고'라도 저질렀다면, 그로써 나의 운명도 달라졌을 것이다.

서울에 올라오지도 않았을 것이고, 지금의 마누라도 만나지 못했을 것이고, 골치 아픈 드라마 연출도 하지 않았을 것이다. 그리고 그저 평범한 섬마을 선생으로 지내며 그 아가씨와 함께 자식 낳아 기르며 일생 알콩달콩 살았을 것임에 틀림없다.

벌써 50년이 다 된 일이다. 그때 그 아가씨는 지금 어디서 어떻게 살고 있을까…? 새삼 그 노래가사가 가슴에 젖어온다.

'열아홉 섬 색시가 순정을 바쳐 사랑한 그 이름은
총각 선생님, 서울엘랑 가지를 마오. 가지를 마오.'

잊혀진 역사 앞에서

어느 날, 거제 장목면 고현에 있는 거제포로수용소 유적지에 가 보았다. 한 때 북한 인민군 포로 15만, 중공군 포로 2만 명 등 최대 17만여 명의 포로가 수용됐던 곳이다.

아직도 그 옛날 수용소의 흔적이 군데군데 보인다. 녹슨 철조 망은 이미 사라졌고 잡초만 무성한 폐허. 역사는 어디론가 사라지고 흔적만 스산하게 남았다. 수용소가 내려다보이는 언덕엔 한때 공산포로들에게 납치됐던 UN군 토드 소장의 벽돌집이 거의 다 무너진 채 벽채만 조금 남아 당시의 상황을 말해 주고 있다.

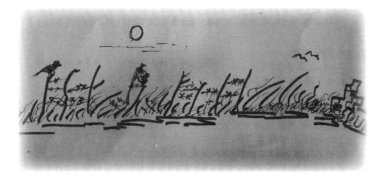

무너진 막사의 주춧돌 위에 앉아 저 멀리 아래로 펼쳐진 남해 바다를 바라본다. 바다 위로 봄기운이 나른하게 아른거리고 있다. 그 옛날 포로들도 여기 앉아서 저 푸른 바다를 바라보았을 것이다. 대부분 스무 살 안팎이었던 그들은 여기서 무슨 생각을 했을까? 저 바다를 보며 고향으로 돌아가 어머니의 품에 안기는 꿈을 꾸고 있었을까?

수용소를 둘러보던 중 잠시 아버지란 사람이 떠올랐다. 전쟁이 터진 직후인 1950년 6월 28일, 그때 형무소를 나온 뒤 북쪽으로 올라갔다면 십중팔구 전쟁에 참전했을 가능성이 높고, 그러다 포로가 되었다면 바로 이 수용소에 있었을 거라는 생각이 들었다. 만약 그런 일이 일어났다면, 포로석방 때 어떤 선택을 했을까. 반공과 친공 어느 쪽을 택하는가에 따라 그의 운명도 달라졌을 것이다. 그 생각을 하다 보니 한 사람의 운명도 그런 한 순간의 선택에 좌우된다는 사실이 새삼 역사의 허구성을 느끼게 한다.

1950년대 초. 포로수용소. 불과 20년 전인데도 마치 아득한 과거처럼 느껴진다. 이젠 아무도 기억하지 않는 버려진 역사, 잊혀진 곳. 무엇 때문에 싸우는지도 잘 모른 채 전쟁에 내몰린 젊은이들이 이곳에서 생사를 넘나들며 얼마나 많은 절망의 밤을 보냈을까. 포로가 된 이후에도 또 그들은 남과 북의 이념을 위해 철조망을 사이에 두고 얼마나 많은 피를 흘렸던가. 그들의 피, 그들의 한숨은 어디로 날아갔는가.

수용소는 또 하나의 전쟁터였다. 이념 갈등의 축소판과도 같았다. 밤낮으로 피비린내 나는 사상 전쟁이 벌어졌다. 좌우익으로 갈라진 포로들 사이의 싸움으로 연일 유혈사태가 발생하여 전쟁터보다 더 살벌한 상황이었다. 공산포로들은 사상교육과 군사훈

런까지 벌이며 반공포로들에게 테러와 고문, 살해 등을 저질렀고, 반공포로가 장악한 수용소에서는 '빨갱이 사냥'이 벌어지는 끔찍한 상황이 무시로 일어났다.

수용소를 거쳐 간 사람들 중에는 우리가 아는 유명 예술가들도 있었다. 서사적이고 장엄한 화풍으로 '한국의 미켈란젤로'라 불린 화가 이쾌대, 〈풀〉의 시인 김수영, 〈향수〉의 시인 정지용, 소설 〈철조망〉의 강용준 등. 인민군에 강제 징병돼 전장에 끌려 나갔다가 포로가 되어 거제수용소에 포로생활을 하며 젊음의 한 때를 번민과 고뇌로 보낸 사람들이다. 포로에서 석방된 후 이쾌대, 정지용은 북으로 갔고, 김수영 강용준은 남쪽에 남아 전쟁의 폭력성과 비참함을 고발했다.

전쟁이 장기화되면서 UN군과 공산군측이 첨예하게 대립하던 전쟁포로 송환문제가 1953년 마침내 일단락되었다. 송환 절차는 1차로 북한·중국으로 돌아가기를 원하는 포로와 남한에 남기를 원하는 포로들을 나누어 석방하고, 양측 어디에도 가기를 거부하는 포로들은 중립국으로 이송을 한 다음 그 곳에서 포로 개개인의 뜻을 수용하도록 한다는 것이었다.

포로들은 자신의 뜻에 따라 북으로 남으로 모두 흩어졌는데, 그 가운데 남북 어느 쪽으로도 가지 않고 '제3의 선택'을 한 사람은 총 88명이었고, 이 중 12명의 중국인을 제외한 Korean들은 76명이었다.

그들이 무엇보다 바란 건 '전쟁 없는 땅에서 살고 싶다.'는 것이었다. 동족끼리 서로 죽이고 죽는 비극과 분단되고 암울한 조국의 앞날은 그들에게 결국 조국을 등지게 만들었다. 그들은 남북 어느 쪽에서도 안식처를 찾지 못하고 조국을 등진 우리 현대사의 미아 (迷兒)들이다.

중립국 인도에서 2년을 보낸 그들은 브라질과 아르헨티나로 떠 났는데, 남미에 정착한 뒤 간혹 성공한 사람도 있었지만, 많은 사 람들은 머나먼 이국땅에서 어쩔 수 없는 향수병에 시달리며 고단 한 삶을 살았고 또 어떤 이들은 가난과 정신질환으로 빈민굴에서 스러져가는 기구한 삶들을 살았다.

남미로 간 이들은 오랫동안 조국의 고향땅에 다시 돌아간다는 꿈을 안고 살았다고 한다. 하지만, 아무도 조국이 이토록 오랜 시 간 서로에게 총부리를 들이댄 채 분단돼 있을 거라고는 생각하지 못했다.

> 해는 져서 어두운데 찾아오는 사람 없어
> 밝은 달만 쳐다보니 외롭기 한이 없다.
> 내 동무 어디 두고 나 홀로 앉아서
> 이 일 저 일만 생각하니 눈물만 흐른다.

생판 낯선 지구 반대편 땅에 떨궈진 한 사람이 밤이면 밀려드 는 외로움에 몸을 떨며 불렀다는 이 노래는 우리 모두의 가슴을 적신다.

그 중에서도 인민군소좌 출신의 '국가(國歌)섭렵기'는 우리로 하여금 많은 생각을 불러일으킨다. 일제 때는 일본 국가를 배웠고, 소련군정 때에는 소련 국가를 익혔으며, 인민공화국 수립 후에는 "아침은 빛나라 이 강산에"를 불렀고, 포로가 됐을 때는 "동해물과 백두산"을 습득했다. 그리고 인도에 가서는 인도 국가를 따라했고 브라질에 갈 때는 브라질 국가를 미리 배워 그 노래를 합창하며 브라질에 발을 내디뎠고, 마지막으로 미국에 정착한 뒤에는 "성조기여, 영원하라"를 부르며 기립했다.

우리 민족의 비극, 수난사를 한 인간에 압축해 놓은 것 같다.

그가 발붙일 조국은 과연 어디인가.

인생 제2막

항로를 바꾸다

섬에서 보낸 한 해는 나한텐 두 번 다시 오지 않을 색다른 추억, 청춘의 한 때를 보낸 소중한 기억으로 남아있지만, 섬 생활 일 년이 다 되어갈 즈음엔 나른한 권태가 심신으로 파고들며 나를 무기력하고 퇴폐적인 기분에 젖게 만들었다.

저녁마다 선창가 객줏집에 들러 뭍에서 건너온 작부들과 어울려 노닥거렸는데 그런 중에도 내가 마치 먼 곳으로 유배되어 온 것 같은 느낌을 떨쳐버릴 수가 없었다. 남들은 서울에 다 있는데 나 혼자만 멀리 떨어져 뒤처지고 있다는 일종의 소외감이었다. 이 대로 지내기엔 뭔가 억울하다는 생각이 들었다. 그랬다. 한적한 섬 구석에 젊음을 묻고 한가하게 시간을 보내기엔 난 아직 너무 젊었다. 하루 빨리 여길 벗어나야 한다는 생각을 했고 그건 나를 초조하게 만들었다.

그러다 마침내 탈출의 시간이 왔다. 일 년 전 섬으로 왔던 그때처럼 동백꽃이 한창이던 날, 난 섬마을 선생을 끝내고 섬을 떠났다. 뭍의 꽤 좋은 고등학교로 새로 발령을 받았지만, 그마저 뿌리치고 새벽안개를 헤치며 도망치듯 섬을 떠나 서울로 올라왔다.

서울로 올라온 후 사립학교 교사로 근무하면서 대학원에 진학했다. 나름 꿍꿍이속이 있어서였다. 석박사 과정을 마친 후 대학에 가서 교수노릇이나 해보겠다는 혼자만의 계산이었던 것이다.

　그때까지 교직 외 다른 걸 꿈꾼 적이 없었다. 그게 나에게 주어진 유일한 길이고 천직이 될 거라는 생각을 하고 있었다. 싼 등록금으로 사범대학을 다녔으니 교직에 종사하는 게 당연하고 그게 국가에 대한 도리라고 여겼다. 그러려면 중고교의 평교사로 지내는 게 가장 정도이지만, 허욕이 발동하여 더 높은 자리를 탐하고 있었던 것이다.

　하지만, 대학교수가 되어보려는 그 꿍꿍이도 따지고 보면 주제넘은 꿈이었다. 학문을 하려면 흔들리지 않고 한 길로 매진하는 남다른 끈기와 노력이 있어야 하는데, 술을 마시면서 밤을 새울 수는 있어도 책을 보며 도서관에서 밤을 새우는 것에는 자신이 없었다. 어울려 놀기 좋아하는 나 같은 사람에겐 대학교수는 애시당초 어울리지 않는다는 걸 뒤늦게 깨달았다.

　이제 어떡하지…? 처음으로 나의 앞날을 두고 심각한 고민에 빠졌다. 간이역마다 서는 완행열차처럼 나의 20대도 나의 청춘도 그렇게 천천히 흘러갔다. 이제 난 뭘 할 것인가. 바람 부는 벌판에 선 느낌이었다. 장차 내 인생의 배가 어디로 흘러갈지 어느 강 언덕에 도달할지 앞길은 안개에 싸여 있었다.

　그런데 참 알 수 없는 게 인생인가 보다. 계곡을 따라 흐르던 물이 예상치 못한 곳에서 물길이 바뀌듯 나의 인생항로가 전혀 다른 방향으로 급선회하는 일이 일어났다. 난데없는 전화 한 통이 나를 뒤흔들었다.

시인 柳子孝형이었다. 일 년 전 KBS 기자로 들어가 있던 그가 전화를 걸어와서 하는 말이 "내가 들어와 보니 기자보다 PD가 더 재미있는 것 같다. 마침 문화방송에서 공채를 하고 있으니 어서 응시하라."는 것이었다. 마치 거부할 수 없는 지령을 내리듯.

방송국? PD? 생소했다. 한 번도 생각해본 적이 없었던 단어였다. 그러나 생각지도 못한 그 전화 한 통이 내 마음을 들쑤셔놓고 나의 앞날을 송두리째 바꾸었다. 워낙 미지의 세계라 처음엔 좀 머뭇거렸지만 오래 걸리지 않고 결심을 했다. 새로운 분야에 도전해서 새로운 일을 해보기로. 한때는 영화에 빠져 지낸 적도 있었고 연극을 보러 공연장을 들락거렸던 터라 방송국에서 TV드라마를 해보는 것도 좋겠다는 생각이 들었다. 부랴부랴 공모에 응시했고, 운 좋게 합격되어, 엉겁결에 입사를 했다.

방송의 여러 분야 중에서 TV드라마를 지망했는데 내가 원한 대로 거기에 발령을 받아 잠시 숨 돌리고 머뭇거릴 새도 없이 현장에 즉시 투입됐다. 현장만큼 좋은 스승은 없다고 했다.

선배 PD들의 연출을 돕는 조연출-AD부터 시작했다. 처음으로 경험하는 분야이니 하나에서 열까지 모든 게 배우고 익혀야 할 일들뿐이다. 숨 쉴 틈 없이 돌아가는 시스템, 빡빡한 스케줄 속에서 정신을 못 차릴 정도였다. 작업 자체가 워낙 복잡한 데다 톱니바퀴처럼 한 치 어긋남 없이 손발이 맞아야 하는 일이라 잠시도 숨

돌릴 틈이 없었다. 정말 초인적인 힘을 요구하는 극한작업이었다. 그럼에도 드라마 제작과정은 늘 긴장 되면서도 짜릿하고 새롭고 재미있다는 게 이 분야의 거부할 수 없는 마성(魔性)이자 독성(毒性)이었다.

그래도 몇 년간 선생님 소릴 들으며 살았는데 하루아침에 먼지 투성이 스튜디오 바닥을 기어야 하는 신세가 되고 말았으니 이보다 더 큰 변화는 없을 것이다. 사람이 전쟁과 같은 충격적인 상황을 겪으면 그 앞의 일은 깡그리 잊어버린다고 하는데 그 말이 실감났다. 여태 살아온 내 모든 삶을 정리하고 새롭게 시작해야 했다. 내 인생 항로의 전반적인 수정을 요하는 시간이었다. 조금은 여유롭게 보낸 교직 생활, 또 문학의 멋에 잔뜩 심취해 있던 이전과는 확 달라진 새로운 세계. 한 번도 경험 못한 미지의 세계로 막 들어선 신입생은 마치 이상한 나라에 들어온 앨리스처럼 모험과 도전 속에 몸을 맡긴 채 가슴 두근거리는 긴장으로 하루하루를 보냈다.

흐르는 강물이 다시 만나듯

그럴 즈음 또 하나의 큰 변화가 일어났는데, 진해에서 혼자 지내던 엄마가 마침내 서울로 올라온 것이었다. 그때 난 13년의 떠돌이 하숙생활이 지긋지긋해서 마포 남아현동에 방을 얻어 자취란 걸 했는데, 말이 자취지 밥 한번 해 먹은 적이 없고 제작 현장의 중노동에 시달리다보니 생활도 엉망진창이었다.

그럴 참에 엄마가 서울에 올라와 아들 사는 꼴을 목격하고는 즉시 중대결단을 내렸다. 하나밖에 없는 아들을 이대로 두다간 큰일 나겠다 싶었던지 진해의 생활을 모두 정리하고 서울로 올라온 것이었다.

엄마에겐 일생일대의 대변화였다. 젊은 날부터 지금까지 30여 년을 먹고 사느라 땀 흘렸던 그 곳을 떠나게 됐으니 여러 감회에 젖었을 것이다. 그러나 이제 엄마도 혼자 외롭게 지낸 세월에서 벗어나 제대로 된 가정을 꾸려나가야 할 시기가 되었고, 나도 그 동안 유목민처럼 떠돌며 살아온 유랑의 시간을 끝내고 한 곳에 뿌리를 내려야 할 때가 되었다.

돈을 빌리고 빚내서 변두리 연신내에 700만 원짜리 집을 한 채

샀다. 서울에서 처음으로 가진 우리 집이었다. 그동안 한 번도 단칸방을 벗어나보지 못했는데, 방 두 칸에 작은 마당까지 있는 집이니 우리에겐 대궐이나 다름없었다. 엄마와 난 마치 오래 별거하던 부부가 다시 결합하여 같이 살아갈 집을 구하고 새살림을 차린 듯 마냥 설레는 기분이었다.

중학교 이후 따로 산 지 15년 만의 재결합이다. 세상에 둘 뿐인 식구인데도 참 오래 떨어져 살았다. 마치 이산가족처럼 살아왔다. 여태껏 한집에서 같이 지낸 기간은 30년 중에서 아주 어릴 적 3년, 중학교 3년 통틀어도 5, 6년이 될까 말까이다. 생각나면 다녀가는 손님처럼 잠시 잠깐씩 얼굴을 마주볼 뿐 우린 멀리 떨어져 바라보는 별 견우직녀처럼 지내왔다.

그런데 우린 이제 다시 하나로 합쳤다. 비록 까막까치가 놓은 오작교(烏鵲橋)는 없었지만, 엄마와 난 은하수를 건너 다시 만난 견우직녀처럼 합쳤다. 일 년에 한 번 칠월칠석(七月七夕)에만 같이 지내는 게 아닌 앞으로도 헤어지지 않을 만남이다.

이제 우린 따로따로 흐르던 강물이 다시 만나듯 하나로 모여같이 흘러가야 한다. 엄마는 50대 중반 난 30대 초반. 숨 가쁘게 달려온 날들을 매듭 짓고 이제 한 고개를 넘어 새롭게 살아갈 인생 제2막이 시작된다.

청주에서 온 우렁각시

옛날 옛적, 농사를 지으며 살아가는 한 농부가 있었다. 집이 가난하여 장가도 못 가고 노총각으로 외롭게 살았는데, 어느 날 들판에 나가서 일을 하고 집으로 돌아오는 길에 주먹만 한 우렁이를 하나 주워다 자기 집 물 항아리에 넣어두었다. 그러던 어느 날, 농부가 자신의 신세가 너무 처량한 나머지, "농사를 지어봤자 누구랑 먹나." 하고 탄식할 적에 어딘가에서 "나랑 같이 먹지." 하는 소리가 들렸다. 농부는 주변을 둘러보았지만 아무도 없었다. 그런데 그 다음 날부터 이상한 일이 벌어지기 시작했다. 농부가 일을 마치고 돌아오면 밥상이 한 상 딱 차려져 있었고, 또 그 다음 날도 그랬다.

이상하게 여긴 농부는 어느 날 일하러 가는 척하면서 집을 몰래 들여다보고 있는데, 좀 지나자 우렁이를 넣어둔 항아리에서 예쁜 아가씨 하나가 나타나더니 밥을 짓고 밥상을 차리는 게 아닌가. 그러자 농부는 기회는 요 때다! 하며 그녀를 덥석 붙잡았고, 마침내 둘은 결혼하여 오래 오래 행복하게 잘 살았다더라.

언제 들어도 기분 좋아지는 〈우렁각시 설화〉. 복도 많지! 그 농부의 횡재가 부럽기만 하다. 나에게도 언제쯤에나 그런 우렁 각시가 나타날까. 그런 예쁜 색시가 어디선가 뚝 떨어져 공짜로 생기는 날이 언제쯤 올까.

엄마에게 있어 절체절명의 과제는 역시 아들의 결혼이었다. 33살이 됐는데도 도통 결혼할 생각을 하지 않는 아들 때문에 밤낮으로 속을 태웠다. 엄마에게 아들의 결혼은 자신 생의 마지막 완성을 의미했다. 어렵게 공부시켜 대학까지 보냈고 지금은 번듯한 회사에 취직까지 한 아들. 더 이상 바랄 게 없는 엄마의 업적이다.

이제 마지막 유종의 미를 거두는 일만 남았다. 일생의 역작이 완성되기 직전의 시점이다. 다 그린 그림에 마지막 가장 중요한 부위인 눈동자에 점 하나만 찍으면 되는 화룡점정(畵龍點睛)의 순간에 도달한 것이다. 그런데 아들은 도통 결혼할 생각조차 않고 있으니 답답할 뿐이다.

그런데 사람이 뭔가를 간절히 원하면 어디선가 붙잡을 끈 하나씩은 내려주는 모양이다. 구원자가 나타났다. 충북대 미술과 교수로 있던 고향 친구 金永元이었다. (*후에 홍익대 교수로 재직하면서 자신만의 독특한 작품세계를 이룬 세계적인 조각가이다. 광화문의 세종대왕상, 추사 김정희, 박정희 동상 등을 만들었다.)

바로 그가 난데없는 우렁각시 하나를 물고 왔다. 그때 난 세종문화회관 소극장에서 내가 쓴 연극 한 편을 올리고 있었는데, 거기에 자신의 미술과 졸업반 제자 하나를 달고 나타나 나에게 슬쩍 인계를 한 것이었다.

박명호(朴明浩)란 남자 이름을 가진 23살의 청주 아가씨. 밝은 표정에 해맑은 미소가 돋보이는 인상이었다. 첫 느낌은 한마디로 나쁘진 않았다.

이야기를 듣고는 나보다도 엄마가 먼저 바짝 달았다. 그동안 몇 번 선을 보고도 한 번도 시원한 대답을 한 적이 없는 아들이었는데, 이번엔 "뭐 괜찮던데요." 하고 말하자 엄만 얼씨구나 잘됐다 싶었던지 앞뒤 가리지 않고 서두른다. 나이도 적당하고, (사실은 열 살 차. 이걸로 난 '도둑놈'이란 소리를 들었다.) 우선 그쪽이 2남 5녀 7남매 중 여섯째란 것도 마음에 들었다. 외로운 건 싫었다. 형제가 많으면 많을수록 좋다는 것에 엄마와 나의 의견이 일치했다.

그런데 사실 내가 머뭇거리지 않고 그 청주 아가씨를 점찍은 이유는 따로 있었다. 단지 첫인상이 좋다거나 형제자매가 많아서만은 아니었다. 심성이 순박하고 속이 깊어 보이는 점도 호감이 갔지만 그보다 더 큰 이유는 시집와서 시어머니를 잘 모실 수 있겠다는 확신이 들어서였다. 나에겐 그게 첫 번째 조건이었던 것이다.

더 이상 주저하고 망설일 이유가 없었다. 일은 일사천리로 진행되었다. 저쪽에 머뭇거릴 틈을 주지 않으려는 우리의 작전이기도 했다. 만난 지 한 달도 안 돼 청주의 그쪽 부모님을 찾아가서 인사를 드렸다. 말이 좋아 인사지 일방적으로 쳐들어간 것이었는데, 첫 대면이면서 사실상의 허락을 받는 자리였다. 단도직입적으로 딸을 내놓으라며 들이댄 것이다.

이쪽에서 너무 서두른 탓인지 그쪽에서도 꽤나 당황한 눈치였다. 촌스럽게 생긴 친구 하나가 나타나 아직 졸업도 안 한 딸을 데려가겠다고 설치니 적잖이 황당했을 것이다. 하지만, 나에겐 체면이고 예절 따위를 따질 여유가 없었다. 어떻게든 빨리 결판을 내야한다는 결의에 차있었다.

그러나 아무리 마음을 단단히 먹었다곤 하지만 미래의 처갓집을 찾아가 치른 통과시험에서 진땀을 흘리지 않을 도리는 없었다. 안방에 버티고 앉은 부모님, 그 앞에 잔뜩 긴장한 채 무릎을 꿇고 앉은 불쌍해 뵈는 촌놈. 심문이 시작되었다.

도대체 '피디'란 게 뭐하는 직업이냐는 질문부터 시작해 월급은 제대로 받느냐? 거기에다 방송국이면 예쁜 여자들이 많을 텐데 거기서 근무하면 탈이 생기지 않느냐는 난처한 질문까지 나왔다. '피디'란 직업이 아직 잘 알려져 있지 않았던 데다 간혹 요상한 소문이 나돌았던 탓에 주로 그에 대한 우려의 말씀이었다. 딸을 보내는 부모 입장에선 당연한 걱정이어서 난 그 염려를 안심시키고 오해를 풀어드리기 위해 무진 애를 썼다.

그러다 나중에 나로선 가장 아픈 질문이 나왔다. 부친은 어떻게 돌아가셨나? 하는 것이었는데, 이것만은 사실대로 말할 수는 없었다. 미리 준비해뒀던 대답을 했다. 전쟁 때 사고로 돌아가셨다고 대충 얼버무렸다. 만약 정직하게 털어놓았다면 자칫 골치 아픈 일이 생길 수도 있었는데 다행히도 부모님은 더 이상 캐묻지 않으신다.

또 한 가지 정말 고마운 일은 나의 치명적인 약점인 홀어미와 외아들 문제에 대해서도 더 이상 따지지 않고 넘어가주신 일이다. 사실 어느 부모가 그런 집안에 귀한 딸을 내주고 싶겠는가. 실제로 속으로는 평생 홀로 산 홀어미 아래로 딸을 보내는 걸 두고 많은 고심을 하셨으리라 짐작된다.

살면서 몇 번 면접을 받아본 적이 있지만 평생 그렇게 진땀 나고 힘든 면접은 처음이었다. 그러나 무슨 일이 있어도 꼭 결혼을 하고야 말겠다는 일념으로 끝까지 참고 견뎠다.

앞에 꿇어앉아 소주잔을 받아 마시며 보낸 두 시간에 걸친 심사, 마침내 장인어른이 말씀하셨다. "자네를 믿겠네." 승락의 말씀이었다. 역시 현명하신 장인 장모님이었다.

쇠뿔도 단김에 빼라는 말처럼 잠시도 머뭇거리지 않았다. 곧바로 이어서 남들은 잘 하지 않는 조촐한 약혼식까지 올렸다. 그녀의 대학 졸업식이 얼마 남지 않았지만 혹시나 모를 변수를 방지하기 위한 굳히기 작전이었다. 그리고 그녀의 졸업식이 끝나기를 기다려 전격적으로 해치울 작정이었다. 첫 만남에서 결혼까지 불과 석 달. 그야말로 번갯불에 콩 구워 먹는 격이었고, 나로선 제 발로 굴러 들어온 우렁각시를 거저 주운 느낌이었다.

그런데, 3월 말 결혼식 날짜를 잡아놓고 있던 중 뜻밖의 사건이 터졌다. 신부가 덜컥 교사발령을 받아버린 것이었다. 대단히 경사스럽고 축하받을 일이었지만, 문제는 발령 장소였다. 가까운 곳이면 좋겠는데 멀리 충북의 시골 중학교 미술선생으로 가라니 결혼하자마자 주말부부로 살 수는 없고, 이 일을 어쩌랴. 본인이 교육청에 포기의사를 밝히면 되는데, 정작 그녀는 교사를 하고 싶다는 의사를 강하게 표시했다. 과에서 한두 명밖에 발령받기 어려운 자리인데 짧게라도 교편생활을 해보고 싶다고. 누구라도 그랬을 것이다. 대학졸업 후 생애 첫 직장인데 누가 그걸 포기하고 싶을까. 나도 그 심정 충분히 이해할 수 있었다.

하지만 난 물러설 수가 없었다. 자칫 결혼이 연기되거나 잘못 될 수도 있다는 생각에 강수를 뒀다. 나한테로 오든지 아니면 학 교로 가든지 둘 중 택일을 하라고 최후통첩을 했다. 어디서 그런 만용이 나왔을까. 겁도 없이 그런 배짱을 부려놓고는 한편으론 불 안해져서 그녀를 설득했다. 결혼하면 서울에 크게 미술학원을 차 려주겠다. 애들도 가르치고 그림도 얼마든지 그리라고. 꼭 약속 한다고 설득했다.

얼마간의 신경전이 오간 끝에 결국은 내가 이겼다. 아니, 그녀 가 져 준 것이다. 미술학원이니 뭐니 다 회유책이란 걸 모를 리가 없었다. 그런데도 그녀는 단호하게 교사부임을 포기하고 내 뜻에 따라주었다.

마침내 정동 '세실극장'에서 올린 결혼식. 엄마는 식 내내 눈물 을 훔쳐냈다. 어떻게 키운 자식인데…. 살아온 날들이 파노라마 처럼 흘러갔을 것이다. 남편 얼굴도 떠올랐을 게다. 아마도 살아 온 날 중 가장 감격스런 날이었을 것이다. 그 감회를 뭐라고 표현 할 수 있었을까.

아들아!

그날 나는 속으로 울고 또 울었다. 내 평생에 이런 날이 오는구나 생각하 니 눈물이 그치지 않더라. 니 아부지 생각이 제일로 먼저 났다. 함께 이걸 봤 으면 얼마나 좋을까 싶었다.

아들아, 그 동안 니나 나나 식구 하나 없이 얼매나 적적하게 살았나. 그런데 니가 짝을 찾고, 인제 우리도 남들처럼 가족이 생긴다니 나는 소원 풀었다. 가슴의 한이 다 사라지는 것 같았다.

가족의 탄생

결혼 첫해 바로 첫 애를 낳았다. 딸이었다. 실로 얼마 만에 생긴 혈육인가. 우리 집에서 새 생명의 울음소리가 들린 건 30여 년 만의 일이다. 그리고 일 년 후 둘째가 태어났다. 그런데 이번에도 딸이다. 솔직히 나도 조금 섭섭했지만 애써 아내를 위로했다.

딸딸이 아빠라도 난 아무래도 좋았지만, 문제는 엄마였다. 처음엔 딸도 좋다더니 연년생으로 줄줄이 딸내미들이 나오자 바로 속내를 드러냈다. 2대 독자 집에 이 게 웬일이냐! 엄마는 좋지 않은 안색을 노골적으로 드러내며 한동안 입을 닫고는 아무 말도 하지 않았다. 그 앞에서 아내 는 흡사 죄인인 양 머리를 숙이고 지냈다.

안 되겠다 싶어 대책을 세웠다. 이렇게 계속 가다보면 또 딸들이 줄줄이 나올 확률이 높으니 한숨을 돌린 뒤 시간을 두고 기다리자! 그리하여 6년이 지난 41살에야 기어코 아들을 얻어 엄마 품에 보란 듯이 안겨줬다.

엄마와 나, 단 두 명에서 시작해 이제 여섯 식구가 됐으니 마침내 우리 집도 제대로 '가정'이란 걸 이루게 되었다. 홀로 경부선 완행열차를 타고 한강 철교를 넘은 게 엊그제 같은데, 벌써 대가족을 이루었으니 나도 꽤나 성공한 셈이다. 나도 이제 일가(一家)를 이뤘다는 자부심이 뿌듯하게 솟아올랐다. 이제 우리도 가족사진을 찍을 수 있겠구나!

우리에게 '가족'은 특별한 의미였다. 간절한 꿈이었고 오랜 염원이었다. 그 옛날 아버지란 사람이 집을 나간 후로 우린 한 번도 제대로 된 가족을 가지지 못했다. 그러다 30년 후에야 비로소 식구가 하나씩 늘어나 가족을 이루게 되니 얼마나 감격스러웠겠는가. 하나 둘 생겨나는 손자들 때문에 엄마의 입가엔 웃음 떨어질 날이 없었고, 밤에 잘 땐 애들을 꼭 안고 잤다. 애를 키워본 기억이 아득한 엄마로선 그 이상 더 큰 즐거움이 없었을 것이다.

살아오면서 가장 부러웠던 건 다른 집 식구들이 식탁에 둘러앉아 같이 밥 먹는 모습이었다. 우리는 언제 저렇게 둘러앉아 같이 밥을 먹나? 그런 모습을 얼마나 부러워했던가. 그런데 이제 우리집 식탁도 자리가 하나씩 차기 시작했다. 며느리가 들어오고 손자들이 하나 둘 생겨나면서 우리에게도 남들과 같은 그런 식탁이 생겼다. 식구들끼리 옹기종기 둘러앉아 먹는 밥. 남들에겐 너무나 당연하고 흔한 풍경이지만, 엄마와 나에겐 한마디로 감격이었다. 한 밥상에 둘러앉은 식구들, 세상에 그보다 더 행복한 모습이 있을까?

새 생명의 탄생, 커가는 아이들은 우리에게 여태까지 맛보지 못한 기쁨과 행복을 안겨주었다. 하늘이 우리에게 준 최고의 선물이었고, 인생 최대의 기쁨이었다. 적막했던 집안에 웃음소리가 들리고 내내 시끌벅적한 소리가 끊이지 않아 '아, 사는 게 이런 거구나!' 싶어 엄마도 나도 벅찬 가슴을 어쩌지 못했다.

지난 날, 우리가 가질 수 없을 것으로 여겼던 그 행복이 바로 눈앞에 와 있었다. 불행은 한 순간에 벼락처럼 닥치지만 행복은 언제 왔는지도 모르게 은근슬쩍 온다는데, 우리에게도 그렇게 왔다. 30년이 넘게 걸려서.

그 즈음 난 〈전원일기〉란 드라마를 연출하고 있었는데, 매회 한 번씩 나오는 가족들의 식사 장면에 특히 신경을 많이 썼다. 무조건 하루에 한 번은 전 식구가 함께 모여 식사를 하자. 할머님, 부모님, 아들 며느리, 손자까지 한 방에 모여 즐겁게 식사를 하자! 보는 시청자들이 같이 먹고 싶을 만큼, 또 부러울 만큼 맛있게 밥을 먹자. 거기서 이야기도 나누고 웃기도 하면서 한 식구끼리의 정을 나누게 하자. 그게 내가 정한 원칙이었다.

아들아!

내가 수수께끼 하나 낼 테니 니가 한번 맞혀 보거라. 계절하고는 상관없이 일 년 사시사철 피는 꽃이 무슨 꽃인지 아느냐?

잘 모르겠지? 웃음꽃이다. 웃음꽃…. 바로 우리 집에 그 웃음꽃이 일 년 내내 피어나니 꽃밭이 따로 있나 싶더라. 우리 애들 웃음소리가 집안에 밤낮으로 가득 차니 이 에미는 사는 맛이 나고 세월 가는 줄을 모르겠더라.

우리 마누라

(*'마누라'란 말은 원래 임금이나 왕후를 일컫는 극존칭이었다고 한다.)

어느 날 밤, 마루에 상을 놓고 다소곳이 앉은 마누라가 노트에 뭘 쓰고 있는 걸 본 적이 있다. 골똘히 생각에 잠기다가 쓰고 또 생각하다 쓰고. 은은한 스탠드 불빛을 받으며 생각에 잠긴 그 모습이 너무 분위기가 좋고 진지하게 보여 가까이 가기가 어려울 정도였다. 그때 난 생각했다. 아, 우리 마누라가 이제 시를 쓰는구나!

한참 후, 마누라가 자리를 뜬 뒤 몰래 가서 그 노트를 들여다봤다. 거기엔 이런 글자들이 빼곡히 쓰여 있었다.

- 꽁치 1마리 00원×3 + 콩나물 00원, 두부 00원, 오이 0개 00원, 무 00원… ※ 3/11-20일, 30%… 할인행사 유기농 채소, 고구마 …

세월이 지난 지금까지도 마누라는 온갖 숫자와 기호로 구성된 그런 난해한 시를 매일매일 열심히 쓰고 있는 중이다. 그런 면에서 마누라는 시인(詩人)이다. 고상한 시가 아닌 생활의 꼬질꼬질한 냄새가 밴 시를 쓰는 생활시인이다.

마누라는 외유내강(外柔內剛) 타입이다. 겉으로는 부드럽고 속으로는 강한 여자다. 사소한 것에 얽매이지 않는 대범한 성격으로 웬만한 일로는 호들갑을 떨지 않고 묵직하다.

마누라는 겉치레를 하지 않는다. 평소 몸에 목걸이, 귀걸이 등 일체의 악세사리를 걸치지 않고 화장도 잘 하지 않는다. 워낙 꾸미지 않은 자연스러움을 좋아하고 인위적인 걸 싫어하는 탓이다.

마누라는 아파트를 싫어한다. 엘리베이터 타는 것도 높은 곳에 사는 것도 싫어해서 여태껏 아파트 한 번 살아보지 못했다. 강 건너 강남에는 발도 못 디뎌봤고 비싼 아파트에 사는 걸 부러워하지도 않는다. 아파트보다는 정원이 있는 집, 거기서 나오는 꽃향기 숲 냄새를 좋아한다. 그래서 우린 여태까지 변두리의 오래된 단독주택을 벗어나지 못하고 있다.

마누라의 가장 큰 장점은 매사에 늘 긍정적이고 세상을 밝게 바라본다는 점인데, 이건 시어머니와 흡사하게 닮았다. 어떤 어려움이 닥쳐도 절대 비관하지 않고 누굴 원망하지도 않고 어떻게든 가장 현명한 해결방법을 찾으려 애쓴다는 게 두 사람의 공통점이다.

중요한 걸 하나 빼먹을 뻔했다. 남편에 대한 것이다. 결함 많은 남편인데도 결점보다는 장점만 보려고 애쓰고 어설픈 짓을 해도 대놓고 타박하지 않는 점. 정말이지 이건 높이 살만하다. 뒤에서 말없이 지켜보다 혹 남편이 성급하거나 경솔한 짓을 저지르면 말썽꾼 아들을 타이르듯 은근히 다독거려주는 것으로 아내의 본분을 다 한다.

결혼을 하면서 내가 제일 걱정한 건 바로 고부간 갈등이다. 홀어미와 외아들, 그 사이에 끼어 든 한 여자. 이 완벽한 삼각관계 속에서 바야흐로 일촉즉발의 전운(戰雲)이 감돌고 마침내 드라마

틱한 상황이 전개되지 않을 수가 없었다.

숙명의 삼각관계. 우리 집이 딱 그 경우에 들어맞는다. 주변에서도 걱정이 되는지 수군거린다. 시어머니 성격이 보통이 아닌데 어린 며느리가 견뎌낼까? 별일 없을까?

겉으로는 태연한 척 해도 나 역시 위태위태한 심정으로 신경이 곤두 서있었다. 샘이 난 시어머니가 아들 부부 자는 방문에 귀를 갖다 대는 어느 막장 드라마의 장면도 떠올라 불안감을 더했다. 설령 거기까진 아니더라도 살아온 환경과 성격이 다른 두 사람이 사사건건 부딪치고 티격 대면 어떡하나. 만약 그런 일이 일어난다면 어떻게 참고 견디나. 걱정을 넘어 공포감이 몰려왔다. 어느 한쪽을 버릴 수도 없고 평생 그렇게 살 수도 없고 그땐 정말 어떻게 사나?

그러다 속으로 결심했다. 만약 아내가 시어머니한테 잘못하면 절대 용서하지 않겠다고. 아들 하나 믿고 살아온 우리 엄마를 무시하는 건 바로 남편인 나를 무시하는 거라고 단정했다.

홀몸으로 아들 하나를 어렵게 키운 어머니가 있었다. 그러다 며느리를 봤다. 그런데 아들 부부가 알콩달콩 지내는 것에 심통이 난 시어머니가 며느리를 들볶기 시작했다. 사사건건 트집을 잡아 괴롭혔다. 며느리는 죽고 싶을 정도로 괴로웠다. 남편한테 하소연을 해보지만 '참아라!' 한마디뿐이다.

견디다 못한 며느리가 용한 점쟁이를 찾아가 상의를 했다. 이러저러하여 내가 정신병이 날 지경이니 어쩌면 좋겠느냐고. 이야기를 들은 점쟁이가 방법이 있다며 비책을 일러주는데- 시어머니를 죽여 버리라고 한다. 그러면서 방법을 일러주길, 시어머니한테 온갖 기름진 음식을 잔뜩 먹여 살이 찌게 한 뒤 빨리 병들어 죽게 만들라는 것이었다.

옳다구나, 싶었던 며느리는 그날부터 바로 실행에 옮긴다. 온갖 맛있고 기름진 음식을 해서 때마다 시어머니께 갖다 바쳤다. 처음엔 얘가 갑자기 왜 이러냐며 의심을 하던 시어머니는 며느리의 그 음식 공양이 한 달 두 달, 일 년이 되도록 변함이 없자 차츰 마음이 풀렸고, 그새 살이 올라 신수가 훤해진 시어머니는 동네방네 입이 닳도록 며느리 자랑을 하고 다녔다.

이걸 안 며느리도 차츰 마음이 풀려 시어머니를 향한 미움이 어느새 눈 녹듯 사라지고 말았다. 며느리는 그때부터 거짓이 아닌 진실로 지극정성 시어머니 공대를 시작했고, 그러자 가정에 평화가 찾아와 오래토록 화목하게 잘 살았다고 한다.

누군가 지어낸 게 분명한 우스운 이야기지만, 그렇다고 아주 흘려버릴 건 아니다. 물론 우리 마누라가 그런 불순한 음모를 꾸몄다고 생각지는 않지만, 이야기 속 며느리처럼 마누라도 시어머니 조석(朝夕) 하나만은 정말이지 정성을 다해 차려드린 게 사실이다. 시집온 날부터 지금까지 시어머니 끼니 하나는 대충대충 넘기지 않고 마치 공양을 올리듯 삼시세끼 따뜻한 밥을 정성껏 차려냈다.

이날까지 누가 해주는 밥을 먹어본 적이 없었던 데다 홀로 살면서 장사 다니기 바빠 식은 밥 덩어리 물에 말아서 한 끼 때우기가 일쑤였던 엄마에겐 며느리의 정성어린 밥상은 무엇보다 고마웠고, 그것으로 며느리 본 보람도 느꼈을 것이다. 며느리가 차려낸 밥상은 그냥 밥이 아니라 거기엔 시어머니에 대한 며느리의 따스한 심성과 정성이 오롯이 들어있었던 것이다.

결론부터 이야기하자면, 그 동안 고부갈등이니 뭐니 하던 나의 불안감은 결국 한낱 쓰잘머리 없는 걱정이었음이 드러났다. 마치 친어머니와 딸처럼 스스럼없이 지내는 고부간의 모습을 보며 당장 무슨 일이라도 일어날 듯 호들갑을 뜬 자신이 오히려 민망했다. 두 사람의 그런 모습은 물론 저절로 생겨난 건 아니었다. 괜히 트집이나 잡는 그런 시시한 시어미가 되지 않겠다는 엄마의 남다른 각오, 거기다 며느리의 지혜로운 처신과 인내가 합쳐져서 이뤄낸 아름다운 모습이었다.

마누라한테 특별히 고마운 게 있다.

흔히 젊은 여자가 결혼을 하면 시어머니와 한집에서 살기를 싫어해서 따로 나가 살기를 원하고, 특히 우리처럼 평생 홀로 산 시어머니를 모시고 산다는 건 끔찍하게 여기는 게 보통인데, 아내는 달랐다. 시집오는 그날부터 시어머니와 함께 살아가기로 단단히 작정을 한 모양이었다. 아니 그걸 처음부터 당연한 것으로 받아들였다. 아내는 알고 있었다. 시어머니가 그동안 어떻게 살아왔는지를. 얼마나 힘들게 아들을 키워서 여기까지 왔는지, 그런 엄마가 남편한텐 얼마나 소중한 존재인지 잘 알고 있었다.

마누라와 난 여러 면에서 대조적이다. 난 좋은 말로 이상주의(다른 말로 허황)인데 비해 마누라는 지극히 현실적이다. 마누라는 느리다. 대신 깊다. 매사에 신중하고 뜸을 들인다. 반면에 난 직설

적이고 급하다. 내가 빨리 끓고 빨리 식는 냄비라면 마누라는 은근히 데워지고 오래 뜨거운 무쇠솥이다.

일을 저지르는 쪽은 나고 수습하는 쪽은 마누라다. 내가 불을 지르면 불을 끄는 건 마누라인 것이다. 난 할 말을 참지 못하는 편인데, 마누라는 절대 쉽사리 입을 열지 않는다. 할 말이 있어도 속에 넣어 두고 군내가 나도록 삭힌다. 마누라는 화가 나도 웃을 줄 아는데, 반면 난 화가 나면 얼굴에 바로 드러난다. 감정을 숨기지 못하는 것이다.

이렇게 많이 다른데도 우린 부부이고, 지금까지 같이 살고 있다. 어쩌면 이렇게 다르니까 부부가 되는 게 아닌가 싶다. 서로 다르다는 건 그 자체가 하나의 조화인 것이다.

마누라와 나. 우린 이제 빠져나갈 수 없는 인연의 그물에 갇힌 존재이다. 운명적인 만남? 그런 거창한 말은 하지 않겠다. 어떤 인연이었든 간에 우린 만났고, 그렇게 한 세상 험한 바다를 같이 건너고 있다. 곱던 얼굴은 어디로 가고 늘어가는 주름살 흰머리를 볼 때마다 나 같은 사람한테 와서 고생하는구나 싶어 마음이 애잔해지지만 어쩌랴 우리 마누라 복이 그것밖에 안 되는 걸.

같이 자식 낳아 기르고 같이 늙어가는 나의 동반자, 나의 오랜 친구여. 떨어질 수 없는 연리지(連理枝)처럼 얽혀 살다 생명이 다하는 날 비익조(比翼鳥)처럼 같이 멀리로 날아가자. 눈이 한쪽밖에 없고 날개도 반쪽뿐이어서 둘이 합치지 않으면 날 수 없는 전설의 새 비익조처럼.

아들아,

며느리 얘기를 꺼내니 내가 마음에 걸리는 게 하나 있다. 내가 미처 며느리한테 고맙다는 말 한마디 못 하고 떠나왔구나. 니가 대신 전해다오. 고마웠다고. 어린 나이에 시집와서 까탈스런 홀시어미 비위 맞추고 사느라 속도 많이 상했을 기다. 내가 다 안다. 그렇지만, 그거만은 알아둬라. 나도 갸를 속으로는 친딸처럼 여기며 살았다고.

니 처 기특한 걸로 치면 한두 가지가 아니다. 야시처럼 갈롱도 안 부리고, 사치도 안 하고 돈 아껴서 살림도 야무지게 하고 입도 안 싸고 시어미 눈속임도 안 하고…하여간에 나는 며느리 하나 잘 들였고, 니는 마누라 하나 잘 만났다. 다 우리 복이라. 며느리한테 꼭 전해라. 고맙다고. 그리고 시어미 때문에 혹시 마음에 섭섭한 게 있더라도 다 잊어버리라고.

아버지를 찾아서

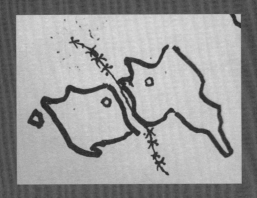

살아 있어줘서 고맙다

금강산에서 남북 이산가족상봉을 한다고 떠들썩하다. 문득 짜증이 난다. 언제까지 이런 눈물 속에 살아야 하나. 온 나라의 눈물이 마르고 닳도록 계속되는 세계 유일의 빅 이벤트, 시대에 뒤떨어진 삼류 통속드라마 같기도 하다.

상봉장면을 애써 보지 않으려 외면한다. 그러나 그럴수록 신경은 자꾸 그쪽으로 향한다. 상봉행사가 시작되면 엄마는 하루 종일 TV 앞에 앉아 눈을 떼지 못한다. 50년 만에 만난 남과 북 노부부가 손을 맞잡고 우는 모습을 보며 돌아앉아 눈물을 훔친다. 그러다 가슴에 참았던 걸 내뱉듯 에휴 하며 깊은 한숨을 내쉰다. 그 소리가 내 가슴을 먹먹하게 만든다.

좀처럼 아버지 이야기를 꺼내지도 않고, 한번 만나보고 싶다는 말도 않는 엄마인데…. 난 내내 마음이 허둥거리고 일이 손에 잡히지 않는다. 요즘 들어 부쩍 마음이 조급해졌다. 마땅히 해야 할 일을 하지 못하고 있다는 죄책감, 더 늦기 전에 두 사람을 만나게 해줘야 한다는 조급증에 시달렸다.

수십 년 전 이별하여 남북으로 갈라졌던 부부의 재회. 아득한 옛날에 끊어졌던 인연이 다시 이어지는 그 순간보다 더 극적인 장면은 없을 것이다. 그보다 더 가슴 뭉클한 감동도 없을 것이다. 세계 어디에서도 볼 수 없는 우리만의 상황이다.

그런데 그 감동적인 장면이 어딘가 어색하다. 몇 십 년 만에 만난 부부는 처음엔 할 말도 잊은 채 서로의 얼굴을 뜨악하게 바라본다. 옛날 헤어질 땐 스무 살 안팎의 꽃다운 모습이었는데, 아직도 가슴에 남아있는 모습은 옛날의 그 얼굴인데 지금 눈앞에 있는 모습은 80이 훌쩍 넘은 쪼그라진 노인이다. 이 사람이 정말 그때 그이가 맞나? 낯설고 당혹스럽기만 하다.

그러다 겨우 하는 첫마디가 "살아 있어줘서 고맙다."이다. 겨우 그 말 한마디 하려고 그렇게 오래 기다려 왔던가? 이렇게 살아있으니 더 이상 바랄 게 없다는 말인가. 참으로 허망하기 짝이 없다.

너무 많은 세월이 흘렀다. 되돌릴 수 없는 시간이었다. 세월의 간격은 너무나 컸고, 부부는 너무나 다른 세상에서 오래 살아왔다. 그 사이 가슴이 말라버려 원망을 하거나 그리움을 절절이 풀어낼 기력조차 남아있지 않은 것 같다.

더구나 남쪽의 부인은 긴 세월 홀로 수절하며 남겨진 자식 키우고 그 고생을 견뎌왔는데, 북의 남편들은 모두 거기서 새로 결혼을 했고, 자식도 이쪽보다 많은 데다 같이 산 기간도 남쪽의 부인보다 훨씬 기니 솔직히 무슨 쌓인 정이 있겠는가. 같이 지냈던 날들이 너무 짧았으니 할 말도 별로 없어보였다. 그저 옛날 옛적 잠시 부부의 연을 맺었던 사람끼리 만나 죽기 전에 한번 봤다는 그 이상의 무슨 의미가 있을까. 반세기도 넘은 지금 다시 만난다

고 무엇이 달라지겠는가. 끊어졌던 인연이 새로 이어지겠으며 새
로운 인생이 시작되겠는가.

우리 다시 만날 수 있을까? 탄식하며 그들은 다시 기약 없는 이
별을 했고, 그 짧은 만남은 더 큰 고통을 남겼다. 그렇게 상봉을
하고 돌아온 할머니가 그때 받은 충격과 급격한 감정 변화를 이기
지 못해 잠도 못자고 밥도 못 먹고 하던 끝에 결국 세상을 떠났다
는 슬픈 소식도 들렸다. 차라리 없는 듯이 잊고 살걸! 하는 탄식이
흘렀다.

참으로 가슴 아프고 허망한 일이지만, 다른 한편으로 생각해본
다. 그 여자에게 그 남자는 첫사랑이었다. 꽃다운 나이에 만나 처
음으로 순정을 바쳤던 사람이었다. 짧지만 꿈같았던 신혼. 태어
나서 처음으로 느껴본 그 첫사랑이 어찌 쉽게 잊히겠는가.

또 부부로 맺어진 그 인연이 어디 예사롭게 맺어진 것인가. 기
러기 한 쌍을 앞에 두고 존안지례(尊雁之禮), 교배지례(交配之禮)를
치루며 죽을 때까지 백년해로(百年偕老)하자고 천지신명께 고하지

않았던가. 그렇게 맺어진 인연이 어찌 쉬이 끊어지겠는가. 그로 인해 귀한 자식도 얻었고, 부부의 도리를 지키려 긴 세월 수절하며 살아오지 않았던가. 그 소중하고 그리운 사람을 늦었지만 이제라도 만나서 쌓인 한을 풀어야 한다. 그게 아무리 부질없는 일일지라도 죽기 전에 만나서 그 인연의 매듭을 풀어야 하는 것이다.

엄마는 지금 북쪽에 있는 남편과의 재회를 꿈꾸고 있는 걸까. 금강산에서 잠시 잠깐만이라도 얼굴을 맞대고 싶을까. 그리하여 '살아 있어줘서 고맙다.'란 말을 하고 싶은 걸까.

나도 한땐 이산가족 상봉신청을 해볼까 생각한 적이 있었다. 이제라도 더 늦기 전에 두 사람을 만나게 해줘야 하는 게 자식의 도리가 아닐까 싶었다. 하지만, 곧 마음을 접었다. 설사 연락이 된다 해도 그는 오지 않을 것이다. 남쪽의 아내와 아들을 만나러 금강산으로 나올까? 가능성은 제로였다.

그럴 이유가 있었다. 난 이미 오래 전에 아버지와의 상봉을 했던 것이다. 남북을 오가는 편지를 통해서였다. 누구도 모르게 이뤄진 위험천만의 비밀접촉이었다. 그런데 그때 난 아버지의 지난 일을 질책하며 이제 와서 엄마와 나의 삶에 이러쿵저러쿵 개입하지 말라며 더할 수 없이 모질고 매정한 편지를 보냈다.

그때 내 편지를 받아본 그의 심정이 어땠을까. 자본주의 물을 먹고 자란 자식이 아버지의 '혁명가적 삶'을 존중하기는커녕 인정조차도 해주지 않는다는 걸 확인하고는 슬프고 절망했을 것이다. 아니 분노했을지도 모른다. 그러면서 속으로 자식과의 관계를 끊고 절연했을 것이다. 그런데 그때 그런 일을 겪었던 사람이 지금 와서 우리 앞에 다시 나타날 수가 있을까?

이제 오랫동안 숨겨온 그 일을 털어놓고 싶다. 누구도 모르는 혼자만의 비밀이다. 그때는 국가보안법상 용인될 수 없는 매우 위험한 일이었지만, 세월이 많이 흐른 지금 큰 문제가 되지 않으리라는 믿음으로 이제야 숨김없이 털어놓으려 한다.

북에서 온 편지

1972년 여름. 거제도에서 교편을 잡고 있던 나에게 갑자기 K선생한테서 연락이 왔다. 지금 한국에 나와 있는데 급히 한 번 만났으면 좋겠다는 것이었다.

강이 내려다보이는 고향의 소나무 언덕에서 단둘이 만났다.

나를 보자마자 그 분이 대뜸 말씀하셨다.

"편지 한 통 써라."

"편지요? 어떤…?"

"북에 계시는 아버지한테…."

북…? 아버지…? 너무 놀라서 다음 말이 나오질 않았다. 멍한 얼굴로 서있는 나에게 그 분이 목소리를 낮춰 말했다. 자네 부친이 지금 평양에 계신다. 그러니 편지를 쓰면 내가 전해주겠다고 했다. 일본을 통해서 전달되는 길이 있다는 것이었다.

아버지가 만약 살아있다면, 북한 어디쯤에 있을지도 모른다는 생각은 하고 있었지만, 실제로 그가 지금 평양에서 잘 살고 있다는 소식을 듣는 순간, 난 흥분과 충격에 휩싸였다. 생사조차 모르던 사람이 사라진지 22년 만에 이렇게 불쑥 나타나다니! 이걸 뭐라고 불러야 할까? 기적? 아니면 어떤 운명의 손에 의해 정교하게 짜여진 시나리오? 아무리 인생이 예측불가의 연속이라지만 어떻게 이런 일이 있을 수 있을까.

전쟁이 터진 직후 마포형무소를 나와 북쪽으로 발길을 옮겼다는 소식을 그의 친구로부터 들었던 게 1962년이었으니 꼭 10년 전 일이었는데, 그 후 또 10년이 흐른 지금 처음으로 생존이 확인된 순간이다. 연좌제가 무서워 사망신고까지 하며 애써 그를 기억 속에서 지우려 했고, 또 그동안 정신없이 바쁘게 살다보니 솔직히 잊고 지냈었는데, 꿈에도 생각 못한 이런 일이 일어나다니!

먼저 K선생이란 분에 대해서 이야기해야겠다. 우리 고향인 창원 대산면 출신으로 청년시절 일본으로 건너가 사업으로도 성공한 분이었는데 아버지와는 동향에다 나이도 비슷하여 옛날엔 친구로 지냈다고 한다. 일본에 살면서도 끝까지 한국 이름을 고집할 정도로 민족의식이 강했던 그 분은 일찍이 조총련(朝總聯)에 들어가 활동을 해왔는데, 그로 인해 고향땅에 한 번 오고 싶어도 귀국을 허락받지 못하다가 나중에 친한 단체인 민단(民團)에 가입하고 나서야 비로소 몇십 년 만에 고향을 찾았다. 내가 그 분을 처음 만난 건 그때였고, 그 뒤로도 귀국할 때마다 서울에서 뵈었다. 그 분은 일본에서 유명한 극단 '신주꾸양산박'의 대표 金守珍의 부친이기도 했다.

갑자기 닥친 꿈같은 일에 정신이 황망하여 어찌할 바를 몰랐던 난 가까스로 마음을 가라앉히고는 K선생이 시키는 대로 집에 돌아와 몰래 편지를 쓰기 시작했다.

편지를 쓰는 동안 몇 번이나 멍하니 앉아 있곤 했다. 태어나자 마자 사라져 얼굴도 한번 못 본 사람. 그런 아버지에게 편지를 쓴다는 게 실감이 안 날 뿐더러 막상 쓰려하니 무슨 말부터 해야 할지 내내 마음이 허둥거렸다. 그러다 특별한 감정 없이 그저 소식을 전하는 정도로 담담하게 쓰자고 마음먹었다.

"한 번도 불러보지 못한 아버지께"란 말로 시작된 편지에는 그동안 우리가 살아온 내력, 엄마가 혼자서 고생한 일, 내가 대학 졸업하고 교편 잡는 일, 그리고 여러 집안 소식들을 전하고는 이렇게 살아 계신다니 꿈만 같다는 말로 끝을 맺었다.

K선생 편으로 편지를 보내놓고도 반신반의했다. 과연 진짜로 편지가 전해질 수 있을지, 또 답장이 올 수는 있을지, 정말 이런 일이 가능한지 쉽게 믿을 수가 없었다.

그러는 한편으론 더럭 겁도 났다. 때는 10월 유신이 일어난 직후의 엄중한 시기였다. 이런 상황을 잘 아는 K선생도 일본으로 떠나기 전 신신당부를 했다. 누구한테도 절대 비밀로 하라고 몇 번이나 당부를 했다. 심지어는 어머니한테도 당분간 말씀드리지 말라고 했고, 난 그걸 지켰다.

그런데 놀랍게도 반신반의하던 일이 일어났다. 북으로부터 답장이 온 것이다. 이번에도 K선생이 직접 가져와 몰래 전해준다. 편지를 보낸 지 한 달도 채 안된 시기였으니 일본을 거쳐 가고 오고 한 시간을 다 치더라도 내 편지를 받자마자 답장을 보낸 게 분명했다. 이렇게 쉽게 편지를 주고받을 수 있다니! 비록 볼 수는 없어도 아버지란 사람이 바로 내 가까이 지척에 있다는 느낌이 들었다.

주소나 이름도 없는 봉인되지 않은 누런 봉투의 편지. 속엔 명함판 크기의 사진도 한 장 들어있다. 양복차림에 넥타이를 말끔하게 차려입은 50대 중반의 남자. 조금은 강퍅해 보이는 얼굴이긴 하지만 온화한 인상으로 고생한 티가 별로 나지 않는다. 전체적인 윤곽, 눈 등이 나와 많이 닮은 듯이 보인다.

반듯한 글씨로 한 자의 틀림도 없이 빼곡하게 써 내려간 5장의 편지- 그동안 집안일이 많이 궁금했던 듯 한 사람 한 사람 돌아가며 안부부터 묻는다. 집을 떠난 지 20년이 넘었으니 가까운 친척들의 소식이 몹시 알고 싶었던 것 같았다.

그리곤 그 다음으로 우리 모자에 대해 썼다. 북으로 간 뒤에도 한 시도 잊은 적이 없다고 하며 그동안 미 제국주의 아래서 살아가느라 얼마나 고생이 많았느냐고 한다. 엄마한테는 자식 키우느라 고생했다며 위로의 말을 전했고, 나한텐 잘 커서 대학까지 나왔다니 장하다고 했다.

그런 다음 자신의 이야기를 한다. 조국통일과 사회주의 건설이라는 신념을 안고 북으로 올라왔다는 것. 북에 와서 경애하는 김일성 원수님의 영도아래 공부도 많이 했고 그리하여 세상에 대해 새로운 눈을 떴다는 것. 그리고 지금은 당에서 조국을 위한 막중한 일을 하고 있다는 것. 그리곤 아울러 지금 북에선 무상의료, 무상교육을 한다는 체제선전을 곁들인다.

마지막으로 우리 모자한테 당부했다. 혁명가의 아내, 혁명가의 아들로서의 자부심을 가지고 살라고 말하며, 나한텐 지금부터라도 혁명에 보탬이 되는 사회과학을 공부하라고 충고했다. 그리곤 "통일은 곧 온다. 그때 만나자."는 말로 끝을 맺었다.

쿵쾅거리는 가슴을 누르며 몇 번이나 읽고 또 읽었다. 감격이었다. 편지 내용보다도 아버지로부터 답장을 받았다는 그 사실이 나를 감격에 빠지게 만들었다. 아버지가 직접 쓴 글을 내가 읽고 있다니! 마치 바로 앞에서 육성을 듣는 듯한 전율이 왔다. 아버지 얼굴도 모르고 살아온 내가 난생 처음 이렇게 아버지와 대화를 나누다니, 언제 이런 일을 상상이나 했던가. 주체할 수 없는 흥분으로 숨이 막히고 몸이 떨릴 지경이었다. 나에게도 아버지가 있다는 사실에 가슴이 벅차올랐다.

무엇보다도 그가 북에서 어떤 삶을 살아왔는지가 제일 궁금했는데, 편지를 통해 그가 북에서 큰 고난 없이 잘 살아왔다는 사실을 확실하게 알 수 있었다. 남에서 올라간 많은 사람들이 이런저런 이유로 숙청을 당하거나 수용소나 집단농장에 내려가 비참한 생활을 했다는데, 그는 그 정반대인 것 같았다. 살아남았을 뿐만 아니라 당에서 무슨 중요한 일을 하고 있다는 걸 보면 철저한 코뮤니스트가 되어 그 체제에 충성을 다 바쳐온 게 확실했다. 무엇보다 남쪽과 이런 편지를 주고받을 수 있을 정도의 상당한 위치에 있는 게 틀림없었다.

그렇게 흥분과 감격에 젖어있던 난 어느 순간 정신이 번쩍 들었다. 지금 난 북측과 비밀 서신을 주고받는 소위 '접선(接線)'이란 걸 하고 있는 게 아닌가! 만에 하나 이 사실이 알려진다면? 난 오싹 파고드는 한기에 몸을 떨었다.

이 비밀스런 접촉이 언제까지 이어질 것인지, 그리고 그 끝은? 공포가 밀려들었다. 내 인생은…? 엄마와 내가 살아온 날들은 어떻게 되는 건가…? '혁명가의 아들'로 살라던 편지 속의 그 말이 더욱 더 나를 공포 속으로 몰아넣었다. 유신체제가 막 시작된 시기에 반공법도 시퍼렇게 살아있어서 이런 남북 서신왕래도 무거운 죄로 처벌받던 시대였다.

편지를 받았으니 이제 내가 답할 차례가 되었다. 답장을 쓰기 전에 아버지에게서 받은 편지를 다시 꺼내 읽어 보았다. 말미에 날더러 이제부터 '혁명에 도움이 되는 사회과학을 공부하라.'고 한 건 바로 사회주의 공부를 하라는 것이었고, 그리하여 자신의 뒤를 따르기를 바라는 말이었다.

대단한 착각이었다. 남쪽의 아들이 혁명가 아버지를 자랑스러워하며 그 사상에 동조하고 당연히 위대하신 수령님을 숭모하여 그 뒤를 따를 것이라고 착각하고 있는 게 분명했다. 자본주의 품속에서 살아온 아들에게 사회주의 혁명가의 아들로 살라고 하다니! 그 시대착오적 믿음에 절망감을 느꼈다.

마음을 다져먹고 편지를 쓰기 시작했다. 먼저 아버지로 인해 쑥대밭이 돼버린 집안일을 낱낱이 전한 다음, 정작 하고 싶은 나의 속마음을 한 치의 꾸밈도 없이 직설적으로 쏟아냈다.

- 사상 이념이란 것이 가족을 내버리고 갈 만큼 그렇게 중한 거냐? 아버지가 자신의 신념에 따라 집을 떠난 후, 엄마와 난 온갖 고난을 겪으며 살아왔고 이제 겨우 자리를 잡고 살만해졌는데 또 다시 풍파에 휩싸이는 일은 원치 않는다.

- 아버지에게 아버지만의 길이 있듯이 우리에게도 우리의 삶이 있다. 그러니 어렵게 살아온 우리 모자에게 이제 와서 이러니저러니 간섭하지 마라. 다시 되돌릴 수 없다면 잊고 살겠다.

- 통일? 통일이 되면 좋겠지만, 그게 그렇게 쉽겠나? 살아서 만날 수 있는 날이 빨리 오기를 바라는 심정은 나도 마찬가지다. 그때까지 건강하게 사시길 빈다…

정말 정나미가 떨어질 만큼 차갑고 모질게 썼다. 혈육의 정이니 하는 따뜻한 말은 한마디도 하지 않았다. 사진도 한 장 보내지 않았다. 솔직히 말하면, 편지를 쓰는 내내 속으로부터 뭔가가 치밀어 올랐다. 반감 같은 거였다. 두고 간 아내와 자식에게 보내는 몇 십 년만의 편지에서 혁명이니 뭐니 하며 체제선전이나 하다니! 우린 지금 너무나 다른 세상에 살고 있구나! 답장을 쓰는 내내 가슴속에서 차가운 얼음 덩어리가 수없이 쏟아져 내리는 느낌이었다.

그런데, 내가 그런 정 떨어지게 매정한 편지를 보낸 건 그에 대한 반감 외에 솔직히 또 다른 이유도 있었다. 두려움이었다. 이런 위험한 짓을 계속하다가는 어떤 일이 닥칠지 모른다는 두려움. 냉정하게 생각했다. 여기서 매듭을 지어야 한다. 이렇게 가슴을 떨며 몰래 편지를 주고받는 게 무슨 의미가 있단 말인가? 더 이상 계속된다면 내 앞날은 예측할 수 없는 일에 휩싸이고 말 것이다. 그렇다면 이것으로 마지막이다! 살아서 잘 지낸다는 걸 알았으니 그것만으로 됐다. 지난 일은 지난 일. 어차피 되돌릴 수 없는 거라면 이쯤에서 그만 끝내자! 그런 심정이었다.

다행인지 불행인지 내가 답장을 보낸 후론 아무런 소식도 답장도 없었다. 그도 내 편지를 받고는 충격을 받았을 것이다. 기대와는 딴판으로 자본주의에 철저히 물든 아들이 육친인 자신을 강하게 배척하며 질타하는 사실에 그는 절망했을 것이다. 그리고 비로소 깨달았을 것이다. 아들이란 놈이 아버지인 자신을 혁명가로 추앙하지도 않는 데다 자신과는 완전히 다른 세계에서 살고 있다는 냉엄한 현실을 뼈저리게 인식했을 것이다. 그걸 확인하고는 아마도 허탈하고 슬펐을 것이다.

아버지와의 편지 연락이 끊기자 비로소 마음이 놓이고 원래의 자리로 되돌아왔다는 안도감이 들었다. 그러다 시간이 좀 지나자 말할 수 없는 허전함이 밀려들었다. 이렇게 끝나고 마는 것인가?

그때 내가 너무 성급하고 격앙됐었나? 하는 생각이 들기도 했다. 좀 더 부드럽게 대할 수도 있었는데 너무 매몰차게 몰아붙인 건 아닐까? 약간의 후회감도 들었다.

또 한 가지 사실을 뒤늦게야 깨달았다. 북한체제에서 살아가는 그로선 중간에 누군가 볼지도 모르는 그런 편지에서 김일성 칭송이나 체제선전을 하지 않을 수가 없었을 거란 생각이다. 당연한 일인데 난 미처 그런 걸 헤아리지 못하고 대뜸 반감부터 가졌던 것이다. 시간이 지난 뒤에야 이런저런 생각으로 마음이 아팠다. 남북으로 흩어진 아버지와 아들이 몇십 년 만에 접촉하는 그런 복잡 미묘한 일에는 좀 더 융통성 있으면서도 신중하게 대처했어야 하는데 난 깊은 생각 없이 너무 단선적으로만 그를 대했던 것이다. 그에 대한 선입관이 있었던 데다 또 그 일이 미칠 두려움에만 매몰되어 성급하기만 했던 게 아닌가, 깊은 후회감이 든다. 그런 일을 혼자서 처리하기엔 그때의 난 너무 어리고 미숙하여 심려가 깊지 못했음을 부인할 수가 없다.

아버지가 내 편지에 더 이상 답장을 않고 소식을 끊은 이유에 대해 생각해봤다. 두 가지 생각이 들었다. 하나는 아들의 매정한 편지에 실망한 나머지 더 이상 편지를 주고받는 게 아무 의미가 없다는 걸 느끼고는 기대를 접었을 거라는 것이고, 또 하나는 남쪽의 아들을 더 이상 위험한 지경으로 끌어들이지 않겠다는 깊은 심려 때문이 아니었을까.

난 후자 쪽에 마음이 더 기울어졌다. 비밀 편지를 계속 주고받다가 발각 날 시 아들이 겪게 될 상황을 그도 모르지는 않을 것이고, 그렇다면 자신으로 인해 어렵게 살아온 모자를 위험한 처지로 내몰고 싶지 않다는 마음이 있었던 게 아닌가, 그렇게 믿고 싶었다. 그가 우리한테 보여줄 수 있는 최소한의 애정이라고 생각했다. 설마 하니 아버지란 사람이 자식을 구렁텅이로 몰아넣고 싶을까. 아무리 비정한 아버지라도 아무리 혁명에 미친 사람이라 하더라도 두고 간 처자식에게 조금의 죄책감이라도 있다면 지금 와서 그 처자식을 위험에 빠뜨릴 정도로 그렇게 잔인할까? 그런 생각을 하다 보니 어쩐지 가슴 한쪽이 나도 모르게 젖어드는 느낌이었다.

엄마에게는 서너 달이 지난 뒤에야 이 일을 털어놓았다. 끝까지 비밀로 묻어둘까도 했지만, 언젠가는 알아야 할 일이라 싶어 마침내 편지를 보여줬다.

편지를 받아 든 엄마는 그걸 몇 번이나 읽고 또 읽었다. 그리곤 아무 말 없이 허공을 올려다보며 오랫동안 앉아있었다. 후덜거리는 가슴을 추스르는 모습이었다. 그러다 한참 후 한숨처럼 내뱉었다. "살아있었구나! 살아있으니 됐다." 살아있을 거라는 믿음으로 지내왔지만 그래도 마음 한편에선 거의 포기를 한 상태였는데, 이렇게 멀쩡히 살아서 직접 쓴 편지까지 보내다니! 오만가지 감정이 차오르는 얼굴이었다.

엄마한테 입단속을 시켰다. 절대 이 일을 다른 데에 말하면 안 된다고. 친척들한테도 비밀로 하라고. 남들이 알면 큰일 난다고 두 번 세 번 다짐을 했다. 그러자 엄만 거꾸로 나를 걱정했다. 살아갈 날이 구만리 같은 아들이 그 일로 혹시나 잘못될까봐 염려스러웠던 것이다.

다 잊기로 했다. 영원히 가슴에 묻기로 했다. 서로 넘나들 수 없는 다른 세상에 사는 사람이고 어차피 만나지 못할 사람이라면 그 길밖에 없다고 생각했다. 그 후로 엄마와 난 그 일을 가슴에 꼭꼭 묻어두고 아무 일도 없었던 것처럼 살았다.

간혹 그 일을 떠올리면 마치 꿈속에서나 있었던 일처럼 여겨졌다. 마치 우주 어느 별에서나 있을 법한 아버지와 나와의 짧은 '접속'은 마치 스파크가 일어나듯 시작됐다가 순식간에 뚝 끊어졌다. 그리고 침묵 속에 많은 세월이 흘렀다.

아들아!

니가 건네준 편지 몇 번이나 읽고 또 읽었다. 편지에 눈물이 떨어져 젖는 줄도 몰랐다. 죽은 줄로만 알았던 니 아부지가 이렇게 멀쩡히 살아서 편지까지 보내다니 세상에 이런 일이 있나 싶었다. 꿈만 같았다. 우리 모자 그동안 고생 많았다는 말에 가심이 무너지고 눈물이 솟아났다. 그 한마디에 그동안 고생이 하루아침에 씻겨 내려가는 것 같았다. 내가 처음으로 하느님, 부처님, 고맙습니다, 정말 고맙습니다 하며 절을 했다. 또 천지신명께도 내 소원을 받아줘서 고맙다고 절을 했다. 내가 그동안 얼매나 빌고 또 빌었냐. 어디서라도 제발 살아있으라고, 제발 살아있어만 달라고. 그렇지만 아들아, 한편으로는 슬펐다. 어차피 당장 만나지도 못할 사람이라서 슬펐다.

해피엔딩을 위하여

셰익스피어의 말처럼 인생이 한 편의 연극이라면, 세상은 무대이고 우리는 그 위에 선 배우들이다. 엄마와 나, 아버지란 사람도 마찬가지다.

극 초반 제1막에서 아버지 역을 맡은 남자는 당당한 주인공이었다. 그리고 상대역인 여자도 행복을 꿈꾸던 히로인이었다. 둘은 작지만 아늑한 강가의 집에서 자식들이 뛰노는 모습을 보며 소박한 삶의 전원드라마를 꿈꾸었다. 그러나 그 꿈이 채 시작되기도 전에 갑자기 몰아친 광풍으로 인해 극은 급전직하 대전환을 맞았고, 그로 인해 작은 행복도 꿈도 하루아침에 바람처럼 날아갔다.

정상적이라면 클라이맥스 부분에서 일어나야 할 사건이 초반에 일어난 것이다. 기승전결(起承轉結)의 법칙에 따라 차분히 전개되어야 할 극이 한 순간에 흐트러져 버렸다. 뭔가 확실히 잘못된 연극이었다. 원인이 무엇일까? 어디에서 불어왔는지 모를 거대한 바람이 무대를 휩쓸자 주인공 남자가 갑자기 어디론가 사라졌다. 무대에서 퇴장해버린 것이다. 그리곤 다시는 등장하지 않았다.

무대엔 여자 주인공과 어린 아들만 남았다. 밝았던 조명이 서서히 어두워지며 무대엔 음산한 바람이 불기 시작했다. 해피엔드를 바랐던 관객의 기대와는 다르게 연극은 비극의 빛을 띠기 시작했다. 애초의 약속과 기대를 저버리고 독단적으로 퇴장해버린 남자주인공은 언제쯤 나타날 것인가. 재등장이 과연 가능할 것인가. 무대에 남은 아내와 아들은 남자주인공이 다시 돌아오기를 손꼽아 기다렸지만, 그는 연극이 끝나가는 지금까지도 나타나지 않는다.

우리 삶의 밑바닥엔 늘 그가 있었다. 여전히 우리 인생극의 스토리를 지배하고 있는 큰 그림자였다. 출발점이자 뿌리였기에 그가 등장하지 않고서는 이 인생극의 대미(大尾)를 마무리 지을 수가 없다.

한 가족의 일생에 걸친 드라마는 단번에 끝나는 단막극이 아니다. 끊어질 듯하면서도 끈질기게 이어지는, 강처럼 긴 대하(大河)드라마다. 그처럼 긴 드라마에선 반드시 몇 번의 예상치 못한 위기와 반전(反轉)이 있기 마련이다. 이제 막바지로 치닫는 인생극, 과연 마지막 극적 반전이 일어날 것인가. 재회의 시간이 올 것인가.

아직도 막은 내려가지 않았다. 마지막 커튼이 내릴 때까지 연극은 계속된다. 이제부터 난 행복한 결말을 기다리는 여자주인공을 위해서라도 일찍 무대에서 퇴장해버린 그 남자주인공을 찾아나서야 한다. 어둠 속에 묻혀 있던 그를 다시 찾아서 무대 위로 다시 등장시켜야 한다. 그리하여 오래된 이 인생극이 아름답게 막을 내릴 수 있게 해야 한다. 비극으로 끝나게 해서는 안 된다. 비록 장엄한 영광의 결말은 아닐지라도 수많은 상처와 역경을 뚫고 이룩한 것이기에 더욱 극적인 감동을 안겨줄 그런 인생극으로 끝나게 해야 한다. 모두가 행복하고 가슴 뭉클한 해피엔딩으로 끝나야 한다.

인연은 기적처럼

어느 날, 엄마가 꿈 이야기를 했다.

"어젯밤에 내가 꿈을 꿨는데, 생전 안보이던 너거 아버지가 하얀 모시옷을 입고 길을 나서면서… 좋은 데 간다면서 나보고 같이 가자고 막 손짓을 해대서 내가 막 따라나선 기라. 무슨 언덕 같은 데를 넘어서 그 양반이 말도 않고 앞장서서 성큼성큼 가는데… 가도 가도 끝이 없는 기라. 그래서 내가 힘들다고 같이 좀 가자고 소리를 쳐도 아무 대답도 없이 가는데…. 어디 쯤 가니까 안개가 자욱한데 그 양반은 어디로 갔는지 보이질 않고, 내가 그만 길을 잃고 헤매다가 아무리 불러도 대답이 없고…. 그래서 막 서러워서 울다가… 그러다가 내가 잠이 깼는데… 아이구 무신 꿈이 그런 이상한 꿈이 다 있는지…. 아무리 생각해도 너거 아부지 이 세상 사람이 아닌 거 같다."

엄만 왜 그런 꿈을 꾸었을까. 숨겨진 속마음을 알 것 같다. 남편을 잊고 살았다고 하지만 엄마의 마음 가운데에는 늘 그가 살아있었고, 이젠 생존을 염려할 만큼 그 소식을 기다리고 있었던 것이다.

시간은 자꾸만 흘러갔다. 내 나이도 벌써 50 중반이 넘었고 엄마도 80이 가까웠다. 북으로부터 편지를 받은 게 72년도였으니 벌써 30년이 되었다. 북의 아버지도 이제 80이 훌쩍 넘었을 텐데 지금도 생존해 있을까? 그동안 까맣게 잊고 지냈던 자신의 무심함에 자책감이 일었다. 더 늦기 전에 엄마의 마지막 한을 풀어줘야 한다는 생각에 마음이 급해졌다. 그래서 얼마 전에는 중국 쪽에 나가 있는 방송국의 특파원을 통해 이리저리 소식을 알아보려고 애를 쓰기도 했지만 아무런 성과가 없었다.

그러던 중 좋은 기회가 찾아왔다. 2002년 〈815 민족통일대회〉가 서울의 워커힐 호텔에서 열렸고, 북쪽에서 고위급 인사들이 대거 참석했다. 그 중에는 몽양(夢陽) 여운형(呂運亨)의 딸 여원구씨도 월북한 이후 처음으로 서울을 방문하여 연일 매스컴에 오르내렸다.

그러자 문득 생각 하나가 떠올랐다. 이 기회에 아버지 소식을 알아볼 수도 있을 거라는 막연한 생각이었다. 그런데 방법이 없었다. 호텔로 무작정 찾아가볼까도 했지만 워낙 출입통제가 심해서 포기를 하고 있던 차, 때마침 여원구씨의 남쪽 친척들 중 한 사람을 만났다. 워커힐 출입이 가능한 사람이었다. 그에게 아버지의 인적사항-이름, 나이, 본적이 적힌 쪽지를 건네주며 생존 여부와 현 거주지를 알아봐달라고 부탁을 했다. 큰 기대는 없이 혹시나 하는 심정으로 한 부탁이었다.

그런데 뜻밖의 행운이 찾아왔다. 북에서 온 일행 중에 아버지를 아는 사람이 있었던 것이다. 바로 여원구씨의 수행 여비서였다. 그녀가 아버지 이름을 듣더니 마침 자기가 아는 분이라고 하면서 자세한 소식을 전해주었다고 한다.

그 말에 의하면, 노동당 중앙당에서 오래 근무를 한 분인데 지금은 은퇴하여 평양에 거주하며 건강하게 잘 지내신다고 했다. 그리고 슬하에 아들이 둘 있는데 그들도 현재 국가 공직에 근무하고 있다는 것이었다. 가족사항까지 아는 걸 보니 그녀의 말이 틀림없다는 확신이 들었다.

그 소식은 나를 흥분시키고도 남았다. 그 여비서가 은인처럼 느껴진다. 우연치고는 이렇게 기막힌 행운이 어디 있겠는가. 당장이라도 그 수행비서라는 여성을 만나 더 세세하게 물어보고 싶었지만, 그것만은 뜻대로 되지 않았다.

뜻밖에 알게 된 그 소식은 나로 하여금 기대와 희망에 들뜨게 하여 잠시도 가만 놔두지 않았다. 소식을 알게 된 이상 더 이상 미적거려서는 안 된다. 더 늦기 전에 마지막으로 꼭 만나봐야 한다. 마음이 조급해졌다.

지나놓고 보니 엄마의 말이 다 맞았다. 전쟁 후에 돌아오지 않는 남편을 두고 주변에서는 틀림없이 무슨 변을 당한 거라며 희망을 모두 버렸지만, 엄마는 언젠가 살아 돌아올 거라며 끝까지 그 믿음을 놓지 않았다. 그런데 시간이 지나면서 엄마의 그 믿음이 하나하나 사실로 증명되고 있다.

행방불명된 지 13년 만에 친구라는 분이 찾아와 전쟁 직후 형무소 앞에서 헤어져 북쪽으로 갔다는 걸 알려주어 최소한 그때까지는 생존해 있었다는 사실을 알게 되었고, 또 그로부터 10년 후, 북으로부터 본인이 직접 쓴 편지가 도착함으로써 북쪽에 멀쩡히 잘 살고 있다는 사실까지 알게 되었다.

그리고 또 이번에 평양의 아버지 소식을 알게 됐으니, 세상에 어떻게 이런 일이 일어날 수 있는지, 이만하면 엄마의 믿음이 기적을 일으키며 마치 예언처럼 맞아 떨어져 가는 느낌이다. 지성이면 감천이라더니 '어디서든 살아있어만 달라.'던 엄마의 그 오랜 염원이 마침내 주술(呪術)이 되어 이 같은 기적을 일으키는 것일까. 아버지와 우리의 인연은 아직 끊어지지 않았고, 우리의 드라마는 기적처럼 이어지고 있었다!

평양행

그로부터 1년 후, 마침내 나의 평양행이 이뤄졌다. 북한에서 열리는 〈개천절 남북 공동행사〉에 참석하는 일행에 낄 수 있었던 것이다.

나는 잔뜩 기대에 부풀었는데, 그런 기대를 갖게 된 건 얼마 전 내가 〈임꺽정〉이란 드라마를 연출한 것 때문이었다. 〈임꺽정〉은 해방 후 월북하여 북한 부수상까지 지낸 벽초(碧初) 홍명희(洪命熹) 선생의 민중소설로 그걸 드라마로 방송하여 높은 인기를 얻었는데, 북에서도 〈림꺽정〉을 5부작 영화로 만들어 큰 인기를 끈 적이 있어 남쪽의 임꺽정 연출자도 충분히 환영을 받을 거라고 믿었다.

"문디, 살아있었네."

아버지가 북쪽에 잘 살고 있다는 소식을 처음 전했을 때, 엄마가 한 말이었다. (*문디/문둥이-밉고도 고운 정이 섞인 욕)

그리고는 덧붙였다. "혼자 살 리가 있나? 거기서 또 결혼했겠지." 엄마도 역시 여자였다. 가장 궁금한 게 그것이었으니까. 아들이 둘이라고 말해주자 "그렇구나…!" 하며 깊은 한숨을 내쉰다. 주고받은 말은 그렇게 간단했지만, 엄마의 마음속엔 온갖 생각이 뒤

엉켰을 것임은 충분히 짐작하고도 남았다.

내가 평양에 가서 아버지를 만나게 될지도 모르니 편지 한 통을 쓰라고 했을 때, "내가 무신 할 말이 있노? 너무 큰 기대는 하지 말고 그냥 다녀 오니라."하며 겨울철 털 잠바며 우황청심환 등을 가방에 차곡차곡 정성스럽게 넣어준다. 그 속에 남편을 향한 아내의 마음도 담겨진 듯 느껴졌다.

방북을 앞두고 들떠있는 나에 비해서 엄마는 평소와 다름없이 내내 담담한 표정이었는데, 속으로는 아마도 북받치는 감정을 애써 누르고 있는 게 틀림없었다. 그러다 내가 평양으로 떠나는 날 아침 밥상머리에서 기어코 엄마는 눈물을 보이고 만다. "평생 애비 없이 살아온 니가 아버지를 만나러 간다니…."

"평양으로 가시는 승객은 9번 게이트로 가십시오."

인천공항 대합실의 안내방송을 듣는 순간, 나도 모르게 아! 하는 탄성을 내며 감격했다. 대한민국 공항에서 평양행 비행기에 탑승하라는 멘트를 듣다니! 앞으로 통일이 되면 자주 듣게 될 말 아닌가? 온몸을 감싸는 짜릿한 흥분을 누를 수가 없다.

평양행 고려항공 직항기에 몸을 실었다. 난 지금 너무나 가깝고도 너무나 먼 나라, 결코 갈 수 없었던 그곳으로 가고 있다! 결코 만날 수 없으리라 여겼던 그 사람을 만나러! 흡사 꿈을 꾸고 있는 듯한 기분이다. 그 옛날 아버지의 편지를 받아본 지 30년, 마침내 그를 만나러 간다! 오래 묵은 숙제를 안고 가는 수험생처럼, 오랜 과제를 매듭 지으러 가는 특사처럼 자못 흥분되고 긴장된 상태로. 제발 너무 늦지 않았기를 바랄 뿐이다.

가을하늘은 한없이 맑고 우리의 국토는 아름다웠다. 한 시간도 채 안 걸리는 시간. 그토록 멀리만 느껴지던 땅이 이렇게 가까운 곳에 있었다니. 온갖 상념들이 스쳐간다.

인연의 끈이 본시 이렇게 질긴 것인가? 30년 전 남북을 오가는 편지를 통해 마치 우주와의 교신처럼 감격적인 접속을 하다 뚝 끊어져 그 후 오랫동안 암흑의 시간이 흘렀는데, 이제 다시 교신이 통하여 그를 직접 만나러 오랜 세월 우리 사이를 가로막고 있던 장막을 헤치고 북으로 가고 있으니 이 얼마나 기적적인 접속인가. 50년 넘게 딴 세상에서 살아온 두 사람. 아버지를 만나면 무슨 말부터 해야 할까?

복잡한 상념에 빠져들던 중 문득 지난날 있었던 일 하나가 자꾸만 떠올라 심사를 어지럽힌다. 북으로 가서 아버지를 만나고 오라는 은밀한 제의를 받았던 오래 전의 그 일. 그땐 거의 정신을 잃을 정도로 혼비백산했었는데 지금은 내가 자진해 북으로 가고 있다. 뒤바뀐 이 상황을 어떻게 받아들여야 하나.

20년 전, 일본 도쿄. 그때의 일이 생생하게 떠오른다. 이 일 또한 오랫동안 속으로만 품고 살아온 혼자만의 비밀이다.

아버지로부터 편지를 받은 지 꼭 10년이 지난 1981년.

일본 도쿄에서 있었던 일이다.

난 서독으로 가지 않았다

1980년 언저리는 국가적으로 다사다난했다. 79년 박정희 대통령 시해사건, 이어서 군사정권의 탄생. 그야말로 격동의 시간이었다. 나 개인적으로도 많은 일이 있었다. 결혼을 했고, 〈전원일기〉로 TV드라마 연출을 막 시작한 시기였다.

81년도 초반, 새로 취임한 전두환 대통령이 동남아 5개국을 순방하고 돌아온 일이 있었다. 그러자 정부 측의 기획으로 각계각층 인사들이 그 순방 코스를 돌아보고 오는 이벤트성 행사가 벌어졌는데, 어쩌다 나도 그 중의 한 사람이 되어 신문방송사 기자, PD들이 한 팀을 이뤄 15일 일정으로 순방에 나섰다. 태국을 시작으로 말레이시아, 인도네시아, 필리핀, 일본 순으로 돌아오는 여행이었는데, 나의 첫 해외 나들이였다.

사건은 마지막 경유지인 일본 도쿄에서 일어났다. 호텔에 짐을 푼 난 이왕 여기까지 왔으니 K선생께 인사라도 드릴 생각으로 전화를 했다. 10년 전 북쪽의 편지를 전해주었던 바로 그 분이다. 반갑게 전화를 받으신 그 분은 당장 만나자고 했고, 난 밤에 혼자 신주쿠역으로 나갔다.

그 분은 어떤 나이 드신 분과 동행하고 있었다. 우린 '대동강'(뒤에 느낀 거지만 상호부터가 심상치 않았다.)이란 식당으로 들어갔다. 그동안 동남아 음식에 질려 있었던 난 쌀밥과 불고기가 나오자 식욕이 솟아올랐다. 거기다 우리 술 '진로'까지 나왔으니 더 이상 좋을 수가 없었다. 사흘 굶은 사람마냥 허겁지겁 정신없이 먹고 마셨다. 앞의 두 분은 그런 내 모습을 웃음 띤 얼굴로 바라보고 계셨다. 그렇게 한참을 먹어치운 뒤에야 정신을 차리고 물러나 앉았다.

그러자 K선생이 대수롭지 않게 한마디를 툭 던지셨다.

"자네, 아버지 만나볼 생각 없나?"

"예? 아버지요…?" 너무나 갑작스런 말이라 어리둥절한 눈으로 바라보기만 했다.

"마음만 먹으면, 만나게 해주지."

"어… 어떻게요?"

"평양으로 가면 되지."

평양…? 순간, 정신이 번쩍 들었다. 놀란 나머지 소주를 연거푸 들이켰는데 무슨 맛인지도 몰랐다. 같이 온 분이 나섰다. 아무래도 조총련의 간부쯤으로 보였다.

-지금 일본에선 북으로 가기가 어렵다. 북송선 후로 분위기가 좋지 않다. 대신 서독으로 가면 된다. 거기서 평양으로 가 잠시 아버지를 만나고 오면 된다. 이렇게라도 하지 않으면 어떻게 생전에 부친 상봉을 할 수 있겠나.

그때서야 난 K선생이 조총련과 오랫동안 깊은 관련이 있어왔다는 사실을 떠올렸다. 아! 이렇게 시작되는구나! 이런 게 소위

'공작'이란 거구나! 술잔을 잡은 손이 자꾸 떨렸다.

　난 아무 대답도 하지 않고 말없이 술만 들이켰다. 엄마의 얼굴이 스쳐갔고, 결혼한 지 두 달도 안 된 아내의 얼굴도 떠올랐다. 순방을 떠날 때 안기부의 안보교육까지 받고 왔는데…. 서독, 평양, 아버지, 부자 상봉. 이런 단어들이 뒤엉켜 머릿속을 어지럽혔다. 10년 전의 그 편지에서 '혁명가의 아들'로 살라던 아버지의 그 말도 떠올랐다. 술을 마셔도 입술이 타고, 등줄기엔 진땀이 흘렀다.

　앞의 두 분은 나의 이런 상태와는 상관없이 아버지와 아들이라는 육친(肉親) 간의 도리를 내세우며 내가 평양으로 가야 할 이유와 방법을 아주 간곡한 음성으로 설명하고 있었다. 결심만 서면 당장이라도 서독행 비행기를 탈 수 있다는 말도 했다.

　그러나 그 말들은 이미 내 귀에 들어오지 않았다. 절체절명의 순간. 난 벼랑 끝에 서있었다. 등 뒤를 떠밀고 있으니 돌아설 수도 없고 한 걸음만 내딛으면 아득한 절벽이다. 이건 악몽이다. 어떻게든 이 자리를 벗어나야 한다! 그 방법은 술밖에 없었다. 정신없이 마신 나는 대취했고, 그 뒤로 기억을 잃었다.

　정신을 차린 건 다음날 새벽 호텔방이었다. 자다가 침대 아래 바닥으로 쿵 떨어지면서 잠에서 깨어났다. 마치 악몽을 꾸다 벼랑 아래로 떨어진 느낌이었다. 숙소인 호텔까지 어떻게 왔는지도 기억나지 않았다. 아마도 K선생이 취한 나를 부축해 호텔에까지 데려다주고 간 것 같다. 어젯밤의 일이 마치 꿈속의 일처럼 여겨졌다.

　여행을 끝내고 서울로 돌아왔다. 그러나 난 도쿄에서 있었던 일에 대해 한마디도 입 밖에 꺼내지 않았다. 엄마나 아내한테도 비밀로 했다. 처음부터 아예 없었던 일로 치부하고 혼자만의 비밀로 가슴에 묻어버리기로 했다.

하지만, 시간이 지나도 그 일이 쉽게 잊어지지 않았다. 서독을 거쳐 북으로 들어가라는 그 제안은 생각할수록 충격적이었다. 예사롭게 넘길 일이 아니었다. 만약 우리 측 기관에서 내가 일본에서 조총련계 인사를 접촉한 사실을 알게 된다면 난 곧 바로 끌려가 조사를 받았을 것이다. 그러나 다행스러운 건 여행을 같이 간 일행은 물론이고 그 누구도 이 사실을 아는 사람이 없었다는 것이다.

돌아보면, 소름이 끼칠 만큼 아찔한 순간이었다. 벼랑 끝까지 갔다가 간신히 돌아서 나온 느낌이었다. 그때 만일 내가 감상적인 생각에 빠져 순간적인 호기를 부렸다면 어찌 되었을까? 그 분들 말대로, 아무도 모르게 잠시 아버지만 만나보고 돌아오면 될 것으로 생각하고 서독행 비행기를 탔다면…?

한 때 언론을 뜨겁게 달구었던 '고상문사건'이 떠오른다.

79년, 수도여고 지리교사였던 高相文 납북사건이 일어났다. 유럽 해외연수 중 노르웨이 오슬로 여행을 떠났는데, 거기서 어쩌다 북한대사관에 잘못 들어가게 돼 강제북송 됐던 사건이다.

북으로 간 그는 라디오에 나와 남한의 '썩어빠진 교육현실'을 고발하는 방송을 하고 있었고, 그 사실이 남쪽에도 알려져 한동안 신문 지면을 장식하며 논란을 일으켰다. 북에서는 그가 자진월북했다고 선전했다. 그러나 그에겐 결혼한 지 일 년이 채 안된 아내가 있었던 데다 더구나 아내가 임신 중이어서 자진 월북할 이유가 없었다.

훗날 역시 납치됐던 신상옥 감독의 증언에 의하면, 조선중앙방송에 출연하여 남한을 비방하는 고상문의 침울한 표정을 보고 북한이 써준 대로 대본을 읽고 있는 것임을 직감하고 자신과 같은 신세라 내심 불쌍하게 여겼다고 한다.

그 후 고상문은 간첩혐의로 정치범 수용소에 수감되었다고 한다. 미국의 간첩으로 위장 입북했다는 황당한 죄였는데, 1994년 국제사면위원회의 요청으로 풀려날 때까지 수용소에 장장 15년을 갇혀 있었다.

가슴 아픈 이야기는 이뿐이 아니다. 결혼 10달 만에 남편이 납북된 후 갓 태어난 딸을 키우며 17년간 고통의 기다림을 이어오던 그의 아내는 우울증에 시달리다 끝내 투신자살로 목숨을 끊었다.

고상문의 일이 모든 걸 대변해 준다. 더 이상 말이 필요 없었다. 그때 내가 만약 서독을 거쳐 북으로 갔다면, 감격적인 부자 상봉을 했을 것이고 북에선 조국의 품을 찾은 '혁명가의 아들'로 추켜세우며 영웅 대접을 했을 것이다.

충분히 예상되는 그런 행사가 끝나면, 그 다음엔 방송에 데리고 나가 남쪽의 '썩어빠진 방송계'를 질타하는 방송을 하도록 할 것이다. 어쩌면 PD라는 나의 직업 때문에 김씨 부자를 찬양하는 드라마를 만들게 했을지도 모른다. 그러다 내가 만약 거부하거나 말을 잘 듣지 않으면 수용소로 끌고 가겠지.

그렇게 북한 땅에 발이 묶이고 꼼짝달싹할 수 없게 된다. 당연히 남쪽으로 돌아오지 못한다. 다시는! 영원히! 그럼 여기는? 아내는 결혼한 지 두 달 만에 생과부가 되어 그때 이미 뱃속에 있던 아이-애비 없는 자식을 데리고 고상문의 아내처럼 고통 속에 살았을 것이다. 그리고 혼자 남은 우리 엄마는…? 생각하고 싶지도 않다. 확실한 건, 그렇게 또 한편의 가정 비극이 탄생할 뻔한 순간이었다는 것이다.

가정비극만이 아닐 것이다. 난 역사의 한 페이지를 장식하는 인물이 됐을 것이다. 일본에서 행방을 감추는 그 순간, 국내는 발칵 뒤집어질 것이다. 『김모 MBC PD 도쿄에서 실종!! 잠적이냐, 실종이냐?』 등의 대서특필이 연일 매스컴을 오르내리고 온갖 추측과 억측이 난무할 것이다. 평소 언행, 집안 사정, 인간관계 등이 드러나고, 끝내는 과거 아버지의 좌익 활동까지 까발려질 것이다. 그러다 밀입북한 사실이 드러나고 내 얼굴이 북한 TV에 나타나면 '아버지 뒤를 이은 부자(父子) 공산주의자' '조국을 배신한 반역자'로 매도될 것이다. 그렇게 내 인생은 낙인찍히고 그렇게 내 인생은 끝날 것이다. 그야말로 이데올로기에 파괴된 한 인간의 비극적 드라마가 펼쳐질 순간이었다.

그러나 다행히도 난 소심하고 겁 많은 인간이었다. 그런 만용을 부릴 배포도 용기도 없었다. 게다가 난 '부자상봉'이라는 그 달콤한 말에 현혹될 만큼 감상적이거나 어리석지 않았고, 또 민족이니 혁명이니 하는 이념에 휩쓸리고 싶지도 않았다.

대동강물은 푸르렀다

이런 저런 상념에 젖어있는 사이, 어느 새 순안공항에 도착했다. 가슴이 뛰기 시작한다. 흥분감을 애써 누르며 첫발을 내딛었다. 평양은 아름다운 도시였다. 대동강, 보통강 줄기가 시가지를 휘감고 돌아가는 모습이 포근하고 정겨웠다. 강변에 늘어진 수양버들. 그 아래에서 한가롭게 낚시를 하는 사람들을 보니 마치 가까운 동네에 온 것 같은 느낌이다. 그러나 나에겐 그런 낭만적인 감정에 젖어있을 여유가 없었다.

평양 시내의 보통강 호텔에 짐을 풀자마자 제일 먼저 방북단을 통괄하는 북측기관 민화협(民和協-민족화해협의회. 남한 인사들 접촉창구 및 대남사업 단체) 간사를 찾았다.

그를 붙잡고 앉아 나의 개인적 사정, 북에 온 목적 등을 이야기하며 어떻게든 잠시만이라도 부자상봉이 이루어질 수 있게 힘써달라고 간곡히 부탁했다. 아버지 이름과 본적 등 인적사항을 적어주며 지금 평양에 거주하는 게 확실하니 이 아들의 절절한 소원을 풀어달라고 간청을 했다.

그런데 그 간사의 반응이 시원찮다. 내 말을 듣는 순간 표정이 차갑게 변하더니 가타부타 말도 없이 자리에서 일어나 가버린다. 처음부터 철저히 무시하는 듯한 그 태도에 차가운 벽을 느꼈지만 벌써부터 실망할 단계는 아니라고 스스로 위로했다. 아버지가 얼마 전까지 북한 중앙당에서 근무했다고 하니 그들이 성의만 있다면 쉽게 찾을 수 있을 거라고 믿었다. 그러면서 한편으로 마음을 다시 다져먹었다. 만약 아버지를 만나지 못하면 평양 한복판에 퍼지르고 드러누워 떼를 쓸 생각까지 했다. 나의 이런 모습을 보통강 호텔 로비 벽면에 걸린 김일성 김정일 부자의 거대한 초상화가 지긋이 내려다보고 있었다.

평양 근교의 단군능(檀君陵)에서 치뤄진 개천절 행사에 참석했다. 능은 피라미드 형태의 거대한 조형물이었는데 맨 꼭대기에는 단군 부부의 미라를 모셔놓은 곳이 있다.

일본에서 건너온 조총련계 고등학생들과 주민들이 참석한 가운데 행사가 엄숙하게 치러졌고, 그게 끝나자 현장에서 즉석 축하연이 벌어졌다. 가수들이 나와서 민요를 부르고 한복을 입은 여성들이 남자들과 어울려 너울너울 춤을 춘다. 북한에서 이렇게 큰 단군능을 짓고 거창하게 개천절 행사를 여는 건 우리 민족의 정통성이 북에 있음을 강조하는 것이라고 했다.

만경대 언덕의 김일성 생가. 방북단이 오면 반드시 들르는 곳이다. 초가집에 옛날의 세간살이가 갖춰진 그 곳을 둘러보며 아버지란 사람을 또 떠올렸다. 마당에 찍힌 수많은 발자국 속에 그의 발자국도 섞여있으리라. 옛날의 편지에서, 북으로 온 뒤에 수령님의 영도아래 많은 가르침을 받았다고 했으니 여기엔 그가 흘린 감격의 눈물도 섞여있으리라. 그에겐 이곳이 수령님의 은혜를 받은 성지(聖地)였을 거라는 생각이 든다.

평양 지하철에서 많은 시민들의 모습도 지켜보았다. 수줍은 듯하면서도 구김살 없이 웃는 표정들이 인상적이다. 때로는 밝고 정겨운 마음으로 때로는 무거운 심정으로 평양의 여기저기를 둘러보았다. 북한이 전과는 많이 달라졌다고 하지만 처음 간 나로서는 비교할 수 없는 일이었고, 분명한 것은 그들이 우리와 같은 민족이고 언젠간 하나가 되어야 한다는 사실이었다.

그러는 중에도 내 머릿속은 아버지 생각으로만 차 있었다. 민속공연을 보면서도 옥류관에서 냉면을 먹으면서도 단순한 관광객의 여유나 감상에 빠질 수 없는 게 내 처지였다. 길가의 노인을 보면 혹시 우리 아버지가 아닐까 가슴이 설레었고, 한밤중이나 새벽녘에 불쑥 호텔로 찾아올 것 같은 환상에 잠을 설쳤다. 평양 시내를 버스로 여러 번 돌았으니 어쩌면 그 양반이 사는 아파트 앞을 지나갔는지도 모른다. 바로 코앞에 아버지가 있다는 생각이 나를 못 견디게 조바심 나게 만들었다.

북측의 사람들한테서는 아직까지 아무런 대답이 없다. 눈치를 봐가며 수시로 부탁을 하고 하소연하듯 간청을 해봤지만 시간이 지나도 아무 반응이 없고, 오히려 보채는 나의 존재가 귀찮아서인지 피하는 눈치다. 아버지를 만나보지 못하면 이대로 서울로 못 돌아간다며 잠깐이라도 좋으니 얼굴이라도 한번 보게 해달라고 매달렸지만, 소용없는 일이었다. 그들의 대답은 늘 똑같았다. "비공식적인 사적인 일은 용납되지 않는다."는 것이었다.

그러자 같이 간 민예총의 김용태 이사장, 한민족 종교의 윤승길 총장도 나를 돕기 위해 나섰다. 전부터 북한과 교류하며 여러 번 방북하여 북간부들과도 친밀한 사이였던 것이다. 그러나 그들의 노력도 소용이 없었다. 간곡한 부탁에도 요지부동 변함이 없었다.

평양은 점점 슬픈 빛으로 나에게 다가왔다. 안개가 낀 평양 시가지의 모습이 희망을 품고 왔던 첫날과는 다르게 어찌 그리 쓸쓸하게 보이던지…. 대동강의 물빛도 차갑게만 느껴진다.

3박 4일의 일정 마지막 날, 다급해진 난 숨겨 놓은 카드를 꺼냈다. 북측이 베푸는 만찬석상에서 마지막으로 북 고위층과 맞부딪쳐 보자는 속셈이었다.

만찬장 헤드테이블에는 북의 최고인민회의 상무위원, 문화상, 유미영 천도교청우당위원장(한국에서 외교장관까지 지낸 후 월북한 최덕신의 아내) 등 고위급 인사들이 앉아있었는데 그 자리로 찾아간 것이다.

자리로 다가간 나는 남쪽에서 홍명희 선생의 〈임꺽정〉을 TV 드라마로 연출한 사람이라고 자신을 소개하고는 지난밤 미리 준비해 온 편지를 꺼냈다. 그리곤 한 맺힌 한 인간의 소원을 들어달라고, 잠깐만이라도 혈육상봉이 이루어질 수 있게 도와달라고 간청을 했다. 내가 건넨 편지를 읽는 둥 마는 둥 건성으로 훑어보던 한 사람이 나섰다.

"이산가족 상봉신청을 하시오."

"신청을 해도 차례가 오지 않습니다."

"그럼, 곧 면회소가 설치될 테니 기다리시오."

"그 때는 저희 아버지 돌아가실지 모릅니다."

"뭐 그럼, 어쩔 수 없는 일이고…."

답변은 간단하고 차가웠다. 그 순간, 난 왈칵 눈물이 쏟아지며 분노가 솟아올라 나도 모르게 소리를 내질렀다.

"그렇다면 앞으로는 차라리 아버지란 사람 잊어버리고 살겠다! 부모 자식도 못 만나게 하면서 끊어진 경의선은 이어서 뭣하느냐!"고 소리쳤다. (*그 당시 남북 간에는 경의선 복구를 위한 논의가 한창이었다.)

그러자 몇 사람이 달려와 내 허리춤을 잡고는 테이블로 끌고 갔다. 목이 콱 메었다. 죄인처럼 숨죽이며 살아온 지난날들이 억울했고, 청상과부로 살아온 엄마의 인생이 억울했다.

자리로 돌아온 나는 고개를 숙인 채 한참을 울었다. 걷잡을 수 없는 설움이 한꺼번에 쏟아져 나왔다. 북측 안내원이 옆에서 위로를 한다. "김선생의 심정을 누가 모르겠소?" 하며 억지로 술을 먹인다.

서울로 돌아온 난 사흘을 꼬박 드러누워 있었고, 그 뒤로도 한 달 가까이 탈진한 사람처럼 맥없이 지냈다. 허탈감에 빠져 꼼짝할 수가 없었다.

"거 봐라. 내가 머라 카더노? 인자부터는 다 잊어버리고 우리끼리 살자. 그 사람들 참 매정하구나. 아들이 지 아부지 만나러 거기까지 갔는데 얼굴도 안 보여주고…"

힘없이 돌아온 아들에게 엄마는 섭섭한 속마음을 그렇게 표현하며 나를 위로했다. 그래, 엄마 말처럼 다 잊어버리고 우리끼리 살자. 여태껏 그렇게 살아왔는걸 뭐…. 스스로 마음을 추슬러 보지만 허탈한 심정은 쉬이 가시지 않았다.

애초부터 반반의 기대였다고는 하지만, 이게 마지막 기회라고 여기고 어떻게든 꼭 만나리라 했고 그게 가능할 걸로 믿었다. 하지만, 한낱 나만의 꿈에 지나지 않았다. 처음부터 무모한 짓이었다. 부모자식간이니 당연히 만나야 하고 그럴 수 있다고 생각한 것이 얼마나 현실을 모르는 바보 같은 짓인가. 혼자만의 희망에 젖어 아버지란 사람을 만나겠다고 떼를 쓰다니 어디 씨알이 먹힐 소린가. 북쪽 사람들 앞에서 어린애처럼 질질 짜며 눈물을 흘린 내 모습이 못 견디게 창피하고 부끄럽다. 그들이 말했듯 이건 분명히 개인적이고 사적인 일이었다. 중차대한 민족적 대업 앞에서 혈육이니 뭐니 떠드는 게 얼마나 하잘 것 없는 짓인가. 평양에서 북측 사람들과 함께 부르던 노래가 오랫동안 귓가를 맴돌며 가슴을 아프게 한다.

"백두에서 한라로 우린 하나의 겨레
헤어져서 얼마나 눈물 또한 얼마였던가.
잘 가시라. 다시 만나요. 잘 있으라, 다시 만나요.
목 메여 소리칩니다. 안녕히 다시 만나요…."

아, 바보 같은 눈물

능수버들이 늘어진 게 평양의 보통강처럼 보인다. 노인 한 사람이 강가에 앉아 낚시를 하고 있다. 뒷모습으로 앉아 하염없이 강물을 바라보고 있다. 그러다 문득 고개를 들고 이쪽을 바라본다. 머리가 새하얗고 굵은 주름이 진 노인이다. 어딘가 낯익은 얼굴이다. 바라보는 노인의 눈길이 슬퍼 보인다. 한참을 그러고 있던 노인이 천천히 일어나더니 걸어간다. 허리가 구부러지고 어깨가 축 처진 뒷모습이 쓸쓸해 보인다. 노인은 이윽고 능수버들 사이로 모습을 감춘다.

꿈에서 깨어나도 그 모습이 머리를 떠나지 않는다. 북에 대한 생각을 애써 지워버리려 해도 그럴수록 자꾸 되살아났다. 그대로 포기하고 말기에는 아쉬움이 너무 많이 남았던 것일까. 난 끝내 미련을 버리지 못했다. 아버지와 나란히 보통강변에 낚시를 하는 상상을 한다거나 그의 집으로 가서 이복동생들과 함께 식사를 한다거나…. 지난번 그런 실망을 안고 돌아왔는데도 아직 난 아버지에 대한 환상에서 벗어나지 못한 상태였다.

그러다 2년 후, 결국 난 평양으로 다시 갔다. 이번에도 개천절 남북공동행사 참석 명목으로 각계각층의 인사 150명과 동행했다. 처음처럼 흥분된 상태거나 큰 기대를 가진 건 아니었지만 그렇다고 아주 기대가 없는 것도 아니었다. 마음이 급했던 데다 이외에 다른 길이 없었다. 지난번 평양을 떠나오기 전 민화협의 지도원 동무들한테 간곡한 부탁을 해놨으니 어쩌면 좋은 일이 생길지도 모른다는 막연한 기대를 가졌다. 혹시 내가 평양을 다녀갔다는 게 아버지 귀에 들어갔을지도 모를 일이라고 거의 환상에 가까운 생각까지 했다.

또 올라가겠다는 나에게 엄마는, "또 가나? 쓸데없는 짓 하지 마라."고 하면서도 또 이것저것 챙겨서 넣어준다. 엄만 죽자고 올라가는 아들이 안쓰럽다는 표정이었지만, 나를 애써 말리지는 않았다.

평양에 도착하자마자 보통강부터 나가보고 싶었다. 꿈에 본 그 노인이 낚시를 하고 있을 것만 같았다. 그러나 나의 발길은 호텔 입구에서부터 막혔다. 개인적인 행동은 일절 금한다며 호텔 밖으로는 한 발자국도 못나가게 막았다. 잠깐만이라도 좋으니 내보내 달라고 사정을 했지만 소용이 없었다.

낙심이 되었지만 그대로 주저앉아 있을 수는 없었다. 이게 마지막 기회라 생각하니 어떻게든 부딪쳐야 한다는 비장한 심정이 되었다. 지난번처럼 북측의 민화협 간사 등 여러 사람을 붙잡고 늘어졌다. 나와 엄마의 지나온 사연을 반복하여 하소연하고 또 간

청했다. 딱 한 번 얼굴만 보게 해달라고, 제발 저의 마지막 소원을 들어달라고 애원했다. 그러나 예상한 대로 그들은 나의 호소를 귓등으로 들으며 무반응으로 일관했다. 어떤 이는 '왜 공적인 일로 와서 사적인 일을 들이대오?' 하며 노골적으로 윽박지르며 나를 한심한 눈으로 바라본다. 난 이미 귀찮은 존재, 기피 인물로 찍혀 있었다.

거대한 절벽이었다. 이번에도 달라진 건 없었다. 무슨 큰 죄라도 지은 듯 그들 앞에 머리를 숙이고 애걸하는 내 모습이 한없이 처량했다. 아버지를 만나게 해달라고 떼를 쓰며 따라다니는 철없는 아이. 내가 꼭 그런 꼴이었다.

난 속으로 포기했다. 더 이상 그들에게 비굴하게 사정하거나 매달리지 않기로 마음먹었다. 가슴이 한없이 무너지는 느낌이었지만, 지난번처럼 분노하거나 슬퍼하지는 않았다. 내가 할 수 있는 일은 더 없다. 이렇게 해서 될 일이 아니다. 애써 마음을 다독였다.

그러면서 뒤늦게야 또 다른 생각이 떠올랐다. 성급한 마음에 내가 미처 깊게 헤아리지 못한 것이었다. 설령 아버지와 연락이 되어 남쪽 아들이 지금 평양에 와있다는 사실을 알게 된다 하더라도 그는 나타나지 않을 것이라는 사실이다.

생각해보면, 이건 굉장히 위험한 짓이다. 그에겐 북의 가족들이 있다. 또 지금은 은퇴했지만 중앙당에서 오래 근무한 지위도 있다. 그런 판에 남쪽의 아들이란 자가 앞에 불쑥 나타난다면 모든 게 걷잡을 수 없는 혼란에 빠질 것이다. 북에서 힘들게 쌓아올린 가정과 지위, 그리고 공직에 있다는 두 아들의 앞날까지 한꺼번에 무너질 수가 있다. 혈육의 정에 이끌린 감상적인 언행은 자칫 그를 파멸로 몰아넣을 위험한 일이 될 수 있었다.

더구나 72년에 보낸 편지에서 '아버지란 사람은 잊고 우리끼리 살아갈 테니 이러쿵저러쿵 간섭하지 마라. 아버지가 말한 '혁명가의 아들'을 받아들일 수가 없다!'고 딱 잘라 말하지 않았던가. 그런 마당에 그 분인들 흔쾌히 응할 수가 있겠는가. 그렇다면, 여기서 멈춰야 한다. 그 분을 위해서라도 이 섣부른 행위를 멈춰야 한다. 뒤늦게나마 그런 냉철한 인식에 도달했다.

그렇게 마음을 정리하고 나니 오히려 마음이 편해졌다. 관광 온 셈치고 편안한 마음으로 북한 땅이나 둘러보고 가자고 작정했다. 그러면서도 한편으론 한낱 관광객으로 전락하고 만 자신이 너무나 한심해 보여 가슴이 쓰리고 아팠다.

평양에서 묘향산으로 가는 길. 평안북도 영변 앞을 지나간다. 소월(素月)의 시가 떠오른다. '나 보기가 역겨워 가실 때에는 말없이 고이 보내드리오리다. 영변의 약산 진달래꽃 아름 따다….' 우리 서정시의 고향, 그러나 지금은 핵시설기지로 더 유명한 곳으로 변했다.

차가 거의 다니지 않는 고속도로 옆으로 강 하나가 계속 따라온다. 햇빛에 반짝이며 흐르는 강물이 남쪽의 섬진강과 흡사하다. 청천강, 고구려의 명장 을지문덕이 수군(隋軍) 30만을 물리친

살수(薩水)가 여기인가.

강변 곳곳에 '우리 식으로 살자.' '김정일 동지를 결사적으로 옹위하자.' 등 붉은 깃발들이 펄럭이고 있고 그 아래에서 한가하게 풀을 뜯는 소들의 모습이 정겹다. 그 너머 추수가 끝난 들판에서 검은 옷을 입고 이삭을 줍고 있는 아낙들의 모습이 보인다. 을씨년스런 풍경이 밀레의 〈이삭 줍는 여인들〉이란 그림을 연상시킨다.

우리나라 5대 명산 중의 하나인 묘향산(妙香山)에 들어섰다. 천년고찰 보현사(普賢寺)가 모습을 드러낸다. 동행한 사람들과 함께 국보인 '팔각13층 석탑' 둘레를 탑돌이했다. "나무아미타불 관세음보살…" 그러면서 잠깐 생각했다. 여기서 난 뭘 빌까, 조국통일? 그러나 그건 부처님으로서도 어쩔 수 없는 일로 여겨졌다.

임진왜란 때 70이 넘은 노구를 이끌고 승병을 일으켜 의병활동을 한 西山大師. 그의 시 한 편이 남쪽에서 여기까지 찾아온 나그네의 심정을 심란하게 만든다.

主人夢說客 주인은 나그네에게 꿈 이야기하고
客夢說主人 나그네도 주인에게 꿈 이야기하네.
今說二夢客 지금 꿈 이야기하는 두 나그네
亦是夢中人 역시 또한 꿈속의 사람이라네.

밤에 능라도의 5.1 경기장에서 북한이 자랑하는 '아리랑 축전'을 관람했다. 북측 말에 따르면 '평화롭던 아리랑 민족이 외세에

의한 침략, 분단으로 인한 고난의 행군 시기를 이겨내고 새로운 시대로 나아가는 희망을 표현한 대집단체조 예술 공연이다.' 김일성탄생 90주년 기념으로 만들어졌다는 이 공연에는 무려 10만 명의 인원이 동원됐다고 하는데, 기술적인 면에서나 스케일에서나 한마디로 경악할 수준이었다. 북에서는 이걸 두고 우리 민족의 우수성을 유감없이 발휘한 지상 최대의 쇼라고 선전했다. 그 말이 맞는 것 같았다. 사회주의국가 중에서도 북한만이 할 수 있는 세계 최대의 마스게임, 한마디로 전체주의하에서만 가능한 집단 쇼였다. 그 많은 인원들이 한 치의 틀림도 없이 기계처럼 움직이는 모습에 전율을 느낄 정도였다.

그러나 난 공연을 보는 내내 마음이 편치 않았다. 주체사상 선전과 김일성 찬양은 으레 그러려니 했지만, 10월의 차가운 대동강 강바람 속에서 스타킹 하나로 버티는 그 아이들이 가여워서 눈물이 났다. 저걸 저렇게까지 만들기 위해 어린 학생들이 얼마나 오래 고생을 했을까. 수많은 학생들까지 동원하여 일사불란한 모습으로 체제선전을 하는 이게 바로 북한이라는 복잡한 심정으로 공연을 관람했다.

그러다 나 말고도 울고 있는 사람이 또 있다는 걸 발견했다. 남쪽에서 같이 올라온 사람들 중의 일부였다. 그들도 나와 같은 심정일까. 아니었다. 그 눈물은 나와는 전혀 다른 것이었다. 장면이 바뀔 때마다 열렬한 환호와 박수를 보내며 흘리는 그 눈물은 벅찬 감격에서 나온 것이었다. 같은 공연을 보면서도 서로가 느끼는 감정이 그렇게 다르다는 게 놀라웠다.

김일성광장 가운데에 섰다. 대규모 군중대회나 열병식이 열리는, TV에서 익히 보아온 그 곳이다.

넓은 광장에 꽉 찬 인민들, 발을 높이 들고 행진하는 군인들, 그리고 높은 단상에 서서 손을 흔드는 최고 수령동지. "김일성 김정일 장군님 만세!" 인민들이 내지르는 함성소리가 광장을 뒤 흔든다. 아버지도 저기 어디쯤에서 목청껏 소리를 질렀을 것이다. 원수님의 은혜에 감격하여 눈물도 흘렸을 것이다.

텅 빈 광장을 둘러본다. 그의 흔적은 어디에도 보이지 않는다. 인민들이 지르던 함성도 흩어지는 비둘기 떼처럼 허공으로 날아가고 들리지 않는다. 강 건너에 엄청나게 높이 솟은 주체사상탑이 남쪽에서 올라온 한 사내를 내려다보고 있다.

문득 영화 〈트루먼쇼〉가 떠오른다. 보험회사 직원 트루먼이 살던 그 세계가 실제 현실이 아닌 거대한 하나의 세트이었듯이 지금 눈에 보이는 이 모든 것도 누군가에 의해 꾸며진 허구의 세계가 아닌가. B급 초현실 판타지 영화를 위한 거대한 세트가 아닌가 하는 생각이 든다. 그렇다면 난 영화 세트장에서 길을 잃은 또 다른 트루먼이란 말인가.

쓸쓸하고 허망한 심정으로 발걸음을 옮기는 나의 그림자가 광장 위로 길게 드리운다. 그러다 멈춰 서서 뒤를 돌아본다. 두고 온 무언가를 찾으려는 듯. 하지만 눈길에 잡히는 건 아무 것도 없고 빈 허공만 맴돌 뿐이다. 속으로부터 뭔가 뜨거운 게 울컥 솟아오른다. 나는 지금 왜 여기에 서있는가? 무엇을 찾기 위해 여기까지 왔던가? 그 사람은 지금 어디에 있는가! 남에서 올라온 아들이 평양 거리를 헤매 다니는 걸 알기나 하는가!

　떠나기 전날 밤, 양각도 호텔 라운지에서 북쪽 동무들과 어울려 만취되도록 술을 마시고 노래를 부르며 놀았다. 그들은 프랭크 시나트라의 'My way'를 불렀고, 난 '만남'을 불렀다. '돌아보지 마라, 후회하지 마라. 아, 바보 같은 눈물….' 대목에선 눈물이 솟구쳐 올라 견딜 수가 없었다.

　내려오면서 싸가지고 간 걸 모두 두고 왔다. 만에 하나 연락이 되면, 우리 아버지한테 전해달라고 부탁했다. 가방 안에 서울의 내 연락처와 편지 한 통, 약간의 달러도 같이 넣었다. 그게 전해질 가능성은 거의 제로에 가깝다고 여겼지만, 그럴 수밖에 없었다. 평양을 떠나며 고려 문인 정지상(鄭知常)의 시가 떠올랐다.

　　雨歇長堤草色多　비 개인 긴 언덕 풀빛 더욱 푸르른데
　　送君南浦動悲歌　그대를 남포로 보내며 슬픈 노래 부르네.
　　大同江水何時盡　대동강 물은 그 언제 다할 것인가,
　　別淚年年添綠波　이별의 눈물 해마다 푸른 물결에 더하는 것을.

허공에 흩어진 이름이여

평양에서의 부자 상봉은 헛된 꿈이었다. 막연한 기대는 환상으로 끝났다. 자식으로서의 마지막 도리를 해서 조금이라도 엄마의 한을 풀어주고 싶었고, 나 또한 단 한 번이라도 아버지란 사람을 만나보고 싶었는데, 그 꿈은 한낱 몽상으로 끝나고 말았다.

과거는 흘러갔고, 흘러간 건 돌아오지 않는다. 그런데 난 그걸 되돌려보려 했다. 그게 착각이었다. 아버지란 사람은 어디에도 없었다. 장막 너머에 숨은 채 끝내 얼굴을 내보이지 않았다. 그는 다른 세상에 살고 있었고, 난 그 사이에 놓인 높은 벽만 절감하고 돌아왔을 뿐이었다. 첫 번째 방북에서는 절망을 맛보았고, 두 번째는 절망에 대한 확인, 체념만 안고 돌아온 꼴이었다.

마지막 희망의 불씨마저 사라졌다는 사실이 끝없는 무력감에 빠져들게 했다. 이젠 모든 기대를 접고 체념해야 한다는 게 가슴 아팠다. 평양을 다녀온 후 한 달 넘게 우울증에 시달렸고 한편으론 자꾸만 솟아오르는 분노로 불면의 밤을 보냈다.

세계 어디에 이런 나라가 또 있을까. 부부, 부모 자식이 바로 지척에 살고 있으면서 몇 십 년간이나 얼굴 한 번 못 본 채 살아가는 이런 나라가 어디에 있단 말인가!

아들아,

나는 니가 아부지 만나러 간다 할 때부터 크게 기대를 안했다. 그리 쉽게 만나게 해줄 것 같았으면 벌써 통일이 됐제. 니 마음 내가 다 안다. 그렇지만 우짜겠노. 이왕 이리 된 거 다 잊어버려라. 니 몸 상할까봐 그기 제일 걱정이다.

아들아, 니 아부지 너무 원망하지 마라. 그 사람도 지가 그러고 싶어서 그랬겠나. 시절이 그렇게 만든 기라. 나도 원망스럽고 미워서 실컷 욕이라도 해주고 싶은데 아무리 해도 니 아부지가 미워지지가 않는구나. 그 사람도 마음이 많이 괴로웠을 기다. 처자식 두고 어디 간들 마음이 편했겠나? 잠이라도 편히 잤겠나. 생각하믄 불쌍한 사람인 기라. 고향 떠나서 그 낯선 곳에서 살자니 얼마나 한심했겠노. 다 팔자인 기라. 그 사람은 거기서 나는 여기서 잘 살아가면 된다. 어차피 우리는 떨어져 살아야 좋을 팔자란다.

내가 조급하고 감상적이었던 반면에 엄마는 지극히 현실적이었다. 일찍이 자신의 운명을 그대로 받아들이고 살아온 사람으로서는 당연한 처사인지 모른다. 엄마에겐 떠나버린 남편보다 여태껏 살아온 날들과 눈앞의 현재가 더 소중했다. 지나간 일은 일치감치 포기한 까닭에 섣부른 꿈을 꾸거나 감상적 감정에 휘둘리지도 않았다. 그동안 아버지 이야기를 일체 꺼내지 않은 것도 아마 그런 이유였을 것이다.

"우리끼리 잘 살아왔는데 지금 와서 무신 소용이 있노? 다 잊어버리고 살자!" 다소 냉정하게 느껴지던 엄마의 말이 이제 보니 백 번 옳다는 생각이 든다. 지금 와서 무슨 소용이 있을까. 애초 아버지란 사람은 우리에게 없었던 존재가 아니었던가. 엄마의 말대로

다 잊어버리고 여태껏 살아온 대로 살기로 마음먹었다. 오랫동안 우릴 놓아주지 않았던 그 사람을 이젠 정말 떠나보내기로 작정했다. 다시는 평양 꿈도 꾸지 않을 것이고, 북쪽을 바라보며 속을 태우지도 않을 것이다!

솔직히 말하면, 사실 나에겐 아버지란 사람을 향한 애틋한 감정은 없었다. 태어나 눈도 뜨기 전에 떠난 사람과의 사이에 무슨 쌓인 정이 있겠는가. 부성(父性)이란 걸 느낀 적도 없는 사람에게 무슨 애끓는 감정이 있겠는가. 그저 막연한 그리움과 아쉬움이었을 뿐이다. 내가 평양을 드나들며 그토록 애를 태웠던 것도 사실은 육친에 대한 정보다 홀로 살아온 엄마를 위한 마지막 의무감 때문이었다.

아버지와 우린 너무나 오랫동안 딴 세상에서 살아왔다. 되돌릴 수 없는 시간이었다. 아무리 부정하고 싶어도 그게 운명이라면 어쩔 도리가 없다. 그렇다면 이제 끝내야 한다. 그리움도 원망도 이젠 끝내고 싶다. 혈육이라는 이유만으로 더 이상 그를 붙들고 있고 싶지 않다. 한없이 슬프고 허전하지만 이제 그를 떠나보낸다.

마음을 다잡고 나니 비로소 좀 홀가분해졌다. 이 땅에 태어나 이런 아픔을 가지고 사는 사람이 어디 나 혼자뿐이랴. 분단의 상처를 지닌 사람이라면 그걸 영원히 가슴에 안고 살아야 한다는 걸 몰랐던가? 아버지와 아들의 관계는 천륜(天倫)으로 맺어진 것이지만, 일치감치 끊어진 인연이었다.

그를 위한 변명

평양에서 아버지를 만났더라면 꼭 물어보고 싶은 게 있었다. 그 옛날 대체 어떤 연유로 그런 사상을 갖게 되고 어떻게 해서 그런 길을 선택하게 됐는지, 그리고 그 신념이 지금도 변함이 없는지, 지나온 삶이 정말 행복했는지, 진정으로 자신의 꿈을 이루었다고 말할 수 있는지, 그게 알고 싶었다. 아버지란 사람을 생각할 때마다 떠오른 의문이었다.

난 그를 잘 모른다. 알 수도 없을 뿐더러 솔직히 알려고도 하지 않았다. 떠올리기 싫은 과거 속의 기피인물에 오로지 원망의 대상이었기에 오랫동안 외면해온 게 사실이다.

그는 상상 속의 인물이다. 내가 태어나자마자 사라진 사람이었기에 내 머릿속에 자리 잡은 그의 모습은 하나의 허상일지도 모른다. 하지만, 언제까지나 그를 외면할 수만은 없다. 비록 늦었지만 지금이라도 그를 알아야 한다는 생각이 든다.

해방될 무렵, 그는 고향인 대산면의 면서기를 하고 있었다. 비록 말직이긴 하지만 당시로선 쉽게 얻을 수 있는 자리는 아니었다. 일제 말기 소작농으로 근근이 살아가는 집안을 위해 지방 공무원 시험에 응시했는지도 모른다. 1920년생이니 해방되던 해는 스물 너댓 살이었고, 아마도 보통학교 졸업 후 스무 살쯤에 면서기가 됐다면 4, 5년째 그 일을 하고 있었던 게 맞겠다.

1945년, 갑작스레 찾아온 해방으로 온 나라는 감격과 흥분으로 들끓었다. 일제의 억압에서 벗어나 새로운 희망과 기대로 온 나라가 들썩였고, 젊은이들의 가슴도 벅차게 타올랐을 것이다. 민족의식 같은 것이 활화산처럼 꿈틀거렸을 것이다. 그러나 민족의 앞날을 찾는 일은 쉽지가 않았다. 온갖 주의와 주장이 난무하며 나라 전체가 혼란 속으로 빠져들었다.

스물다섯 젊은이였던 그도 나름대로 고민했을 것이다. 민족이 나아갈 새로운 길이 무엇인지, 어떻게 살아야 보다 인간적인 삶을 누릴 수 있을지 그 길을 찾으려 했을 것이다.

바로 그때 들불처럼 번져온 '맑스 레닌주의'는 젊은이들에겐 새로운 빛이었고, 그건 순식간에 그의 가슴에 불을 질렀을 것이다. '노동자 농민 모두가 차별 없이 잘 사는 세상' 그 꿈같은 이상적 세계는 그를 순식간에 매료시켰을 것이다.

낙동강을 끼고 있는 대산면은 경남에서 김해평야 다음가는 넓은 벌판으로 타 지역에 비해 그나마 풍족한 지역이었다. 그러나 거기서 대대로 농사를 짓고 살아온 농민들은 대다수가 소작농이었다. 일제 말기엔 소작농이 70%에 가까울 정도였으니 힘들게 지은 농사는 소수의 지주들과 일본인들의 배만 불리고 농민들은 겨우 연명만 할 뿐이었다.

그렇게 착취당하며 살아가는 소작농들의 슬픔과 고난을 오래 지켜보아온 청년의 가슴속에는 자신도 모르는 사이 울분이 쌓여 갔을 것이다. 비록 지금은 면서기의 쥐꼬리만 한 월급으로 식구들을 먹여 살리지만, 집안은 대대로 소작을 면치 못했던 탓에 그 심정은 누구보다도 절절했을 것이다.

바로 그때 남로당이 내세운 '토지 무상배분'이라는 구호는 가슴이 뻥 뚫리는 희망의 빛이었고 새로운 세상이었을 것이다. 그 중에서도 무엇보다 가슴을 뛰게 한 건 '세상을 바꾼다.'는 말이었다. 가난과 억압에 짓눌려 살아온 과거를 벗어나 새로운 세상을 만들자는 말에 다른 젊은이들과 마찬가지로 그도 가슴이 설레었을 게 틀림없다.

그러는 가운데 누군가의 영향을 받았을 수도 있다. 해방 후 일본 유학에서 돌아온 지식인들 중에는 사회주의 사상에 물든 사람들이 많았는데, 아마도 그들 중 누군가가 그에게 확고한 신념을 불어넣었고 그러자 평소 가슴에 품고 있던 민족의식, 현실에 대한 울분이 어느 순간 터져 나왔을지도 모른다.

그는 거대한 흐름으로 밀려오던 이데올로기의 물결에 뜨거운 가슴으로 동참했다. 그것만이 세상을 바꾸는 길이고 우리 민족이 나아갈 길이라고 굳게 믿었고, 그리하여 자신이 옳다고 생각하는 그 길에 앞뒤 가리지 않고 뛰어들었다.

젊은 날의 열정은 이성적이라기보다 감정적이고 맹목적이다. 한번 타오른 그 불길은 누구도 말릴 수가 없다. 너무나 뜨거워 자신을 차분히 돌아보거나 머뭇거릴 틈도 주지 않는다. 가슴 깊이 자리 잡은 그 신념은 훗날에 다가올 결과에 회의를 가질 틈을 주지 않았고, 그 민족적 신념 앞에서 가족문제 같은 건 지극히 사소하고 개인적인 것으로 여겨졌을 것이다.

그때부터 길은 정해졌다. '새로운 세상'만이 꿈이자 인생목표가 되고 말았다. 가까운 진영 마산 지역의 동지들과 어울리며 그들과 뜻을 합쳤고, 비밀회합을 통해 마르크스 이론을 습득하고 그렇게 점차 신념을 굳혀 나갔을 것이다. 그리고 그즈음에 창설된 남조선로동당에도 당연히 입당했을 것이다.

유럽, 아시아를 넘어 전 세계를 열풍처럼 휩쓸었던 바로 그 이데올로기. 피가 뜨거웠던 젊은이는 틀림없이 "프롤레타리아가 잃을 것은 쇠사슬뿐이요. 얻을 건 전 세계이다. 전 세계의 프롤레타리아여, 단결하라!"고 한 〈공산당선언〉을 금과옥조(金科玉條)처럼 외웠을 것이고, 프롤레타리아 계급이 주인이 되는 새로운 세상을 만들자는 그 주장에 마음을 통째로, 아니 영혼마저 빼앗겼을 것이다. 그리하여 전염병과도 같은 그 이데올로기는 그의 일생을 지배하는 신앙이 되어 이 세상에 없는 이상향(理想鄕)-유토피아를 꿈꾸었을 것이다.

그가 '맑스 레닌주의'에 대한 깊은 지식이나 이해도 없이 단지 막연한 열정에 취해 유행처럼 휩쓸렸던 건 아닐까. 솔직히 그런 의심이 들지 않는 건 아니지만, 그렇게 한마디로 단정하고 싶지는 않다. 그를 맹목적인 추종자로 폄하하고 싶지는 않기 때문이다. 또 설령 그렇다손 치더라도 지금과는 다른 새로운 세상을 바란 그 단순하고도 소박한 염원은 나름대로 순수했으리라 짐작을 해본다. 당시 그는 분명 피가 뜨겁고 열정이 끓는 20대 젊은이였기 때문이다. 누군가 했다는 말이 떠오른다.

"20대의 나이에 마르크스주의자가 되어보지 않았다면 가슴이 없는 사람이고, 40대가 넘어서도 마르크스주의자로 남아있다면 뇌가 없는 사람이다."

지금까지의 이야기는 전적으로 나의 추측일 뿐이다. 그가 어떤 생각으로 그 길을 선택했는지, 어떤 경로로 그 사상을 접하게 되었는지 정확히 알 수는 없다. 그리고 실제로 어떤 활동을 했는지 구체적인 행적도 알 수가 없다. 그 당시의 일을 자세히 이야기해 줄 사람이 주변에 없는 까닭이다.

주위에서 간혹 들려주는 이야기에 의하면, 아버지라는 사람은 성격이 꽤나 까다롭고 고지식할 정도로 완벽주의자였다고 한다. 조금이라도 사리에 어긋나는 건 참고 못 보는 성미에다 한 치의 어긋남도 용납하지 않는 원리원칙주의자여서 자신이 옳다고 믿는 일에는 절대로 포기하지 않는 외골수였다고 한다.

또 정의감이랄까 의협심이 강해서 주변의 일을 그냥 지나치지 못했다고 한다. 비록 시골이었지만 인근에선 꽤 똑똑한 청년으로 소문이 나있었고, 수시로 마을의 젊은이들을 모아놓고 조국의 앞날에 대해 열변을 토했다는 걸 보면 누구보다도 열혈청년이었다는 건 틀림이 없는 것 같다. 타고난 성격은 그 사람의 운명이라고 한다. 그의 그런 성격이 그의 일생을 결정지은 하나의 불씨가 됐을 거라는 생각을 해본다.

그는 파란만장한 삶을 살았다. 일제시대에 태어나 청년 시절에 해방을 맞았고, 그 혼란기 광풍과도 같은 사상에 경도되어 도피생활과 수감, 그리고 전쟁, 월북 등 그 시대에 겪을 수 있는 모든 상황을 두루 거쳐 오늘에 이르렀다. 결코 평범하지 않은 굴곡진 인생행로였다. 그런 행로를 거치면서도 살아남았다는 건 분명 운이 좋은 사람이다. 다른 사람 같으면 단 한 번에 생이 끝날 수도 있는 생사 고비를 서너 번이나 넘기면서도 번번이 살아남았으니 억세게 운이 좋았다고 할 수밖에 없다.

북한 체제에서 살아남은 것도 그렇다. 남에서 올라간 많은 남로당 출신들이 숙청을 당하거나 집단농장이나 수용소에서 비참한 생을 마쳤다고 하는데, 그는 그곳에 안착(安着)하여 순탄한 삶을 누렸고 북에서 새로 결혼하여 자식들까지 두고 잘 살고 있다고 하니 그런 행운이 어디 있겠는가.

여러 고비에서도 살아남은 건 운이 좋았다고 할 수 있지만, 특히 북한 체제에서 성공적으로 자리를 잡을 수 있었던 건 여러 궁금증을 불러일으킨다. 전쟁에 참전했다면 거기서 남다른 공을 세웠던 것일까? 아니면 '사회주의건설'에 앞장서서 특출한 업적을 보여줌으로써 소위 당성(黨性)이란 걸 인정받았던 것일까? 옛날 나에게 보낸 편지 중에 '북에서 원수님 덕분으로 공부를 많이 했다'는 말로 미뤄보아 거기서 그는 철저한 코뮤니스트가 되기 위해 많은 노력을 한 게 틀림없고, 그로 인해 남로당 출신이라는 불리한 성분에도 불구하고 능력을 인정받은 것 같다. 그렇게 체제에 순응하며 충성을 다했을 것이고 그 과정은 결코 쉽게 얻어진 행운만은 아니었을 것이다. 아마도 거칠고 낯선 북한 땅에서 살아남기 위한 처절한 몸부림이었을 것으로 짐작된다.

그러나 그런 천운을 타고났다고 해서 그의 인생이 결코 행복한 삶이었다고는 믿지 않는다. 스스로 선택한 길에 대한 번민으로 결코 편안한 삶을 살지는 못했을 것이다. 두고 온 남쪽 가족에 대한 죄책감도 있었을 것이고, 또 자신의 뜻과는 다르게 흘러가는 조국의 모습도 그에게 깊은 고뇌와 회의를 안겨주었을 것이다. 그리고 무엇보다 슬픈 일은 김씨 왕조를 신처럼 떠 받들며 산 그 삶이 그가 진정으로 꿈꾼 세상은 결코 아닐 거라는 사실이다.

그땐 그도 몰랐을 것이다. 세상을 바꾸어 새 세상을 만들어보겠다는 그 순진한 꿈이 자신의 일생마저 송두리째 바꿀 줄은 그도 미처 몰랐을 것이다. 세월이 흐른 지금, 한 가지 확실한 사실은 자신의 뜻과는 다르게 그가 이미 오래전 돌아오지 못할 다른 길로 떠났다는 것이고, 그가 꿈꿨던 그 세상은 오지 않았다는 것이고, 앞으로도 이뤄지지 않을 것이며 그리하여 젊은 한 때의 꿈이 물거품이 되고 말았다는 것이다.

지금 이 순간, 그는 진정으로 느끼고 있을까? 그가 열광했던 '모두가 평등하게 잘 사는 세상' 그 유토피아는 마르크스, 레닌 같은 이들이 만들어낸 하나의 신기루이며 허구이고 환상이었다는 사실을.

분명히 말하거니와 난 지금 혈육의 정을 앞세워 그를 미화할 생각은 추호도 없다. 마찬가지로 비난하거나 욕되게 할 생각도 없다. 다만, 현재의 내 눈으로 그를 냉정하게 바라보고 싶을 뿐이다. 아무리 자식이라 하더라도 한 시대를 자신의 신념으로 살아온 사람의 일생을 독단적으로 평가하고 재단할 수는 없을 것이다. 하지만, 그럼에도 불구하고 난 지금 자식 된 자의 마지막 애정이라는 심정으로 그의 인생행로에 깊은 연민을 느끼고 있다. 그의 인생을 뭐라고 말할 수 있을까? 거대한 이데올로기의 격랑에 휩쓸려간 실패한 인생인가, 아니면 자신의 신념에 따라서 산 성공적인 인생인가. 신념을 위해 일생을 바친 혁명투사인가, 아니면 비극적 역사의 희생자인가?

보통강의 낚시꾼

꿈을 꾸었다. 영화의 한 장면처럼 선명한 꿈이었다.

평양의 보통강변, 밤이었고 안개가 얇게 깔려 있다. 작은 등불을 켜놓은 노인이

낚싯대를 드리우고 있는 게 보인다.

하얀 머리에 깊은 주름살의 노인. 꼼짝 않고 앉아 강물만 바라보고 있다. 중년의

남자가 다가가 그 모습을 바라본다.

노인   거기 누구시오? 누군데 거기 그러고 있소?

　　　　아무래도 여기 분은 아닌 것 같은데…?

남자   사실은 저 남쪽에서 온 사람입니다.

노인   남쪽?

남자   예, 서울에서….

노인   서울…! (놀란 표정으로 경계하듯 주변을 둘러본다)

남자   이번에 행사 참석차 방북했습니다. 저기 보통강 호텔에
　　　　묵고 있는데 답답해서 잠시 나온 겁니다.

노인   그, 그렇구만요….

남자   여기서 낚시를 하고 계셨던가 보죠?

노인   그렇소. 밤마다 여기 나와 낚시를 하는 게 유일한 취미요.

남자   하필이면 왜 밤에…?

노인   난 사람이 아무도 없는 밤에 홀로 하는 낚시가 좋소. 이러
　　　　고 앉아있으면 온갖 잡념이 사라지고 마음이 편안해진다
　　　　오. 아시겠지만, 낚시의 기본은 기다림이오. 한없이 참고
　　　　기다리는 거지. 그 옛날에 바늘 없는 낚싯대를 물에 담그
　　　　고 앉았던 노인장 얘기 알지요?

남자   들은 적이 있습니다.

노인   그렇게 세월을 낚는 거지. 세월을…. (낚싯대를 다시 놓으
　　　　며) 이놈들이 오늘 밤은 통 입질을 않네. 서울 손님 왔다
　　　　고 낯가림을 하나…?

남자   (웃는다)

노인   남에선 고기를 잡으면 매운탕을 끓여 먹지요?

남자   그렇죠. 민물매운탕이 특히 맛있잖아요.

노인   여기선 먹을 것 한두 마리만 가져가고 나머진 놓아주지요.

남자 아, 그렇군요.

노인 수령님도 여기서 잡은 붕어나 잉어를 전부 인민들에게 나눠 주셨지요.

남자 수령님…?

노인 위대한 수령 김일성동지 말이오. 여긴 수령님께서 낚시하던 곳이오.

남자 아, 예… 그 분이 낚시를 좋아하셨군요.

노인 낚시광이라 할 정도로 좋아하셨지. 낚시를 하시면서 자주 사색에 잠기곤 하셨는데 그렇게 창시된 것이 주체사상이지.

남자 아, 주체사상….

노인 우리 인민을 이끄는 위대한 사상이지. 민족의 앞날을 밝히는 횃불이지. 경애하는 수령님께서는 두 강이 합쳐지는 곳이 바로 우리가 나아가야 할 길이라고 말씀하셨소. 대동강이 민족의 강이라면 이 보통강은 인민의 강이라고 하시며 가르침을 주셨지.

남자 네에, 그렇군요.

노인 서울은 어때요?

남자 서울도 많이 달라졌습니다. 국제적인 도시가 되었지요.

노인 미국 놈들이 많이 괴롭히지는 않소?

남자 뭐, 별로 그러지는 않습니다. 그런데 어르신 말씀이 여기 이북 말씨가 아니고 저 아래 남쪽 말씨처럼 들리는데 혹시….

노인 (잠시 침묵하다) 나도 남에서 온 사람이오.

남자   네? 남쪽에서요?

노인   민족해방전쟁 때 인민군을 따라 북으로 왔소. 벌써 50년
       이 됐구면.

남자   아, 그러셨군요. (노인의 얼굴을 살피며) 혹시 어르신 성
       함이…?

노인   뭐, 늙은이 이름은 알아서 뭐하겠소. 김가요. 김가….

남자   여기 가족은…?

노인   2남을 두었소.

남자   (조바심이 나서) 남쪽에는 혹시 남은 가족은 없나요? 옛
       날 올라오실 때 두고 온 자녀나 부인….

노인   (표정이 어두워진다) 뭐… 그런 게 있을 리가 있소?

두 사람, 오랫동안 말이 없다.

노인   (말을 돌리듯) 어릴 적에도 낚시하러 많이 다녔는데…. 빗
       자루에서 빼낸 대꼬챙이 들고 동무들하고 강가에 나가서
       붕어도 잡고 피라미도 잡고… 참 재미있었지.

남자   강이라면…?

노인   낙동강! 그쪽이 내 고향이지. 요즘도 난 그곳에 가 있는
       꿈을 꿔.

남자   …!

노인   지금도 생각 나. 어릴 적 놀던 그 강가…. 같이 놀던 동무
       들….

남자　… 고향에 한번 가보고 싶은 생각은 없으셨나요?

노인　(한숨처럼) 왜 없었겠소. 하지만, 되지도 않을 희망 가져
　　　본들 뭐하겠소. 가슴속에만 넣고 살아야지. 통일이 된다
　　　면 모를까. (낮은 소리로 노래를 흥얼거린다) 나의 살던
　　　고향은… 꽃피는 산골….

노래 소리가 차츰 잦아들며 목소리 끝이 잠긴다.

고개를 숙인 채 한참을 앉았다.

노인　내가 오늘 왜 이러나…? 험 험…. 아래에서 온 분을 만나
　　　니 나도 모르게 고향 생각이 나서 그만….

남자　(갑자기 훌쩍이며 운다)

노인　아니, 왜 그러시오? 무슨 좋잖은 일이라도…?

남자　어르신이 어릴 적 이야기를 하시니 저도 모르게 울컥해서
　　　그랬나봅니다.

노인　살다보면 울고 싶은 적이 한두 번이 아니지. 나도 여기 나
　　　와 혼자 운 적이 있소. 혼자 울기에는 여기만큼 좋은 곳이
　　　없지.

남자　어르신은 여기 북으로 와서 행복했었나요?

노인　행복…? 뭐, 그럴 때도 있고 안 그럴 때도 있고….
　　　사는 게 그렇지, 뭐.

남자　여기로 온 거 후회하신 적은 없으셨나요?

노인　후회..? 내가 스스로 택한 길인데 후회한들 뭐하겠소. 선

생은 인생이 자신의 뜻대로 된다고 생각하시오?

남자   그야 뭐….

노인   살아보니 자신의 뜻하고는 상관없이 흘러가는 게 인생인 거 같소. (일어선다) 늦었으니, 인제 가봐야겠구먼.

그러자 남자가 갑자기 노인 앞에 꿇어 앉는다.
그리고는 큰절을 한다.

노인   (당황하여) 아니, 갑자기 왜 이러시오?

남자   (엎드린 채) 저희 아버님이 생각나서… 저희 아버님 처지도 어르신과 너무 흡사해서… 제발… 제 절을 받아주십시오.

노인   무슨 사연이 있는 모양인데… 가슴에 깊이 맺힌 일이라도 그게 금방 풀릴 게 아니라면 속에 넣어두고 사는 것도 좋은 법이오. 세상일이 다 그렇소. 자, 그만 일어나시오.

남자   어르신…! (주저앉아 흐느낀다)

노인   (한참을 내려다보다) 그럼, 난 이만 가오. 잘 가시오.

노인이 서둘러 간다. 걸음이 몹시도 허둥거린다.
그때, 안개 속으로 걸어가던 노인이 갑자기 그 자리에털썩 주저앉는다. 그러더니 어깨를 들썩이며 운다.
그 소리가 여기까지 들려온다.

꿈속에서 오랫동안 흐느꼈다.

노인을 끌어안고 오랫동안 흐느끼며 울었다.

그러다 깨어나 보니 베개가 흥건하게 젖어있다.

내 앞의 생(生)

축복받지 못한 생명
_____
나무는 선 자리를 원망하지 않는다
_____
난 운이 좋았다
_____
동갑내기 내 친구
_____
드라마에 꿈을 묻고
_____
우린 모두 주인공이 되고 싶다
_____

축복받지 못한 생명

난 간신히 세상에 나왔다. 하마터면 세상구경을 못할 뻔했는데 간신히 나왔다. 한 생명을 온전하게 태어나게 하기엔 세상이 너무 어지럽고 험악했던 탓이다.

남편이 경찰의 추적을 피해 쫓겨 다니는 그 소용돌이 속에서도 딸막의 몸에는 또 하나의 생명이 꿈틀거렸다. 두 번째 아이가 들어선 것이다. 숨어 도망 다니는 와중에도 천만다행으로 씨앗을 뿌려주었기에 생명의 싹을 틔울 수 있었다. 그렇게 잉태된 생명의 씨앗은 험악한 바깥세상과는 상관없이 어미 자궁에 편안히 자리를 잡고 하루하루 자라났다.

배는 점점 불러오고 작은 생명이었던 난 밖으로 나올 시간이 점점 다가왔다. 그런데 몸을 풀 곳이 마땅찮다. 세상에 나를 맞아줄 따뜻한 보금자리는 없었다. 쫓겨 도망 다니는 불순분자의 씨앗을 따뜻이 맞아줄 곳은 어디에도 없었다.

경찰이 수시로 들이닥치니 집에서 낳을 수도 없어 생각 끝에 가까운 친척집으로 간다. 하지만 거기에서도 반기는 눈치가 아니다. 좌익 활동을 하는 사람의 자식이 거기서 태어난 걸 알면 혹시나 자기들한테 화가 미칠까봐 노골적으로 꺼려한다. 곳곳에 감시의 눈이 번득이는 판에 좌익분자의 가족을 거뒀다가 어떤 화를 당할지, 자칫 불똥이 튀지는 않을까, 모두가 전전긍긍하던 때였다. 그러니 그들을 매정하다고 탓할 수만은 없는 형편이었다.

무거운 몸을 안고 여기저기 돌아다닐 때 그 어미의 심정은 어땠을까. 서러운 마음으로 울음을 삼키면서도, 한편으론 어떤 일이 있어도 남편이 남긴 몸속의 씨앗을 지켜야 한다는 그 마음은 더 단단해져 갔을 것이다. 만약 그때 그렇게 돌아다니다 추운 겨울날 길바닥에서 쓰러졌더라면, 난 영영 세상구경도 못하고 사라졌을 게 틀림없다.

애는 곧 나올 듯 꿈틀거리는데 갈 곳은 없고 정말 난감한 지경에 이르렀다. 그러자 소식을 전해들은 친정집에서 연락이 온다. 무거운 몸으로 여기저기 다니며 고생하지 말고 봉곡으로 오라고 한다. 친정부모한테까지 걱정시키는 게 내키지 않았지만, 다른 방도가 없어서 스무 살의 산모는 만삭의 몸을 안고 친정인 봉곡으로 간다. 차갑고 매정한 세상에서 그래도 따뜻하게 품어줄 곳은 친정밖에 없었다. 하지만 딸을 맞은 친정아버지와 엄마의 걱정은 태산같다. 믿었던 사위가 난데없는 물이 들어 위험한 일을 하고 다니니 장차 딸의 신세가 어떻게 될지 몰라 밤잠을 설친다.

산골에 봄이 왔다. 음력으로 이월 초순 새벽녘, 만삭의 몸으로 동네 우물에서 물을 길어 동이를 이고 오던 딸막은 그만 바닥에 털썩 주저앉으며 동이를 깨고 만다. 진통이 온 것이다. 외부의 눈을 피해 친정집이 아닌 마을 뒤쪽의 외딴집 움막으로 부랴부랴 옮겨졌고, 거기서 곧 출산을 했다. 아들이었다. 어미는 힘들게 받아낸 핏덩이를 안고 기쁨과 슬픔의 뜨거운 눈물을 흘렸다. 집 나간 아비를 생각하며 홀로 서러워 울었다.

1948년 봄. 그렇게 내가 태어났다. 하마터면 세상구경을 못할 뻔했는데 다행히도 긴 겨울을 견뎌내고 기어코 세상 밖으로 머리를 내밀었다. 험하게 돌아가는 세상에는 아랑곳 않고 무작정 밖으로 나온 것이었다. 어둡고 스산한 시대의 한가운데에서 비록 축복받지 못한 생명이었지만, 난 그렇게 나의 생명을 가까스로 건졌다.

사찰계 형사들의 표현대로면, "빨갱이의 새끼, 붉은 씨앗"이었다. 축복받지 못한 생명, 내 인생은 그렇게 시작되었다. 세상에 나왔지만 혹시나 경찰이 알고 들이 닥칠까봐 바로 외갓집으로 돌아오지도 못하고 한 달 넘게 움막 같은 외딴집에서 지내야 했으니 시작부터 참 구차한 목숨이었다.

얼마 후 소식을 들었는지 남편이 사람들 눈을 피해 밤중에 몰래 찾아왔다. 포대기에 싸인 아들의 고추를 들여다보는 그의 얼굴에 미소가 돌았다. 아내에게는 "욕봤다."는 말 한마디뿐이었다. 그리고는 "잘 키워라."란 말을 남기고 떠났다. 눈도 채 뜨지 못한 내가 누구를 알아볼 리가 없지만, 아버지란 사람과 아들은 그렇게 첫 대면을 한 것이다.

쫓겨 다니는 중에도 그는 한두 번 더 몰래 처갓집에 나타났는데, 한번은 눈이 내리는 한밤중에 불쑥 들어섰다. 십 리가 넘는 눈길을 맨발로 걸어서 왔다고 했다. 이 한겨울 눈길을 맨발로 걸어오다니! 그걸 보고 눈물을 팍 쏟아내는 딸막. 한쪽에선 물을 끓여 언 발을 녹이고 한쪽에선 밥을 짓느라 한밤중의 숨죽인 소동이 일어난다.

불빛이 새어나가지 않게 담요로 방문을 가린 채 마주앉아 이야기를 나누는 두 사람. 딸막이 참았던 울음을 터뜨리자 남편이 등을 토닥거려 준다. "너무 걱정 말고 애나 잘 키우라."고 하자 그 일이 언제쯤 끝나느냐고 딸막이 묻는다. "곧 끝난다." 무뚝뚝하고 단호한 목소리로 남편이 대답한다.

산짐승이 구슬피 우는 산골의 밤은 깊어가고, 한쪽에 누운 난 세상모르게 잠이 들어 쌕쌕 자고 있었다. 그리고 날이 밝기 전 어두운 새벽에 아버지란 사람은 잠든 내 뺨을 한번 쓰다듬어주고는 떠났다.

아버지란 사람과 나의 만남은 그렇게 끝났다. 나에게 '빨갱이의 자식'이란 유산을 남기고 떠난 그는 그 이듬해에 사상범으로 체포돼 형무소에 수감되었고, 다음 해 전쟁이 터지자 어디론가 사라져 '행방불명자'가 되었다. 그 후 그와 내가 만난 적은 없다. 당연히 손 한번 잡아본 적도 '아버지'라고 불러본 적도 없다. 나에게 그는 늘 '아버지'가 아닌 '아버지란 사람'이었다.

나무는 선 자리를 원망하지 않는다

나무는 그 씨앗이 날아가 어디에 떨어지는가에 따라 일생이 결정된다. 다행히 비옥한 땅에 떨어져 아무 어려움 없이 무럭무럭 커가는 게 있는가 하면, 어떤 건 메마른 땅에 떨어져 생존을 위한 몸부림을 쳐야하고, 어떤 건 뿌리를 내리기도 어려운 자갈밭에 떨어지고, 또 어떤 건 물 위에 떨어져 흘러가버리니 시작도 못하고 생을 마친다. 좋은 땅에서 자란 나무는 길게는 몇 백 년이나 장수하며 수많은 열매를 맺지만, 메마른 땅에 떨어진 나무는 살아남기 위해 몸부림을 치다 열매를 맺지도 못하고 시들어버린다.

그러나 나무는 자신이 선 자리를 원망하지 않는다. 묵묵히 운명을 받아들이며 자신에게 주어진 환경에서 살아남기 위한 처절한 싸움을 벌인다. 어린 나무들은 그 자리에 서서 비가 오고 눈이 오고 바람이 불어도 꿋꿋하게 견뎌내며 태양과 대지, 비와 바람이 가져다준 기운을 자양분 삼아 성장해간다. 불행히 자갈밭이나 거친 땅에 떨어진 씨앗도 생존에 필요한 물기를 찾아서 길게 뿌리를 뻗어나가며 생명을 이어간다. 질긴 그 생명력은 다른 어떤 나무보다도 강하다.

나무들은 각자 타고난 생김새대로 제각기의 모양, 크기로 자라

나고 살아간다. 어떤 나무는 하늘을 향해 쭉쭉 뻗어나가 위풍당당한 모습을 갖추고 수십 년 넘게 장수하지만, 어떤 건 작고 여린 몸으로 힘들게 살다가 짧은 일생을 마치기도 한다. 그러면서도 각자 타고난 본분대로 살며 다른 나무들을 시샘하거나 부러워하지도 않고 분수에 맞게 살아가며 그것에 만족한다.

그렇게 살아온 나무는 각자의 특징에 따라 기와집의 대들보나 기둥 서까래로 쓰이고, 초가집의 구부러진 기둥이 되기도 하고, 그도 저도 아니면 지팡이나 불쏘시개로 쓰이면서 그 생명을 다한다. 잘난 나무는 잘난 대로 쓰이고, 설령 못난 놈이라 하더라도 제 가끔 작은 쓰임새라도 된다. 가난한 집의 아궁이에 들어가 안방을 따뜻하게 데워주는 삭정이가 되어 그 나름의 작은 보람이 되기도 한다.

나 죽으면 숲에 들어가
잘 마른 삭정이가 되고 싶네
거친 운명의 옹이를 모두 없애고
탐욕의 진액도 다 버린
가벼운 몸의 삭정이가 되어
정정한 나무들과 어울리면서
아름답게 헐벗은 풍경으로 있다가
땔감 구하러 온 농부의 손에 이끌리어
가난의 아궁이로 들어가면

아낌없이 활활 타

서러운 추위를 녹여주는

보시布施의 삭정이가 되고 싶네

박호영 – '삭정이가 되고 싶네'

내가 나무라면 어떤 곳에 떨어진 씨앗일까? 태풍을 만났다면 바람에 멀리 날아가 버렸을 것이고 흙탕물에 떨어졌더라면 물에 휩쓸려 흔적도 없이 사라졌을 것이다.

그러나 그 숱한 씨앗들 중에서 난 운 좋게 살아남았다. 비록 햇살 좋고 기름진 땅은 아니었지만 살아남은 것만도 기적이었다. 가파른 언덕배기의 비탈쯤 될까. 험한 기슭에 북풍이 센 음지의 메마른 땅이었다. 하지만 다른 나무들과 마찬가지로 자신이 선 자리를 원망하지 않았다. 오히려 살아남은 것에 감사할 따름이었다.

게다가 나에겐 또 다른 행운이 있었다. 옆에 사시사철 푸르고 큰 나무가 있어서 나를 지탱해주고 비바람을 막아주었던 것이다. 거센 비바람이 몰아치고 흙탕물이 밀려오는 위기의 순간에도 그 큰 나무가 옆에 있었기에 작은 나무는 운 좋게 살아남았다. 그리고 그 덕에 꽃을 피우고 열매까지 맺었다. 나를 끝까지 지켜준 큰 나무, 우산같이 큰 그 나무를 난 '엄마'라고 불렀다.

난 운이 좋았다

태어나 처음 내 눈에 비친 세상은 온통 어둡고 스산한 바람이 스쳐가는 황량한 벌판이었다. 어느 곳 하나 나를 따뜻하게 안아줄 보금자리도 나를 향해 비춰줄 밝고 환한 빛도 없었다.

처음엔 세상을 원망하기도 했다. 내가 잘못 태어난 걸까. 시대를 잘못 타고난 걸까. 왜 하필이면 난 이런 어지럽고 어두운시기에 태어났을까? 불과 얼마 전까지 식민지로 구차한 목숨을 이어 왔고 해방이 됐다지만 희망이라곤 보이지 않던 나라, 동족끼리 총부리를 겨누고 죽고 죽이는 전쟁까지 치룬 이 불쌍하고 가련한 나라에 태어났을까? 그리고 난 왜 태어나자마자 '애비 없는 자식'으로 살아야 하고 왜 '빨갱이의 자식'이 되어 평생 가슴에 멍에를 안고 살아야 하나?

그러나 그건 스스로 선택할 수 있는 게 아닌 일방적으로 주어진 것이었다. 거부할 수도 부정할 수도 없는 숙명이었다. 이 시대이 땅에 태어난 한 인간의 업보였기에 그걸 벗어나려 몸부림치는 건 어리석고 부질없는 짓이었다. 나에게 씌워진 굴레도 결국은 내 생의 일부이고 그게 바꿀 수 없는 숙명이라면 받아들일 수밖에 없다는 생각을 했다. 내 앞에 주어진 운명을 부정하지도 배척하지도 않았다. 주어진 그대로 다 받아들였다. 내가 태어난 시대와 조국, 아버지란 사람도 더 이상 원망하지 않기로 했다. 그 과정이 결코 쉽지는 않았지만, 그 후로는 오히려 마음이 편해져 내 운명에 순순히 순응했다. 아니, 체념했다.

무엇보다 중요한 사실은 내가 살아남았다는 것이었다. 그것만으로도 축복이었다. 어두운 시대 거친 바람 속에서 자칫하면 폭풍우에 휩쓸려 사라질 뻔했는데 간신히 목숨을 지탱할 수 있었으니 그보다 더한 행운이 없었다. 또래의 많은 아이들이 나자마자 병들어 죽거나 전쟁의 포격으로 죽고, 부모를 잃고는 고아로 거리를 떠돌다 피지도 못한 채 지고 말았지만, 난 운 좋게 살아남았다.

살아남았다 해도 눈앞의 세상은 여전히 지척도 분간 못할 어둠뿐이었다. 아버지는 사라졌고 발붙일 가정도 날아갔다. 희망이라곤 손톱만큼도 보이질 않고 살아갈 길은 막막하기만 했다. 고립무원의 허허벌판에 선 나의 운명이 장차 어떻게 될 것인지 어디로 흘러갈 것인지 누구도 알 수가 없었다.

한 치 앞도 보이지 않는 어두운 밤길을 젊은 어미와 어린 자식은 손을 맞잡은 채 더듬거리며 걸었다. 길을 밝혀줄 등불조차 없이 추위와 외로움에 떨며 언제 끝날지 모르는 밤길을 정처 없이 걸었다.

그러나 밤은 길지 않았다. 다시 태양이 떠오르자 어둠이 차츰 걷히며 앞길이 서서히 보이기 시작했다. 그리고 어디선가 새어 들어온 한 줄기 빛이 우리를 비추었다. 그 희망의 빛을 만들어낸 건 어미였다. 홀로 된 어미는 팔자를 원망하며 주저앉아 울고만 있지 않았다. 주먹을 불끈 쥐고 일어나 살아남기 위한 생존의 몸부림을 시작했다. 장삿길로 나서서 한 푼 두 푼 돈을 모으며 희망의 불씨를 지폈다. 그리고는 수렁으로 빠질 뻔한 자식을 건져냈다. 어미의 손을 잡은 자식은 안간힘을 다해 벼랑을 기어 올라왔고, 마침내 밝은 햇살 가운데로 나왔다.

다행히 어미에겐 앞날을 내다보는 눈이 있었다. 당장 먹고사는 일에 급급해 한 걸음 앞도 내다보지 못하던 사람들과는 달랐다. 먹고사는 일도 급하지만 그보다 자식을 가르쳐야 한다고 생각했다. 그것만이 유일한 희망이었기 때문이다. 학교 문 앞에도 가본적이 없는 사람인데도 밑바닥에서 위로 올라갈 사다리는 공부밖에 없다는 걸 알고 있었던 것이다.

자식 교육에 대한 욕심은 누구보다 강했다. 고생하며 사는 이유는 첫째도 둘째도 자식 공부를 위한 거라고 했다. 그래서 시골구석에서 촌뜨기로 딩굴고 있던 자식을 끄집어내 도회지로 데려왔고, 거기서 다시 좀 더 넓은 세상으로 등을 떠밀었다. 우물 안 개구리였던 난 그렇게 흙탕물을 거슬러 넓은 바다로 나왔다.

어둠 속을 헤매며 한 치 앞도 못 보던 게 엊그제 같은데 우리 앞에는 어느새 눈부신 햇살이 쏟아지고 있었다. 우린 꿈, 희망, 그런 말을 한 번도 입 밖에 낸 적이 없었지만 늘 미래의 행복을 꿈꾸며 앞으로 나아갔다. 푸쉬킨의 시처럼.

"삶이 그대를 속이더라도 슬퍼하거나 노여워하지 말라.
현재는 슬픈 것. 슬픈 날은 참고 견디라. 기쁜 날이
오고야 말리니…"

내 인생 최대의 행운은 강딸막이라는 여인을 만난 것이었다.
만약 그녀가 없었다면 나의 생명도 나의 인생도 어느 어두운 구렁
텅이로 굴러 떨어졌을지 상상이 되지 않는다. 세상은 나에게 아버
지란 남자를 빼앗아 간 대신 엄마라는 구원의 여신을 보내준 것이
었다.

흔히 돈 있고 빽이 있어야 사는 세상이라고 하지만 나에겐 그
어떤 것도 없었다. 어디 한 곳 붙잡을 끈도 없었다.

그럼에도 겁나지 않았다. 비록 흙수저도 아닌 맨손으로 태어났
지만, 어떤 일에도 무너지지 않는 든든한 기둥이 뒤를 떠받치고
있었기에 아무 두려움 없이 세상을 살아올 수 있었다.

내가 약해져 있을 땐 용기를 내라며 북돋워주었고, 힘들어 눈
물을 흘릴 땐 눈물을 닦아주었고, 어두운 밤길에 더듬거릴 땐 등
불을 밝혀주며 언제나 내 옆을 지켜주었던 사람. 엄마를 생각하면
마치 마법을 부린 것처럼 힘이 나고 마음도 편안해졌다. 엄마는
나의 동반자이자 후원자이면서 나를 구원하여 바른 곳으로 인도
해주는 신앙이었던 것이다.

어릴 적, 거센 태풍이 휘몰아쳐 강이 거대한 흙탕물로 뒤덮인
걸 본 적이 있다. 강물은 모든 걸 쓸어갔다. 탁류가 쓸고 간 뒤에

는 아무 것도 남아나는 게 없었다. 강변에 힘들게 일궜던 밭, 나무, 나룻배, 풀포기 하나까지 남김없이 휩쓸어갔다.

사람들은 넋을 놓고 절망에 빠졌다. 그러나 시간이 지나자 강변에는 파릇파릇 새싹이 돋고, 물속에는 물고기들이 헤엄치고, 모래톱에는 물새들이 발자국을 찍고, 강 위에는 어부들의 노랫소리가 퍼져 나갔다.

생명은 강하고 질긴 것이었다. 자연과 마찬가지로 인간의 생명도 쉽게 소멸되지 않는다. 폐허로 변했던 강이 생명의 싹을 다시 피워냈듯 절망은 끝이 아니라 시작이었다. 더 이상 아래로 떨어질 바닥이 없으면 더 이상 불행해질 일도 없다. 이미 혹독한 절망을 겪어본 사람은 여간해서 다시 꺾이지 않는다. 어떤 어려움이 닥쳐도 주저앉지 않는다. '불행이야말로 우리의 가장 훌륭한 스승이다. 삶의 가치를 가르쳐주기 때문이다.'란 말에 전적으로 공감한다.

하늘이 세상을 사랑하지 않는다면 왜 그토록 눈부신 햇살을 날마다 비춰줄 것이며, 땅이 모든 생명을 사랑하지 않는다면 어떻게 그리 예쁜 꽃을 철마다 피워낼 것인가. 난 인생에 대해 낙천적인 사람이다. 행운은 눈이 멀지 않아 열심히 살면서 간절히 원하는 사람에게는 언젠가 그게 찾아온다고 믿는 사람이다. 운이란 것도 일생 동안 늘 좋거나 늘 나쁜 사람은 없고, 누구에게나 언젠가는 밝은 햇살이 비출 때가 찾아오며 한쪽 문이 닫히면 다른 쪽 문이 열린다는 말도 믿는다. 그래서 절망 가운데에서도 한 가닥 희망이라도 품고 살아가는 게 우리 인생 아닌가.

경기에서 가장 짜릿한 승리는 초반의 열세를 뒤집고 이루는 역전승이듯 내가 제일 좋아하는 복은 전화위복(轉禍爲福)이고, 세상에서 가장 운 좋은 사람은 '지금 이 순간 살아있는 사람'이다.

나는 걷는 법을 배웠다. 그 후 나는 줄곧 달렸다.
나는 하늘을 나는 법을 배웠다. 이제 나는 가볍다.
나는 날고 있으며 나 자신을 내려다보고 있다.
나는 춤 출줄 아는 신만을 믿는다.
운명을 사랑하면 비로소 춤을 출줄 안다.
낙타처럼 무거운 짐을 지고는 절대 춤을 출 수 없다.
가벼워지기를 바라고 새가 되기를 바라는 자는
자기 자신을 사랑해야 한다.

니체 – '차라투스트라는 이렇게 말했다'

동갑내기 내 친구

대한민국은 나와 같은 해에 태어난 동갑내기다. 출발이 같았기에 서로 커가는 모습을 동병상련의 심정으로 지켜보며 살아왔다. 둘은 너무나 닮은꼴이다. 내가 험한 세상에서 간신히 태어났듯 대한민국도 극심한 혼란을 뚫고 지독한 산고(產苦) 끝에 태어났고, 내가 축복받지 못한 생명이었듯 그도 남북으로 찢어진 반쪽만의 기형이었다. 그러나 그런 고난에도 불구하고 결국 살아남았다는 게 둘이 흡사하게 닮은 점이다.

일제로부터 해방된 후, 나라는 극심한 혼돈 속으로 빠져들었다. 온갖 주의 주장으로 하루도 조용한 날 없이 들끓었고, 남과 북엔 미소 양대국이 들어와 앉아 이 나라의 운명이 어디로 흘러갈지 누구도 알 수가 없었다. 그런 혼란을 뚫고 천신만고 끝에 1948년 대한민국이 탄생했다. 한반도 역사상 최초의 민주공화국이 깃발을 올렸다.

어렵게 출범한 대한민국. 그러나 시련은 그게 끝이 아니었다. 첫걸음을 떼자마자 거대한 폭풍에 휩싸이고 만다. 같은 민족끼리 총부리를 겨눈 5천 년 우리 민족사에 가장 비극적인 전쟁이 터졌다. 수십만이 넘는 전사자들의 피가 산하를 적시고 집집마다 아녀자들의 통곡소리가 울려 퍼지고 거리엔 전쟁고아들이 넘쳐났다.

일제에서 벗어나 희망의 발걸음을 떼자마자 밀어닥친 고난으로 바람 앞의 촛불이 된 대한민국. 태어난 지 채 두 돌이 못 돼 생명이 끝날 순간이었다. 그러나 대한민국은 그렇게 요절할 운명은 아니었던 모양이다. 하늘이 도왔는지 구사일생으로 목숨을 건졌다. 그러나 전쟁의 끝은 처참했다. 남은 건 폐허뿐이었다.

모든 비극의 뿌리는 바로 '공산주의'라는 이데올로기였다. 어디선가 흘러들어와 전염병처럼 온 나라를 휩쓴 '맑스 레닌주의'가 원흉이었다. 그로 인해 동족상잔(同族相殘)의 비극을 겪었고 조국도 남북으로 두 동강 났다.

우리 집도 대한민국이 겪은 그 비극을 똑 같이 겪었다. 온 나라를 벌겋게 물들였던 그 전염병으로 인해 집안은 풍비박산 났고, 집을 나갔던 아버지는 전쟁이 터지자 어디론가 사라져 돌아오지 않았다. 휘몰아친 광풍은 엄마에게선 남편을, 나에게선 아버지를 빼앗아 갔고 우린 꿈도 희망도 다 잃었다.

그렇게 헤어날 수 없는 상처를 입은 대한민국과 우리 집은 한동안 절망에 빠졌고, 그로부터 생존을 위한 고난의 길을 걸어야 했다. 생사기로에서 기적적으로 되살아난 대한민국은 모든 게 사라진 폐허 위에서 하루 빨리 전쟁의 상처를 아무르고 새 출발을 하기 위해 안간힘을 썼다. 가난에서 벗어나기 위한 건설과 부흥에 온 국민이 힘을 합쳐 땀을 흘렸다. 많은 혼란과 시행착오를 거치면서도 나라의 기틀을 하나하나 다져가며 자신의 운명을 개척해 나가던 시기였다.

그와 함께 우리 집도 살아남기 위해 몸부림치며 땀을 흘렸다. 엄마는 생존을 위해 발바닥이 닳도록 뛰었고, 나도 한 단계 높은 꿈을 이루기 위해 열심히 공부했다. 숱한 어려움 속에서도 내일을 향한 꿈을 꾸며 한 걸음 한 걸음 희망의 빛을 향해 다가가던 기간이었다.

난 태어나 10여 년은 이승만 시대, 그 후 20년 가까이는 박정희 시대에서 살았다. 그 30년은 나의 전반기 인생, 유년기 청소년기와 정확히 일치한다. 대한민국이 새 출발을 하고 성장을 해온 시기는 바로 내 삶의 출발, 성장 시기와 완벽히 맞아 떨어지는 시간이었던 것이다. 온 국민이 함께 외쳤던 '하면 된다!'는 그 구호는 바로 우리 집이 살아온 방식이기도 했다. 그리하여 우리도 가까스로 가난에서 벗어나 새로운 희망을 되찾게 되었다.

실로 눈물과 땀, 오욕과 영광 속에서 숨 가쁘게 달려온 시간이었다. 그동안 난 동갑내기 친구가 지나온 길을 격려와 사랑의 눈으로 지켜봐 왔다. 고난을 뚫고 희망의 꽃을 피워 올린 조국이 자랑스럽다. 숱한 환란을 이겨내고 오늘의 모습을 이룩한 그 저력에 한없는 자부심을 느낀다. 더불어 한 시대를 헤치며 성장해온 나 자신에게도 스스로 뿌듯한 자부심을 느낀다.

우린 긴 시간 같은 길을 걸으며 떼려야 뗄 수 없는 친구로 살아왔다. 힘든 시기에 태어나 같이 고난을 겪었고, 같이 희망의 꿈을 꾸었고, 같이 격변의 시대를 넘겼고, 희로애락도 같이 나누며 지금까지 살아왔다.

그가 몸살을 앓을 땐 나도 아팠고 그가 힘들어할 땐 나도 힘들었다. 그가 기쁠 땐 나도 기뻤고 그가 슬플 땐 나도 슬펐다. 같은 상처를 안고 같이 고난의 길을 걸은 친구이기에 우리의 우정은 그 어떤 것보다 깊고 두터웠다. 돌아보면, 내 인생은 그와 떨어져 있었던 적이 없었다.

세계가 놀라는 대한민국의 성장과 발전. 그러나 그 눈부신 빛 뒤에는 짙은 어두움의 그림자도 드리워져 있음을 한시도 잊어서는 안 된다. 아직도 풀리지 않는 뿌리 깊은 상처, 두 개로 쪼개진 조국이라는 슬픈 운명을 짊어지고 있는 것이다. 70년이 넘은 지금까지도 지속되는 세계 유일의 분단국가로 아직도 서로 총부리를 겨누고 있는 비극적 상황, 그건 겉으로는 건강한 몸이지만 속에는 언제든 목숨을 위협할 수 있는 악성종양을 품고 있는 형국이나 다름없다.

대한민국과 마찬가지로 나에게도 같은 상처가 있다. 쓰나미처럼 덮친 이념의 폭풍우에 나라가 쪼개지고 분단되었던 것처럼 우리 집도 두 조각으로 쪼개져 분단가족이 되고 말았고, 그리하여 긴 시간 '사회주의 아버지와 자본주의 아들'이라는 기막힌 상황 속에 갇혀 살아야 했다.

대한민국에 반역한 아버지로 인해 난 태어나자마자 '빨갱이의 자식'이 되었고, 그 멍에를 평생 짊어지고 살았다. 그건 일종의 원죄의식으로 삼키지도 뱉지도 못하는 목에 걸린 가시와도 같은 것이었다.

'빨갱이의 자식'이란 낙인은 대한민국에서 가장 크고 무서운 형벌이었다. 부모 세대에서 자식으로 이어지는 주홍글씨였다. 이마가 아닌 가슴 한가운데에 난 깊고도 큰 흉터였다. 한번 낙인이 찍히면 벗어날 수가 없다. 운명이라 여기고 순응하며 살아야 한다. 누가 강압하지 않아도 죄인처럼 숨을 죽인 채 주변의 눈치를 살피며 살아야 한다. 부모의 죄를 자식에게까지 물리는 연좌제(緣坐制), 그건 반공이라는 이름아래 공공연하게 행해지던 무서운 차별정책이었다.

나뿐 아니라 주변에 그런 상처를 가진 사람들이 많았다.

부역자, 사상범, 월북자의 가족들은 숨도 제대로 쉬지 못하고 죽은 듯이 엎드려 지내야만 했다. 정작 당사자는 어디론가 사라지고 없는데 남은 가족들은 그 죄를 대신 덮어쓴 채 늘 감시 당하며 살아야 하는 이중의 고통에 시달렸다. 괴롭힘과 불이익을 당하면서도 아버지의 원죄 때문에 모든 고통을 감수하며 살아야 했다. 어디 하소연 할 수도 없었고 오히려 남들이 알까봐 쉬쉬하며 숨겨야 했다.

「모든 국민은 자기의 행위가 아닌 친족의 행위로 인하여 불이익한 처우를 받지 아니한다.」대한민국 헌법 제13조 제3항. 1980년. 공식적으로 차별금지 법령이 공포되었지만, 법은 법일 뿐 아직도 연좌제는 어둠 속의 악령처럼 살아 있다.

자본주의 나라에서 공산주의자 아들이 살아가기란 뭔가 늘 불안하고 불편하다. 철저한 반공국가인 대한민국에서 월북자의 자식으로 산다는 건 남의 집 식탁에 끼어 앉아 눈칫밥을 먹는 이방인처럼 어색한 일이다. 해마다 625가 오면 "아아 잊으랴. 원수의 무리들이 짓밟아 오던 날을….." 노래를 같이 불러야 했고, 현충일엔 참전용사와 애국선열들한테 진심어린 묵념을 드려야 했으니 '조국의 원수'를 아버지로 둔 자의 그 어색함이란 이루 말할 수가 없었다.

어디에도 편안히 주저앉을 수 없는 뿌리 뽑힌 삶이었다. 지난 일에 대해서는 굳게 입을 다물고 살았다. 숨죽이고 살면서 아파도 아프다는 말도 못하고 지냈다. 어쩌면 난 역사의 틈바구니에서 태어나 스스로 마음의 감옥 속에 갇혀버린 수인(囚人)일지도 모른다.

다행스럽게도 난 연좌제의 고통을 남들보다는 덜 느끼며 살았다. 물론 일찌감치 아버지 사망신고를 해버림으로써 신원조회의 턱을 넘겼고, 그 후로도 북의 아버지 존재를 철저히 비밀로 묻어둔 결과였을 것이다. 그 덕에 감시를 받거나 크게 불이익을 당하거나 차별을 받은 적도 없다. 오히려 대한민국의 품 안에서 여러 혜택을 받으며 살아왔다. 자유롭게 공부하고 자유로운 선택을 하고 사회활동에도 큰 제약을 받지 않았다.

대한민국이 자칫 비뚤어질 수도 있었던 한 친구를 넉넉하게 품어주었듯이 나도 지금껏 한 번도 동갑내기 친구를 원망하거나 그의 정체를 부정하거나 그와의 관계를 해칠 어떤 행위도 한 적이 없었다.

자칫 위기에 빠질 뻔한 위험한 순간에도 배신하지 않았고 끝까지 의리를 지켰다. 옛날 북의 아버지 편지를 받았을 때도, 일본 도쿄에서 월북권유를 받았을 때도, 난 내가 살아온 삶의 전부를 걸고 끝까지 대한민국과의 의리를 지켰다.

앞으로도 난 어떤 일이 있어도 죽마고우에 대한 신의를 저버리지 않을 것이다. 대한민국이란 친구를 배신하고 부정하는 건 바로 나 자신을 부정하는 짓이기 때문이다.

이제 대한민국과 함께 살아온 날이 70년을 넘었다. 숨 가쁘게 달려온 날들을 돌아보며 이제는 행복해지고 싶은 시간이다. 그런데 난 지금 행복하지가 않다. 내가 진실로 바란 조국의 모습이 아니기 때문이다. 민족은 여전히 두 쪽으로 갈라져있고 그 옛날의 상처도 아물지 않은 채로 남아있는 까닭이다. 내가 바란 조국은 다시는 피눈물을 흘리지 않는 나라였다. 증오와 대립을 끝내고 앞날을 향해 함께 걸어가는 그런 나라였다.

통일까진 아니더라도 흩어진 가족들이 자유롭게 오가는 날이 곧 오리라 믿었다. 머지않은 날 그런 세상이 올 줄 알고 그런 희망으로 살아왔다. 1989년 베를린 장벽이 무너졌을 때의 그 흥분은 아직도 생생하다. 우리의 철조망이 사라지는 날은 언제쯤일까 가슴을 두근거리며 기다렸다. 소비에트 연방이 해체되고 공산주의 체제들이 하나둘 소멸되는 걸 보며 우리에게도 그런 날이 멀지 않았구나 기대를 했다. 그러나 오래 염원하고 기다려온 그 희망은 물거품처럼 사라지고 있다. 남과 북은 70년이 지난 지금까지도 적대와 반목을 멈추지 않고 있다. 이 땅의 전쟁은 아직도 끝나지 않았다. 지구상의 가장 긴 전쟁-이념과 체제의 대립이 바로 이 땅에서 지금도 진행 중이다.

난 지금 동갑내기 친구가 어디로 흘러갈지, 앞날의 운명이 어찌 될지 불안한 눈으로 지켜보고 있다. 또 다시 이 땅에 불행한 일이 일어난다면 우리의 조국은 어떻게 될 것인가. 힘들게 달려온 대한민국, 그 앞날을 두려운 눈으로 바라보고 있다.

드라마에 꿈을 묻고

방송국에 PD로 입사하긴 했지만, 고달프고도 긴 AD(조연출) 생활을 거쳐야 했다. 선배의 일을 도우며 제작 메카니즘과 연출술을 익히는 수련기간이었다.

그렇게 5년이 지난 81년, 마침내 그토록 기다리던 입봉(데뷔)을 했다. 꿈에 그리던 정식 PD가 된 것이다. 그것도 내가 제일 좋아하던 〈전원일기〉란 프로그램으로. 이미 신선하고 따뜻한 이야기로 많은 찬사를 받고 있는 중이었으니, 이런 좋은 프로로 나의 연출생활을 시작할 수 있었던 건 너무나 큰 행운이었다. 아마도 전형적인 촌놈으로 알려진 탓에 나한테 맡긴 게 아닌가 싶다.

게다가 또 다른 행운도 있었으니 흑백TV에서 컬러시대 막 바뀌는 시기에 연출을 시작했다는 것, 그리고 최불암, 김혜자. 김수미, 고두심, 유인촌 등 한국의 최고 연기자들과 같이 일할 수 있었던 점도 신참 연출자에겐 과분한 행운이었다.

〈전원일기〉는 단순한 농촌드라마가 아니다. 산업화 도시화의 시대에 마음의 고향을 잃은 실향민들을 어루만져주며 그들에게 고향의 냄새, 사람 사이의 정을 불어넣어 주었고 3대가 모여 사는 대가족의 모습을 통하여 부모자식 간 이웃과의 따뜻한 정을 그리는 가족드라마, 인간드라마였다.

정말 열심히 정성을 다해 만들었다. 어린 시절 시골에서 보낸 경험이 많은 도움이 됐다. 무엇보다도 큰 행운은 '김정수'라는 좋은 작가를 만난 것이었다. 그녀는 사람 냄새 풍기는 이야기를 정감 있게 그려내는 데에 탁월한 능력이 있어서 인간적인 걸 좋아하는 나와 호흡이 척척 맞는 최상의 콤비가 되어 전원일기의 초석(楚石)을 다지는 일에 힘을 쏟았다. 예컨대 버려진 아이 '금동이'를 데려와 아들로 입양했고, 또 일용이를 장가보내 '뚝배기 같은 며느리' 김혜정을 맞아들였고, 김회장 둘째 유인촌을 결혼시켜 '둥그레당실' 박순천을 며느리로 들이며 새로운 인물배치, 스토리 구성 등 밑바닥을 다지는 작업을 했다.

그런 여러 기초 작업을 한 결과, 그 후 20년이나 이어지는 세계 최장수 프로그램이 탄생할 수 있었다. 대한민국 국민의 삶의 일부로 여겨질 만큼 누구나 사랑했던 작품, 한 세대를 울고 웃으며 같이 살아온 국민드라마가 되었다.

만 3년간의 연출을 마치고 〈전원일기〉를 떠났다. 전원일기는 나에게 잊을 수 없는 프로이다. 첫 연출작인데다 나의 순정을 다 바친 첫사랑 같은 작품이기 때문이다. 전원일기가 끝난 지도 오래됐지만, 난 지금도 어딜 가든 '전원일기 연출자'로 소개되고 있다는 사실이 자랑스럽다.

그 후로도 수많은 드라마를 만들었다. 우리나라 최초의 미니시리즈인 최인호 원작 유인촌 주연의 〈불새〉, 어려운 시대를 따뜻한 웃음으로 견뎌온 소녀 이야기, 권정생 선생의 〈몽실언니〉, 이문열 원작의 〈젊은 날의 초상〉, 김혜자 주연의 〈겨울안개〉, 김영애 주연의 〈파도〉 등등.

그밖에도 셀 수도 없을 정도의 프로그램을 만들었다. 황신혜의 데뷔작 〈내 마음의 풍차〉를 비롯 몇 편의 〈베스트셀러 극장〉, 그리고 몇 편의 미니시리즈, 연속극, 단막극까지 합치면 아마 수백 편이 넘지 않을까 싶다. 마치 일에 중독된 사람처럼 잠시도 쉴 틈 없이 일에 몰두했다.

드라마를 만들면서 가장 가슴 뿌듯했던 일은 수많은 사람들이 내 작품을 보고 눈물을 흘리고 감동을 받았다는 소리를 들었을 때이다. 그땐 이루 말할 수 없는 희열과 보람을 느꼈다. 그 보람에 힘든 것도 잊고 낮밤을 가리지 않고 죽자 사자 일에 매달렸던 건지도 모른다.

또 한편으론 내가 만든 드라마를 한꺼번에 수백만 명 이상이 본다는 사실은 거꾸로 엄청난 중압감으로 다가왔다. 눈에 보이지 않는 관객이지만 그들의 질책이 귓가에 쏟아지는 것 같아 늘 가슴을 졸였다.

난 PD란 직업을 좋아한다. 그 이유는 두 가지다.

첫 번째는, 머릿속의 생각을 짜내서 대본을 만들고 그걸 여러 사람들과 힘을 합쳐 하나의 작품으로 만들어내는 그 과정이 너무나 매력적이고 재미있다. 결코 쉬운 일이 아니지만 땀 흘려 완성한 후에는 그만큼 만족감도 높다. 모든 걸 바쳐 성취한 그 기쁨은 어떤 것과도 비교할 수가 없었다.

두 번째 이유는, 변화가 많고 역동적이어서 지루할 틈이 없다는 것이다. 또 다른 직장들처럼 꽉 짜인 상하조직에 얽매여 일하지 않아도 된다는 점이 무엇보다 좋다. 다만, 작업이 극한직업에 가깝게 힘든 데다 또 결과에 대해 무한책임을 져야하는 것, 이게 가장 괴롭지만 그것 빼고는 모든 게 자유로운 게 이 분야이다. 그런 까닭으로 어디에 얽매이기 싫어하는 내 체질에 꼭 맞는 직업이었다.

그러나 끝없이 반복되는 작업은 시간이 지나면서 정신과 육체를 점점 고갈시켰다. 공장에서 물건을 찍어내듯 쉴 틈 없이 가동을 해야 하는 '제작공장'에서 어느새 난 드라마 기술자로 전락해 있었다. 타성에 젖고 매너리즘에 빠졌다. 육체적으로도 많이 지쳐있었고 정신적으로도 많이 방전(放電)된 상태였다. 충전은 물론이고 뭔가 획기적인 변화가 필요했다.

그럴 즈음 새 민방인 SBS가 출범했고 나에게 스카우트 제의가 왔다. 그러나 난 회사의 정식 직원으로 갈 마음이 없었다. 대신 계약직 프리랜서를 원했다. 힘 떨어지고 능력이 안 된다고 여겨지면 언제든 그만두겠다는 배수진이었다.

나의 전격적인 '프리선언'은 방송계 최초로 일어난 일이어서 많은 화제를 불러일으키며 동시에 충격을 안겨주었다. 방송의 모든 분야 사람들이 회사 직원으로 안주하던 시절이라 보장된 직장을 벗어나 광야로 뛰쳐나간다는 건 꿈에도 생각하지 못했기 때문이다.

나의 일견 무모하고 용기 있는 행위에 자극을 받아서인지 그 후 여기저기 프리선언이 이어졌고, 마침내 방송의 프리시대가 시작되었다. 그렇게 나의 만용은 고착되어 있던 방송가에 큰 변화의 물꼬를 텄고, 그로 인해 난 'PD 프리랜서 1호'란 칭호를 얻었다.

SBS에서의 작업 중 잊을 수 없는 건 사극 〈임꺽정〉이다.

월북하여 부수상까지 지낸 벽초 홍명희의 민중소설이 원작으로 우리나라 대표적인 금서(禁書)로 꼽히던 이 작품이 마침내 해금되어 드라마로 제작되는 건 여러 면에서 획기적이었다.

또 하나 획기적인 일은 그런 대작의 주인공으로 당대 유명 연기자들을 모두 젖히고 생짜 신인 '정흥채'를 주인공으로 기용한 것이었다. 누구도 예상 못한 히어로의 등장은 방송계의 화제를 모으기도 했는데, 역사 속의 실제 인물이었던 '임꺽정' 역만은 이미 알려진 배우보다는 새롭고 신선한 이미지의 얼굴로 내세워야 한다는 게 나의 고집이었다.

3년에 걸친 작업에 혼신의 힘을 다했다. 생이빨이 네 개나 빠질 정도로 나의 마지막 작업에 전부를 바쳤다. 그러나 원작소설이 워낙 풍부한 스토리와 방대한 스케일이어서 민중의 삶을 온전히 그려내는 데는 여러 어려움이 있었다. 시청률이나 시청자들의 호응은 좋은 편이었으나 개인적으로는 나의 능력 부족을 또 다시 절감해야만 했다.

30년이란 긴 시간을 TV드라마 만드는 일에 바쳤다. 인생의 황금기를 그 일로 보냈으니 내 인생의 전부라 해도 과언이 아니다.

내가 만든 드라마를 두고 다 만족한다고 하면 거짓말이다. 더러는 찬사도 받고 보람도 느꼈지만, 지나고 보니 아쉬운 게 한두 가지가 아니다. 가끔 지난날을 돌아보며 스스로 묻는다. 난 과연 최선을 다했는가? 누구한테도 부끄럽지 않을 작품을 보여줬는가. 드라마를 통해 위안을 얻는 서민들의 꿈과 희망을 얼마나 절절하게 그려냈는지, 그들의 삶을 건성으로 그리지는 않았는지, 억지 감동을 강요하지는 않았는지. 시청률에 목이 매여 때로는 겉멋을 부리고 속임수를 쓰지는 않았는지. 나름대로 열심히 했다곤 하지만, 돌아보니 부끄럽기만 하다.

우연히 발을 내디뎌 일생의 직업이 돼버린 드라마 연출가의 길. 이 길을 택한 내 인생은 과연 성공적이었는가. 때론 다른 길을 걸었더라면 어땠을까 싶은 생각도 해본다. 하나뿐인 인생인데 좀 더 멋진 길은 없었을까?

만약 평생 학교 교사로 살았다면? 학생들을 가르치며 틈틈이 글도 쓰고 교육자로서 약간의 존경도 받으며 그렇게 여유롭게 살았더라면 보람도 있고 많은 제자들 틈에서 보내는 즐거움도 있었을 텐데…. 그런 생각을 한 적도 있다. 물론 좋은 선생이 됐을지는 의문이지만.

내가 가장 아쉬운 건, 방송에 들어오면서 문학의 길을 포기한 것이었다. 아무리 그 꿈을 놓치지 않으려 노력해도 늘 쫓기듯 작업하는 드라마 연출과 문학은 애초에 병행이 불가능한 일이었다. 아쉽지만 손에서 놓을 수밖에 없었고, 자연스럽게 멀어져 갔다.

시간이 흐른 훗날, 그 사이 대문호가 돼버린 대학친구 이문열을 보면서 부러움과 함께 여러 생각이 들었다. 내가 드라마를 만든다고 정신없이 빠져 있을 때, 그는 저 높은 곳을 향하여 끊임없이 올라갔고 세계적으로도 찬사 받는 작품을 빚어내고 있었다. 그가 이룬 업적, 그 열정과 뚝심에 경외감을 품지 않을 수가 없었다.

만약 내가 방송 일을 시작하지 않고 문학의 길을 계속 걸었다면 어땠을까. 과연 나에게 그런 문재(文才)가 있었을까? 설령 문학의 길로 매진했다 하더라도 나같이 천학비재(淺學非才)한 사람이 과연 괄목할 만한 작품 하나라도 내보일 수 있었을까?

한 가지 작은 위안이라면, PD 초입기에 몇 편의 희곡을 틈틈이 썼는데, 그 중 하나가 다행히 작은 인정(1978년 동아일보 신춘문예 입상)을 받았던 일이다. 그 후론 문학이라는 지상(至上)의 세계와 점점 멀어져 나중엔 그 꿈마저 아예 잊어버리고 지냈던 게 사실이다.

사람은 두 개의 길을 동시에 갈 수는 없고, 하나를 얻으면 다른 하나는 잃어버린다는 말이 진리인 것 같다.

난 나의 선택을 후회하지 않는다. 드라마와 함께 호흡하고 씨름하며 보낸 그 시간은 무엇보다도 소중한 나의 길이었다. 드라마(Drama)의 세계는 알면 알수록 신비롭고 미스터리한 세계이다. 수많은 이야기로 가득 찬 세상. 그 중심에 드라마가 있다. 우리의 삶 자체가 모두 이야기이자 드라마다. 그래서 이야기가 없는 세상은 감동이 사라진 암흑이고, 드라마가 없는 세상은 생명력이 없고 허무로 가득 찬 세상이다.

드라마는 시대와 함께 호흡하며 늘 살아 꿈틀거린다. 먹잇감을 찾아 밀림을 헤치는 맹수처럼 살아있는 이야기를 찾아 끊임없이 세상 속을 헤집고 다닌다. 그리하여 한 편의 좋은 드라마는 재미와 감동을 넘어 그 사회를 변화시키고 사람의 마음을 순화시킨다. 그렇게 드라마는 이 시대 우리가 가진 아픔과 상처를 치유하는 백신, 해독제 역할을 하고 있다고 믿는다.

우린 모두 주인공이 되고 싶다

'나는 오늘도 죽으러 나간다.'는 구절로 시작되는 소설이 있다. 조해일의 「매일 죽는 사람」이다. 주인공은 하루에 두 번 죽을 때도 있다. 포졸로 나가서는 칼 맞아 죽고 옷 갈아입은 뒤엔 왜군이 되어 화살 맞아 죽는다. 죽는 게 직업이다. 죽어야 돈을 받고 그래야 일당벌이를 한다. 그는 언제나 들러리에 불과하다. 스타의 한 칼에 무수히 죽고, 무수히 쓰러지는 들러리이다. 그의 직업은 엑스트라이다.

엑스트라/extra는 '여분' '추가'라는 뜻이다. 말 그대로 대본에 배역 이름도 없는 '그 밖의 나머지' 사람이다. 보조 출연자라고 부르기도 하는 그들은 드라마의 군중 씬, 행인, 손님이 되어 화면을 채운다. 대사 한마디 없이 주인공 뒤편의 배경으로만 나와 병풍노릇을 한다.

젊은이부터 노인까지 갖가지 직업의 사람들이다. 자영업을 하다 실패한 사람, 일용직노동자, 주부들, 연기지망 학생들까지 가지각색 사람들이 모여든다. 그중에는 전직 교장선생님도 있고, 퇴역장성, 또 외국어 두세 개는 할 줄 아는 능력자도 있다.

비록 주인공 뒤편에서 그림자처럼 움직이는 역할이지만, 그들만의 자긍심은 있다. 자기들도 엄연한 연기자이고 자신 들이 없으면 드라마가 만들어지지 못한다고 주장한다. 주인공 혼자서 다 할 수는 없으니까.

엑스트라보다 한 단계 위가 단역배우(端役俳優)이다. 대본에 배역 이름도 있고 대사도 서너 줄 이상 되지만 분량은 적은 아주 간단한 역할을 하는 배우들이다. 조연급보다는 작은 역이지만, 드라마의 한 귀퉁이에서 나름대로의 몫을 하는 어엿한 프로배우들이다. 여기저기서 끌어 모은 엑스트라하고는 근본이 다르다. 대학에서 연기를 전공 한 젊은 사람이거나 이 바닥에서 제법 오래 경력을 쌓은 사람들이다. 비록 단역이지만 연기자로서의 자긍심만은 누구한테도 지지 않는다. '예술'을 한다는 생각으로 하루하루 살아간다.

그들의 꿈은 조연급으로의 도약이다. 그 날이 오기를 기다리며 아무리 작은 배역이라도 마다않고 혼신의 힘을 다해 노력한다. 언젠가 무명에서 벗어나 자신에게도 스포트라이트가 쏟아질 날이 올 거라는 기대로 묵묵히 배우의 길을 걷고 있다. 속으로 송대관의 "쨍하고 해뜰 날"을 흥얼거리며 또 지금은 한국의 최고 스타인 송강호도 처음엔 단역배우부터 시작했다는 사실에 내심 위안과 힘을 얻기도 한다.

드라마 속의 세계는 철저한 계급사회다. 주연, 조연, 단역, 그리고 '기타 등등'인 엑스트라. 이렇게 엄격하게 나뉘어져 있다. 마치

인도의 피라미드형 카스트제도처럼 신분에 따른 상하계급이 확실하다.

신분에 따라 받는 대우는 그야말로 하늘과 땅이다. 주인공은 귀족이다. 하늘처럼 떠받들어지는 귀한 존재다. 반면 아래로 내려갈수록 형편없이 추락하여 단역, 엑스트라는 이도 저도 아닌 '그 밖의 사람들' 우수마발(牛溲馬勃: 쇠오줌 말똥같이 하찮은 것) 일 뿐이다.

출연료에 있어서는 더 말할 게 없다. 스타급 주인공은 편당 수천 만원의 출연료를 받아 나머지 조단역들의 액수를 다 합친 것보다 많을 때도 있다. 우리 사회 어느 곳보다 양극화가 심한 곳이 여기다. 그뿐만이 아니다. 드라마의 성공으로 인해 생기는 열매도 온통 주인공이 독차지한다. 찬사도 스포트라이트도 혼자 받고 거기서 얻어지는 어마어마한 물질적 이익도 혼자만의 몫이다.

화려한 조명을 받는 스타, 그 뒤엔 조연과 단역배우들의 땀과 눈물이 숨어 있다. 특히 단역배우들은 한 편의 드라마 영화를 완성하기 위해 동원된 소모품이고, 주인공을 돋보이게 하는 보조역할에 그친다. 단 하나의 주인공을 빛내기 위한 피라미드의 맨 밑바닥일 뿐이다.

드라마의 세계는 꿈의 궁전이지만 그 속의 현실은 차갑고 거칠다. 겉으로는 화려하게 보이지만 실상은 무한경쟁이 벌어지는 삭막한 적자생존의 현장이다. 그런데도 많은 젊은이들이 그 궁전에 들어오지 못해 안달이다. 수많은 연기지망생들이 스타와 신데렐라의 꿈을 안고 방송국과 영화판 주변을 서성이고 있다. 하지만,

문은 좁다. 비집고 들어가기도 힘들만큼 좁다. 운 좋게 문을 통과해도 성공한다는 보장은 없다. '운이 좋으면' '열심히 하다보면' 그런 막연한 기대로 일생을 올인하기엔 너무나 위험한 모험이다. 그러기엔 인생은 너무 짧고 미래는 불확실하다.

연기자의 길은 누구라도 자유롭게 꿈꿀 수는 있어도 그러나 아무나 될 수 있는 건 아니다. 첫 번째로 타고난 재능(Talent)이 있어야 하고(흔히 '끼'라고도 한다), 그리고 뼈를 깎는 남 다른 노력- 최소 몇 년, 아니면 10여년의 혹독한 수련을 거쳐야 하는 끈기와 집념이 있어야 하고, 그 다음으로 운도 따라야 한다. 실력을 펼칠 기회가 찾아와야 꽃을 피울 수가 있다.

이 세 가지가 다 맞아떨어져야 하는데, 어느 하나라도 빠지면 살아남기 쉽지 않다.

그래서 중도에 탈락하고 꿈을 접고 좌절할 수밖에 없다. 누구나 스타가 되고 신데렐라가 되는 꿈을 이룰 수 있다면 이 세상이 얼마나 행복할까. 하지만 그런 꿈같은 세상이 과연 있을까?

그러나 꿈과 희망이 없는 세상은 얼마나 삭막한가. 아무리 척박한 땅에도 희망의 씨앗이 숨어 있듯이 어느 날 희망의 새싹이 돋아나고 점점 자라나 꽃을 피울 수도 있다. 어느 날 '쨍하고 해 뜰 날'이 찾아올 수도 있다.

단, 오랜 노력으로 실력을 닦고 자신만의 독특한 개성을 갖춘 후 참고 기다려야 한다. 낭중지추(囊中之錐)란 말처럼 주머니 속의 송곳은 숨길 수 없듯 자신의 재능 실력이 영원히 묻힐 리가 있겠는가. 주연 조연 단역의 계층도 영구불변이 아니다. 언제든 뜬구름처럼 흘러가는 게 세상이다. 지금의 주연도 태어나면서부터가 아니고 그들도 처음엔 무명이었다. 그렇다면 단역배우에게도 어느 날 날개가 달려 날아오를 날이 다가올 수도 있다. 비록 스타나 신데렐라는 아닐지라도 조연급 이상의 버젓한 연기자로 다시 태어날 수가 있다. 그런 희망이라도 있기에 오랜 시간 참고 견디는 게 아닌가.

그럼에도 눈앞의 현실은 참 힘들다. 단역배우들이 스스로 목숨을 끊는 사건들이 생겨나 사회 전체에 큰 충격을 준 일이 있었다. 오랜 단역배우 생활의 고단함, 기약 없는 앞날을 견디지 못하고 결국 비극적인 결말을 맞이한 것이다.

그들의 공통점은 꿈의 좌절과 생활고다. 작은 역할이라도 최선을 다하면 언젠가는 세상이 알아줄 거라고 믿고 그 날이 오기를 기다리며 참고 견뎠다. 그러나 믿음과 현실의 거리는 아득하고 배우로의 길은 멀기만 하다. 몇몇 작품의 배역을 맡아 나름 개성 있는 연기를 선보이며 활동역영을 넓혀가는 듯 보였으나 그 후론 불러주는 곳이 없었고 그나마 작은 기회조차 주어지지 않았다.

결국 먹고살기 위해 일용직 노동자로 일해야만 했다. 생활고보다 더 힘든 건 우울증이다. 꿈이 멀어진다는 생각에 괴로워하며 높은 벽을 넘을 수 없다는 절망에 빠진다. 극도로 의기소침해지고 술로 밤을 지새우는 날이 많아진다. 그러다 결국 월세 집에서 목을 매고 숨진 채 발견된다. 꿈을 이뤄보지 못하고 재능이 빛을 보기도 전에 그렇게 생을 마감한다. 꿈과 현실의 괴리가 불러온 비극이었다.

스타에 열광하던 대중들은 화려해보이기만 하는 연예인들의 뒷면에 이런 차가운 현실이 숨겨져 있음을 알고는 충격을 받는다. 지금 이 순간에도 청춘의 꿈을 저당 잡힌 많은 젊은 배우들이 절망의 벼랑 끝에 서 있음을 그들은 알고나 있을까. 그의 죽음을 두고 많은 사람들이 안타까운 댓글을 달았는데 그 가운데 이런 글이 있었다. "하늘나라에선 부디 주연을 맡길!"

처음부터 단역배우가 되려고 이 바닥에 들어온 사람이 없듯이 이 세상에서 엑스트라 역할만 하려고 태어난 사람도 없다. 우린 모두 주인공이 되고 싶다. 누구나 한땐 세상의 주인공이 되고 싶은 꿈을 꾼다. 모든 사람들의 욕망이다. 그러나 모두가 그런 꿈을 갖고 출발을 하지만 자신이 원하는 목적지에 도달하는 길은 험난하기만 하고 영광의 주인공은 하늘의 별처럼 멀기만 하다. 삶의 전선(戰線)인 현실에서는 주연 조연 단역으로 냉정하게 갈라진다. 드라마 배역뿐이 아니다. 우리 인생이 짊어진 숙명이다. 내가 맡은 배역은 무엇인가? 주연인가, 조연인가? 아니면 단역, 엑스트라인가?

이 세상에서 살아가려면 좋든 싫든 하나의 배역을 가질 수밖에 없다. 그게 아무리 작고 하잘 것 없는 것이라도 나에게 주어진 이상 그건 나 자신의 것이다. 나의 인생이다. 그렇다면 그 작은 배역이라도 갈고 닦아 보석처럼 빛나게 해서 자기 것으로 만들어야 한다. 그 길 밖에는 없다.

지금 이 시간에도 꿈과 열정을 품은 채 힘든 고개를 넘어가느라 땀 흘리는 단역인생들에게 응원과 박수를 보내고 싶다. 왜냐하면, 그는 이미 자기 인생의 주인공이기 때문이다.

여기 한 사람이 있다. 그는 지나온 삶을 이력서로 쓸 때 열댓 가지 직업을 나열할 수 있다. 보험 외판원, 인쇄소, 가구점 직원, 전자회사 종업원, 독서실 매니저, 과일 노점상, 카센터 직원 등. 그러다 40대 후반에야 그의 길을 찾았다. '찔레꽃' '꽃구경'으로 유명한 소리꾼 장사익 이야기다.

내가 그를 만난 건, 사극 〈임꺽정〉을 한창 준비하고 있을 때였다. 당시 그는 이제 막 소리꾼으로 데뷔한 늦깎이 무명가수였는데, 그의 폐부를 찌르는 듯한 노래를 듣고 단박에 반한 난 망설임없이 드라마의 주제가를 그에게 맡겼고, 그의 칼칼한 목소리로 영혼을 불러일으키는 노래는 시청자들에게 깊은 울림을 주었다.

이 나라 이 강산에 이 몸이 태어나
삼베옷 나물죽으로 이어온 목숨
·················
슬퍼말아라. 티끌 같은 세상
슬퍼말아라. 이슬 같은 인생…

물론 그가 내 덕으로 하루아침에 스타로 뛰어오른 건 절대 아니었다. 이미 그에겐 긴 시간 부단한 노력으로 닦은 내공이 쌓여 있었고, 그게 이제 꽃을 피워 만개한 것이었다. 긴 방황과 고난을 이겨내고 뒤늦은 나이에 출발하였지만, 그 후 최고의 소리꾼으로 우뚝 선 장사익. 그의 인생은 노래뿐 아니라 인생역정 그 자체가 감동적인 인간 승리다. 그의 말을 들려주고 싶다.

"현실에 치여 직업을 옮겨 다녔지만 언젠가 노래를 하고 싶다는 그 씨앗 하나는 버리지 않았어요. 꿈이 있었기에 긴 세월을 견딜 수 있었죠. 온갖 직업을 전전하면서도 노래수련은 한시도 쉬지 않았고, 거기에 더해 국악기(태평소)까지 익혀 전문가 못지않는 실력을 갖추었죠. 정말 죽을힘을 다해 살았어요. 그러면서 성장했어요. 하찮은 일이라도 최선을 다하다 보니 뒤에 숨어 있던 노래의 길이 마침내 열린 거예요.

누구한테나 세상살이는 쉽지 않아요. 그러나 희망을 가지고 노력하는 사람한테는 하루하루가 기회이고 무대죠. 인생은 딱 한 번뿐입니다. 있는 자리에서 적어도 3년만 최선을 다하고 기회를 잡으세요. 소소한 것이라도 목숨을 걸면 일가를 이룹니다. 내 인생이 증명해요.

높은 사람이나 낮은 사람이나 다들 힘들고 아프지만 견디며 살아온 것만으로도 대단해요. 우리는 저마다 인생의 승리자라는 이야기를 나누고 싶어요. 일찍 피는 꽃도 있지만 가을 국화처럼 늦게 피는 꽃도 있어요. 그리고 늦게 핀 그 꽃이 더 오래 간다는 걸 우리 모두 알잖아요. 언젠가 자신에게 꽃다발을 안겨주세요. 최선을 다해 살아 온 자신에게 감사와 축하의 꽃다발을."(* 조선일보

어머니, 꽃구경 가요. 제 등에 업히어 꽃구경 가요.

세상이 온통 꽃 핀 봄날, 어머니는 좋아라고

아들 등에 업혔네. 마을을 지나고 산길을 지나고

산자락에 휘감겨 숲길이 짙어지자

아이구머니나! 어머니는 그만 말을 잃더니

꽃구경 봄 구경 눈 감아 버리더니 한 움큼씩 한

움큼씩 솔잎을 따서 가는 길 뒤에다 뿌리며 가네.

어머니 지금 뭐 하나요. 솔잎은 뿌려서 뭐 하나요.

아들아 아들아, 내 아들아.

너 혼자 내려갈 일 걱정이구나.

길 잃고 헤맬까 걱정이구나.

장사익 '꽃구경'

우리 엄마, 딸막이

운명을 걷어찬 여인

터키의 현자, 나스레딘 호자가 호두를 한 소쿠리 안고 가는데, 어린아이들이 와서 그 호두를 나눠달라고 졸랐다.

현자가 물었다. "신의 방식으로 나눠줄까, 인간의 방식으로 나눠줄까?" 그러자 아이들이 말했다. "신의 방식으로 주세요!"

"신의 방식으로? 그렇게 하지." 현자는 아이들을 불러 모아놓고 호두를 나눠준다. 어떤 아이에는 한 움큼을, 어느 아이에는 그보다 더 많이, 또 다른 아이에게는 그보다 더 적게, 어떤 아이에게는 한 개도 주지 않았다. 공평하게 줄 것으로 생각했던 아이들은 적잖이 실망해서 물었다.

"현자님, 신의 방식은 똑같이 나눠주는 게 아닌가요?"

그러자 나스레딘은 말했다. "만약 너희가 인간의 방식을 원했다면 나는 호두알을 너희들 머릿수대로 똑같이 나눠줬을 게다. 하지만, 신은 균등한 분배를 하지 않아. 그게 인간을 사랑하는 신의 방식이야!"

말뜻을 이해하지 못한 아이가 현자에게 다시 물었다.

"신은 우리가 고르게 살기를 바라고 계실 텐데 왜 불균등한 분배가 신의 방식이라고 판단하시나요?"

현자가 말했다. "신은 누구에게는 많이 누구에게는 적게 누구에게는 전혀 주지 않는 분이시다. 만약 모든 사람들이 똑같이 대접받는다면 누가 생명의 위험조차 감내하면서 온 힘을 다해 살겠는가? 신의 방식은 호두를 나누어준 것일 뿐이고, 그 호두를 가지고 재미있게 놀며 지내는 것은 너희들의 몫이다."

호자의 말처럼 신(神)은 불공평하다. 그런데 그 이유가 황당하다. 그게 인간을 사랑하는 방식이라고 한다. 그래야 사람들이 열심히 살아간다고 한다. 그런 궤변이 어디 있는가. 만약 죽을힘을 다해 열심히 산 착한 사람이 평생 가난에서 벗어나지 못하고 허덕인다면 그땐 뭐라고 할 건가. 그것도 신이 사랑해서인가? 예측할 수 없게 흘러가는 인간세계를 감당할 수 없어서 내뱉는 무책임한 자기변명일 뿐이다.

진짜로 신이란 게 존재한다면 아마 악마의 모습일 게다. 어둠 속에 숨어서 인간들에게 온갖 장난을 저지르는 악마. 특히 누군가 행복한 꼴은 못 참는다. 평범한 사람의 작은 행복조차도 깨버리거나 훼방을 놓고 불행을 안겨주는 악질적인 행위를 서슴지 않는다. 불공평할 뿐만 아니라 변덕도 심하고 인정머리라곤 눈곱만큼도 없는 심술쟁이다. 그런데도 겁 많고 약한 인간들은 거기에 저항하지 못한다. 그가 장난치는 대로 끌려가며 산다. 인간의 힘으로는 거부할 수도 없다. 사람들은 그걸 운명이라 믿으며 순종할 뿐이다.

강딸막이란 여인에게 저지른 짓만 봐도 신이란 게 얼마나 악질인지 알 수 있다. 처음엔 약간의 행복을 주는 듯 싶었지만, 곧 그걸 모두 빼앗아 갔다. 꿈, 행복…. 모조리 빼앗아 가며 그 대신 혹독한 시련을 안겨 주었다.

그나마 정 붙이고 살아온 가정을 깨버린 것도 모자라 전쟁이 나자 그녀의 남편마저 빼앗아가 스무 살을 갓 넘긴 젊은 여자를 생과부로 만들어버렸다. 그런 다음 발가벗겨서 바람 찬 거리로 내몰았다. 아직 세상이 어떤 건지도 잘 모르는 젊은 여자를 어떻게든 너 혼자 살 길을 찾아보라며 등을 떠밀었다. 게다가 평생 짊어지고 가야할 무거운 짐까지 하나 어깨에 올려놓았다. 자식이었다. 운명이란 이름으로 한 여자에게 옴짝달싹 못하는 족쇄를 채워버린 것이다. 그리고는 그녀가 허덕이며 살아가는 모습을 심술궂은 미소를 띤 채 느긋하게 구경할 것이다. 자, 이제 어떡할 거야? 하며.

　딸막은 이데올로기의 광풍을 직격으로 맞은 비운의 여인이었다. 어두운 시대를 몰아친 광풍(狂風)은 미처 정신을 차리기도 전에 날벼락처럼 그녀의 인생을 덮쳤다. 그로 인해 아들딸 낳고 남편 의지해 소박하게 살아가려던 꿈도 행복도 하루아침에 날아갔다.

　처음에 남편이 정체 모를 사상에 물들어 나돌아 다닐 때만 해도 그게 그렇게 무서운 건지 몰랐다. 잠시 스쳐가는 바람이거니 했다. 저러다 곧 집으로 돌아오겠거니 믿었다. 설마 하니 한번 빠지면 못 나오는 그런 바람인 줄은 몰랐다.

　'공산주의'라는 말은 풍문에 얼핏 들어봤지만, 자신과는 상관없는 일이라 여겼다. 그런데 그게 바로 자신의 집안으로 엄청난 폭풍이 되어 몰아쳐 올 줄은 꿈에도 몰랐다. 시골구석에서만 지내온 젊은 아낙이 세상 돌아가는 걸 제대로 알 리도 없었고, 더구나 사상이니 이념이니 그런 건 들어본 적도 없었다.

쫓겨 다니던 남편은 결국 사상범으로 체포돼 감옥소에 갇혔고, 그리고 이듬해 전쟁이 터졌다. 그 후 남편은 어디론가 사라져 전쟁이 다 끝난 뒤에도 돌아오지 않았다. 죽었는지 살았는지 소식도 없었다. 그렇게 남편과 생이별을 했고, 딸막은 하루아침에 생과부가 되었다.

한 번 덮친 운명의 덫은 벗어나거나 도망치지도 못한다. 사람은 세상에 태어나는 그 순간부터 운명이라는 거대한 물결 위에 떠내려가는 가랑잎이다. 그걸 우린 '타고난 팔자'라고 부르며 그 굴레에 갇혀 살아간다.

선택은 두 가지다. 운명이 시키는 대로 순순히 따르며 흘러가거나 아니면 반역하는 것이다. 인간은 거대한 폭풍을 만나면 그 본성이 드러난다. 겁에 질려 숨거나 달아나고 비탄에 빠져 허우적거리는 사람이 있는가 하면, 절망에 빠질수록 삶의 불길이 더 강렬해지는 사람도 있다.

강딸막, 그녀는 후자였다. 역경은 거꾸로 그녀의 투지를 일깨웠다. 운명은 모든 걸 빼앗아갔지만 그녀의 뜨거운 심장은 빼앗아가지는 못했다. 처음엔 순식간에 들이닥친 운명의 덫을 감당하기 힘들어 절망에 몸부림쳤다. 한숨으로 밤을 새웠고 세상을 원망하기도 했다. 그러나 그녀는 일어섰다. 운명이라는 괴물 앞에 엎드려 울지 않았다. 비겁하게 굴복하지 않았다. 신세를 한탄하는 대신 세상과 마주 섰다.

세상모르고 살아온 젊은 여자한테 어디서 그런 용기가 솟아났는지 모른다. 견딜 수 없게 힘들 때마다 오래전부터 내려오는 속담을 속으로 수없이 뇌었다. "하늘이 무너져도 솟아날 구멍은 있다!" "호랑이한테 물려가도 정신만 차리면 된다!"

만약 딸막이 운명이란 것이 시키는 대로 순순히 복종했다면 어떻게 됐을까. 떨치고 일어설 생각을 않고 그대로 주저앉았다면…? 어떤 고약한 신이 펼쳐놓은 굴레에 빠져 평생을 허우적거리며 살았을 것이다. 평생 집 나간 남편을 원망하며 신세한탄으로 세월을 보내는 구질구질한 아낙이 되었을 것이다. 먹고살기 힘들어 남의 집 식모살이로 전전하며 허구헌 날 팔자타령에 이골이 난 불쌍하고 가련한 여자가 되어 눈물 젖은 세월을 보냈을 것이다.

하나뿐인 자식은? 초등학교나 제대로 마쳤을까? 시골에 묻혀 일찌감치 남의 집 머슴이 되든지, 아니면 부산 어디서 점원 노릇을 하며 그 어미와 마찬가지로 그 자식도 시대를 잘못 타고난 걸 탓하고 집 나간 아버지를 원망하며 이 모두가 어쩔 수 없는 운명이라고 여기며 살고 있을 것이다.

그러나 딸막은 무너진 하늘을 뚫고 나왔고 달리는 호랑이 등에서 뛰어내렸다. 자식을 위해서라도 주저앉아 있을 수 없었다. 탁류에 휩쓸려갈 때 살기 위해서는 지푸라기 하나라도 잡아야 하듯이 거센 물결을 온몸으로 맞받으며 신이 독박 씌운 운명과 맞장을 떴다.

그리하여 운명에 대한 딸막의 배반은 본인뿐 아니라 자식의 앞날까지 바꾸어 놓았다. 가혹한 운명이 그녀를 덮쳤지만, 신은 그녀를 버렸지만, 그녀는 보란 듯이 한판 엎어치기로 판세를 뒤집었다. 난세에 영웅이 나타나고 위기가 닥쳤을 때 그 사람의 진가가 나오듯 절망적 상황이 한 여인의 생존투지를 일깨웠다.

영화 〈바람과 함께 사라지다〉의 주인공 스칼렛 오하라(비비안 리)가 모든 게 바람처럼 사라진 폐허 위에서 "내일은 내일의 태양이 뜬다!"고 외쳤듯이, 강딸막이란 여인도 모든 게 사라진 절망의 언덕에서 외쳤다. "난 절대로 쓰러지지 않아! 오늘은 울지만 내일은 웃는다!"

아들아!

처음에는 내 신세가 너무 기막히고 한심하여 일어설 힘조차 없더라. 눈앞이 캄캄하여 나오느니 한숨뿐. 어떻게 살아야 할지 앞길이 막막하더라. 누가 나한테 이런 고초를 안겨주었는지 원망도 많이 했다.

그러다 이를 악물고 일어섰다. 아무리 내 팔자가 기박하다 해도 그대로 끌려가며 살고 싶지 않았다. 호랑이한테 물려가도 정신만 차리면 된다고, 세상에 못 이길 팔자가 어데 있노 싶더라. 내가 와 그런 것에 져? 허리 굽히고 질 생각 손톱만치도 없었다. 끝까지 붙어보자 싶더라. 오냐, 오너라. 니가 이기나 내가 이기나 한번 해보자. 팔자타령 하고 앉아서 울고만 있으면 백년이 가도 누가 내 입에 밥 한 숟가락 넣어줄 기가? 내가 여기서 무너지면 누가 날 일으켜 세워줄까? 누구한테 동정받기도 싫고 빌붙어 살기는 죽어도 싫더라. 오로지 내 한 몸으로 세상 살아가자 오기를 품었다.

딸막이가 사는 법

희망이라곤 티끌만큼도 보이지 않고 주변을 둘러봐도 어떤 도움도 받을 수 없던 절망적인 상황에서 어느 날 떨치고 일어나 장삿길로 나선 26살의 촌 아낙. 그 순간부터 독한 마음으로 결심했다. 절대 빈손으로는 돌아오지 않겠다고 어떤 일이 있어도 이 세상에서 살아남겠다고.

처음 시작한 채소장사는 제대로 잠잘 곳도 없는 떠돌이 생활이었다. 장사꾼들 틈에 끼여 트럭을 타고 시골 장바닥을 돌아다니며 식당 문간방에서 쪽잠을 자고 때론 노숙을 하기도 했다. 말 그대로 풍찬노숙(風餐露宿)이었다. 그 때마다 두고 온 자식을 떠올리며 이를 악물었다. 그러면서 세상을 살아갈 자신만의 몇 가지 굳은 결심을 했다. 나름의 생존법칙이었다.

그 첫째가 '지난 일에 매달리지 말자.'였다. 지난 일에 빠져신세 한탄하며 주저앉아 있지 말라는 것이었다. 눈물은 흘릴 만큼 흘렸고, 한탄도 할 만큼 했으니 이젠 남한테 섣불리 약한 모습을 보이고 싶지 않았다. 주저앉아서 눈물이나 질질 짜는 사람한테 밥 한 그릇 거저 줄 사람은 없다! 어차피 나 혼자다. 의지할 사람도 도와

줄 사람도 없다. 믿을 건 나뿐이다. 누구한테 비굴하게 손 벌릴 생
각도 하지 마라. 밥 든든히 먹고 열심히 뛰자. 뛰는 만큼 먹을 게
생긴다!

'과거는 이미 흘러갔고 미래는 아직 오지 않았으니 알 필요 없
고 가장 소중한 건 바로 지금이다.'라고 한 부처님 말씀처럼 딸막
에겐 눈앞의 삶이 더 급하고 소중했다. 신세를 한탄하고 팔자타령
을 하고 있을 시간에 한 걸음이라도 더 뛰고 땀을 흘려야 했다.

딸막은 보통의 여성들과는 다르게 감상에 빠지거나 연약하지 않
았다. 지난날의 그 아픔이나 서러운 마음을 섣불리 드러내지 않았
다. 돌아오지 않는 남편에 대한 원망, 그리움 같은 것들은 가슴 속
에 꼭꼭 숨겨두고 오로지 살아남아야 한다는 독한 마음뿐이었다.

그 다음으로 결심한 것은 '세상 겁내지 마라.'였다.

세상모르던 젊은 여자가 험한 장삿길에 나서던 그때 누구 하
나 따뜻하게 감싸줄 이 없는 차가운 바닥에서 그녀는 한없이 낯설
고 두려웠을 것이다. 그래서 그때마다 자신에게 일렀다. 절대 겁
내지 마라! 세상에 무서운 거 하나 없다. 까짓 죽기 살기로 대들면
세상에 안 되는 일이 없다! 물러서지 말고 맞붙어 싸워라! 어차피
산다는 건 한판 싸움이다! 그렇게 독한 마음을 먹자 두려움은 차
츰 사라지고 오히려 용기가 솟아났다.

그 다음으론 '기죽지 마라!'였다.

어떤 일이 있어도 절대 기 죽지 마라. 남편 없이 혼자 사는 여자
라고 업신여겨도 절대 기 죽지 마라! 얕잡아 보며 조롱하는 놈을

만나면 차라리 그 놈 멱살을 잡고 흔들어라. 내가 무슨 죄가 있나? 애 하나 데리고 먹고 살려고 발버둥 치는 내가 무슨 잘못이냐고 악을 쓰고 덤벼라. 절대로 서럽다고 울지 마라. 그러면 더 얕잡아 보인다.

딸막이 세상을 살아가는 방법은 한마디로 '멱살잡이'였다. 삶의 멱살을 악착스레 쥐어 잡고 흔드는 것이었다. 작달막한 키에 짧은 팔이었지만 손아귀의 힘은 누구도 함부로 덤빌 수 없을 만큼 셌다. 거기다 입을 악 다문 젊은 여자가 죽기 살기로 덤비면 웬만한 사람은 당할 도리가 없었다. 누구한테도 기죽지 않고 어떤 일에도 고분고분 물러서지 않았다. 무서운 게 없었다. 마음에 들지 않으면 악에 받친 대거리를 하며 싸우고 패악을 부리기도 했다. 깡다구로 치면 10단이 넘어 사람들 사이에서는 '못 말리는 봉곡댁'이라는 말까지 들었다. 혼자 살아가는 여자가 내세울 수 있는 무기는 그것밖에 없었던 까닭이다.

그녀는 세상을 향해 큰 소리로 외쳤다. "내가 도둑질을 했나, 사기를 쳤나, 화냥질을 했나? 먹고살려고 하는 짓인데 누가 뭐래?" 그런 기세에 웬만한 사람들은 뒤로 물러섰고 함부로 깔보거나 덤비지 못했다. 원래는 순박한 촌 여자였으나 살면서 변했다. 세상이 그렇게 만들었다.

군항도시 진해에서 군수품을 몰래 빼내서 파는 일도 죽기 살기의 강심장이 아니면 할 수 없는 일이었다. 늘 가슴 졸이며 군경검문을 피해 다니는 하루하루 줄타기 같은 생활이었다. 그러다 나중에 결국은 감옥소까지 가는 일이 일어났지만 그런 것으로 그녀의 생존투지를 꺾지는 못했다.

딸막에게 삶이란 부둥켜안고 싸워서 이겨내야 할 대상이었지 한가한 구경거리가 아니었다. 두 모자의 생존이 걸린 일이었기에 결코 포기할 수 없었고, 그래서 악착스럽고 끈질기게 붙잡고 늘어져야 했다. 어떤 일이 닥쳐도 피하거나 머뭇거리지 않았다. 흙탕물이든 뭐든 가리지 않고 뛰어들었다. 삶의 한가운데로 뛰어들어 자신의 것으로 만들었다.

권투로 치면 주위를 빙빙 돌며 펀치를 날리는 아웃복서가 아닌 안으로 파고 들어가 피 터지게 싸우는 인파이터였다. 그러려면 맞으면서도 견디는 맷집이 있어야 하는데, 딸막에겐 여간해서는 물러서지 않는 끈기와 맞을수록 강해지는 맷집이 있었던 것이다.

세상과 맞부딪치면서도 결코 굴하지 않는 딸막의 그런 힘은 어디서 나온 걸까? 그녀를 강하게 만든 가장 큰 힘의 원천은 역설적으로 '절망'이었다. 일찍이 겪었던 그 가혹한 절망이 오히려 그녀로부터 두려움이란 걸 빼앗아 갔고, 그건 다시 꺾이지 않는 용기로 변했다. 하루아침에 하늘이 무너지는 충격을 당하고도 일어섰는데 세상에 무서운 게 있을 리 없었다. 딸막이 절망의 늪에서 건져낸 건 바로 희망과 용기란 물고기였다. 험한 세상과 부딪쳐 나가는 데에는 삶의 절박함, 어떻게든 살아남아야 한다는 그 독한 마음보다 더 큰 힘은 없었을 것이다.

그리고 또 하나 그녀의 투지를 일깨워 주는 존재가 있었으니

하나밖에 없는 아들이었다. 처음엔 큰 짐처럼 여겨졌던 어린 자식
이 거꾸로 삶을 지탱시켜 주는 힘, 살아갈 이유가 되었던 것이다.
자식을 위해서라도 주저앉아 있을 수 없었다. 남편이 나가버린 집
에서 자식을 지키고 키워야 한다는 어미의 본능이 그녀를 더욱 강
하게 만들었다. 어린 자식이 그녀에겐 큰 방패이자 지원군이었던
셈이다.

그 다음 딸막의 힘은 '긍정의 힘'이었다. 삶에 대한 애착이다.
비관이 아닌 낙천적 자신감이었다. 먹구름을 뚫고 나온 그녀 앞의
세상은 화사한 햇살이 쏟아지는 밝은 세상, 살아볼 만한 세상이었
던 것이다. 포기하고 살기엔 세상은 너무나 매력적이었고, 삶은
참을 수 없을 만큼 유혹적이었다.

사는 게 아무리 힘들어도 늘 새로운 마음으로 살자고 다짐했
다. 지난 일은 툭툭 털어버리고 내일의 희망을 꿈꾸었다. 장사를
다니다 파김치가 되어도 한숨 자고 일어나면 언제나 새로운 힘이
솟구쳤다. 혹한의 시베리아 불모지에서도 살아남을 생명력, 그칠
줄 모르는 그 에너지가 그녀를 수십 년 동안 지치지 않고 버티게
해준 힘이었다.

여기에 하나 더 덧붙이자면, 딸막의 타고난 기질이다. 장사로
소문났던 친정아버지로부터 물려받은 힘과 태생적 기질이 그녀
를 역경 속에서도 꿋꿋하게 살아가게 만든 힘의 바탕이었던 것 같
다. 어릴 적 욕심 많고 똑똑했던 그녀를 두고 할머니가 하신 말씀
이 있다. "우리 딸막이는 백월산 정기를 타고 나서 치마만 둘렀다
뿐이지 웬만한 남자 뺨친다."

아들아,

　돌아보니, 내가 참 겁도 없이 살았다. 처음에는 좀 겁도 났지마는 살아보니 세상이 만만해 보이더라. 아무 가진 거 없이 자식 하나 데리고 죽기 살기로 덤벼드는 사람한테 뭐가 무섭겠노. 우리가 무신 죄를 지은 것도 아니고 하나도 기죽을 거 없었다. 그리고 니 말마따나 내가 그렇게 억척스럽게 살 수 있었던 건 바로 우리 아들 때문이었다. 하나뿐인 자식을 생각하면 없던 힘도 불뚝 솟아나고, 아무 것도 무섭지 않더라. 니가 옆에 있어서 에미는 늘 든든하더라. 그러니 아들아, 니도 이 에미처럼 어디 가든 기죽지 말고 살아라. 나는 니가 혹시나 애비 없는 자식이라고 업신여김을 당하지는 않는지 주눅이 들어 지내지는 않는지, 그게 늘 걱정이었단다.

딸막이는 무식하다

제 어미를 두고 무식하다고 하면 천하의 불효막심한 놈이 될 것이다. 그러나 자식인 내가 봐도 무식한 게 틀림없다. 숨긴다고 숨길 수 있는 일이 아니다. 학교는 문턱에도 못 가봤고 교육이라고 받은 건 어릴 적 산골 서당에 다니며 거기서 언문을 깨치고 구구셈을 익힌 게 전부였다. 그 후론 먹고살기 위해 정신없이 장사판을 떠돌아다녀야 했으니 그런 그녀에게 무슨 지식이나 교양을 기대하는 건 마치 나무에서 물고기를 구하는 거나 다름없다.

딸막이 무식하다고 하는 첫 번째 이유는, 아직도 자기 인생을 이렇게 구렁텅이로 몰아넣은 범인을 정확히 모른다는 것이다. 멀쩡한 남편의 혼을 빼앗아가고 가정을 파탄시켜 자신에게 씻을 수 없는 한을 안겨준 그 범인의 정체를 아직도 잘 모른다니 기막힌 일이다.

남편 탓이 아니었다. 진짜범인은 따로 있었다. '공산주의'란 사상이 원흉이었다. 그게 남편의 혼을 빼앗아가면서 모든 불행이 시작되었다. 그런데도 그녀는 아직도 그 원흉의 정체를 모른다. 깊게야 모른다 쳐도 최소한 그 사상이란 괴물의 정체가 어떤 건지

대충은 알아야 남편이 왜 거기에 미쳐서 집을 나갔는지도 알 것 아닌가.

딸막은 남편이 집을 나간 건 누군가 퍼뜨린 그 몹쓸 '전염병'탓이라고만 알고 있다. 공산주의? 딸막의 눈에는 누가 그런 걸 만들었는지 모르지만 이상야릇하고 괴물 같은 것이라는 생각만 든다. 어두운 시대를 휩쓸고 간 미친바람으로만 알고 있다.

'좋은 세상이 온다!'고 했던 남편의 말도 도대체 그게 무슨 뜻인지 아직도 이해할 수 없고, '모두가 평등하게 잘 사는 세상'이란 말도 그게 아무리 좋은 것이라 해도 세상천지에 어떻게 그런 일이 있을 수 있는지 그녀에겐 평생 풀리지 않는 의문으로 남아 있다.

공산주의건 뭐건 결국 사람이 밥 굶지 않고 마음 편히 살면 그게 잘 사는 세상이고 천국이지 사는 게 뭐 별거냐는 게 딸막의 생각이다. 배불리 먹고 가족끼리 오순도순 어울려 사는 게 행복이지 뭐 별다른 게 있느냐는 게 변함없는 믿음이었다.

그녀에겐 제 아무리 거창한 사상이니 이론도 한낱 스쳐가는 바람이고 사는 데 아무 소용도 안 되는 쓰잘 데 없는 헛소리였는지 모른다.

딸막은 신(神)이니 종교니 하는 걸 믿지 않았다. 교회나 절에 가서 기도를 하거나 불공을 드린 적도 없었고, 또 무당을 불러 굿이나 푸닥거리를 한 적도 없었다. 딸막은 자신의 인생을 어느 누구한테도 내맡기고 싶지 않았던 것이다.

흔히 사는 게 힘들거나 마음이 괴로울 때 하느님이나 부처님 앞에 엎드려 도움을 요청하지만, 딸막은 아무리 힘들어도 제발 도와달라고 엎드려 빌지 않았다. 그 앞에서 아무리 빌고 하소연을 해도 잠시 마음은 편해질지 몰라도 그 분들이 내 인생을 전적으로 책임질 수 없다는 걸 알기 때문이다. 하느님 부처님이 내 인생을 대신 살아줄 게 아니라면 결국 믿을 건 자신뿐이고, 행복도 불행도 누가 만들어주는 게 아닌 내 손에 달렸다는 걸 안다면, 그렇게 엎드려 빌 시간에 한 걸음이라도 더 뛰고 땀 흘리는 게 더 실속 있는 거라고 믿었다. 내 발로 뛰어야 뭐라도 하나 더 생기지 주저앉아 눈물이나 질질 짜는 사람한테 밥 한 그릇 거저 줄 사람은 없다는 걸 알고 있었던 것이다.

딸막은 눈에 보이는 것, 손에 잡히는 것만 믿었다. 멀리 있는 극락보다는 구정물 같은 세속일망정 당장 눈앞의 돈 한 푼이 소중했고, 죽어 천국보다는 살아서 개똥밭에 굴러도 눈앞의 밥 한 그릇이 더 소중했다. 먹고살기 위해서는 밥이 곧 하늘이었고, 손 안의 돈 한 푼이 진실이었다. 그게 자신을 살아가게 만드는 힘이었기 때문이다.

딸막에게 가장 소중한 건 다른 어떤 것보다도 살아있는 목숨, 살아갈 힘이었다. 객지에 나가있는 아들에게도 늘상 하는 말은 '공부 열심히 해라.'가 아닌 '밥 굶지 마라.'였다. 절대로 밥을 굶지 마라! 어떤 일이 있어도 밥은 꼭 먹어라. 밥만 굶지 않으면 죽을 일은 없다! 지극히 당연한 말이지만 누구도 부정 못할 진리를 늘 힘주어 강조했다. 아파도 밥, 외로워도 밥, 밥만 잘 챙겨 먹으면 이겨낼 수 있다는 것이었다.

딸막은 밥 한 끼의 소중함을 안다. 지난 날, 밥 한 그릇에도 목을 매던 절박한 시절이 있었다. 시집살이 땐 멀건 바가지 죽으로 한 끼를 때웠고, 장사를 다닐 적엔 장바닥에서 국수로 끼니를 때우거나 돈 한 푼 아끼느라 건너뛰기가 일쑤였다.

가난에 절어 살던 시절, 사람들은 흐르는 눈물을 닦아내면서도 목구멍으로 꾸역꾸역 밥을 집어넣으며 눈물 섞인 밥이라도 먹어야 하는 게 우리 인생이란 걸 알고 있었다. 한 그릇의 따뜻한 밥은 내 생명을 이어주는 공양(供養)이자 자신에게 바치는 사랑이었던 것이다.

배움도 짧고 지식도 얕으니 딸막에게 무슨 삶의 철학이나 이론이 있을 리가 없었다. 몸에 지닌 건 오로지 동물적 본능뿐이었다. 하늘이 무너지는 일을 당하면 어떻게든 그걸 뚫고 나올 길을 찾고, 호랑이한테 물려가는 일이 생기면 정신을 똑바로 차리고 어떻게든 살아날 궁리를 찾는 것이 그녀가 가진 믿음이고 철학이다.

딸막은 모성(母性)이란 말을 모른다. 모성애란 말도 모른다. 그러나 모성이란 말을 모른다고 해서 모성애가 없는 건 아니다. 세상에서 가장 아름답고 소중한 건 보이거나 만져지지 않고 단지 가슴으로만 느낄 수 있는 게 모성이기 때문이다.

자식을 지키기 위해서는 아무리 험한 일도 마다 않고 아무리 위험한 일에도 몸을 사리지 않는다. 자신은 굶는 한이 있어도 절대로 새끼를 굶기지 않는다. 굶주린 새끼를 위해서는 도둑질이라도 해서 먹인다. 그건 위험에 빠진 새끼를 구하기 위해 목숨을 걸고 싸우는 황야의 야생동물들 모습과 흡사하다.

딸막은 산전수전 겪으면서 단련된 생활의 달인이다. 달인의 최고 강점은 순간순간의 본능적 대처능력이다. 어떤 일이 닥치면 달인 특유의 판단력으로 재빠르게 대처하며 문제를 해결하는 결단력이 높다는 것이다. '임기응변'이란 말은 몰라도 그녀는 이미 놀라운 순발력으로 위기를 헤쳐 나가고 있었다.

딸막은 고진감래(苦盡甘來)란 말을 모른다. 하지만 고생 끝에 낙이 온다는 건 너무나 잘 안다. 또 생즉사 사즉생(生卽死 死卽生)이란 말도 당연히 모른다. 그렇지만, 죽을 각오를 하고 나서면 세상에 안 되는 일이 없다는 것쯤은 잘 알고 있다. 또 전화위복(轉禍爲福)이란 말은 몰라도 나쁜 일이 있으면 좋은 일도 생긴다는 걸 알고, 진인사대천명(盡人事待天命)이란 말도 모르지만 사람이 정성을 다해 노력하면 하늘도 알아준다는 걸 알고 있었다. 그러니까 무식하다고는 해도 정작 알아야 할 건 다 알고 있었던 셈이다.

딸막은 누구도 못 말리게 악착스럽게 살아왔지만, 그렇다고 앞뒤 모르는 마구잡이는 아니었다. 누구보다도 넉넉한 품을 지녔고, 입에 발린 소리보다는 가슴에서 우러나는 정, 사람 사이의 도리를 더 중히 여겼다.

오지랖이 넓어 주변의 좋은 일이나 나쁜 일이나 그냥 두고 지나치지를 못했다. 사람들 사이에 다툼이 벌어지면 반드시 끼어들어 시시비비를 따졌고, 그러다 옳지 않은 일을 보면 참지 못하고 끝까지 싸운다. 사리분별이 똑 부러지게 분명해서 경우에 어긋나는 짓은 두고 보지 못했다.

그러면서도 사정이 딱한 사람을 만나면 손을 맞잡고 끝까지 하소연을 들어주며 같이 눈물을 흘렸다. 이런 일이 있었다.

동네 뒷골목에 혼자 사는 할머니가 있었는데, 그 할머닌 코가 없었다. 옛날 남편이란 사람이 얼마나 독한 인간이었던지 학대당하던 부인이 집을 나가려 하자 도망을 못 가게 코를 베어 버려서 콧구멍 두 개만 하늘을 보고 빼꼼하게 드러난 흉한 모습이었다. 그러니 밖으로 잘 나다니지도 사람들과 어울리지도 못하고 숨어 살다시피 했는데, 그 사연을 알게 된 뒤로는 노인네가 너무 불쌍하다며 수시로 먹을 걸 갖다 주기도 하며 남들은 모두 흉측하다고 피하는 그 할머니와 친구처럼 친하게 지냈다.

하나만 알고 아홉을 모른다고 해서 무식한 게 아니다. 중요한 건 그 하나가 어떤 것인가이다. 그게 진정 우리 삶의 본질을 꿰뚫는 것이라면 그거로도 충분하다.

구정물 같은 세상에 발 담그고 하루하루 살아가는 사람한테 무슨 특별한 지식이 필요하랴. '아는 게 병'이라는 말처럼 섣부른 지식은 거추장스러운 치장에 불과할지 모른다. 정말 가치 있고 소중한 건 살아오면서 몸으로 얻은 자신만의 원칙, 지혜이고 사람의 도리를 잊지 않고 인간답게 사는 게 더 참된 삶이라는 생각이 든다.

뭘 많이 모른다는 것과 우매한 것은 본질적으로 다르다. 배움이 짧은 시골의 늙은 농부에게서 때로 놀라운 지혜를 발견하고, 반대로 유식하다고 나대는 인간들 중에도 바보 소릴 들을 만큼 어리석은 자들이 많은 걸 우리는 알지 않는가.

딸막은 비록 지식이 짧고 많이 알지는 못하지만, 자신의 소신대로 살아가는데 딱 필요한 것만 가지고 어떤 것에도 꿇리지 않고 당당하게 살아왔다.

아들아,

이 에미, 무식하다고 깔보지 마라. 내가 알 거는 다 안다. 내가 모르는 게 어디 있노? 해 지면 밤이고 해 뜨면 낮이고, 배고프면 밥 먹어야 되고 굶으면 죽고…. 그거만 알면 되지 뭘 더 알아? 이웃끼리 서로 잘 지내고 불쌍한 사람 있으면 도와주고 그기 바로 하느님 부처님 말씀이지 뭐 별거냐? 이 에미 모르는 거 빼놓고는 다 안다.

내가 니를 어떻게 키웠는데

엄마는 장돌뱅이였다. 자식이 제 엄마를 두고 장돌뱅이라는 천박한 말로 부르는 게 미안하지만, 사실이다. 20대부터 쉰 살이 넘을 때까지 때 묻은 돈 한 푼 벌려고 쉴 새 없이 시장바닥을 돌아다녔으니 그렇게 밖에는 부를 말이 없다.

살아가기 위해서는 그 길밖에 없었다. 누가 대신 벌어다 주는 사람 없으니 오로지 쉬지 않고 제 육신 움직여 한 푼 두 푼 악착스럽게 모을 수밖에 없었다. 평생에 다른 사람 돈을 받아본 건 아들이 대학을 졸업하고 월급을 탔을 때가 처음이었고 그 전까지는 단한 푼도 남의 돈을 거저 받아본 적이 없었다.

시장바닥은 하루하루가 생존을 위한 전투장이다. 돈 한 푼에 울고 웃고 아귀다툼이 벌어진다. 엄마는 그 거친 시장판에서 젊은 시절을 다 보냈다. 집안보다는 벅적이는 시장에서 보낸 시간이 훨씬 많았다. 삶의 주무대였던 것이다. 그래서 그곳이 훨씬 편하고 익숙했다. 시장 노점에 걸터앉아 먹는 돼지국밥 한 그릇에서 행복을 느끼는 그런 사람이었다. 그렇게 몇 십 년 시장바닥을 헤집고 다니다보니 영락없는 장돌뱅이가 됐고, 그 냄새가 몸에 배어 버렸다.

내가 서울에서 자리를 잡자 엄마는 비로소 그동안의 모든 장사 일도 접고 서울로 올라왔고, 너무 오래 떨어져 살았던 우린 재결합과 새 출발의 기쁨으로 마음이 설렜다. 이제야 우리 모자 함께 모여서 남들처럼 행복하게 살리라 기대했다.

그런데 뜻하지 않게 엄마와 난 자주 부딪쳤다. 아무리 부모자식간이라 해도 너무 오래 떨어져 살며 몸에 붙은 습성이 다르다보니 작은 어긋남이 일어나는 건 어쩔 수 없는 일이었다. 난 걸핏하면 엄마 속을 긁었다. 정말 별것 아닌 사소한 일로 불씨가 붙었고 한번 붙은 불은 지푸라기가 타듯 파르르 타올랐다.

원인은 단순했다. 엄마가 오래 익은 장사꾼 습성을 아직도 벗어나지 못하고 있다는 게 불씨였다. 아들이 월급을 받아오면 그걸로 얌전히 살림만 하면 그만인데, 그걸 쪼개서 동네 여기저기 급전을 빌려주고 이자장사를 했던 것이다. 아들이 벌어다 준 소중한 월급을 이리저리 굴려서 한 푼이라도 더 보태려는 그 마음은 모르는 바 아니나 그런 돈놀이를 하다 보니 여기저기 펑크가 나고 또 그걸로 다투고 말썽이 끊임없이 일어났다. 보다 못한 내가 제발 그런 짓 하지 말라고 하면 그러마고 약속을 하고는 다시 또 몰래 일을 저질렀다. 오래 장사를 해온 사람은 돈이 보이는 곳에는 참지 못하는 습성 때문이었다.

그런 엄마를 보면서 나도 모르게 응어리 같은 게 속으로 부터 울컥 솟구쳤다. 지난 날 살아오면서 오랫동안 속에 쌓여있던 그 무언가가 순간적으로 불쑥 고개를 내미는 것 같았다. '왜 그런 짓을 하느냐.' '왜 그런 말을 하느냐.' '인제 제발 좀 다르게 살자.' 등의 말로 툭하면 엄마의 심사를 건드렸다.

난 엄마가 이젠 옛날과는 좀 다르게 살기를 바랐다. 구질구질하고 남루한 삶에서 벗어나 이제부턴 좀 더 여유롭고 품격(?) 있게 살아가기를 바랐던 것 같다. 돌아보면 참 철없는 생각이었다. 평생 거친 장사일로 몸에 밴 생활습성을 버리고 하루아침에 우아하고 교양 있는 엄마가 되길 바랐으니, 어리석게도 엄마의 지난 인생을 통째로 뜯어고치려고 덤빈 꼴이었다.

툭 하면 부딪쳤다. 내가 좀 심한 말로 할퀴면 엄마도 지지 않고 대든다. 한 치도 물러서지 않고 마치 전생의 원수가 만난 것처럼 모진 말들만 모아 서로를 할퀴었다. 그러다 긴장이 최고조에 달할 무렵, 기어코 엄마는 결정적인 한 방을 터뜨린다.

"이놈아! 내가 니를 어떻게 키웠는데!"

그제야 난 무엇에 놀란 듯 멈칫한다. 몽유를 하다 제 정신이 든 사람처럼. 그리고는 할 말을 잃었다. 내가 니를 어떻게 키웠는데…. 더 붙일 말이 없었다. 어떤 변명도 수식도 소용없었다. 아! 그리고 그 순간, 엄마의 눈가에 핑 도는 물기를 보고야 말았다.

그것으로 싸움은 끝나고 겉으로는 아무 일도 없었던 것처럼 유야무야 넘어갔지만, 난 엄마의 그 말 그 눈물이 자꾸만 걸려 내내 잠을 못 이루었다. 배은망덕한 놈! 지가 누구 덕에 살아왔는지도 잊고 제 어미의 삶을 천시하다니! 제대로 잠 못 자고 먹을 거 못 먹고 입을 거 못 입고 눈만 뜨면 시장바닥 돌아다니며, 모진 세월 아들 하나 보고 살아온 그 장돌뱅이 엄마 덕에 목숨을 건져 여태껏 먹고 살고 공부도 한 놈이 분수 모르고 날뛰다니!

엄마는 20대 중반 장삿길에 나서는 그 순간부터 부엌의 앞치마를 벗어던졌다. 동시에 양처(良妻), 부덕(婦德)의 꿈도 던져버렸다. 집안에 들어앉아 남편이 벌어다 주는 돈으로 음식을 만들고 집안을 꾸미는 그런 행복은 생각조차 할 수 없게 되었다. 여자라면 의례히 누리는 평범한 여성의 길을 일찌감치 포기한 것이었다. 퇴근해 오는 남편을 기다리며 밥상을 차리는 주부, 창문에 예쁜 커튼을 달고 화단에 꽃을 가꾸는 '행복이 가득한 스위트홈'은 그녀에겐 애당초 딴 세상 이야기였다. 보통의 여자들처럼 평범한 즐거움을 누려보지 못한 삶, 엄마를 생각할 때마다 그게 가장 짠하게 느껴졌다.

엄마는 잡초처럼 살았다. 시장바닥의 냄새 나는 하수구 옆에 뿌리를 내린 잡초였는지도 모른다. 잡초는 아무도 눈길을 주지 않는 곳에 소리 없이 피어나 자신의 삶을 살아간다. 화려하고 잘난 뭇 화초들 하고는 애초에 사는 방식부터 다르다. 잘 꾸며진 정원에서 피어나 화려한 색깔과 자태를 뽐내는 꽃들처럼 사람들의 사랑을 받지도 못하고, 온상 속의 화초처럼 비바람을 피하며 편안하게 살아가는 호강도 누리지 못한다.

그러나 잡초는 그런 냉대를 받으면서도 끈질긴 생명력으로 살아남는다. 사람들 눈에 잘 띄지 않는 벌판이나 외진 곳, 우마차가 다니는 번잡한 길가 여기저기에 피어나 끈질긴 생명력을 보여준다. 나훈아의 노래 '잡초'처럼.

　　　아무도 찾지 않는 바람 부는 언덕에
　　　이름 모를 잡초야
　　　한 송이 꽃이라면 향기라도 있을 텐데
　　　이것저것 아무것도 없는 잡초라네

　잡초는 못생겼다 가난하다 부끄러워하지 않는다. 잘난 체 뽐내지도 않고 돋보이려 애교를 부리지도 않는다. 난초같이 빼어난 몸매와 색깔은 바라지도 않는다. 벌 나비가 찾아와 주기를 바라지도 않는다. 잡초는 돌 더미, 보도블록 사이, 담벽 아래 어디서 태어나도 원망하지 않는다. 남들이 알아주지 않아도 섭섭해 하지 않는다. 아무것도 탓하지도 바라지도 않는다. 태어난 곳에서 모질게 버티며 자신만의 작은 꽃을 피운다. 주어진 것만으로 억척으로 산다. 잡초는 온상 안의 화초처럼 연약하지 않다. 비바람에도 쓰러지지 않고 꺾이지 않는다. 질경이처럼 짓밟혀도 죽지 않고 살아난다. 밟힐수록 더 강해진다.

　시장바닥은 뭇 잡초-장돌뱅이들의 생존 장(場)이다. 생활의 땟자국이 덕지덕지 묻은 곳이다. 아름다운 음악 대신 먹살잡이와 악다구니가 넘쳐나고 향기로운 냄새 대신 땀에 절은 냄새가 퀴퀴하게 풍기는 치열한 삶의 현장이다.
　엄마는 그 속에서 몇 십 년을 살아왔다. 거기에선 때 묻은 옷을 걸쳐도 부끄럽지 않고, 화장도 하지 않는 맨얼굴로 서로를 바라보며 장사꾼들만의 달큰한 정을 나누기도 한다. 질펀한 시장바닥에서 잡초처럼 장돌뱅이로 살아온 엄마의 생은 결코 부끄러운 일이 아니고, 오히려 그만큼 누구보다도 치열하게 살아왔다는 삶의 증거였다.

여감방의 보스

여자 혼자 살아가려다 보니 겪을 수 있는 온갖 험한 일은 다 겪었다. 불법적인 장사를 한 탓에 헌병대나 경찰서에도 수시로 드나들었고, 시장판 싸움에서 드잡이를 당하기도 했고, 참을 수 없는 인간적 모욕을 당한 적도 한두 번이 아니다. 그렇게 이런저런 상처로 얼룩진 인생이었다. 목숨 걸고 살아가는 인생에 그런 정도의 상처와 흠은 없을 수가 없었다.

이 일도 그런 것들 중의 하나이고, 그리 부끄러운 일이 아니다 싶어 솔직히 털어 놓겠다. 엄마는 옛날 무슨 일로 구속돼 교도소에서 감방살이를 한 '전과자'였다는 사실이다.

1970년대 초. 내가 대학을 졸업하고 학교 교사로 나간 뒤에도 엄만 장사 일을 그만두지 않았는데 전처럼 군수물자인 기름을 빼내 팔아먹는 일 대신 주로 미제 물건들을 취급하는 일로 소일하고 있을 때였다.

월남전이 아직 끝나지 않았던 때라 우리 장병을 실은 함정이 베트남을 자주 오갔는데, 해군기지 진해항으로 돌아올 땐 미제 물건들을 잔뜩 싣고 들어와 시 전체가 온통 들썩거렸다. 양주니 C레

이션 같은 걸 비롯해 온갖 전자제품과 오디오, 커피, 차 등 한국에선 쉽게 볼 수 없는 물건들이 시중에 풀리는 날엔 마치 잔치가 벌어진 듯 흥청거렸다.

그걸 그냥 구경만 하고 있을 사람이 아니었다. 엄만 그 물건들 중 일부를 부산 국제시장에 내다 팔아서 나름 짭짤한 재미를 보고 있었다. 그런데 인간지사 새옹지마라 했던가. 막판에 불상사가 일어나고 말았다. 적당히 만족하고 그쳤으면 좋았을 걸 욕심이 생겨 외제 커피나 홍차에도 손을 댔던 게 화근이었다.

당시 실세 정치인 모씨가 대형 홍차회사를 차린 직후여서 외제 홍차 반입 단속이 엄청 심했는데 바로 거기에 걸린 것이었다. 물건을 운반하는 도중 합동단속반에 적발돼 '관세법 위반'이라는 듣도 보도 못한 죄목으로 전격 구속되고 말았다.

그동안 수많은 위기에도 운 좋게 빠져 나왔는데 이번엔 옴짝달싹 못하게 됐다. 주변에선 아들이 학교 공부를 마친 뒤에 그런 일이 생겨 그나마 다행이라고 했지만, 엄마도 나도 처음 당한 일이라 꽤나 충격을 받았던 것 같다. 그때 엄마 나이 45세였다.

엄마는 마산경찰서에서 조사를 받았는데, 어느 날 내가 면회를 갔을 때 철창 너머로 보이는 엄마의 눈이 토끼눈처럼 빨갛게 충혈되어 있었다. 그 순간 나도 모르게 눈물이 팍 쏟아졌다. 그러나 엄마는 아무렇지도 않은 듯이 말했다. "울지 마라. 아폴로 눈병이다. 여기서 옮았다."

엄마는 눈병 말고는 달라진 게 없었다. 조금도 기죽은 얼굴이 아니었다. "내 걱정은 말고 밥이나 잘 묵으라." 그러면서 말하길, "이까짓 거 별거 아니다. 곧 풀려날 거다. 여기 형사님들하고 판사님하고도 다 얘기가 됐다."

그러나 엄마는 결국 풀려나지 못하고 마산교도소에 본격 수감되고 말았다. 15년 넘게 군수물품인 기름을 빼돌리는 장사를 하면서 단속검문에 걸려 잠깐 철창에 갇힌 적도 있었지만, 그때마다 운 좋게 풀려나와 그런 일쯤은 엄마에게 대수롭잖은 일이었는데 이제 생판 낯선 그 관세법이란 것 때문에 꼼짝없이 감방에 두어 달 갇혀있을 처지가 되었다.

난생 처음으로 들어간 교도소 감방. 그러나 엄마는 크게 달라진 게 없어 보인다. 평소 성격 같아서는 막무가내로 패악을 부리며 덤빌 법도 한데 엄마는 고분고분 받아들이며 수감생활을 시작했다.

밖의 아들은 걱정이 돼 잠도 제대로 못 자는데 엄마는 이상하리만치 담담했다. 충격을 받아 기가 죽은 것일까. 설마 내가 아는 우리 엄마가 그럴 리는 없고, 아니면 그동안 숱하게 나라 재산을 빼돌려 먹고 살아온 죄로 받는 업보라 여기고 고분고분따르는 것인가, 또 아니면 이까짓 거 별 일 아니니 너무 걱정하지 말라는 엄마 말처럼 그까짓 감방쯤이야 아무렇지도 않았던 것일까. 하기야 하루하루를 줄타기하듯 살아온 사람에겐 감방 안이나 밖이나 뭐가 달랐을까.

마침 교도소 간수 중에는 고향의 형님뻘 되는 사람이 있었는데, 어느 날 내가 면회를 갔을 때 그 분이 말했다. "인제 면회 안 와도 되겠다. 너거 엄마 여기서도 대장 노릇한다." 그러면서 그 사이에 있었던 일을 전해준다.

처음 감방에 입감되었을 때 먼저 들어온 고참 여죄수가 엄마한테 소위 '신고식'이란 걸을 받으려고 했단다. 그러나 엄마는 이를 무시했고 그러자 싸움이 벌어졌는데, "이년아, 나는 자식하고 먹고 살려고 하다 보니 들어왔다. 도둑질이나 하다 들어온 더러운 년이 어디다 덤벼?" 하며 그 여죄수의 머리채를 휘어잡아 팽개쳤다고 한다. 아무리 막가는 여죄수라 해도 거친 현장에서 산전수전으로 단련된 엄마의 전투력을 당해내진 못했을 것이다.

일거에 감방을 평정한 엄마. 그때부터 언니, 이모로 불리며 감방 좌장자리에 올랐다. 감방 안에서도 제일 좋은 상석에다 자리를 깔아주고, 아침엔 세숫물까지 떠다가 바친단다.

그 방엔 처녀 때 들어와 10년 넘게 산 살인범도 있고, 절도, 간통, 사기 등 갖가지 사연을 가진 죄수들 10여 명이 같이 지냈다고 한다. 엄마는 감방에 모두를 빙 둘러앉힌 다음 한 사람 한 사람 여기까지 들어온 사연을 묻고는, '그렇게 살면 안 된다.'며 야단도 치고, '앞으로는 이렇게 살라.'며 충고도 하고, 때로는 같이 울기도 했단다.

엄마는 자신을 위해 흘리지 않던 눈물을 그녀들을 위해 흘렸다. 그리고 큰언니처럼 엄마처럼 넉넉한 품으로 안아주었다. 죄 짓고 들어온 죄수들을 진정으로 교화시켰는지까지는 모르겠고, 최소한 생의 끝자락에 몰린 그녀들에게 인간적인 정을 느끼게 해준 건 틀림없어 보인다.

엄마는 거기서 두 달 남짓 살고 나왔는데, 나오는 날 서로 부둥켜안고 눈물바다가 되었다고 한다. 아마도 엄마가 거기서 1, 2년만 더 지냈더라면, 틀림없이 여감방 전체의 대모(代母) 노릇을 했을 것이다. 영화 〈대부〉의 돈 꼴레오네처럼 패밀리를 거느린 보스가 됐을지도 모를 일이다.

못 말리는 깡여사

진해 생활을 정리하고 서울로 올라오면서 엄마는 비로소 30년 간의 장사를 그만뒀다. 그리고 한동안은 집안에 앉아 아들이 가져온 월급으로 살림을 꾸미는 일에 재미를 붙이는 듯 보였다그러다 며느리가 새로 들어오자 자연스럽게 뒤로 물러앉았고, 나중엔 곳간열쇠마저 넘겨주고 나니 할 일이 없어졌다.

실로 얼마만의 휴식인가. 주위에서는 그동안 고생 많이 했으니 이제부터는 놀러나 다니면서 편안하게 지내라고 한다. 엄마도 이제부턴 그렇게 살고 싶다고 큰 소리를 친다. 그런데 그것도 쉬운 일이 아니었다. 아직 환갑도 채 안된 나이에 안방 차지하고 앉은 노인네처럼 한가하게 놀고먹는 게 썩 편치 않은 모양새였다. 가만히 보니 몸이 근질거려 못 견디는 눈치였다.

그럴 참에 집에 놀러온 내 친구 하나가 그만 불을 지르고 말았다. 보험회사 소장으로 일하는 친구였는데, 엄마를 보고는 그렇게 집에만 계시지 말고 놀기 삼아 나오시면 어떠냐고 미끼를 던진 것이다. 하기에 따라서 용돈 이상의 돈이 나온다고 했다. 무엇보다도 수입이 꽤 된다는 말에 엄마는 반색했다. 당장 나가겠다고 한다.

그런데 입사를 하자면 필기시험을 봐야하는데, 까짓 거 하며 덤 빈 시험에서 자꾸만 떨어진다. 친구가 따로 과외를 하고 했는데도 두 번이나 떨어졌다. 보다 못한 며느리가 나서서 시어머니 대신 시험을 봤다. 불법으로 대리시험을 친 것이다.

게다가 학력조차도 가짜로 적어냈다. ○○여고 졸업이라고. 학교 문턱에도 못 가본 사람이 일제 때 여고를 다녔다고 하다니 이건 너무 심한 것 아니냐고 했더니, "머 어때서? 누가 알 낀데…!" 한마디로 묵살한다.

그렇게 엄마는 환갑 나이에 팔자에 없는 사원이 된다. 비록 보험외판원(후에 '보험설계사'로 불렸다.)이었지만, 남들은 일 그만두고 집안에 들어앉을 나이에 엄마는 평생에 처음으로 출근이라는 걸 하고 월급도 받는 회사원이 된 것이다.

놀기 삼아 운동 삼아를 명분으로 내세웠지만, 누구보다도 열심히 보험 일을 시작했다. 한번 시작한 일을 슬렁슬렁할 성미가 아니었다. 엄마는 그 일에 재미를 딱 붙인 모양새였다.

실적에 따라 매달 백만 원 전후의 돈을 가져왔고, 그걸 꼬박꼬박 모아놨다가 손자들 학교등록금에 보태거나 아들이 차를 살 때 내놓기도 했다.

며느리의 대리시험과 허위학력으로 겨우 들어간 보험회사. 뒤늦게 시작된 직장생활이 인생 후반기의 고정 직업이 되었고, 그 일은 그 후 20년을 넘겨서까지 계속되었다.

성격상 별난 에피소드가 없을 수가 없었다. 한번은 보험설계사들을 대상으로 무슨 자격증시험인가가 있었는데, 젊은 사람들도 반 이상 떨어진다는 이 시험에 주변의 만류에도 불구하고 막무가 내로 응시를 했다고 한다.

시험 날 배짱 좋게 시험장 맨 앞자리에 앉긴 앉았는데, 시험지를 보니 도통 모르는 문제들이라 이러지도 저러지도 못하고 그냥 멀뚱히 앉아 있었다고만 한다. 그러나 천하의 깡여사가 그렇게 앉았다가 그냥 나올 사람이 아니었다.

갑자기 시험 감독관을 부르더니 대뜸 문제를 가리키며 답을 찍어달라고 했다는 것이다. 아주 대수롭잖게, 그것도 명령조로. 그 어처구니없는 상황에 당황한 감독관이 '할머니, 이러면 안 돼요.' 했지만 그게 통할 리가 없었다. '이거 좀 가르쳐준다고 머가 큰일 나나?'며 막무가내로 붙잡고 놓아주지 않았다.

그렇게 실랑이를 하는 통에 목소리가 높아졌고 시험장에 소란이 일어났다. 도저히 감당할 수가 없게 된 감독관이 몇 문제를 슬쩍 가르쳐줬는데, 그러자 또 다른 문제를 가리키며 다시 떼를 쓰고…. 그런 어거지 덕으로 시험에 당당히 합격을 해서 결국 자격증을 따고야 말았다.

또 이런 일도 있었다. 간혹 건너뛰긴 했지만 80세 너머까지도 끈질기게 사무실로 출근을 했는데, 거기에선 당연히 최고령이었다. 그런 어느 날, 아들보다도 한참 젊은 소장이 조심스럽게 말했다. "여사님, 연세도 많으신데 인제 좀 집에서 쉬시면 어떨까요?" 이제 그만 나오라는 말이었다. 나이 많은 노인이 별 실적도 없이 매일 나와 앉았으니 젊은 사람들이 꽤나 거북했던 모양이었다.

그 말을 들은 강딸막 여사, 설마하니 '그래, 알았다. 이제 좀 쉬어야지.' 하며 고분고분 말을 들었을까? 천만의 말씀. 강딸막 여사님은 대뜸 앞의 탁자를 뒤엎어버리며 고함을 내질렀다. "내가 와 쉬노? 누가 나한테 이래라 저래라 해!!"

아무도 못 말리는 그 기세에 모두들 기가 팍 죽었음은 물론이다. 그 일로 '못 말리는 깡여사'란 별명을 얻었지만 그러거나 말거나 딸막에게 포기란 없었고 몸을 움직일 수 있는 날까지 일을 했다.

우리는 동지였다

동지(同志)라 함은 말 그대로 같은 뜻을 가진 사람을 말한다. 하나의 목표를 향해 같은 길을 가며 생사를 같이하는 사람이다. 서로 의지하며 의리를 목숨만큼 중히 여긴다. 피를 나눈 형제보다 더 끈끈한 동지애로 뭉쳐있다. 목표를 이루기 위해 위험을 무릅쓰고 목숨까지 건다. 어떤 위급한 상황에서도 최후의 순간까지 동지를 배신하지 않으며, 배신은 반드시 대가를 치른다. 죽음도 불사하는 그런 각오로 독립운동도 하고 혁명도 한다.

거사를 앞두고 우리만의 은밀한 계획을 꾸민다는 점에서 엄마와 난 동지였다. 혁명 동지가 아닌 삶의 동지였다. 어미와 자식의 관계를 넘어서서 동고동락하며 함께 삶을 개척해나가는 동지였다.

동지로서의 엄마와 내가 이루고자 했던 첫 번째의 목표는 '생존'. 세상에서 살아남는 것이었다. 그것만큼 비장하고 절박한 게 없었다. 그리고 그 다음 목표는 남부럽지 않게 행복하게 사는 것이었다.

그 꿈을 이루기 위해서는 둘은 힘을 합쳐야 했고, 목표를 향해 흔들림 없이 나아가야 했다. 그 선봉에 엄마가 서고 난 그 뒤를 따르며 보조를 맞추었다. 그리고 서로의 역할도 정했다. 엄마는 악착같이 돈을 벌고, 난 공부를 열심히 하는 것이었다.

우선 급한 건 먹고사는 일이었다. 하루라도 빨리 가난에서 벗어나야 했다. 그래서 시작한 게 나라의 재산을 빼돌려 팔아먹는 위험천만한 일이었다. 군항도시 진해의 군수창고에서 군용 기름을 몰래 빼돌려서 내파는 일을 시작했다. 물론 군 위병들과 다 짜고 하는 짓이었지만, 만약 들통이 나면 영창으로 직행할 중대 불법행위였다. 그런 위험을 무릅쓰고 간 큰 짓을 한 건 그게 소소한 다른 장사보다 이문이 훨씬 많았던 탓이었다.

엄마는 밤에 몰래 군부대의 철조망 구멍으로 스페어깡 기름을 줄줄이 빼냈는데, 중학생이었던 나도 간혹 옆에서 그 일을 도왔다. 공범이었던 것이다. 우린 그걸로 먹고 살았고 난 학교를 다녔다. 난 엄마가 하는 일을 더 도와주고 싶었지만, 엄마가 앞으로 돈 버는 일은 자기가 알아서 할 테니 넌 공부나 열심히 하라고 해서 그만 뒀다. 그렇게 각자 역할을 나누었다.

엄마는 세상을 헤쳐 나가는 한 방법으로 때로는 아들인 나를 적극 활용했다. 어떤 어려움이 닥쳤을 때 특유의 그 무기 '어린 자식 하나 데리고 먹고 살려고 하는 짓인데….'라며 아들을 방패로 내세워 벽을 뚫었고, 그럼 웬만한 일은 양해되고 일이 잘 풀렸다. 엄마가 세상을 뚫는 창의 역할을 했다면 난 공격을 막아내는 방패 노릇을 충실히 했던 셈이다.

우리의 '월(越)담 작전'도 그렇다. 거기서도 우린 원팀이었다. 자식만이 유일한 희망이고 자식 교육만이 우리가 남들처럼 살 수 있는 길이라는 걸 일찌감치 깨달은 엄마는 어떻게든 자식을 감히 넘볼 수 없던 높은 곳으로 밀어 올리려 안간힘을 썼다. 그래서 단 두 식구뿐인데도 아들을 객지로 떠나보내 공부를 시켰고, 옛날엔 꿈도 못 꾸었던 대학까지 밀어 올렸다.

내가 넓은 세상으로 나가 고등학교, 대학교까지 다니게 된 건 당연히 나만의 힘이 아니었다. 뒤에서 받쳐주는 동지가 없었더라면 불가능했다. 힘들게 번 돈으로 아낌없는 투자를 했고, 그리고 쉼 없는 격려로 나의 월담을 가능하게 만들었다.

내가 딛고 올라선 사다리는 힘들게 웅크린 엄마의 등이었다. 난 그 등을 밟고 올라섰고 그러자 엄만 나를 어깨 위에 태워 온 힘을 다해 위로 밀어 올렸다. 그건 마치 도둑이 부잣집 높은 담장을 몰래 뛰어넘으려는 몸짓과 같았다.

그렇게 난 담장을 뛰어넘어 다른 세상으로 들어갔다. 둘이 힘을 합쳐 감행한 그 월담작전은 세상의 외진 변두리에서 서성이던 우리가 그걸 벗어나 중심부로 끼어들기 위한 일생일대의 대작전이었던 것이다.

우리에겐 공동의 아픔이 있었다. 지난날의 아픔을 가슴 깊이 품은 채 서로 어루만지고 다독여야 했다. 의지할 남편 없이 홀몸으로 살아가는 엄마의 아픔, 애비 없는 자식으로 커가는 아들의 아픔. 서로를 바라보는 눈이 애틋할 수밖에 없었고, 같은 아픔 같은 슬픔을 가진 동병상련의 동지는 누구보다도 끈끈하고 깊었다.

우린 생사(生死)를 같이 하는 동지였다. 우리가 이루고자 한 일은 하다가 안 되면 그만 둘 그런 일시적 동업자가 아니었다. 우린 두 사람의 인생, 목숨까지 걸린 공동 운명체였다. 성공이냐 실패냐, 죽느냐 사느냐가 달린 문제였다. 그만큼 절박했다. 아무리 급해도 누구의 도움을 청할 곳도 없고 오로지 둘만의 힘으로 헤쳐 나가야만 했다. 한쪽이 무너지면 다른 쪽도 무너지기에 서로 의지하며 끝까지 버텨야 했다. 같이 힘을 합치고 서로 용기를 북돋우며 나아가야 했다. 그 과정에 설사 어떤 실수나 잘못이 있다 해도 따뜻하게 감싸 안으며 동지로서의 신뢰를 잃지 않아야 했다.

엄마와 나, 우리 동지 사이엔 무언의 약속이 있었다. 서로를 향한 절대적인 믿음을 가져야 한다는 것이었다. 어느 한쪽이 변심하거나 믿음이 사라지면 그 순간 동지관계는 깨지고 같은 길을 갈 수가 없다.

그러나 엄마와 나 사이엔 한 번도 그런 믿음이 깨진 적이 없다. 살아남아야 한다는 하나의 목표를 향하여 같은 마음으로 평생 걸어왔고 외롭고 힘든 길도 끈끈한 동지애로 극복했다.

엄마가 있었기에 내가 있었고, 내가 있었기에 엄마가 있었다. 우리가 이루고자 한 목표는 혼자만의 힘으로는 결코 이룰 수 없는 것이었다. 아들로서 엄마로서의 각자 역할을 하며 서로 의지하며 걸어온 길이었다.

목표에 도달했을 때, 진정한 동지는 어떤 일에도 공 다툼을 하지 않는다. 내 덕 네 덕 따지지 않고 오로지 서로에 대한 헌신만을 내세운다. 아들의 성공을 위한 엄마의 무조건적인 헌신, 그에 따른 아들의 노력이 오늘의 모습을 이루었다. 우린 희망이나 행복 이런 말들을 입 밖에 드러낸 적이 없었지만, 그러나 가슴에는 늘 그에 대한 열망으로 가득 차 있었다.

우린 먼 길을 함께 가는 나그네였다. 주먹밥을 나눠 먹으며함께 길을 떠난 길동무였다. 험한 길을 만나면 서로 부축하며 끌어 주었고, 추운 밤에는 서로 체온을 나누며 밤을 지새기도 했다.

우린 그렇게 서로 손을 잡아 끌어주고 뒤에서 밀어주며 황량한 사막을 건넜고 험준한 설산을 넘기도 했다. 그런 악전고투 끝에 먼 길을 걸어서 초원으로 나왔고 마침내 오아시스에 도달했다.

우린 척박한 황무지를 힘들게 일구어 두 그루의 작은 나무를 심었다. 하나는 희망, 하나는 행복이란 나무였다. 우린 밑거름과 물을 듬뿍 주며 밤낮없이 돌보기를 한시도 소홀히 하지 않았다. 나무가 뿌리를 내리는 동안 거센 비바람도 매서운 추위도 온몸으로 막아주며 온갖 정성을 쏟아 부었다.

처음엔 보잘것없이 여리고 약했던 나무는 우리가 준 영양분과 보살핌으로 잎이 나고 가지를 뻗으며 무럭무럭 자라났다. 그렇게 뿌리를 깊이 내리고 둥치가 큰 나무로 자랐을 때 마침내 아름다운 꽃을 피웠다. 오랜 기다림 끝에 피어난 인고(忍苦)의 꽃, 생명의 꽃 이었다.

그러다 봄여름 지나 가을이 되자 큼직한 열매가 주렁주렁 열렸다. 심고 키운 우리의 기대를 저버리지 않고 이뤄낸 희망과 행복의 과실이었다. 우린 그 나무 아래에서 땀을 닦으며 흡족한 웃음을 지었고, 서로의 노고를 칭찬하며 앞으로도 더 많은 나무를 심자고 약속했다.

꽃잎은 하염없이 바람에 지고

금수강산이 아무리 좋아도 정든 님 없으면 적막강산 이라 무심한 저 달이 왜 이다지도 밝아 울적한 심회를 어이 풀어 볼까. 뒷동산 숲속에 두견이 소리에 님 여 윈 이내 몸 슬퍼만 지누나. 덧없는 세월이 자꾸만 흘 러 꽃답던 청춘이 어느덧 희었다. 귀뚜라미 뉘 못 잊 어 울어울어 밤 새는고 이 몸도 님을 잃고 이 밤을 울 어 새우네. 쓸쓸한 이 세상 누구를 믿을까 맹서도 허 사요, 간 님을 어이하리.

'哀怨聲'

독수공방 긴긴 밤에

딸막이는 울지 않는다

외로움도 사치였다

가슴에 품은 사람

한 오백 년 살자는데

이만하면 한세상 잘 살았다

독수공방 긴긴 밤에

엄마는 70년을 홀몸으로 살아온 과부다. 열일곱에 시집가서 스물두 살에 혼자가 됐으니 과부 중에서도 청상과부(靑孀寡婦)다. 결혼하여 남편과 지낸 기간은 겨우 4년, 그나마 남편이 집 밖으로 나돌아 다닌 시간, 감옥소에 들어가 있던 걸 빼면 채 2년이 될까 말까이다.

그런데 그녀를 한마디로 '과부'라고 단정하기엔 뭔가 좀 애매하다. 과부란 본시 남편을 여읜-사별(死別)한 여자를 가리키는데, 그녀는 남편을 여의지도 사별하지도 않은 까닭이다. 난리 중에 행방불명된 뒤로 오래 소식이 없었던 탓에 체념하고 살았을 뿐이지 그가 죽었다는 사실은 어디에서도 확인할 수 없었다.

사별이라면 생사의 문제이니 어쩔 도리가 없는 일이지만, 이 생이별이란 게 더 애끓는 일이다. 속절없이 당한 생이별은 아무리 생각해도 원통 애통하여 더 견디기가 힘들다. '살아 생이별은 생초목에 불 붙는다.'는 속담이 있는데, 살아서 서로 이별하는 것은 불이 잘 붙지 않는 생초목(生草木)조차 불붙을 만큼 애간장이 타는 일로 생이별은 차마 못할 짓이라는 말이다.

예나 이제나 과부로 산다는 건 힘들고 서럽기 짝이 없는 일이다. 특히 새파랗게 젊은 여자가 홀몸으로 살기란 정말 가혹하다. 비바람 막아줄 울타리 없이 홀로 살아가기도 고달프지만, 그보다 더 견디기 힘든 건 바깥의 눈들이다. 시중의 뭇 입질에 흔히 오르내리는 '과부'라는 말만큼 경멸에 찬 말은 없다. 그 말 속에는 임자 없는 여자이니 함부로 대해도 좋은 여자라는 조롱과 멸시의 뜻이 들어있다. 임자 없는 여자로 취급돼 가는 곳마다 무시당하고, 때론 사내들의 시시껄렁한 희롱까지 견뎌내야 하는 신세이니 더 무슨 말이 필요할까.

> 못 할러라 못 할러라 공방살림 못 할러라.
> 과부 중에 청춘과부 금수에도 못 비할래,
> 설운 사람 많다한들 이내 설움 당할소냐
> 애고 답답 내 팔자야 한심코도 가이 없다.

<青春寡婦歌>

예부터 사람들은 타고난 사주팔자(四柱八字)대로 살아야 한다고 믿었다. 정해진 운명은 벗어날 수 없다고 했다. '팔자를 고친다.'는 건 자신에게 씌워진 운명의 굴레를 벗어나 새로운 인생을 찾아간다는 말인데 현실에선 결코 쉬운 일이 아니었다. 시집을 가면 오로지 한 남편만을 섬겨야 한다는 일부종사(一夫從事)의 유교풍습에 젖어있던 여성들에겐 일생일대의 모험이었다. 당시만 해도 남편 없는 과부들이 수절하며 사는 걸 미덕으로 여기던 시대였는데 개

가(改嫁)란 타고난 팔자를 거스르고 미풍양속을 해치는 상풍(傷風)으로 손가락질을 당하기도 했다.

그런 중에도 개가를 하는 여자들이 간혹 있었는데 그 속사정을 들여다보면 참으로 눈물겹다. 자신만의 행복, 호의호식을 위한 게 아니라 자식을 먹여 살려야 하는 절박한 처지에서 어쩔 수 없이 내린 선택이 대부분이었다. 홀몸으로 자식 키우며 먹고사는 게 너무 힘들어서 주변의 곱지 않은 시선에도 불구하고 그런 길을 택한 것이다. 그런 여인에게 훼절했다며 손가락질하는 건 너무나 가혹한 짓이다.

열서너 살 때였다. 그 즈음 난 이상한 불안감에 사로잡혀있었다. 엄마가 나를 두고 혼자 어디로 가버릴 것 같은 두려움 때문이었다. 느닷없이 왜 그런 생각을 하게 됐는지 모르겠다. 엄마한테서 이상한 낌새가 있었던 것도 아닌데, 어느 날 문득 그런 생각이 들었고 그건 눈덩이처럼 점점 불어나 나를 불안감에 시달리게 했다.

장사 나간 엄마가 밤늦게까지 돌아오지 않는 날엔 기다리다 혼자서 잠이 들었는데 그땐 어김없이 악몽에 시달렸다. 꿈에서 엄마는 끝내 돌아오지 않았고, 난 마루 끝에 앉아 엄마, 엄마 부르며 섧게 울고 있었다. 그렇게 자면서 훌쩍거리고 있으면 어느 틈에 돌아온 엄마가 나를 흔들어 깨웠다. "와 우노? 꿈 꿨나?" 하면서. 그럼 난 눈물을 닦으며 일어나 엄마 모르게 안도의 한숨을 내쉬었다.

그 불안감의 반작용이었을까. 차라리 엄마가 개가를 했으면 좋겠다는 생각을 했다. 아버지는 돌아오지 않을 것 같고 더 늦기 전에 어디 좋은 남자를 만나 편안하게 살았으면 좋겠다는 생각을 했다. 아직 서른 중반의 나이니 앞으로 살아갈 날이 창창한데 언제까지 이렇게 고생하며 살아야 하나 싶었다. 자식 때문에 희생한다는 건 있을 수 없다는 생각이 들었다. 어린 나이에도 오로지 나 하나만 바라보며 사는 엄마의 처지가 애처롭고, 한편으론 부담스럽게 여겨졌던 것 같다.

한 여자로서의 엄마 일생을 생각해본다. 남편의 사랑을 받은 시간도 여자로서의 행복도 너무나 짧았다. 긴긴 세월 독수공방을 지켰다. 인생은 한 번뿐이고 젊음도 한 때인데, 보통의 여자들이 누리는 평범한 행복마저 일찌감치 포기해야만 했다.

엄마는 부부가 정답게 살아가는 주변 사람들 모습을 보면서 어떤 생각을 했을까. 그런 생각을 할 때마다 늘 마음이 아팠다. 사람으로 태어나 누군들 홀로 외롭게 살고 싶을까. 더구나 한창 때인 젊은 여자라면 당연히 한 인간으로서의 욕구가 왜 없었겠는가. 텅 빈 방에 홀로 누워 가슴까지 시려오는 그 밤의 외로움을 누가 알겠는가.

엄만 긴 세월 어떻게 외로움을 참고 견뎌냈을까. 그 유일한 방법은 정신없이 일을 하는 것이었다. 쉴 새 없이 일을 함으로써 모든 걸 잊었던 것 같다. 자고나면 일 또 자고나면 일 밤낮 가리지 않는 그 일로 다른 생각을 할 틈마저 없었을 것이다.

그럼에도 철없는 자식은 그런 엄마를 미심쩍은 눈초리로 바라본 적이 있었음을 솔직히 털어놓고 싶다. 혹시나 아무도 모르게 마음에 둔 남자가 있지는 않는지, 아니면 은근히 접근해오는 홀아비라도 없을까. 아들놈이 제 어미의 행실을 곁눈으로 감시한 꼴이니 얼마나 불경스럽고 용서받지 못할 짓인가.

하지만 장담컨대, 내가 아는 한 절대 그런 일은 없었다. 평생 단 한 번의 이상한 소문이나 스캔들 그 비슷한 것도 없었다. 장사를 다니다 보면 숱한 남정네들 속에서 부대끼며 지내기도 하는데, 그런 중에도 엄마는 결코 만만한 모습을 보인 적이 없었고, 웬만한 남자는 눈길조차 주지 않는데다가 섣부른 말 한마디 붙일 수 없을 정도로 늘 당당했다. 누구도 그 억센 기를 당해낼 수가 없었는데, 지나놓고 보니 그 모든 행동이 자신을 지키기 위한 방어막이었다는 생각이 든다.

그러나 결국은 엄마도 여자였다. 혼자 사는 여자의 설움이 왜 없었을까. 여간해서는 눈물을 보이지 않는 엄마였지만, 몇 번이나 남몰래 눈물을 짓는 모습을 본 적이 있다. 그런 엄마 앞에서 누군가 '개가'라는 말을 꺼냈다면, 엄만 아마 이렇게 소리를 질렀을 것이다.

'나보고 멀쩡한 자식 팽개치고 팔자를 고치라고? 그런 천벌 받을 짓을 하라고? 내가 미쳤나?' 그리곤 분해서 펑펑 울었을 게 틀림없다.

그런 심정을 가슴에 숨긴 채 평생 곁눈질 한번 안 하고 살아온 사람을 두고 팔자를 고치니 개가니 그런 불경스런 망상을 한 나 자신이 참말 한심스럽다. 아무리 철없는 자식이라지만, 이걸 만약 엄마가 알았더라면 자식 놈이 얼마나 괘씸했을까.

아들아!

나는 내가 과부라는 생각조차 않고 살았다. 시절이 험해 남편과 떨어져 살지언정 과부는 아니라는 말이다. 니 아부지가 멀쩡히 살아 있는데 내가 와 과부고? 그래서 어떤 놈들이 나를 업신여기고 손가락질해도 나는 끄떡없었다. 손톱만치도 부끄럽지 않고 기죽지도 않았다. 그런데 그런 나를 보고 팔자를 고치라고? 아무리 어려도 그렇지, 평생 지 하나 보고 살아온 에미한테 무슨 천벌 받을 소리를 하는 거냐? 안 할 말로 내가 팔자 고쳐서 어디로 간다 치자. 나중에 돌아올 니 아부지는 어쩌라고? 그리고 또 니는? 아들 데리고 남의 집 갔다가 천덕꾸러기로 사는 꼴을 보라고? 에미가 아무리 고생하고 살아도 꿈도 못 꿀 일인데, 니가 그런 생각까지 했다니 참말 어이가 없구나.

딸막이는 울지 않는다

울음은 사람이 내는 소리 중에서 가장 절박한 소리이다. 북받치는 감정을 말로 다할 수가 없을 때 그건 울음이 된다.

울음은 그냥 나오지 않는다. 밖으로 나오기까지는 몇 구비의 내를 건너고 계곡을 넘는다. 그렇게 깊은 곳에서 일렁이고 물결치다가 마지막에 이르러 어느 순간 봇물처럼 터져 나온다. 목으로 소리를 내며 우는 것 같지만 사실은 온몸으로 운다. 겉으로 드러난 게 눈물이지만, 그는 이미 온몸으로 울고 있다.

난 엄마가 우는 모습을 본 적이 없다. 소리 내 우는 건 더구나 못 봤다. 마치 우는 걸 잊어버린 사람처럼 아무리 고달파도 늘 씩씩하게 장사에 나섰고 유쾌한 모습으로 돌아다녔다. 누구한테도 쉽게 눈물을 보이지 않았다. 간혹 자신도 모르게 눈물이 나올 땐 돌아서서 손바닥으로 쓰윽 문지르고 만다.

특히 자식 앞에서는 눈물을 절대로 보이지 않았다. 약한 모습을 보이고 싶지 않았을 것이다. 엄만 아마 험한 세상에 나서는 그 순간부터 절대 울지 않기로 결심했는지 모른다. 아니면, 세파를 헤쳐 나오면서 눈물샘마저 말랐는지도 모른다.

하지만, 눈물을 흘리지 않는다고 해서 울지 않는 건 아니다. 집 나간 엄마 아빠를 기다리며 아무리 힘들어도 늘 웃음을 잃지 않았던 소녀 '몽실 언니'처럼, 눈물을 참고 감추었을 뿐이지 울지 않은 건 아니었다. 겉으로만 강하게 보였을 뿐 속에는 늘 눈물이 고여 있는 여리고 눈물 많은 여자였다. 살면서 약한 모습을 절대 보이지 않겠다는 독한 결심이 아마도 울음을 참고 견디는 법, 울더라도 소리 없이 우는 법을 익히게 한 것 같다.

엄마는 평생 흘릴 눈물의 대부분을 20대 초반의 나이에 다 써버렸다. 신혼의 꿈에서 채 깨어나기도 전에 찾아온 그 환란. 남편이 밖으로 나가 집을 비운 사이 홀로 불안에 떨며 빈방을 지키던 그 기나긴 밤, 쫓겨 다니다 늦은 밤 불쑥 집으로 찾아 들어온 남편이 새벽녘 다시 급하게 떠나는 뒷모습을 보며 젊은 아내는 소리도 크게 내지 못하고 숨죽여 울었을 것이다.

형무소의 남편을 면회하고 돌아오던 길에는 언제 또 볼 수 있을까 길가에 주저앉아 울었고, 청천벽력 같은 첫딸의 죽음 앞에서는 가슴이 미어져 차마 소리도 못 내고 앉았다가 늦은 밤 홀로 목 놓아 울음을 쏟아냈을 것이다. 자식 잃은 어미의 피를 토하는 울음. 그때는 뒷산의 소쩍새도 그녀와 함께 섧게 울어주었다.

그것으로도 끝이 아니었다. 전쟁 후 돌아오지 않는 남편, 생사조차 모르는 남편을 기다리며 흘린 눈물은 또 얼마일까. 절망으로 지샌 밤 소리 죽여 토해내던 그 울음, 남편 없는 집에서 어린 자식을 들여다보며 흘린 눈물, 막막한 자신의 처지를 한탄하며 흘린 눈물은 얼마일까. 또 어린 자식을 떼어놓고 장삿길로 나설 때 돌아서서 쏟아 낸 눈물은 그 누가 알까. 베개를 적신 그 눈물의 양이 얼마나 많았는지 아무도 모를 것이다.

구비 구비마다 쏟아낸 그 눈물은 그녀를 점점 강하게 만들었다. 두려움과 외로움에 떨며 지샌 밤, 홀로된 설움으로 흘린 그 눈물은 그녀의 몸과 마음을 씻고 또 씻어 더 이상 흘릴 눈물이 없도록 점점 단단하게 만들었다. 뺨 위로 흘러내린 그 눈물방울은 땅 위로 떨어져 마침내 보석처럼 빛나는 생의 의지, 삶의 씨앗이 되었던 것이다.

그렇게 많은 눈물을 쏟아낸 탓인지 그 후론 좀처럼 울지 않았다. 어쩌면 울지 않았다기보다 울 틈이 없었다고 하는 게 옳은 말이다. 먹고사는 일은 한가히 울고 앉았을 틈을 주지 않았다. 혹 서러움이 북받쳐 눈물이 질금 흘러나올 땐 '눈물도 썩었지!'라고 자신을 질책하며 손등으로 눈물을 쓰윽 닦고는 벌떡 자리에서 일어섰다.

엄마는 가슴에 쌓인 걸 다 쏟아 내놓지 않았다. 애써 참으며 속으로 삼켰다. 그래서 흘린 눈물보다 삼킨 눈물이 많았다. 속으로 흘린 눈물이 몇 배 더 많았다. 그 눈물은 가슴 깊이 흐르고 흘러 내를 이루고, 이젠 강물처럼 흘러가고 있을 것이다.

아들아,
니 말을 들으니 새삼 눈물이 나는구나. 참 옛날에는 혼자서 많이도 울었다. 그렇지만, 살다보니까 눈물도 마르더라. 먹고 살기도 바쁜데 울 틈이 어디 있더냐. 눈물이 썩지 않고서야…. 니도 앞으로도 살면서 울지 마라. 운다고 누가 떡을 주나 밥을 주나, 앉아서 울 틈에 한 발이라도 더 뛰고 용기를 내서 살아라. 제발 사니 못 사니 엄살 떨지 마라. 기다리면 다 지나간다. 강물이 제 갈 길로 흘러가지 거꾸로 가는 거 봤나?

외로움도 사치였다

엄마의 가슴속에는 늘 한 소녀가 살고 있었다. 5살 때 죽은 딸, 나보다 3살 위의 누나 순남이었다. 그 옛날 산새처럼 훌쩍 날아갔던 딸애는 이제 다시 돌아와 그 어미의 가슴속에 들어가 똬리를 틀고 산다.

부산형무소에 수감되어 있던 남편의 면회를 다니느라 정신이 없던 그때, 엎친 데 덮친 격으로 엄마에겐 평생 잊지 못할 일이 일어났다. 부산으로 가 집을 비운 며칠 사이에 딸 순남이가 무슨 병(*아마 당시 유행하던 장질부사였던 것 같다.)에 걸렸고, 손을 쓸 틈도 없이 며칠 만에 죽어버린 것이었다. 뒤늦게 소식을 듣고는 허겁지겁 돌아와 보니 이미 장례까지 치른 뒤였다. 가마니에 둘둘 말아 공동묘지에 묻었다고 했다. 가까운 곳에 병원도 약도 없어 병에 걸리면 별 수 없이 그냥 죽던 시절이었다. 엄마 얼굴을 보지도 못한 채 떠난 어린 딸. 그 일로 엄마는 한동안 드러누워 일어나지 못했다.

집안이 쑥대밭이 된 그 소용돌이 속에서 약 한 번 못 쓰고 제 어미 얼굴도 못본 채 죽어간 그 애는 시대의 희생양이었다. 미친 듯 불었던 이념의 광풍은 그렇게 어린 한 생명까지 빼앗아갔던 것이다. 모진 말일지 모르지만, 딸애의 죽음은 어쩌면 그 아비가 몰고 온 가혹한 형벌이었는지도 모른다.

엄만 생각이 날 적마다 떠난 딸아이 이야기를 했다. 집안이 온
통 정신이 없던 때라 잘 돌봐주지도 못 했는데…. 얼굴이 동글동
글한 게 얼마나 재롱을 잘 부렸는데…. 갸가 살았다면 지금 몇 살
인데…. 그러면서 눈시울을 붉혔다. 나이가 들어갈수록 자주 생
각이 나는 모양이었다. 나도 그 누나가 있었더라면 얼마나 좋았을
까 생각한 적이 한두 번이 아니었다. 얼굴도 모르는 누나지만 간
혹 아련한 그리움에 잠기기도 했다. 어두운 시대에 짧은 일생을
마친 그 누나가 생각할수록 가슴 쓰리다. 만약 그 누나가 있었더
라면 엄마의 외로움도 훨씬 덜어줬을 것이고, 나도 살면서 덜 외
로웠을 것이다.

살아오는 동안 내가 제일 아쉽고 허전했던 게 형제였다. 형이
나 누나, 동생이라도 하나 있다면 얼마나 좋을까. 남의 집 형제들
끼리 정답게 어울려 노는 모습이나 심지어 티격태격 싸우는 모습
조차도 부러웠다. 어릴 적부터 정말 간절히 원했다. 밖에서 다른
애랑 싸울 때 편 들어 줄 형이나, 감싸 안고 달래줄 누나 또는 같
이 장난치며 딩굴고 놀 동생, 아니면 뭐든지 사주고 싶은 귀여운
여동생. 하나라도 있었으면 했다. 정말 꿈같은 소망이었다.

옛날, 엄마가 여자아이 하나를 데려와 키우려고 한 적이 있었
다. 아버지가 죽은 뒤 엄마가 개가를 해버리자 갈 데 없이 혼자 남
은 10살의 아이였다. 딸 생각이 나서 그런지 혼자 지내기 적적해

서 그런지 엄마가 적극적이었다. 우리 집에 오면 딸처럼 키우고 고등학교까지 보내줄 거라며 들떠 있었다. 나도 좋다고 했다. 그 애가 우리 집에 들어오면 엄마한텐 딸, 나한텐 여동생이 생기는 셈이니 혼자 있는 엄마도 덜 외롭고 나도 오누이처럼 서로 의지하며 지내면 얼마나 좋을까 싶었다.

그런데 그 애를 먼저 점찍어 놓은 다른 집이 있었고, 거기서 애를 냉큼 데리고 가버렸다. 급해진 엄마가 그 집을 찾아가서 통사정을 했지만 거기서 양보를 하지 않았다. 절대 못 내준다고 했다. 애를 두고 옥신각신하던 끝에 결국 포기하고 말았다. 실망한 엄마는 "아이고, 할 수 없지, 뭐. 복이 그거 밖에 안 되는데…."하고 탄식을 했는데, 그 복이 애를 데려오지 못한 엄마가 복이 없다는 건지 아니면 우리 집에 오지 못한 그 애가 복이 없다는 건지 모르지만, 하여간 엄마의 낙담은 생각 이상으로 컸다.

떨어지면 각각 하나, 다 모여도 단 두 식구. 가족이랄 것도 없었고 식탁은 늘 허전했다. 학교 입학식, 졸업식에도 축하객은 단 한 명, 엄마뿐이었다. 심지어는 내가 무슨 시험에 붙거나 제법 괜찮은 직장에 합격했을 때도 축하파티니 뭐니 별다른 이벤트는 없었다. 엄마와 나, 둘이 마주 앉아 밥 한 끼 같이 먹는 게 우리에겐 최고의 축하연이었다. 좋게 말해 단출하고 소박한 우리만의 잔치였다.

일가친척들까지 다 모여 선물을 주고받고 왁자지껄 축하연을 여는 다른 집을 보며 솔직히 샘도 나고 부럽기도 했다. 그렇지만 그건 남의 집 일이고 우리에겐 우리만의 방식이 있었다. 다소 쓸쓸하지만 어쩔 수 없는 우리만의 삶이었다. 시간이 지나면서 그 방식은 오래 입은 옷처럼 아무런 불편함도 없이 익숙하게 자리 잡았다.

사람한테 외로움만큼 견디기 힘든 게 있을까. 어쩌면 배고픔보다도 더 무서운 게 외로움일지 모른다. 배고픔은 육신을 괴롭히지만 외로움은 정신을 상하게 만든다.

환과고독(鰥寡孤獨). 아내 없는 홀아비, 남편 없는 홀어미, 부모 없는 아이, 자식 없는 늙은이. 넷 다 옆에 당연히 있어야 할 사람이 없어서 외로운 경우이다. 이 네 가지 부류의 사람들을 옛부터 사궁(四窮)이라 하여 불쌍히 여겼는데, 우리 엄마도 그 중 하나였다.

곁에는 남편도 자식도 없었다. 남편이야 체념하고 살지만 하나뿐인 자식마저 공부한다고 곁을 떠나고 없으니 그 외롭고 허전한 심정이 오죽했으랴. 그게 하루 이틀도 아니고 오랜 세월 마음 붙일 곳 없이 홀로 지내야 했으니 그 스산한 심정을 누군들 짐작이나 할 수 있을까.

단 둘뿐인 식구인데도 엄마와 난 20년 가까이 외딴 섬처럼 떨어져 살아왔다. 쉰이 넘어 서울로 올라와 합칠 때까지 엄만 늘 혼자였다. 혼자 자고 혼자 먹고 혼자 장사 다니고 저문 들판에 홀로 돌아다니는 날짐승처럼 늘 혼자였다. 엄만 그 외로움을 어떻게 견뎌내며 살았을까? 살기 바빠서 외롭다는 사실조차 잊어버렸던 것일까.

하지만, 고단한 몸을 이끌고 홀로 돌아오는 밤길 가슴에 스며드는 찬바람을 견디며 골목길을 들어설 때, 따뜻하게 불 켜진 이웃집 창문, 거기서 흘러나오는 웃음소리는 얼마나 가슴을 저리게 했을까.

불 꺼진 집에 돌아와도 이야기 나눌 사람 하나 없고 밥 한 끼 같이 먹을 사람도 없는 집안. 어두운 방에 홀로 누워 쉽게 잠들지 못하고 뒤척이던 밤. 아침에 눈을 떴을 때도 곁에 사람 하나 없는 집, 누구 하나 기억해주는 사람도 챙겨줄 사람도 없는 생일날, 아무리 마음을 단단히 먹어도 절로 파고드는 그 적막감은 무엇으로도 채울 수 없었을 것이다. 혼자 지내는 게 습성이 돼서 이젠 아무렇지도 않다고 스스로 달래고 위로를 해보지만, 그 텅 빈 가슴은 무엇으로 채울 수 있었을 것인가.

삶이란 외로움을 삼키며 홀로 견디는 것인지도 모른다. 엄마는 혼자 사는 방법을 너무나 일찍부터 터득했던 것이다. 외로움도 오래 겪으면 단련이 되어 오히려 편안하고 아늑하게 느껴지는 법. 그것은 오히려 그녀를 단단하고 강하게 만들었다. 외로움은 엄마의 벗이자 동반자였다.

엄만 그렇게 오래 홀로 살면서도 외롭다고 호들갑을 떨거나 엄살을 부린 적이 없었다. 외롭다는 말을 입 밖에 내본 적도 없었다. 남 앞에 약한 모습을 보이거나 신세 한탄을 늘어놓은 적도 없었다. 어쩌면 외롭다고 느낄 시간조차 없었는지 모른다. 이빨을 악물고 밤낮없이 뛰며 사는 사람에겐 외로움이란 호사스러움이 끼어 들 틈이 없었을 것이다. 오직 자식만을 생각하며 한 푼 두 푼 돈

모으는 재미에 빠져 외롭다는 사실조차 잊고 살았던 게 아닌가 싶다. 외로움이란 것도 한가한 사람들의 일이지 엄마한텐 사치였다.

나 또한 그러했다. 혼자 지내는 것이 습성이 되다보니 나중엔 외로움도 나의 한 부분처럼 생각되고 오래된 친구처럼 편하게 여겨졌다. 거기서 오히려 나만의 자유를 느끼며 어쩌면 난 그걸 즐겼는지도 모른다.

고독은 자칫 죽음에 이르게 할 만큼 치명적이라지만, 그걸 이겨내면 새로운 힘이 생겨나는 것 같다. 고독은 단련될수록 강해진다. 늦은 밤 홀로 앉아 뼛속까지 스며드는 적막감에 몸을 맡겨본 사람은 그보다 더 큰 외로움이나 고난이 밀려와도 쉬이 무너지지 않는다. 마음이 무너져 허둥대지 않는다. 우리 엄마도 그랬을 것이다.

아들아!

말해 뭐 하겠노. 외롭지 않았다면 거짓말이제. 그렇지만 우짜겠노. 내 팔자가 그런 걸. 난 밤에 홀로 누워서 잠이 안 오면 오늘 있었던 일 또 내일 할 일 이런저런 생각을 하다가 그리고는 니 생각을 했다. 무슨 일은 없는지 밥은 잘 먹고 다니는지…. 그 걱정을 하다보면 어느새 스르르 잠이 들고 다음 날 해가 뜨면 어젯밤 여러 생각들일랑 싹 사라지고 또 정신없이 뛰어다녀야 했으니 외롭고 자시고 한 틈이 어데 있겠노. 외롭다, 외롭다 하는 것도 다 팔자 좋은 사람들 넋두리지. 아들아, 괜찮다. 시상에 외롭지 않은 사람이 어데 있노. 사람은 너 나 없이 누구나 다 외로운 기라.

가슴에 품은 사람

사람들은 내가 엄마를 빼닮았다고 한다. 어딜 갖다놔도 한 눈에 표가 딱 날 만큼 붕어빵이라고 한다. 나도 그걸 부정하지 않는다. 아들이 엄마를 닮는 건 당연한 일 아닌가.

그런데 엄마는 그 말을 완강히 부정한다. 자신보다 아버지를 더 닮았다고 주장한다. 눈, 코, 입 모두가 지 아버지 쪽 닮았다고 우긴다. 사람들이 못 믿는 눈치면 나중엔 화까지 낸다.

아들이 자신보다 아버지를 훨씬 더 많이 닮았다고 그렇게 우기는 엄마의 속내를 모를 바 아니다. 이왕이면 아들이 못난 어미보다 훤칠한 제 아버지를 닮았다는 말을 듣고 싶었던 것이다.

내가 엄마를 더 닮았는지 아버지를 더 닮았는지는 나도 잘 모르겠다. 한 번도 본 적이 없으니 알 턱이 없다. 집에 20대의 아버지 사진이 유일하게 하나 남아있는데, 변색되고 희미해진 사진을 들여다보면 전체적인 느낌이 나와 많이 비슷한 게 엄마의 말이 반 이상은 맞는 것 같다.

엄마 말을 들으면, 외모뿐만이 아니라 성격도 닮은 게 많다고 한다. 꽤나 까다롭고 고집 세고, 매사에 원리원칙을 내세우는 성격이라고 했는데, 아닌 게 아니라 나한테도 그런 비슷한 면이 간혹 나타나는 건 사실이다.

　엄마는 걸핏하면 아들을 남편과 비교했다. 내가 좀 까다롭게 굴거나 하면, "저런 거 보믄 꼭 지 아부지 닮았다. 니 아부지, 아이구, 말도 마라. 그 손 많이 가는 모시옷 빳빳하게 풀 먹여서 봄가을 바뀌가며 다듬어 입히느라 내가 얼매나 땀을 뺐는지. 출입할 때 어디 좀 구겨지고 흠 하나 있어도 집어던지고, 어찌나 까다롭던지 나는 그 비위 다 못 맞췄다."

　험담같이 들려도 사실은 남편의 정갈하면서 칼칼한 성격을 말하고 싶었던 것이다. 엄만 또 내가 하는 짓이 못마땅할 때는 "쟈는 신발 벗고도 지 아버지 못 따라 간다."며 아들을 한마디로 깎아내렸다.

　멘델의 유전법칙에 따르면, 자식은 부모의 유전인자(DNA) 50% 이상을 공유하고 있다는데, 그렇다면 내 안에 그가 있음을 부정할 수 없다. 내 몸 안에는 엄마와 아버지가 공동으로 투자하여 물려준 DNA들이 이리저리 뒤섞여 있다. 세포 하나하나에 두 사람이 들어 있다. 그것들은 내 몸 안 깊은 곳에 숨어있다가 나도 모르는 사이에 불쑥불쑥 튀어나온다. 혈육이라는 태생적 관계를 벗어날 수 없듯이 그건 부정할 수도 버릴 수도 없는 나의 원형질(原形質)이다.

　거울 속의 나를 바라본다. 내가 아버지를 많이 닮았다는 엄마의 말이 맞다면, 내 얼굴 속에도 그가 들어있을 것이다. 내 얼굴을 통해 아버지란 사람을 느껴본다. 내가 신발을 벗고도 못 따라갈 남자. 그는 왜 그런 길을 갔을까. 가슴에 숨은 불이 있었던 것일까. 아버지와 나의 DNA가 반 이상 일치한다면, 나의 몸속에도 그런 불길이 숨어있는 것일까.

강딸막에게 김종수라는 남자는 첫사랑이었다. 아무것도 모르던 17살 꽃 다운 나이에 처음으로 만난 남자. 그렇게 만나서 처음으로 사랑이란 걸 알았고 사랑의 결실도 맺었다. 그녀에게 그 남자는 인생의 전부였다. 하늘이 맺어준 인연이었고 운명이었다. 어떤 연유로 집을 나갔든, 오랜 세월 돌아오지 않든 상관이 없었다. 일편단심, 오로지 세상에 둘도 없는 사람으로 남아있다. 세월이 아무리 흐른다 해도 그런 사랑을 어찌 잊을 것인가. 버리고 떠난 사람, 자신을 불행하게 만든 사람. 한 땐 원망도 했지만, 이젠 아득한 그리움이 되어 남아있다.

가슴에 품은 사람이었다. 엄마의 가슴 한가운데에는 늘 젊었을 적 그 남자가 자리 잡고 있다. 키가 훌쩍하고 얼굴이 준수하게 쭉 빠진 남자. 거기서 그는 늙지도 변하지도 않는다. 옛날 젊은 그 모습대로 남아있다.

그러나 시간이 지나면서 그 모습도 점점 희미해져 갔고 이젠 눈앞에 보이는 아들을 통해 그 남자를 보고 있다. 너무 오래되어 기억도 희미해진 그 얼굴 대신 아들의 모습을 통해서 남편을 떠올리는 것이다. 아들에게서 언뜻언뜻 나타나는 남편의 옛 모습을 보며 그 사람을 만나고 그의 체취를 느끼고 있다. 엄마에게 난 아들이자 남편이었다.

아들아.

거짓말 아니고 니 아부지만한 사람 없었다. 훤칠한 데다 언변 좋고 아는 거 많고 똑똑하다고 인근에 소문이 난 사람이었제. 생기기는 또 얼매나 잘 생깄노. 키도 훌쩍 크고 눈매도 서글서글하고. 참 아까운 사람인데… 아이고 그런 사람이 우짜다가…. 그러니 사램이 너무 잘나도 안 되는 기라. 아들아, 나는 아직도 니 아부지 모습 눈에 선하다. 어제 본 듯 잊혀 지지가 않는다.

한 오백 년 살자는데

어느 날 엄마가 장롱 깊은 곳에서 보자기에 싼 걸 꺼냈다. 보자기를 풀자 몇 겹으로 고이 접은 삼베뭉치가 나타난다. 좀 거칠어 보이는 8, 9새 옷감으로 1필은 넘어 보인다. 시집올 때 가지고 온 혼수(婚需)인데, 친정엄마가 손수 짠 거라고 한다. 그렇다면 70년이 넘은 것인데 아직도 좀 하나 슬지 않고 깨끗하게 보관돼 있는 게 신기하다.

엄마가 삼베 천을 펼쳐놓고는 손바닥으로 쓰다듬고 또 쓰다듬는다. 그 사이 눈가가 촉촉이 젖어드는 게 보인다. 시집가는 딸을 위해 베틀에 앉아 베를 짜던 친정 엄마의 모습이 떠오르는 모양이다. 올 한 가닥 한 가닥엔 삼실을 문지르고 이어 붙인 친정엄마의 침이 묻어 있었다. 시집가는 딸이 부디 잘 살기는 바라는 간절한 마음이 배어 있었다.

엄마는 왜 그 옛날의 케케묵은 혼수를 지금까지 보관해온 것일까. 살기가 너무 바빠 옷 해 입을 틈이 없었던 것일까. 아니면 한 두 번 입고 버리기가 너무 아까웠을까. 아마도 거기엔 친정엄마에 대한 그리움, 신혼시절의 아련한 추억이 담겨 있기에 언제까지나 간직하고 싶었던 게 아니었을까.

엄마는 삼베뭉치를 며느리한테 건네주며 말했다. "이걸로 애비 잠방이나 만들어 줘라."

그 옛날 외할머니의 묵은 침이 밴 옷은 결국 나에게로 전해졌고, 난 이제 엄마가 시집올 때 가져온 혼수로 만들어진 그 옷을 입고 다닐 것이다.

"니, 와 이리 늙었노?"

어느 날, 내 얼굴을 가만히 들여다보던 엄마가 말했다. 그리곤 얼굴을 손바닥으로 쓰다듬는다. 순간 난 멈칫하며 '나도 나이가 얼만데….'라고 말하려고 엄마를 마주 바라보았다. 그러다 나도 깜짝 놀랐다. 엄만 언제 이렇게 늙었지…? 가슴이 철렁하며 애써 피하던 걸 들켰을 때처럼 당황하며 입을 닫았다.

그 사이 엄마는 몰라보게 달라져 있었다. 늦은 오후 마당 위로 소리 소문 없이 내려온 산 그림자처럼, 그 얼굴에는 지울 수 없는 세월의 더께가 오롯이 내려앉아 있었다. 그 모습에 난 순간 할 말을 잊고 멍하니 바라보기만 했다.

엄마가 그새 늙어버린 아들의 모습에 놀랐듯 나도 엄마의 그 모습에 놀라서 할 말을 잃었다. 그렇게 두 사람은 한참 동안 애틋한 눈빛으로 서로를 마주 바라보고 있었다.

마치 징검다리를 건너뛰듯 언제 시간이 이렇게 흘러간 것일까. 정신을 차리고 보니 어느새 세월은 저만치 흘러가 있었다. 엄마도 나도 언제부터 이렇게 변해버린 것일까. 분명히 얼마 전까지만 해도 그러지 않았는데…. 엄마는 아들을 3, 40대의 팽팽하던 그 모습으로, 아들은 엄마를 20년 전의 그 혈색 좋던 얼굴로 알고만 있었을까. 그 사이 시간이 흐르고 하루하루 다르게 변해가는 모습을 진정으로 몰랐을까. 정말 그랬을까? 아니었다. 외면해왔다. 몰라보게 변해가는 그 모습을 마주 보기가 두려워서 애써 못 본 척했던 것이었다.

오랫동안 우리 집안의 중심에 당당히 버티고 섰던 사람. 그러다 며느리가 들어오자 한 걸음 뒤로 물러섰고, 손자들이 생겨날 때마다 한 발 한 발 중심에서 밀려났다.

세상의 누구도 피해갈 수 없는 세월. 시간이 지나면서 엄마는 외로운 섬처럼 집 안에 남았다. 당당하던 그 모습은 사라지고 이빨 빠진 호랑이처럼 앉아 차츰 그림자 같은 존재로 변해갔다. 이건 우리 엄마의 본모습이 아닌데…. 우리 엄마가 이래서는 안 되는데…. 힘 빠진 엄마의 모습은 나를 한없이 슬프게 한다.

평생 무거운 짐을 지고 가파른 비탈길을 올랐다. 오르고 또 오르고, 높은 고개를 넘고 또 넘었다. 엄마가 짊어진 짐은 혹독한 인생이었고, 운명처럼 남겨진 자식이었다. 누구도 대신 질 수 없는 혼자만의 짐이었다. 홀로 오르는 그 산길이 때로는 한없이 무섭고 외로웠지만, 그나마 등의 자식이 있었기에 고통도 외로움도 참을 수 있었다.

이제 높은 산마루에 다 올랐다. 엄마는 긴 한숨을 내쉬었다. 무사히 올라왔다는 안도의 한숨이었다. 홀가분하고 행복했다. 힘들게 올라온 길을 내려다보며 살아온 보람도 느꼈다.

하지만, 그것도 잠시 허전한 심정이 된다. 더 올라갈 수 없는 자신이 서글프다. 차라리 힘들게 올라오던 그때가 더 행복했었다는 생각이 든다. 지칠 대로 지친 그녀는 힘이 빠졌고, 육신은 망가져 있었다. 다리는 휘어졌고 무릎은 삐걱거렸고 발바닥엔 굳은살이 덕지덕지 붙었다. 날은 이미 저물었고 이제 다시 내려갈 일만 남았다. 어두운 밤길을 동행하는 사람 하나 없이 홀로 내려가야 한다.

어릴 적부터 나에겐 떠나지 않는 두려움이 하나 있었다.

'엄마가 없으면 어떻게 사나?' 하는 것이었다. 그 두려움은 오랫동안 나를 붙잡고 놓아주지 않았다. 엄마 없는 세상은 생각할 수도 없었다. 세상 천지에 엄마 외엔 아무도 없었기에 그 두려움은 갈수록 더 커졌다. 중학교 때였던가. 장사 나간 엄마가 집에 돌아오지 않는 꿈을 꾸고는 자다가 일어나 엉엉 운 적도 여러 번 있었다.

엄마는 나를 지켜주는 큰 나무였고, 난 그 아래의 작은 나무였다. 큰 나무는 영원히 작은 나무 곁에 있어야 했고, 당연히 그럴 줄로 알았다. 결혼을 하고 곁에 마누라가 있어도 그런 생각은 변함이 없었다.

난 겁 많은 아이였다. 엄마가 어디로 갈까봐 두려워하는 옛날의 그 어린 아이였다. 나이를 먹어 중년이 되어서까지도 난 엄마의 치마폭을 잡고 따라다니는 아이였다. 혼자서는 아무것도 하지 못하는 겁쟁이 아이였다.

그런데 그런 엄마가 사라지고 있다. 점점 작아지고 희미해져간다. 저러다 어느 한순간 영원히 사라져버릴 것 같아 두렵다. 아무리 외면하려 해도 이별의 순간이 다가오고 있다는 느낌을 떨쳐버릴 수가 없다. 잠을 자다가도 문득 그런 생각이 들 때면 벌떡 일어나 한참을 앉아 있기도 했다. 머지않아 내 곁을 떠나갈 거라는 그 두려움 때문에 잠을 이루지 못했다, 생각할 수도 상상할 수도 없는 일이라고, 무슨 일이 있어도 받아들일 수 없는 일이라고 아무리 부정하고 도리질 쳐도 그럴수록 마음은 자꾸만 허물어져 간다.

우지마라 냇물이여
언제인가 한 번은 떠나는 것이란다.
우지마라 바람이여
언제인가 한 번은 버리는 것이란다.
계곡에 구르는 돌처럼,
마른 가지 흔들리는 나뭇잎처럼

삶이란 이렇듯 꿈꾸는 것
어차피 한 번은 헤어지는 길인데
슬픔에 지치거든 나의 사람아,
청솔 푸른 그늘 아래 누워서
소리 없이 흐르는 흰 구름을 보아라.
격정激精에 지쳐 우는 냇물도
어차피 한 번은 떠나는 것이란다.

오세영 -언제인가 한 번은

이만하면 한세상 잘 살았다

사람이 태어나 한세상 살고난 뒤 생의 마지막에 서서 지나온 길을 돌아보면 어떤 심정일까? '지나온 자국마다 눈물 고였네.'란 어느 유행가의 가사처럼 한 걸음 한 걸음 지나온 길에 어찌 고인 눈물이 없으며 어찌 맺힌 한이 없으랴.

일생 내내 찬란한 햇살 속에 산 사람은 드물다. 대부분의 인생이 그렇다. 이 세상 끝내고 돌아갈 때, 한세상 원 없이 잘 살았다며 훌훌 털고 웃으며 갈 사람이 몇이나 될까. 어떤 이는 회한의 눈물을 흘릴 것이고, 어떤 이는 그래도 한 세상 잘 살았다며 애써 위안을 삼을 것이다. 그렇다면, 사람의 일생을 두고 잘 살았다 못 살았다를 판단하는 기준은 무엇일까.

강딸막이라는 한 여자의 일생을 돌아본다. 평탄한 길이 아니었다. 고난의 일생이었다. 누가 봐도 박복(薄福)한 여인이다. 시집가서 남편과 보낸 시간도 잠시, 21살에 홀몸이 되어 70년을 청상과부로 살아야 했으니 그처럼 박복한 인생도 없을 것이다.

청춘과부가 되어 홀로 살아온 여자한테 행복이란 말은 어울리지 않는다. 남들처럼 남편의 사랑도 받지 못했다. 새파란 나이에 허허벌판으로 나가 남들은 엄두도 못 낼 고생도 했다. 젊음의 대부분을 차가운 길바닥에서 보냈다. 막막한 세상 먹고사는 일에 매여 호의호식이란 걸 모르고 살았다. 90년 세월, 흐린 날 개인 날 비바람 치는 날 다 겪었다. 행복의 시간은 짧았고 고난의 시간은 길었다.

강딸막의 일생은 크게 세 부분으로 나눌 수 있다.

태어나 부모님의 품속에서 보낸 시기가 인생의 초반이다. 누구나 그렇듯 이때가 일생 중 가장 행복한 시절이었다. 앞날에 어떤 일이 닥쳐올지도 모른 채 마냥 순진무구하기만 했던 그 시절, 세상모르고 보낸 그 시간은 일생 중 가장 행복한 시절이었다. 그러다 한 남자를 만나 결혼을 하고 예쁜 아기도 가지고, 비록 가난했지만 꿈같이 보냈던 신혼시절. 그때까지만 해도 행복했다.

그러나 거기까지였다. 신혼의 꿈도 채 3년을 넘기지 못하고 깨졌다. 꿈에도 생각지 않던 광풍이 휘몰아쳐 행복의 꿈은 산산조각이 나고 그녀의 인생은 급전직하 끝 모를 수렁으로 추락하고 말았다. 폭풍우가 휘몰아쳐 숨도 제대로 못 쉰 이 시기는 한 여자의 인생을 송두리째 뒤바꾼 충격과 절망의 시간이었다. 행복한 꿈으로 시작된 인생이 어느 날 아침 이렇게 산산이 부서져 날아갈 줄을 누군들 짐작이나 했으랴.

태어나 처녀시절까지 행복했던 17년, 그 후 폭풍우 속의 10년, 이 25여 년이 그녀의 인생 초반이었다.

그 후, 30여 년은 생존전쟁을 치렀던 고난의 시기였다. 남편 없

는 세상에서 자식과 함께 살아남기 위해 몸부림친 시기였다. 먹고
사는 일에 파묻혀 어떻게 가는지도 모르고 보낸 세월이었다. 장삿
길에 나서서 자식을 키우고 공부도 시켰다. 한없이 고달프고 외로
운 날들이었지만 억척같은 힘으로 견뎌냈고, 마침내 살아남는데 성
공했다. 한 푼 두 푼 모은 돈으로 고향에 논을 사는 등 경제적으로
도 성공했다. 여자 혼자의 힘으로 이룬 재산치고는 대단하다는 소
리도 들었다. 나름대로의 꿈을 하나씩 쌓아온 성취의 시간이었다.

인생의 후반은 장사를 그만두고 서울의 아들에게로 올라와 함
께 보낸 50대 중반 이후의 30년이다. 고난의 시기가 끝나고 오랜
고생 끝에 비로소 찾아온 평온하고 행복한 시기였다.

남편 대신 의지하며 모든 걸 쏟아 부었던 아들도 다행히 어미
뜻을 크게 거스르지 않아 이젠 남부럽지 않게 사회에서 제 몫을
하고 있으니 그보다 큰 보람은 없었다. 거기다 늦게 맞은 며느리
도 그런대로 흡족하고 귀한 손자들도 태어났으니 더 이상 바랄 게
없었다. 새로 생겨난 가족들은 평생 처음으로 느껴본 기쁨이었고
그녀에게 살아온 보람을 안겨줬다.

엄마가 옛날 어디 가서 당사주(唐四柱)란 걸 본 적이 있다고 한
다. 그림책으로 보는 사주풀이다. 거기 보니, 애초에 남편 복이 없
다고 했다. 남편과는 갈라져 살 팔자라고 했다. 그래야 서로가 좋
다고 하더라. 대신 자식복은 있다고 하더라. 그리고 아들인 나도
아버지 복이 없다고 하더라.

엄마가 당사주를 보고 제일로 기분 좋아한 건 책에 나온 그림

이었다. 그림에 보니, 바깥양반은 보이질 않고 풍채 좋은 할머니가 고대광실 넓은 대청마루에 긴 담뱃대를 물고 떠억 앉아있는데, 마당에는 하인들이 득실거리고 곡식을 쌓아둔 노적가리가 즐비하게 서 있더란다. 분명히 크게 재산이 일어난 대갓집이었다고 한다. 말년 운세로선 그 이상 좋을 수가 없었다.

당사주의 또 다른 그림에는 비단 옷을 입고 높은 관을 쓴 남자가 말을 타고 들어오는데 그 뒤로 수십 명의 사람들이 따라오더라는 거다. 이건 내가 드라마 촬영을 다닐 때 수십 명의 배우와 스탭들을 데리고 다니는 모습과 딱 맞아떨어진다고 엄마는 손뼉을 쳤다.

엄마는 이 사주풀이를 평생 믿으며 산 것 같다. 남편 복이 없어 같이 살 팔자가 아니라는 자신의 운명을 일찌감치 받아들였다. 딴 길이 없었기에 그렇게 믿고 살아야 편했을 것이다. 아니, 체념이었다. 그러나 남편복은 없어도 대신 자식복은 있을 거라는 믿음은 확실했다. 그래서 살다보면 좋은 날도 올 것이고 나중에는 부자가 되어 떵떵거리며 살 거라는 믿음이었다. 난 사주니 점이니 그런 걸 잘 믿지 않는 편이지만, 당사주에 대한 엄마의 그 믿음은 그리 싫지가 않았다. 엄마에게 그건 유일한 위안이었고 자신을 지탱하는 힘이었기 때문이다.

엄마한테 진정으로 언제가 행복했는지 생각해본다. 당연히 가족과 함께 보낸 시간, 새로 생긴 손자들하고 지낸 그 시간이 그 어느 때보다 행복했을 것이다.

하지만, 그녀 인생에서 가장 행복했던 때는 따로 있었다는 생각이 든다. 편안하게 지낸 후반의 그 시기보다 생존을 위해 몸부림치던 그때가 어쩌면 인생의 절정기였는지 모른다. 한 치 앞도 보이지 않던 어둠 속에서 벗어나 조금씩 빛을 향해 나아가던 그 때가 진정 보람 있는 시간이었을 것이다. 오로지 혼자의 힘으로 하나하나 쌓아 올라가며 작은 꿈을 하나씩 이루어가던 그 기쁨을 어디에다 비할 수 있었을까. 한 사람의 일생으로 볼 때 3, 40대의 가장 소중한 이 시기가 그녀에겐 고난의 시간이었던 동시에 거꾸로 삶의 보람을 안겨준 시간이었던 것이다.

강딸막의 일생은 비록 초반에 혹독한 운명의 격랑에 휩싸였지만, 그 후 놀라운 의지로 자신만의 인생을 일궈냈다. 절반, 아니 그 이상의 성공을 거두었다고 믿는다. 비록 휘황찬란한 성공은 아닐지라도 결코 실패한 인생이라고 할 수는 없다. 불운이 겹치고 겹친 최악의 조건에서도 최소한 본전은 건진 인생이라 할 수 있을 것이다.

그녀의 인생에서 무엇보다 값진 건, 누구의 도움도 없이 오로지 혼자의 힘으로 모든 걸 이루었다는 점이다. 비운의 여인으로 출발했지만 운명과의 싸움 끝에 결국 반전을 이루어내고 말았으니 분명 가치 있는 삶이었다고 믿는다.

그녀에게 삶이란 부둥켜안고 싸워 이겨내야 할 대상이었지 한가한 구경거리가 아니었다. 그래서 악착스럽게 붙잡고 늘어져야 했다. 삶 앞에서 머뭇거리지 않았다. 흙탕물이든 구정물이든 가리지 않고 뛰어들었다. 삶의 한가운데로 뛰어들어 온몸으로 부딪쳤다. 언제나 당당했다. 누구한테도 빚진 게 없다. 누구한테 빌붙어 산 적도 없었다. 비굴하거나 구걸하지도 않았다.

누군가 그녀에게 "왜 사는가? 왜 살아왔는가?"라고 묻는다면, 틀림없이 이렇게 대답할 것이다. "무신 바보 같은 소리고? 사는 데 무슨 이유가 있노? 살아있으니 살아야지. 사는 게 눈 앞에 있으니 그저 이를 악물고 살았을 뿐인 기라."

단 하나 가슴속에 풀리지 못한 한이 있었다. 남편이란 사람이다. 평생에 한 번이라도 만나보기를 소원했건만 끝내 얼굴 한번 못 본 것이 한스러웠다. 당사주에 나왔던 대로 끝내 남편복이 없었던 것일까.

다만, 남편이 살아있다는 것만으로 위안을 삼았다. 옛날에 사라졌던 남편이 멀리서나마 살아있다는 게 기적 같았고, 그렇게 고마울 수가 없었다. 절대로 죽지 않고 살아있을 거라는 남편에 대한 믿음, 평생의 염원이 이뤄진 것만 해도 만족스러웠다. 한땐 원망하는 마음이 없었던 건 아니지만 오랜 세월 마음을 비우고 살았던 탓인지 이젠 원망도 미움도 다 사라지고 아득한 옛일이 되고 말았다. 평생 아물지 않을 것 같았던 가슴의 피멍 같은 상처도 세월의 물결에 씻겨 내려갔다. 애타게 사무쳤던 슬픔도 눈물도 그리움도 덧없는 시간 속에 흘러갔다. 모든 걸 가슴에 묻었다. 비록 만나지는 못할지라도 소중한 인연만은 가슴 속 깊이깊이 간직하리라 마음먹었다.

아들아.

세월이 어찌 그리도 빨리 흘렀는지. 돌아보니 살아온 한평생이 꿈만 같구나. 젊었을 적에 가슴에 맺힌 한도 많았고, 그래서 고생도 좀 했다만, 세상에 그런 고생도 안 하고 산 사람이 얼매나 되겠노?

아들아, 살아보니 인생은 달고도 쓰고 맵기도 하고 그렇더라. 그래도 세상은 살아볼 만하더라. 나는 내 팔자대로 살았다. 누굴 원망하지도 않았다. 남 눈치 안 보고 내 고집대로 살았다. 어차피 빈손으로 시작했는데 잃을 게 뭐가 더 있냐.

인생은 밑지는 장사가 아니더라. 나는 본전을 뽑고도 남았다. 니 알다시피 내가 어디 한 푼이라도 손해 볼 사람이냐? 밑지는 장사는 절대 하지 않는다. 그리고 나한테는 우리 잘난 아들이 있잖냐. 나는 그거만으로도 됐다.

아들아, 어떠냐? 이 에미 한평생 그래도 꽤 괜찮은 인생 아니겠냐? 나는 세상 사람들한테 크게 소리치고 싶다. 우리는 해냈다! 험한 이 세상에서 살아남았다!!

이별의 시간

니, 누고?

기어이 그 시간이 오고야 말았다. 일이 터진 건 9월 중순의 어느 날 아침이었다. 그 날의 엄마는 확실히 달랐다. 여느 때 같으면 아침에 눈을 뜨자마자 천수경 테이프를 틀어놓고 화장실에 다녀오는 게 습관처럼 돼있는데 그날따라 이상했다. 다른 때보다 늦게 힘들게 일어나더니 한 번도 그런 일이 없었는데 며느리에게 화장실에 데려가 달라고 했다. 아내가 부축해서 화장실로 가는데 곧 주저앉을 듯 걸음이 휘청거렸다. 평소와 같지 않은 게 확연히 느껴졌다.

무슨 탈이 난 게 틀림없다고 직감적으로 느낀 아내가 발 빠르게 움직였다. 바로 119를 불러 종합병원 응급실로 옮겼다. 그때까지만 해도 잠시 상태가 안 좋을 뿐이지 아주 심각한 걸로는 여기지 않았고, 엄마도 허둥대는 우릴 무슨 일로 그러냐는 눈으로 쳐다보며 어리둥절한 표정이다.

그러다 응급실로 들어서자 의사 간호사들이 우르르 달려들었고 사태는 급변했다. 뇌졸중이 온 것 같다고 한다. 거기다 심장과 위장 쪽에도 출혈이 있다고 한다. 급하게 링거를 꽂고 수혈을 시작한다. 비로소 심각성을 느끼기 시작했다.

그러나 엄마는 그 와중에도 태연한 얼굴로 하얗게 질린 나를 올려다보며 말했다. "겁내지 마라!" 이까짓 거 별거 아니니 걱정 말라는 뜻이었다. 부산하게 움직이는 의사, 간호사들을 보고는 "와 이리 야단이고?"라고 내뱉는다. 엄마는 당당했다.

그러나 응급실의 분위기는 정반대로 흘러갔다. CT, MRI를 찍고 위장내시경을 하는 등 긴박하게 돌아간다. 중환자실로 옮겨졌다. 병명은 심부전증으로 인한 뇌경색이었다. MRI 사진을 들여다보니 오른쪽 뇌혈관 절반이 막혀있는 게 보인다. 그것은 마치 줄기와 가지를 가진 하얀 나무처럼 보인다. 오른쪽 뇌에 탈이 나니 왼쪽 팔다리에 마비가 왔다. 다행히 언어능력은 조금 남아있었다. 아! 언제 이렇게 되었지…? 내 입에서 탄식이 터져 나왔다. 어제까지만 해도 멀쩡하고 식사도 잘 했는데… 이 지경까지 오도록 왜 몰랐을까!

엄마의 팔과 코에 여러 개의 관들이 주렁주렁 달리고 곧 팔다리가 묶였다. 그들은 마치 적군의 포로를 잡은 점령군처럼 엄마를 포박했다. 손으로 줄을 빼지 못하게 하기 위한 것이라고 했다. 졸지에 꼼짝 못하게 포박당한 엄마는 완강하게 저항하며 발버둥을 쳤다. 그냥 고분고분하게 따를 사람이 아니었다. 풀어달라고 소리치며 요동을 쳤다. 엄마는 아직도 자신의 병을 인정하지 않았다. 난 옆에서 다독거리느라 진땀을 뺐다. 엄마는 소리를 치다 지쳐서 애원조로 말했다. "사람을 와 이리 묶노? 이거 좀 풀어다오. 응? 나 집에 갈란다."

그 모습이 하도 애처로워 간호사가 안 보는 틈을 타 팔에 묶은 끈을 잠시 풀었다. 그러자 엄만 손을 들어 몸에 꽂힌 온갖 줄들을 다 빼버린다. 그 통에 손목에 시퍼렇게 멍이 들었고 간호사가 쫓아오는 등 난리가 났다. 엄마는 다시 포박을 당했다. 전보다 더 단단히. 불가항력이었다. 엄마는 좁은 우리에 갇힌 맹수처럼 헐떡였고, 눈은 절망의 빛으로 변했다. 세상에 무서운 게 없고 겁나는 것이 없었던 사람인데….

어쩌지도 못하고 옆에서 지켜봐야만 하는 게 괴롭다. 엄마는 점점 힘을 잃어가고 있었다. 이를 악물고 부릅뜬 눈으로 허공을 응시하는 눈빛이 슬프다. 아내도 나도 순식간에 일어난 사태에 놀라고 정신이 반쯤 빠져나가 어찌 할지를 몰라 허둥거렸다. 이 날 아침의 갑작스런 사태는 마치 꿈속에서 일어난 일인 듯 아득하기만 했다.

하루에 두 번 면회시간에 중환자실로 간다. 엄마는 나빠졌다 좋아졌다를 반복하며 반 혼수상태로 잠에서 깨어나지 못할 때가 많다. 몸을 흔들면 눈을 뜨고 멀건이 바라보는데 알아볼 때도 있지만 대개는 내가 누구인지도 모른다. 그러다 혹 나를 알아볼 땐 "집에 가자. 집에 가자."란 말을 반복하며 지팡이를 찾는다. "그래요. 빨리 나아서 집에 가요. 그러니까 밥을 먹어요. 밥을." 그러나 엄마는 한사코 입을 닫고 열지 않는다. 물도 한 모금 넘기지 못하고 오로지 링거에만 의존한다. 힘이 빠져서 그런지 전처럼 요동도 치지 않는다.

아들아!

내 평생 그렇게 화가 난 건 처음이다. 사람을 그렇게 꽁꽁 묶어놓다니. 내가 살아오면서 그런 일은 처음이다. 사람을 무슨 짐승처럼 묶어 옴짝달싹도 못 하게 해놓고. 내가 온갖 일을 겪고 살아왔지만 한 번도 그런 꼴을 안 당했는데…. 아들아, 니도 한 번 생각해봐라. 이 에미가 그리 쉽게 무너질 사람이냐? 그런 일을 당하고 살 사람이가? 누가 날 옭아매? 와 그리 호들갑 떨면서 나를 병원에 데리고 왔나? 집에서 한숨 자고 나면 거뜬히 일어날 텐데…. 내가 얼매나 속으로 니를 원망했는지 아나?

갑자기 닥쳐온 이 상황이 믿기지가 않는다. 그 험한 세월도 견뎌왔고 어떤 일을 당해도 한 번도 꺾인 적이 없는 사람인데 이렇게 허무하게 쓰러지다니! 꿈만 같다. 그러나 희망의 끈을 놓지 않았다. 저러다 일어날 거야, 엄마는 강하니까. 그렇게 믿고 싶었다. 우리 엄마는 강하다! 야생동물처럼 강하고 씩씩하다! 그대로 주저앉을 사람이 아니다! 저러다가도 어느 순간 불쑥 떨치고 일어나 우릴 보며 아무렇지도 않게 말할 것이다. "겁내지 마라! 난 괜찮다!"

엄마의 상태는 좀처럼 호전되지 않고 있다. 여러 약을 쓰고 치료를 하는데도 처음 입원할 때에 비해 조금도 나아지는 기미가 보이지 않고 상태가 오히려 점점 더 나빠져 가는 것처럼 보인다. 담당의사 말로는 근본 원인은 심장이라고 한다. 불안정한 심장으로 인해 뇌상태가 더 나빠진다고 한다. 지금도 진행 중인 활화산이라는 설명이다. 그 말이 절망적으로 다가온다. 회생의 불씨가 점점 꺼져가는 것 같다.

입원한 지 한 달 만에 퇴원수속을 했다. 거기서 더 이상 할 일이 없었다. 담당의사도 거의 손을 놓은 상태였다. 더 이상 급격하게 나빠지지도 않았지만 조금의 호전도 없이 늘 그 상태를 유지하며 고착상태에 빠진 것이었다.

한 달 넘게 꼼짝 못하고 드러누운 엄마한테 숨통을 트여주고 싶었다. 환경을 새롭게 바꾸면 몸도 점차 달라질 거라고 믿고 집에서 멀지 않는 요양병원으로 엄마를 옮겼다.

그러면서 아직도 희망을 완전히 버리지 않았다. 아니, 간절히 소망했다. 공기 좋은 여기서 엄마는 깨어날 것이다. 서서히 의식을 찾아갈 것이고, 식사도 조금씩 할 수 있을 것이고, 재활치료도 받을 것이고, 그러면 적어도 몇 달 안에는 집으로 돌아갈 수가 있을 것이다. 물론 예전의 상태로 돌아가기는 힘들지도 모른다. 뇌경색으로 치매가 오고 운신도 쉽지는 않을 것이다. 하지만, 그래도 좋다. 엄마가 다시 일어날 수만 있다면.

그러나 나의 그런 기대와 희망이 터무니없는 착각이었음을 알게 된 건 얼마 지나지 않아서였다.

요양병원. 이름만 병원일 뿐이지 병이 나아서 나가는 곳이 아니었다. 뇌경색, 각종 암 등 병원에서 치료를 포기한 노인들이 마지막 시간을 보내는 곳이었다. 병실마다 가득 누운 깡마른 환자들. 거동은커녕 의식마저 없어 보이는 노인들. 아무런 회생의 희망 없이 오로지 마지막 사라질 순간만을 기다리는 사람들. 그랬다. 거긴 다른 세상으로 떠나는 정거장이었다. 다가오는 종점을 향해 한 걸음 한 걸음 다가가는 행렬이었고, 우리 엄마가 바로 그 행렬 사이에 끼어 든 것이었다. 뒤늦게야 그걸 깨달은 난 나의 무지와 어리석음을 통탄해야만 했다.

여기로 온 후에도 엄마는 달라진 게 없다. 여전히 곡기는 조금도 넘기지 못하고 매일 수없이 많은 약만 투여한다. 그것도 입이 아닌 코에 연결된 호스를 통해. 그리고는 낮밤 가리지 않고 잠에 빠져 지냈는데, 사실은 잠이 아니라 반 혼수상태였다.

침상 옆 의자에 앉아 잠이 든 엄마의 모습을 들여다본다. 평상시같이 편안한 얼굴이다. 환자처럼 보이지가 않는다. 가만히 손을 잡아본다. 따뜻한 체온이 전해온다. 문득, 엄마는 지금 아픈 게 아니라는 생각이 든다. 잠시 잠이 들었을 뿐이다. 그러다 잠에서 깨면 나한테 말할 것이다. "여게가 어디고? 빨리 집에 가자." 그래요. 엄마, 한숨 푹 자고 일어나서 같이 집에 가요.

엄마! 하고 낮은 소리로 불러본다. 그 소리를 들으면 엄만 자면서도 내가 누군지 알 것이다. 세상에서 엄마라고 부를 사람은 단 한 사람, 나밖에 없으니까. 엄마, 엄마…. 자꾸만 불러본다. 엄마가 어디로 가버릴까 치맛자락을 꼭 붙잡고 다니는 아이처럼. 습성이다. 그래야 안심이 된다.

난 여태까지 '어머니'라고 불러본 적이 없다. '어머니'란 말은 뭔가 정이 느껴지지 않는 공식용어 같아서 싫다. 어릴 적부터 지금까지 '엄마'라고만 불렀다. 다 큰 어른이 어린애처럼 그러냐고 흉을 볼지 모르지만, 나한텐 엄마란 말만큼 편안하고 정겨운 말이 없다. 그 말에는 그 옛적의 젖 냄새가 배어있다.

'엄마'라는 말은 내가 세상에 태어나 맨 처음으로 배운 말이다. 원초적인 그 말의 생명력은 너무나 강해서 아무리 오래 써도 닳지 않고 때 묻지 않아 부를수록 새록새록 하고 부를수록 깊이 울린다. 엄마라고 부를 땐 왠지 '나는 당신의 영원한 새끼입니다.'라는 말이 후렴처럼 느껴진다. 엄마의 눈에는 자식이 아무리 머리가 하얘져도 '내 새끼'다. 아직도 난 엄마의 몸과 마음속에서 웅크리고 자는 어린 아이일 뿐이다.

힘들고 외로울 땐 구원의 여신을 부르듯 '엄마'를 부른다. 그럼 금방 마음이 아늑해지고 힘이 난다. 아무리 못된 짓을 저질러도 꾸짖지 않는 사람이 엄마다. 말을 듣지 않고 복장을 지르는 아들을 웃는 얼굴로 바라보는 사람도 엄마뿐이다. 객지를 떠돌다가 꽁꽁 얼어서 돌아와도 언제나 안방 구들목처럼 따뜻하게 맞아주는 건 엄마다. '엄마'는 내 생명의 원천이자 또 마지막으로 돌아갈 안식의 공간이다.

하루도 빠짐없이 병원으로 간다. 출퇴근하듯 병원을 드나든다. 병실에 들어서면 엄마의 상태부터 살핀다. 엄마는 자고 있을 때가 많지만, 눈을 뜨고 있을 땐 내가 얼굴을 가까이 대고는 "엄마, 나 왔어요." 하며 마치 외출을 했다가 돌아온 사람처럼 말한다. 대개는 멀건이 바라만 볼 뿐 아무런 반응이 없다. 그래도 또 묻는다. "내가 누고? 내가 누군지 알겠나?" 반응이 없자 간병인이 옆에서 거든다. "할머니, 아드님 왔네요. 아들⋯." 그래도 멀뚱멀뚱 바라만 볼 뿐 반응이 없다. 정신이 오락가락하는 환자에겐 이렇게 자꾸 물어보는 게 의식을 점검하는 유일한 방법이다.

오늘은 누워있는 엄마 얼굴이 다른 때보다 말끔하고 정신이 맑아 보였다. 내가 습관적으로 들여다보며 엄마! 하고 불렀다. 그런데 뜻밖에도 엄마가 바로 대답을 한다. "와?" 하고. 평소 집에서 말하던 너무나 귀에 익은 그 음성이다. 그 순간, 난 너무 반가워서 흥분할 정도였다. 엄마가 돌아왔다! 이제야 엄마는 제자리로 돌아왔다! 가까스로 흥분을 누르고 얼굴을 가까이 들이밀며 다시 물었다. 목소리까지 떨렸다.

"엄마! 내가 누군지 아나?" 엄마가 나를 한참 바라본다. 그러더니 또렷하게 말한다. "내가 와 니를 모를 것고!"

내 얼굴이 활짝 펴진다. 그렇지, 엄마가 나를 모를 리가 없지. 아들을 몰라볼 리가 없지. 난 흥분된 마음으로 확인하듯 또 묻는다. "내가 누군데? 응? 내가 누구요?"

그러자 엄마는 뻔한 걸 왜 귀찮게 묻느냐는 듯 고개를 돌려버린다. 그래, 엄마가 나를 모를 리가 없지. 엄마를 놀리는 것도 아니고 그런 뻔한 걸 묻다니 나같이 우습고 어리석은 놈이 있을까. 평생을 끼고 산 자식인데, 세상에 다른 건 몰라도 나를 모른다면 이상한 일이다.

"내가 와 니를 모를 것고!" 여기로 온 뒤 처음으로 나에게 한 그 말을 듣는 순간 눈물이 왈칵 쏟아질 것만 같았다. 분명히 엄마가 나를 알아본 게 틀림없다. 본능적인 직감으로 아들을 알아본 것 같다.

그러나 그때 딱 한 번뿐이었다. 그 후로는 그런 일이 없었다. 아들을 끝내 아는 척하지 않았다. "쟤를 잘 아는데. 쟤를 잘 아는데…." 엄마는 안간힘을 다해 아들을 떠올리려 애를 썼을 것이다. 하지만, 가물가물 자꾸 멀어지는 기억 속에 아들마저 멀리 사라지고 있었다.

솔직히 난 벌써 지쳐 있다. 아무리 숨기려 해도 어쩔 수가 없다. 그동안 엄마를 이대로 보낼 수 없다는 생각으로 허둥거렸다. 그러면서 어떤 기적과 반전을 기다려왔다. 그러나 그 기대가 점점 무너져가자 급격한 피로감에 젖어 들었다. 두 달 넘게 깨어나지 못하는 엄마를 지켜보며 보낸 시간, 희망과 절망이 엇갈리며 가슴을 끓여야 했던 그 생활이 심신을 지치게 만들었다.

병원으로 갈 땐 막연한 기대감을 가지고 갔다가 돌아올 땐 힘이 빠져 나온다. 무거운 발걸음으로 병실을 나올 땐 뒤에서 "니 어데 가노?" 하는 엄마의 소리가 들리는 것 같아 자꾸 뒤를 돌아본다. 낯선 곳에 엄마를 홀로 둔 채 떠나는 것 같아 발걸음이 무겁다. 붙잡는 엄마의 손을 뗄쳐버리고 가는 느낌이다. 아아, 이제야 알겠다. 난 지금 엄마를 고려장시키고 도망치고 있다는 걸. 옛날 아들이 늙은 어미를 지게에 져서 산꼭대기에 내다버린 그 고려장과 무엇이 다르단 말인가.

　엄마를 홀로 놔둔 채 집에 드러누워 있다. 자리에 누워도 잠이 오지 않는다. 엄마를 그 낯선 곳 낯선 사람들 틈에 놔둬선 안 되는데, 낯선 사람들의 손에 맡겨둬서는 안되는데⋯. 가슴이 저려온다.
　아내도 같은 생각을 하는 것 같다. 너무 서둘러 어머닐 병원으로 데려갔다며 뒤늦은 후회를 한다. 이럴 줄 알았으면 좀 힘들더라도 차라리 집으로 모시고 갈 걸. 그럴 수밖에 없었다고 자위를 해보지만 자꾸 후회가 되고 자책감이 밀려온다. 집에서 뒷바라지하기가 무서워 지레 겁을 먹고 거기에 내팽개치듯 맡겨버린 게 아닌가?
　엄마는 아무리 힘들어도 우리 집의 그 자리에 있어야 했다. 말은 않지만 엄마는 그게 많이 섭섭했을 게다. 그래서 "집에 가자!"란 말을 되풀이했을 것이다. 중환자실에서 팔다리가 묶인 채 의식이 없는 중에도 엄마는 집에 가자고 그렇게 졸라댔는데⋯. 엄마가 그렇게 애타게 가자고 소리쳤던 그 집은 그냥 밥 먹고 잠자는 그런 집이 아니었다. 거긴 세상에서 가장 가까운 사람들이 기다리는 따뜻한 가족의 품이었다.
　엄마는 지금 속으로 이렇게 말하고 있을 것이다. "여긴 사람 살 곳이 못된다. 어서 우리 집으로 가서 우리 아들 며느리 손주들 속에서 지내고 싶다." 그러나 난 이미 엄마가 다시는 집으로 돌아오지 못할 것이라는 생각을 하고 있었다.

시간은 단 한 순간도 멈추지 않는다. 요양병원으로 온 지도 한 달이 넘었다. 어느 날 고개를 들어보니 벌써 가을의 끝 무렵에 와 있다. 병원을 오가느라 계절이 바뀌는 줄도 몰랐다. 지난 봄 새싹이 돋아나 푸르름을 뽐내던 그 잎들이 어느새 생명을 다하고 낙엽으로 떨어져 바람에 굴러간다. 앙상한 나뭇가지만 남아 바람에 떨고 있다. 이젠 나목이 되어 한때 찬란했던 영광의 순간을 꿈으로만 간직하고 있다. 생로병사의 순환을 느끼게 하는 쓸쓸한 풍경이다. 우리 인생도 이런 것인가. 한때 번창하던 나뭇잎들이 점차 빛을 잃고 마침내는 힘없이 떨어져 땅 위에 구르다 바람에 날려 어디론가 사라지고 마는 것처럼, 그렇게 사라지는 것일까. 내 가슴속에도 스산한 바람이 불어온다.

병실엔 낮과 밤이 없다. 해가 지면 밤이요, 해가 뜨면 낮이다. 그렇게 밤낮이 바뀌어도 변하는 건 없다. 간병인과 간호사가 그림자처럼 드나들고, 그르렁거리는 기침소리만 간혹 들릴 뿐 한없이 가라앉은 적막뿐이다. 어떤 언어도 움직임도 사라진 삶과 죽음의 중간, 삶의 중심에서 격리된 외딴 곳, 세상의 끝자락에 겨우 매달린 잊혀진 곳이었다.

둘러보니 건너편 병상 하나가 비어있다. 또 한 분이 떠나셨구나! 뼈만 남은 앙상한 몸으로 누워 눈도 깜짝하지 않고 하루 종일 천장만 올려다보던 할머니였는데…. 병동엔 3, 4일에 하나 꼴로 병상이 비어가고, 그때마다 달려온 가족들의 숨죽인 울음소리가 퍼져나간다.

늦은 밤, 병동 안은 적막강산이다. 흡사 다른 세상에 온 듯 침묵의 세계이다. 환자들은 마치 무생물처럼 아무 기척도 없이 끝없는 혼수상태에 빠져있다. 그러다 침묵을 깨는 소리가 갑자기 들리기도 한다. 죽은 듯 누워있던 할머니가 자다가 깬 어린애처럼 훌쩍거리며 울기도 하고, 또 누군가의 이름을 부르며 외마디 소리를 내지르기도 한다. 누구야~! 하는 소리가 병실 전체에 울려 퍼진다. 아마도 아들이나 딸 누군가의 이름을 부르는 것 같다. 애처로운 그 소리는 마치 산짐승이 새끼를 부르는 소리와 흡사하게 들린다. 한땐 목숨보다도 더 귀하게 키웠던 자식들. 이젠 다 떠나고 아무리 이름을 불러도 대답 없는 공허한 메아리로만 남아있다. 늙은 어미가 죽어가는 순간 마지막 힘을 다해 애절하게 부르는 소리가 빈 들판을 스쳐가는 바람처럼 흩어진다.

누가 죽어가나 보다
차마 다 감을 수 없는 눈

반만 뜬 채
이 저녁
누가 죽어 가는가 보다.

살을 저미는 이 세상 외롬 속에서
물같이 흘러간 그 나날 속에서
오직 한 사람의 이름을 부르면서
애 터지게 부르면서 살아온
그 누가 죽어 가는가 보다.

풀과 나무 그리고 산과 언덕
온 누리 위에 스며 번진
가을의 저 슬픈 눈을 보아라.

정녕코 오늘 저녁은
비길 수 없이 정한 목숨이 하나
어디로 꿀 같이 흘러 가버리는가 보다.

김춘수 – '가을 저녁의 시'

오늘은 오랜만에 엄마의 정신이 좀 돌아온 것처럼 보인다. 내가 들어서니 말똥말똥한 눈으로 올려다본다. 나에게서 눈을 떼지 않는다. 반가운 마음으로 옆으로 가서 엄마의 손을 꼬옥 쥔다. 그러자 엄마가 느닷없이 말했다.

"집에 가자. 애들 보고 싶다. 진주, 연주, 의주… 보고 싶다."

손주들 이름을 순서대로 또박또박 말한다. 발음도 또렷했다. 이런 일은 처음이다. 난 흥분해서 소리를 지를 뻔했다.

"그래요! 가요. 집에 가요! 애들도 할머니 보고 싶어 해요."

그러자 엄마는 "지금?" 하며 당장 일어날 듯이 몸까지 움찔거린다. 그러나 내가 부축하려고 하자 잡은 손을 스르르 놓더니 다시 드러눕는다. 그리곤 멍하니 허공을 바라본다. 금방 한 말을 잊어버린 것 같다. 난 허탈해서 맥이 탁 풀렸다. 조금 전의 희망이 허무하게 사라져 버렸다.

그런데 왜 갑자기 손자들 생각이 났을까. 엄마의 머릿속에는 다른 건 다 사라지고 평소에 그토록 아끼던 손자들의 모습만 남아 있었던 것일까.

피붙이들끼리 한 가족을 이루어 살아가는 것만큼 큰 기쁨은 없다. 하지만 그 기쁨도 영원하지는 않았다. 흐르는 세월을 누가 막으랴. 애들의 재롱 속에 세월이 어떻게 가는지도 모르고 있는 사이, 애들은 몰라보게 훌쩍 커버렸고 시간이 지나자 새들이 둥지를 떠나 뿔뿔이 날아가듯 그렇게 흩어져 갔다.

간난 애 적부터 품고 키워온 손녀들을 하나 둘 떠나보낸 후 엄마는 걸핏하면 애들이 보고 싶다며 눈물을 질금거렸다. 엄마는 언제까지나 이대로 함께 모여 살기를 바랐을 것이다. 홀로 살아온 날들이 많았던 엄마로선 피붙이들이 곁을 떠나는 게 살점이 떨어져나가는 만큼이나 마음이 아팠을 것이다.

그러다 큰 손녀가 결혼을 하여 미국으로 떠나자 "진주는 내가 죽어도 못 올 기다."며 또 한 번 눈물을 쏟아냈다. 그건 이 세상에서 마지막 작별을 고하는 말이었다. 언제 또 볼 수 있을까. 엄마는 이미 영원한 이별을 예감하고 있었다. 만날 때 헤어짐을 생각한다는 말처럼 늘 이별의 예감을 안고 살아야 하는 게 우리의 숙명인가. 세상에서 가장 슬픈 일은 사랑하는 가족과의 작별이란 말이 가슴을 저리게 한다.

잠든 엄마의 가슴이 보일 듯 말 듯 미세한 움직임으로 오르내리고 있다. 한 땐 격정으로 뛰던 심장이 이제 뜀박질을 멈추고 힘든 걸음을 내딛고 있다. 긴 세월 한시도 쉬지 않고 뛰며 주인과 함께 일생을 같이 해온 생명의 원천. 그 심장이 이제 마지막 고개를 힘겹게 넘어가고 있다.

심장은 알고 있다. 그 주인이 어떤 삶을 살아왔는지를. 심장(心臟)이란 말에 마음 心자가 들어가 있듯 거기엔 주인의 슬픔과 기쁨, 살아오면서 겪은 모든 것들이 오롯이 들어가 있다.

한 남자를 만나 가정을 이루고 앞날에 대한 꿈으로 두근거리던 때도 있었다. 그러나 난데없이 불어 닥친 광풍에 심장은 격동으로 소용돌이쳤다. 세상이 무너지는 충격으로 하루도 평온할 날 없이 요동쳤다. 한밤중 방문을 부수고 들어온 경찰들의 구둣발, 뒷문을 박차고 담장을 뛰어넘어 도망치던 남편의 모습, 그리고 멀리서 들려오는 총소리. 그때마다 몇 번이나 멈추고 내려앉았던 심장인가. 툭하면 지서로 붙들려가 시달리며 까무러치기도 했던 날들,

그때마다 심장은 요동치고 멈췄다 되살아나기를 거듭했다. 불안과 두려움으로 지샌 밤, 집 나간 남편이 무슨 일이나 당하지 않을까 가슴 졸이고 자다가도 화들짝 놀라 일어난 일이 한두 번인가. 오그라든 심장을 안고 지낸 불면의 밤은 또 얼마인가.

체포돼 감옥에 갇힌 남편, 마지막 얼굴도 한 번 못보고 보낸 딸. 그리고 전쟁, 소식 없는 남편을 기다리던 기나긴 밤. 그리고 '빨갱이'란 말에도 놀라 경기(驚氣)를 일으키고, 어린 자식이 '빨갱이 아들'로 살아갈 앞날을 불안해하던 날들. 살아오는 동안 가슴 졸이며 보낸 날들이 어디 하루 이틀이던가.

충격과 공포에 떨던 그 심장도 세월이 지나면서 점차 안정을 찾고 어지간한 일에도 놀라지 않고 견딜 만큼 튼튼해졌다. 그런 시련을 겪고 충격을 참고 견뎠기에 험한 세상에서 살아남을 수 있었다. 위험한 장사를 할 수 있었고, 어떤 일을 당해도 겁내거나 물러서지 않고 버틸 수가 있었다. 아무리 거칠고 험한 고개를 넘어도 아무리 심한 폭풍우를 만나도 심장은 꿋꿋하게 버텼다.

그러나 이제 그렇게 오래 지탱해온 심장이 더 이상 견디지 못하고 결국 탈을 내고 말았다. 험하고 먼 길을 걸어온 끝에 이젠 지쳐서 작동을 멈추려 한다. 젊을 때부터 겪어온 크고 작은 그 피멍이 쌓이고 쌓인 게 결국은 화근이 되고 말았다. 너무나 오래 가슴 졸이며 산 세월로 인해 이젠 쇠잔하여 옛날의 그 힘을 잃었고, 더 이상 버티기가 힘들어졌다.

밥상 앞에 앉아 숟가락을 들다가 갑자기 목이 콱 막힌다. 두 달 넘게 곡기 한 톨 넘기지 못하고 있는 엄마 모습이 떠올라 더 이상 밥을 삼키기가 힘들다. 나도 모르게 밥그릇 위로 눈물 한 방울이 뚝 떨어진다. 숟가락을 놓고 자리에서 일어선다. 엄마는 지금 생사의 갈림길을 헤매고 있는데, 아들이란 놈은 하루 세 끼 꼬박꼬박 제 입에 밥숟가락을 들이밀고 있다니!

그때 엄마의 목소리가 들리는 듯하다. "밥 묵었나?" 평생 동안 나를 향해 묻던 그 말. 눈가를 훔치고 다시 억지로 밥을 먹기 시작한다. 눈물 젖은 밥이라도 먹어야 사는 게 인생이라 하던 엄마의 말처럼 우걱우걱 밀어 넣듯이 밥을 먹는다.

엄마는 그새 부쩍 쇠약해졌다. 촛불이 꺼져가듯 사그라들고 있다. 그런 중에도 엄마는 지금 마지막 싸움을 벌이고 있다. 옛날 살아남기 위해 몸부림치던 그때처럼 싸우고 있다. 이를 악물고 온 힘을 다 뽑아내어 싸우고 있다. 그때는 험한 세상과 싸웠지만, 지금은 생의 마지막 고개를 힘들게 넘어가며 일생일대의 처절한 싸움을 벌이고 있다. 악전고투의 사투를 벌이고 있는 중이다.

난 두 손을 모으고 응원했다. 엄마는 강하다. 무서운 게 없다. 엄마는 여태까지 한 번도 진 적이 없다. 이번 싸움도 끝까지 싸워 결국은 이겨낼 것이다. 늦은 시간까지 곁에 앉아 엄마를 응원했다. 내가 할 수 있는 일은 그것뿐이었다.

엄마는 과연 봄을 다시 맞을 수 있을까. 봄꽃을 볼 수 있을까? 마음속으로 기도를 해본다. 제발 우리 엄마를 이대로 보내지 말아 달라고.

엄마가 거처하던 방으로 들어가 본다. 병원으로 실려서 나간 후 내내 비어있던 방, 달라진 것 하나 없이 그대로 남아있다. 마치 주인이 잠시 외출했다가 금방 돌아올 것처럼. 어디 마실이라도 가신 걸까? 그렇다면 거기서 실컷 놀다 늦게라도 돌아왔으면 좋겠다. 아, 그렇다면 얼마나 좋을까.

주인 잃은 방이 쓸쓸하다. 벽에 걸린 옷들을 만져본다. 아직도 체온이 남아있는 것 같다. 코에 익은 냄새가 훅 풍긴다. 엄마의 냄새가 가슴 속으로 파고든다.

엄마가 짚고 다니던 지팡이가 바닥에 굴러다닌다. 무릎이 좋지 않아 몇 년 동안 수족처럼 짚고 다니던 그 지팡이. 가슴이 울컥해진다. 내가 저 지팡이보다 나은 인간인가. 내가 언제 저 지팡이처럼 엄마를 지탱해주었던가!

서랍 속에서 누렇게 변한 사진들이 나온다. 하나는 친정 부모님, 그리고 또 하나는 어떤 젊은 남자…. 아! 그 사람, 유일하게 한 장 남은 아버지 사진이다. 엄마는 어느 시간에 혼자 이 사진을 꺼내 보았을까.

또 한 장의 오래된 흑백사진이 나온다. 중학생 교복을 입은 티 없이 해맑은 얼굴의 아이와 30대 중반의 순박하게 생긴 여자가 나란히 앉아있다. 이때가 언제던가. 엄마와 아들은 무슨 일로 사진관에 가서 사진을 박았을까. 아마도 아들이 중학생이 된 걸 기념하려던 것 같다.

갑자기 눈앞이 뿌옇게 흐려진다. 아아, 그 때 우린 얼마나 행복했던가. 다시는 돌아오지 않을 시간, 그때로 돌아갈 수 있다면! 사진 속 그 시간으로 돌아갈 수 있다면! 시계를 거꾸로 돌릴 수만 있다면 돌아가고 싶다. 작은 방에 마주앉아 밥 먹던 그 때로, 안겨서 자던 그 따뜻한 품으로.

오늘도 엄마는 잠들어있다. 내가 들여다보며 엄마! 하고 불러도 대답이 없다. 영원히 잠들어 깨어나지 않을 것 같은 느낌이다. 마법에 걸려 깊은 잠에 빠진 숲속의 공주처럼.

엄마는 지금 백마 탄 왕자를 기다리고 있는 것일까. 험한 가시덩굴을 헤치며 달려와 달콤한 키스로 잠에서 깨워줄 그 왕자를 기다리는 걸까. 그리하여 그 왕자와 함께 행복하게 살아가는 꿈을 꾸고 있는 것일까.

어쩌면 엄마는 지금 꽃이 만발한 금강산 어디쯤에서 꿈에 그리던 그 왕자를 만나고 있는지도 모른다. 여태껏 속에만 숨겨뒀던 그 남자를 만나고 있는 게 틀림없다. 만나서 무슨 말을 할까? 살아있어 줘서 고맙다란 말을 하고 있을까. 아니면 할 말이 너무 많아 차라리 말없이 바라보고만 앉았을까. 그러다 금강산 구룡폭포 상팔담 주변을 선녀와 나무꾼처럼 손을 잡고 거닐며 그 옛날 신혼시절 전설 속의 부부처럼 행복하게 사는 한 편의 드라마를 꿈꾸고 있는 것일까.

긴 기다림의 시간이었다. 남편이 집을 나가 밖으로 떠돌던 그 때부터였다. 그로부터 홀로 밤을 새우며 가슴을 태우는 기다림의 시간이 시작되었다. 한밤중에 불쑥 들어올지도 몰라 잠을 설치고 때론 꼬박 밤을 새웠다. 밖에서 뭔가 바스락거리는 소리, 발자국 소리만 들려도 가슴이 멎었다. 희망과 절망이 엇갈리는 시간이었다. 그러다 전쟁이 터진 뒤로는 기다림은 본격적으로 그녀의 삶을 차지했다. 남편이 죽지 않고 살아있다는 믿음이 있었기에 기다림을 포기할 순 없었다. 어느 날 불쑥 나타날 것만 같은 환상 때문에 기다리는 일이 습관처럼 굳어져 갔다.

기다리는 삶은 그래도 행복했다. 희망이 있었기 때문이다. 삶을 지탱하는 힘이었다. 그것마저 없었다면 엄마의 삶도 일찍 무너졌을지 모른다. 홀로 지새는 외로운 밤, 서러운 눈물을 흘리면서도 그 실낱같은 희망이 있었기에 버틸 수 있었다. 지쳐서 절망에 빠질 때에도 힘이 되어준 건 그 기다림이었다.

그리고 그 간절한 기다림은 기적을 낳았다. 어디서든 살아있어만 달라던 그 염원처럼 남편은 죽지 않았고 북쪽에 잘 살고 있다는 걸 알게 됐다. 비록 만날 순 없지만 그것만으로도 살아온 보람

377

이 있었다.

엄마의 잠든 모습을 가만히 내려다본다. 얼굴이 핏기 하나 없이 하얗다. 더럭 겁이 난다. 이렇게 영원히 잠들어버리는 게 아닐까. 숨을 쉬지 않는 것 같아 코에 귀를 대본다. 가늘게 이어지는 숨소리가 들린다.

조심스럽게 이불을 들치고 다리를 주무른다. 그 사이 엄마의 다리는 몰라보게 가늘어졌다. 내가 다리를 쓰다듬듯이 주무르자 엄마가 조금씩 몸을 꼼지락거린다. 그러더니 가늘게 눈을 뜨고 나를 쳐다본다. 나도 마주 바라본다. 그렇게 한참이나 내 얼굴을 뜯어보듯이 바라보던 엄마가 뜻밖에도 입을 열었다.

"니, 누고?"

나를 보고 누구냐고 묻는다. 그 순간 난 갑자기 머리를 세게 얻어맞은 듯 멍하니 엄마를 바라보기만 했다. 뭐라고 할 말이 생각나지 않는다. 내가 얼른 대답을 못하고 우물거리자 엄마는 한동안 나를 물끄러미 바라보다가 내 대답을 기다리지 않는다는 듯 천천히 허공으로 시선을 돌린다.

집으로 돌아오는 길. 길가에 차를 세우고 한참을 앉아있었다. "니 누고?" 그 갑작스런 물음으로 아직도 정신이 멍한 상태다. 내가 누구지…? 머릿속이 하얘진다. 나는 왜 '당신의 아들'이라고 대답을 하지 못했을까?

네가 도대체 누구냐며 묻는 그 말이 비수처럼 찌른다. 수십 년

간 어미와 아들로 살아왔는데, 오랜 세월 어느 한 순간도 떨어질 수 없는 운명 같은 사람이었는데, 이제 와서 엄마가 원초적 질문을 던진다. 물론 지금 엄마의 상태가 정상적이진 않지만, 그럼에도 그 말은 나에게 충격으로 다가와 정신이 번쩍 들게 만들었다.

엄만 그동안 앞에서 어른거리는 내가 무척이나 궁금했던 것 같다. 어디서 많이 본 사람인데, 몹시도 낯이 익은 사람인데 누굴까…? 그걸 내내 가슴에 묻어두었다가 마침내 물음을 던진 것 같았다. '니, 누고?' 집에 돌아와 누워서도 엄마의 그 말이 귓가를 떠나지 않는다. 그 소리가 점점 큰 소리로 증폭돼 울려온다.

난 누구인가? 제 어미 살을 파먹고 자라온 우렁이 새끼인가? 그렇다면 엄마는 새끼한테 자신의 살을 한 점 남김없이 뜯어 먹히고 껍질만 남아 차가운 논물 위로 둥둥 떠다니는 그 어미란 말인가.

전생에 난 그녀의 빚쟁이였는지도 모른다. 지독한 사채업자처럼 끝없이 요구하고 끝없이 받아내기만 했던 빚쟁이. 어미와 자식이란 허울아래 엄청나게 큰 빚을 진 죄인처럼 허리가 휘고 무릎이 꺾어져도 꼼짝 못하고 불평 없이 내주기만 했던 그녀는 전생에 나한테 무슨 빚을 졌기에 그런 무례한 빚쟁이에게 시달렸을까. 그리고 난 무슨 권리가 있어 그토록 혹독한 사채업자가 되었을까.

엄마는 지금 황야의 고목 아래 홀로 누워 마지막 순간을 기다리는 늙은 사자처럼 눈앞에 누워있다. 그 사자처럼 정글을 거침없이 헤치고 다니며 포효하던 한 여인이 이제 마지막 처절한 싸움을 벌이고 있다. 생의 끈을 놓지 않으려 온힘을 다해 버티고 있다. 겉으로 평온함을 유지하고 있는 건 자존심이다. 마지막 순간까지도 결코 약한 모습을 보이지 않으려는 자존심이다. 수많은 고난을 겪으면서도 결코 꺾이지 않고 살아온 어미의 본성을 잃지 않으려는 생의 마지막 의지를 보여주고 있다.

옆에 앉아 가늘어진 엄마의 다리와 발을 주무른다. 엄마의 발은 한 뼘도 안되게 작다. 그런데 이 발이 나를 먹여 살렸다. 무거운 짐을 머리에 이고 새벽열차를 타기 위해 뛰다가 엎어져 무릎을 깬 적도 있었다. 머리에 인 짐의 무게는 바로 엄마가 짊어진 삶의 무게였다. 그 무게를 버티고 지탱한 작은 발, 밤낮 가리지 않고 걸어온 발은 이제 심하게 휘어지고 비뚤어지고 발바닥엔 온통 굳은 살이 박혔다. 그 발을 두 손으로 주무른다. 언제 한번 따뜻한 물로 씻어주지도 못했는데…. 주무르고 또 주무른다. 팔이 아파질 때까지 주무른다.

70년 세월을 나와 함께 걸어온 삶의 동반자. 150cm 밖에 안 되는 작은 몸. 이 작은 몸으로 세상과 부딪쳐왔다. 거대한 삶의 벽과 맞서서 싸웠다. 이 작은 몸으로 할 수 없는 일은 없었다. 진흙구덩이에 굴러도 헤쳐서 나왔고, 매서운 찬바람도 뚫고 나왔다. 그 어떤 것도 그 누구도 앞을 막아서지 못했다. 엄마는 작지만 크다. 작은 거인(巨人)이었다.

한밤중 잠들어있는데 전화벨이 울린다. 병원이다. 빨리 좀 와달라고 한다. 가슴이 덜컹했다. 드디어 올 게 왔구나! 아내와 함께 급하게 차를 몰고 병원으로 달렸다.

숨이 턱에 닿게 뛰어서 올라가니 의사와 간호사들이 병실에 모여 있다. 좀 전에 발작이 일어나 위험한 수준까지 갔는데 지금은 좀 안정이 돼 고비를 넘겼다고 한다. 최악의 경우를 상상하며 달려왔던 난 비로소 참았던 숨을 뱉어내며 의자에 털썩 주저앉았다.

엄마는 아직도 가쁜 숨을 내쉬고 있다. 혈압이 200 가까이 올라가 있고, 산소량도 비정상 수치이다. 옆에 앉아 엄마의 손을 꼬옥 잡아준다. 한참이 지나자 심하게 오르내리던 가슴이 조금씩 진정을 해간다. 의사가 나를 부르더니 마음의 준비를 하고 있으라는 말을 한다.

복도 의자에 고개를 숙이고 앉았다. 엄마는 머지않아 더 이상 버티지 못할 마지막 순간에 도달할 것이다. 얼음같이 차가운 덩어리가 가슴을 훑으며 흘러내린다.

새삼 엄마라는 사람에 대해 생각한다. 당신은 누구입니까? 나에게 어떤 존재입니까? 속에서 요동을 치던 뜨거운 물결이 점차 숨이 막힐 듯 차오른다. 가슴이 터질 것만 같다. 비로소 두 손을 모으고 엎드린다.

'저는 엄마를 모릅니다. 수십 년을 같이 살아왔지만, 엄마란 사람을 잘 모릅니다. 아는 건 겉모습뿐이었습니다. 한 사람으로서의 엄마에 대해 너무나 무지했습니다. 엄마니까 당연히 자식을 위해 희생하고, 당연히 그렇게 살아야 하는 거로만 알았습니다. 엄마 마음속으로 들어가 보려는 노력도 엄마가 어떤 생각을 하고 있는지 알려고도 하지 않았습니다.

진실로 전 당신을 모릅니다. 추운 밤 떨고 있던 당신의 숨소리를 듣지 못했고 당신이 몰래 흘린 눈물도 알지 못합니다. 한 번도 상냥한 자식으로 다가가지 못했고 한 번도 따뜻한 가슴으로 안아주지도 못했습니다.

이제야 솔직하게 고백합니다. 전 엄마의 전부였지만 엄만 저의 전부가 아니었습니다. 엄마에겐 오직 자식뿐인데 전 그러질 못했습니다. 나에겐 내 일만 중요했지 엄마는 뒷전이었습니다. 평생 난 엄마만을 의지하며 살아왔고, 엄만 오로지 아들 하나만 믿고 살아왔는데, 왜 난 엄마를 모르는 걸까요. 이제 와서 뒤늦은 후회를 합니다. 여태까지 엄마를 제대로 알지 못했다는 게 너무 슬픕니다. 그리고 화가 납니다. 저를 용서해주십시오. 제발 용서해주십시오.'

엄마가 뚫어질 듯 나를 바라본다. 뭔가 말하려는 듯 입을 오물거린다. 할 말 있으면 해봐요. 응? 엄마! 난 눈을 떼지 않고 기다린다. 그렇게 한참을 보던 엄마가 갑자기 내 손을 꼭 잡는다. 그냥 살짝 잡는 게 아니라 힘을 줘 꼬옥 잡고 놓지 않는다. 옛날 장사 다닐 때 물건을 움켜쥐던 그 힘이다.

나는 손을 맡기고 그대로 둔다. 엄마는 여전히 나를 바라보고 있다. 눈도 깜박거리지 않고 뚫어질 듯 본다. 그 눈은 아직 빛을 잃지 않았다. 나도 마주 본다. 엄마의 눈이 뭔가 말하려는 듯하다. 나는 조금 다가가며 귀를 기울인다. 그러나 엄마는 말을 하지 않는다. 손에 힘을 줄 뿐 아무 말이 없다. 그러더니 시선을 돌려 창밖을 본다. 창밖의 먼 하늘을 바라보는 것 같다. 난 엄마한테 손이 잡힌 채 오래 동안 앉아 있었다. 엄마는 나에게 무슨 말을 하고 싶었던 것일까. 가슴 속에 남아있던 말 한마디를 하고 싶었던 것일까.

엄마는 눈을 동그랗게 뜬 채 누워서 미동도 않고 창밖을 바라보고 있다. 무얼 보고 있는 걸까. 창밖엔 나뭇잎이 거의 떨어진 앙상한 나무들이 찬바람에 흔들리고 있고, 그 사이로 석양빛이 비껴가고 있다. 쓸쓸하고 애잔한 풍경이다. 가지 끝에 매달린 나뭇잎 하나가 팔랑거리는 게 위태로워 보인다. 그 푸르던 잎들은 다 어디로 간 걸까.

엄만 지금 무슨 생각을 하고 있을까. 먼 옛날 어디쯤 기억의 끄트머리를 따라가고 있는 걸까. 강물처럼 한없이 흘러가는 물결, 그 언저리에서 엄마는 무엇과 만나고 있을까. 고향 돌담길을 나풀거리며 날아가는 나비 한 마리를 쫓아가는 것일까. 17살, 연지곤지 찍고 시집가던 그 날을 떠올리고 있을까. 첫날밤 그 떨리던 순간을 떠올리며 돌아오지 않는 그 남자를 만나고 있을까.

눈물 한 줄기가 엄마의 뺨 위로 흘러내리고 있다. 손바닥으로 그 눈물을 닦아준다. 그리곤 엄마의 가슴 위에 가만히 얼굴을 기댄다. 낮게 오르내리는 가슴의 움직임이 느껴진다. 따뜻한 체온이 전해온다. 아, 이렇게 엄마 품에 안겨 잠들고 싶다.

물끄러미 세상을 바라본다

지아비의 애틋한 인연도 때로는

겨울 나뭇잎처럼 털고 싶은 것

산이 나뭇잎을 지우고

겨울바람에 몸뚱이를 내맡기듯

벗어버린 세상의 질긴 모습들이 슬프다

산을 비추며 흐르는

겨울 강을 본다. 강에 새겨진 산을 보고

눈 들어 다시 세상을 바라본다.

윤중호- '청산을 부른다'

텅 빈 하늘에 줄 끊어진 가오리연 하나가 팔랑거리며 날아간
다. 들을 지나 언덕을 넘어 끝없이 날아간다. 연을 잡으러 숨을 헐
떡이며 달려가는 아이. 마침내 강가에 이른다.

연은 강 너머로 천천히 날아가고 있다. 아이는 넓은 강을 건너
지 못하고 발을 구른다. 그 사이, 연은 강 너머로 사라지고 보이질
않는다. 여태까지 연만 바라보며 달려왔는데…

해가 지고 어둠이 내린다. 홀로 남은 아이는 무섭고 쓸쓸하여
그 자리에 주저앉는다. 이윽고 아이는 쓰러져 잠이 든다. 꿈속에
서 연을 보았다. 연은 커다란 새가 되어 아득한 하늘 끝으로 날아
갔다.

갈증으로 목이 타는 것 같다. 숨을 헐떡이며 몸부림을 친다.

"물을 마셔야 되는데… 물을…."

아까부터 어슴푸레하게 전화가 계속 울려대고 있다. 비몽사몽 간을 헤매는 중에도 전화는 길게 울린다. 잠결에 그게 엄마한테서 걸려온 것 같다는 생각을 한다. 무슨 일일까? 엄마는 이 시각에 무슨 일로 나한테 전화를 했을까? 엄마는 지금 어디에 있는 걸까…?

그러다 다음 순간, 펄쩍 잠에서 깨어났다. 가슴이 덜컹하며 불길한 예감이 온몸을 휩싼다. 창밖은 어느새 훤히 밝아있다. 떨리는 손으로 전화기를 든다. 역시 거기에서 온 전화다.

"병원으로 빨리 오셔야겠습니다." 착 가라앉은 목소리가 꿈결인 양 들린다.

아내와 난 차를 몰고 급하게 병원으로 달렸다. 아무 소리도 귀에 들려오지 않았다. 길가의 앙상한 나뭇가지에 하얀 서리가 차갑게 내려앉아 있다. 가는 내내 가쁜 숨을 몰아쉬었다.

"안 돼. 엄마. 조금만 기다려줘. 조금만….."

그러나 늦었다. 우리가 도착했을 때, 병상 위에는 흰 천이 덮여 있다. "큰 고통 없이 편안히 떠나셨습니다. 10분 전에….." 간호사가 말했다.

그 순간, 난 굳어진 채 멍하니 서있기만 했다. 임종을 지키지 못했다는 죄책감도 일어나지 않았다. 아내가 울음을 터뜨렸지만, 난 염소새끼마냥 "음마, 음메….."하는 소리만 되풀이했다. 천을 들치고 엄마를 들여다본다. 굳게 눈을 감은 모습이다. 손바닥으로 얼굴을 쓰다듬어 본다. 아직도 생시처럼 체온이 따뜻하다. 그제야 참았던 울음이 삐죽삐죽 새어 나온다.

엄마는 끝내 집으로 돌아오지 못했다. 병원으로 실려 간 지 석 달. 90년 동안 한시도 쉬지 않고 뛰었던 그 심장이 멎었다. 운명을 걷어찼지만, 생로병사의 사슬에서는 벗어나지 못했다. 마지막 순간까지 처절하게 버텼지만, 결국은 졌다.

그렇게 엄마는 떠났다. 아들도 가족도 없는 낯선 곳에서 홀로 떠났다. 내가 집에서 잠에 떨어져 꿈속을 헤매고 있던 그 시간, 홀로 떠났다. 아, 엄만 얼마나 외로웠을까.

작별

강가. 흰 천을 든 엄마가 느린 동작으로 춤을 추고 있다.

나도 같이 어울려 춤을 춘다. 그 너머로 푸른 강물이 말없이 흐르고 있다.

엄마와 나의 춤이 점점 빨라진다. 가슴속 깊은 곳의 슬픔과 한을 모두 떨쳐

내려는 듯, 휘감고 뿌리치고, 감겼다 풀리는 긴 천이 강물 위로 너울거린다.

이승에서 강 건너 저승으로 넘어가는 마지막 춤이다. 혼백이 된 엄마와 이승의 아들이 함께 어울려 추는 살풀이춤이다. 엄마의 눈에서 흘러나온 눈물이 뺨 위를 적시고 있다. 내 눈에서도 눈물이 흐른다.

춤을 끝낸 엄마가 한숨을 돌리고 말한다.

"아들아, 우리 참 먼 길을 걸어왔구나. 너하고 떠난 여행, 참 좋았다. 슬프기도 하고 행복하기도 하더구나. 자, 인제 긴 여행도 끝났으니 내 갈 길이 급하구나. 저승사자가 와서 기다린 지 오래 됐다. 더 늦게 가면 염라대왕님이 정말 화를 내실지도 모른다."

엄마가 서두른다. 엄마를 떠나보내며 난 절대로 울지 않으리라 다짐한다. 그런 나에게 엄마가 말한다.

"다시는 날 찾지 말고 불러내지도 말아라. 나도 인제 좀 쉬어야겠다."

내가 참지 못하고 울먹인다. 엄마가 등을 다독인다.

"잠시 왔다 가는 인생, 갈 때 되면 가야지. 괜찮다. 괜찮다…"

엄마가 또 말한다.

"아들아, 나는 나중에 작은 꽃으로 다시 피어나면 좋겠구나. 길가의 잡초라도 좋고 또 아니면 작은 새도 좋겠지. 니가 사는 집 나무에 앉아 짹짹거리는 새. 내가 정 보고 싶으면 길가에 핀 작은 꽃이나 새를 보아라. 그게 나라고 생각해라."

엄마가 돌아서서 걸어간다. "엄마!" 뒤에서 내가 급하게 소리친다. 가던 엄마가 돌아본다.

"와? 무신 할 말이 남았느냐?"

"난 참 운이 좋았던 거 같소. 엄마 같은 사람 만나서…"

엄마가 말한다.

"나도 좋았다. 너 같은 아들 만나서. 넌 참 착한 아들이었다. 엄마 말 거스르지 않고, 말썽도 안 부리고… 애비도 없이 이 만큼 잘 커줘서 장하다."

"엄마 없었으면 난 못 살았을 거 같소."

"나도 너 없었으면 못 살았다. 니가 없었다면 그 험한 세월 못 살았을 기다. 니가 옆에 있어줘서 고맙다. 아들아. 자 그럼, 난 이만 간다."

엄마가 급하게 돌아서서 간다. 내가 황급히 부른다.

"저어… 엄마!"

"왜 또?"

마지막으로 꼭 하고 싶은 말이 있는데 밖으로 나오질 않는다.

"갈 길 바쁜 사람 왜 자꾸 불러 세우냐? 뭔데 그러냐?"

엄마가 재촉한다. 난 아무 말도 못하고 입만 삐죽거린다. 그러자 엄마가 묻는다.

"너 혹시 거 뭣이냐 사랑한다니 뭐니 그런 말 하고 싶어서 그러냐? 그렇다면 입 밖에 내지 말고 속에 그냥 넣어 두거라. 그런 말일랑 아껴야 하느니라."

난 엄마 앞으로 다가서며 말했다.

"엄마… 한 번 안아 봐도 돼요? 마지막으로…."

"그러려므나…."

나는 엄마를 두 팔로 꼭 껴안았다. 자꾸만 눈물이 흘러내렸다. 엄마가 내 눈물을 닦아주며 말했다.

"울지 마라. 아들아. 남자는 울면 안 된다."

"우리, 더 행복하게 살 수 있었는데… 그게 후회돼요. 엄마."

"됐다. 그만하면 됐다. 그만하면 잘 산 인생인데 더 뭘 바라겠냐. 아들아,

나 빨리 가야한다. 마침 서방정토로 떠나는 반야용선이 와 있다고 하니 늦기 전에 얼른 가서 악착같이 그걸 타야한다. 그럼 잘 지내거라. 아들아. 나 간다."

엄마가 나를 억지로 밀어낸다. 그리곤 돌아서서 간다. 뒤도 돌아보지 않고 급히 간다.

엄마는 빠른 걸음으로 강 너머로 건너갔다. 엄마의 혼백은 순식간에 눈앞에서 사라졌다. 한 마리 물새처럼 날아서 강 너머로 건너가더니 어느 순간 시야에서 사라졌다.

그리고 잠시 후, 문득 강물이 일렁이더니 흰 물결이 일어난다. 그리고 환상인 듯 울긋불긋 꽃으로 치장된 배 한 척이 나타나더니 천천히 앞으로 나아간다.

"범피중류(泛彼中流) 둥덩둥덩 떠나간다. 망망한 창해(滄海)며 탕

탕한 물결이라."

심청이를 태운 배가 인당수를 향해 나아가듯 반야용선(般若龍船)이 물결을 헤치고 나아간다. 백월산 처녀 강딸막이 악착보살처럼 부처님의 반야용선을 타고 극락세계로 떠나가고 있다. 그 배를 이끌고 가는 부처님은 고향 백월산에서 성불한 노힐부득, 달달박박이다.

아버지 눈을 뜨게 하려고 몸을 바친 심청이가 연꽃 속에서 환생한 것처럼 엄마는 어느 세상 어디쯤에서 다시 피어날까. 그리고 우린 어디서 무엇이 되어 다시 만날 수 있을까.

난 마치 꿈을 꾸는 듯 그 자리에 서서 엄마가 사라진 곳을 바라보고 있었다. 그러다 비로소 정신을 차리고 마지막 인사를 했다.

"엄마, 어디로 가셨나요? 반야용선을 타고 서방정토로 떠나셨나요? 이제 이승의 연 모두 내려놓고 편히 쉬어요.

엄마, 부모 자식은 8천 겁(劫)의 인연이 쌓여서 만나는 관계라고 하는데, 우린 전생에 어떤 인연으로 맺어졌기에 이승에서 어미와 자식으로 만났을까요? 나는 당신에게 무엇이었으며, 당신은 나에게 무엇이었습니까?"

여행을 끝내며

엄마의 혼백과 함께 떠난 과거로의 긴 여행. 켜켜이 쌓인 먼지를 털어내고 기억들을 들춰내며 지나온 날들을 찬찬히 돌아보았다. 행복했던 날도 있었고 슬픈 일도 많았다. 때론 새삼스럽게 치밀어 오르는 아픔을 느꼈지만 그럴 때마다 애써 가슴을 누르며 여행길을 재촉했다. 함께 걸어온 길을 돌아보며 비로소 엄마의 사랑을 알았고, 아울러 긴 시간 엄마와 함께 한 나의 삶도 되새겨보았다. 엄마와 떨어져 지낸 어릴 적 몽유(夢遊)를 하며 엄마를 찾으러 다닌 적이 있었는데, 이번 여행 또한 그때처럼 긴 몽유를 한 느낌이다.

하루가 다르게 바뀌는 세상, 첨단 AI 시대에 이런 철 지난 이야기가 무슨 의미가 있을까 싶었다. 하지만, 지난날이 오늘과 결코 떨어져 있지 않고 비록 케케묵은 것이라 할지라도 거기엔 한 시대의 역사가 있고 한 인간의 굴곡진 삶이 어려 있다. 말없이 흐르는 강물. 그 속엔 한 시대의 격랑이 숨겨져 있고 누군가의 피와 눈물이 뒤섞여 있기에 그래서 한번은 반드시 발을 적시며 건너야 하는 강이란 생각이 든다.

누구나 한세상 살다 떠나면 크고 작은 전설을 남긴다. 그러나 그건 곧 퇴색되고 풍화되어 망각의 늪으로 가라앉는다. 구태여 이런 긴 회고담을 쓴 까닭은 곧 어둠 속으로 사라질 한 인간의 전설을 다시 한 번 햇볕 아래 펼쳐놓고 싶은 마음에서이다.

이건 우리 엄마와 나, 그리고 끝내 모습을 드러내지 않았던 아버지란 사람의 얽히고설킨 인연의 실타래를 풀고 그 응어리를 씻어내는 한 판의 굿이다. 잃어버린 시간들을 위한 씻김굿이다. 그러나 거의 한 세기에 걸친 구절양장 같은 속내를 얼마나 깊이 씻겨낼 수 있었는지 의문이다. 한 편의 긴 대하드라마 같은 인간의 삶을 어찌 이런 거친 글로 다 그릴 수 있겠는가? 못다 한 이야기는 가슴에 묻어둘 작정이다.

하나의 질문을 던져본다. 인생이 한편의 연극이라면, 우리의 인생극은 희극인가 비극인가. 아니면 그게 뒤섞인 희비극인가. 혹시 한 몸에 슬픔과 기쁨 두 개의 머리를 동시에 지닌 쌍두(雙頭)수리는 아닌가. 또 하나의 질문을 던진다. 만약 슬픔의 바다에서 기쁨의 물고기를 잡는 어부가 있다면, 그는 불행한 사람인가. 행복한 사람인가.

아버지란 사람은 슬픔의 바다였고, 엄마는 거기서 물고기를 잡는 어부였고, 아들인 난 그 물고기를 먹는 사람이었다.

엄마가 떠난 지 3년이 지났다. 삼년상을 지내는 마음으로 이 글을 썼다. 엄마의 생을 쫓아가다보니 덩달아 아들의 이야기가 많아진 느낌이지만, 어차피 자식의 생도 어미의 일부분일 수밖에 없다. 어쩌면 엄마가 아들인 나한테 시킨 것 같다. 이 기회에 네 인생도 한번 돌아보라고. 엄마는 마지막으로 나에게 숙제 하나를 남겼다. 화두를 던지듯 '니, 누고?'란 물음을 남기고 떠났다. 네가 누구인지, 네가 무엇인지 곰곰이 생각해보라는 말이었다. 난 이제부터 그 물음을 가슴에 안고 그 답을 찾기 위해 살아갈 작정이다.

또 다시 봄이 왔다. 여기저기 꽃이 피고, 또 진다. 꽃이 피어도 슬프고 꽃이 져도 슬프다. 엄마가 없는 세상이 쓸쓸하기만 하다. 그러나 창가에 앉은 작은 새의 노랫소리를 들으며 길가에 핀 작은 꽃을 보며 새삼 생의 의미를 느낀다.

이제 나도 길었던 지난 시간에서 벗어나 움츠렸던 마음 훌훌 털어버리고 일어서고 싶다. 어차피 나도 남은 인생을 살아야 하고 그건 나의 몫이니까. 오래토록 앉았던 책상에서 비로소 일어나 방문을 나서며 '흥타령'의 한 대목을 흥얼거려본다.

"꿈이로다. 꿈이로다. 모두가 다 꿈이로다.
너도 나도 꿈속이요, 이 것 저것이 꿈이로다.
꿈 깨이니 또 꿈이요, 깨인 꿈도 꿈이로다.
꿈에 나서 꿈에 살고 꿈에 죽어가는 인생
부질없다. 깨려는 꿈, 꿈은 꾸어서 무엇을 할 거나."

딸막이와 딸막이 아들

ⓒ 김한영, 2024

초판 1쇄 발행 2024년 11월 22일

지은이   김한영
펴낸이   이기봉
편집   좋은땅 편집팀
펴낸곳   도서출판 좋은땅
주소   서울특별시 마포구 양화로12길 26 지월드빌딩 (서교동 395-7)
전화   02)374-8616~7
팩스   02)374-8614
이메일   gworldbook@naver.com
홈페이지 www.g-world.co.kr

ISBN   979-11-388-3724-8 (03810)